MW00979432

乾隆皇帝

日落長河〈上〉

二月河◎著

內容簡介

《日落長河》這一本書，描寫的是乾隆中期，滿清帝國的萬般風貌。

在國家大政方面，此時清朝國力已達巔峰，民生富足，四海昇平，可說是開國以來最強盛的時期，在中國歷史上，也可比漢唐盛世。

但大小金川之役長年累月未能獲勝，始終是乾隆心頭一大隱憂。主帥訥親軍事失利之後，又欺瞞乾隆眞相，更使他爲之震怒。

另一方面，由於國家承平日久，官吏大都懈怠，貪汚之風復熾。最後就連貴爲皇親，乾隆依爲股肱之臣的高恆也涉及貪贓。事發之後，使得一直「以寬爲政」的乾隆，憤懣不已。

也由於國庫充盈，乾隆生活逐漸驕奢。他大造宮殿，增建了圓明園等新苑，但後宮日益龐大之際，皇后又體弱多病，無力管束，不免生出許多穢聞，甚至發生了有人欲謀害皇子的事件。而乾隆和一枝花易瑛一段若有似無的情愫，在易瑛命喪觀楓樓之後，也令乾隆十分惆悵。

極盛之際的滿清帝國，就像一粒熟透了的蘋果，外表艷麗，但內裡已經腐敗生蟲。

乾隆並非不知道這點，他也憂心忡忡，時時警惕自己。但國土廣大，國事龐雜，以一人之力駕御天下，終覺力不從心。

雖然這是專制帝王無可奈何的宿命，但乾隆不免有日落長河的感慨。

乾隆皇帝 日落長河〈上冊〉目次

1

急事功再促金川役
畏嚴詔將相亂提調

春三月，中原大地已是萬木葱籠，川西北甘孜阿壩一帶還是一派荒寒陰霾的冬景。玉門關外大沙漠瀚海穿行而過的白毛風乘高而下，將沼澤地裸露在黃湯泥水外的垛地凍得結成一層硬殼，就像膿腫的疤痂，星羅棋布或大或小似斷似連地橫亙在潦水中，綿綿延延伸向無邊的盡頭。絳紅色的雲在廣袤的天穹上緩緩移動，時而將凍雨漫漫靄靄灑落下來，有時又撒下細鹽一樣的雪粒，吹打得蘆葦菅草白茅都波伏了，貼在「痂」上簌簌顫慄。即使無風無雪，這裡也是晴日無多，東南大川裏上來的濕熱氣和川北的寒風交匯在這裡，又是整日的大霧，彌彌漫漫，沸沸蕩蕩覆蓋在無垠的水草沼澤地上，把小樹、高埠、丘陵、水塘、泥潭、縱橫交錯緩緩流移的河溪……都擁抱在它的神秘紗幕之中，潮濕得連鳥都懶得飛。人只要在這樣的霧中穿行一個時辰，所有的衣裝都會像在水裡浸過、黏濕得通體不適、冷得沁骨透心。

因爲大小金川戰事彌密，斷斷續續將近二十年，川西川北是官軍和金川土司莎羅奔部卒兩軍對壘，隔著這數百里大泥淖時有交戰，附近以販運鹽糧茶馬爲生的漢人和土著回民藏民，逃的逃遷的遷，刷經寺東西橫亙三百餘里，除了兵營還是兵營。東倒西歪的村舍裡烏煙瘴氣，到處堆著柴炭和滿是泥漿的糧車，滿街的驢騾駝馬糞被大兵們的牛皮靴子踩揉在泥漿裡，稀粥樣渾湯兒滾，梭磨河裡泡著幾百條烏篷船，也是運糧用的。眼下是枯水季節，既不能上行也不能下行，上千的船伕民工被困在這裡，竟在岸上搭起密密麻麻的窩棚，起灶支鍋居然過起了日子，倒是這「窩棚屯」的川中船家，兒啼女叫辭衣洗菜的，給這一片充滿殺機的大軍營盤帶來一絲人間煙火氣。

亭午霧散時分，一隊官兵約五十餘騎，自西向東馳來，滿身都是泥漿的馬，馱著一個個渾身精濕蓬頭垢面的戈什哈，在四尺餘寬的馬道上狂奔，漿水四濺迸得道旁牛皮帳上都是，連遠處士兵剛剛晾曬出來的被褥上都是斑斑點點的泥汚。馬隊過去，立即招來兵士們一片罵聲：

「龜兒子窮燒個煞子喲！老子就這一條乾被子囉！」一個禿子正在驛道旁支晾被褥的杆子，號褂子上濺了麻麻花花一片泥汁子，連嘴裡也迸進去一滴，「呸」地唾了一口，罵道：「先人板板的，糧庫裡吃飽了撐的，跑那麼慌趕死啊！——杆子要倒！鬼兒子們賣什麼呆？快來幫著支穩了！血祖宗的，這是個什麼鬼地方，天黑地凍得像石板，老爺兒（太陽）一出來又化成一灘臭泥！」

幾個在帳篷裡說笑打諢的兵忙跑出來，一個矮個子仰著臉，囔著鼻子齜牙咧嘴笑道：「禿子老王早就想喝糧庫裡存的酒了，不成想先吃一口尿泥汁兒，滋味怎麼樣啊？」禿子拂落著身上的泥點子，恨恨說道：「格老子的，老子吃不上，訥親兒子也未必吃得上！早晚教莎羅奔端了狗日的糧庫，大家都吃不上！眞是奇哉怪也，張軍門帶老了兵，偏偏不教帶，訥親個臭書生，只曉得板著個屄臉訓人，他會打仗？」他的話音一落，立即引起一陣共鳴：

「禿子老王這話地道！」

「先頭在小金川，窩在爛泥塘裡，還差點教人家端了老營中軍。如今移到北路，還是他娘的睡爛泥塘帳棚……我連做夢都是想著睡個乾崩崩兒的窩棚！」

「奪大金川，奪大金川，奪了兩次了，幾百里爛草泥潭地，糧食上不去，奪了就得退回來！死在爛泥地裡的人比他媽打仗死的多十倍！」

「要是我們張大帥還掌事兒，我們哪能這麼窩囊呢？張大帥攻苗那陣子，七十二洞苗蠻王反起……」

禿子老王用腳踹著木杆根兒，冷笑一聲說道：「你說的那是當年！貓老了就要避鼠！小金川一仗不是張廣泗指揮？我瞧著是人家莎羅奔給朝廷留面子。不然連他也教活捉了去！」矮子尖著嗓門，生怕別人搶了話頭似地叫道：「那都怪訥親在裡頭攪的，他要不管軍務，張軍門一個婆婆當家，出不了小金川那場亂子！」一個絡腮鬍子當即冷冷頂上，說道，「張軍門是個活周瑜，最沒器量，越老越混蛋！我兄弟就在中軍給他做飯，小金川打敗仗，就是姓張的瞎擺活。不聽阿桂軍門的主意，還妒忌，先派人家帶一群守庫的爺孫兵深入孤地到刮耳崖，事後又妒人家桂爺，怕揭出他的短來，又想殺人滅口！這種德行，誰敢跟著他？誰願給他賣命？」他朝帳外望了望，小聲道：「祁管帶查營來了，龜兒子是張廣泗的親兵下來的，咱們進帳子，唱歌！」於是幾個人一個接一個溜進帳篷。頃刻各個帳篷此伏彼起，響起兵士們五音不全的破鑼嗓門兒：

聖略宣，皇威鬯，風行電激物震盪。物震盪，聲靈馳，靡堅不破高不摧！曩西域，版圖廓，二萬餘里我疆索。兩金川，敢抗干，自作不靖適自殘……春風吹鐃入桃關……奏凱還，虎臣羆士皆騰歡……

那一行騎兵當然理會不到兵士們這番議論，此刻已經馳到刷經寺的梵塔前。爲首的兩個軍官在山門前的轉經輪前滾鞍下馬，將鞭子和韁繩扔給隨從的戈什哈，便見中軍門官迎上來稟道：「訥經略相公和張軍門兩位正商議事情，請海蘭察軍門和兆惠軍門到候見廳暫息聽令！」

「是！」那位叫海蘭察的青年軍官行軍禮平臂在胸答應一聲，卻不舉步，回身對身邊另一位軍官笑道：「和甫，候見廳這會子準坐滿了，那都是些煙蟲，我怕聞那股子煙臭味。你要去你先進去，這會子外面乾爽，太陽底下晾晾，衣服乾透了我就進去。」兆惠道：「我正嫌那屋裡氣悶，你自己不願的事叫我去幹！我也在外頭晾晾！」二人說罷相視一笑。

這兩個軍官年紀都在三十二三上下，個頭也差不多，又都喜歡穿黑甲披紅袍。乍一看，有點像孿生兄弟。因爲二人平時相處得好，打仗、辦差形影不離，一個灶裡攪馬勺，又同住一個大帳篷，管著征剿大軍的糧庫，一正一副兩個總糧管帶，又都是副將銜，一樣的愛兵如命，所以軍中有「紅袍雙星將」之稱。但其實二人門第出身、性情相貌都很有不同之處。兆惠是長孤臉，面色蒼白清癯，一對眼窩微微下陷，峭峻的面孔上極少表情，壓得重重的兩道掃帚眉下，一雙瞳仁漆黑，偶爾眼波流移閃爍一下，晶瑩得似螢光寶石，卻是一閃即逝。海蘭察身材比兆惠略胖，雙眉剔出，有點像鷹的雙翅向上捭去，略帶紫膛色的面龐一點也不出衆，還配著一隻不討人喜歡的蒜頭鼻子，卻是個喜天哈地的性子。此刻二人站在刷經寺外轉經輪石階前，由著融融的陽光曬著，兆惠一臉安祥閉目向陽，海蘭察卻像隻猴子般踢踏不寧，一會踹踹腳，用手摳弄靴子上的泥斑，一會又脫下袍子又抖又搓，來回不停快步走著，笑嘻嘻撥轉那一排經輪，問兆惠：「這曲里拐彎的字，我他娘一個也不識得！兆哥，你去過蒙古，給咱說說！」

「那不是蒙文，是藏文六大名王眞言。」兆惠腮上的肌肉不易覺察地抽動了一下，彷彿從很深的遐想中憬醒過來，一字一板地說道：「唵、嘛、呢、叭、彌、吽——」他又繃緊了嘴唇，被陽光刺得瞇縫成一條線的眼睛裡晶瑩閃爍著微光，微睨著湛青的天空不言語。海蘭察順著他的目光看去，只見鬱鬱蒼蒼的山巒，枯黃的老樹茂草間蒸蔚著淡青色的嵐氣，刷經寺前大纛上明黃鑲邊，寶藍色的帥旗彷彿被霧濕了沒有乾透，平平地下垂著，上邊也寫著六個尺幅大字：

撫遠招討使訥

時而被風吹動，懶洋洋地噏張一下，像一個午睏方起的人打呵欠，反而使這荒寒寂寥的空山更增幾分落寞。海蘭察見他久久出神，湊近了，用手指捅了他脇下一下，笑問：「喂，怎麼了，又在老僧入定？告訴你，六大眞言我知道。沒吃過豬肉也見過豬走路，哪個廟裡沒有呢？那個『吽』字唸成『轟』，你倒錯得別致！」兆惠這才轉過臉，一笑說道：「怪不得上回你把孫嘉淦的名字唸成孫嘉金——『吽』字是唸『牛』的麼？」

海蘭察瞪著眼想了想，拍掌笑道：「是了！上回勒敏說笑話，雍正爺那時候北京去了個紅衣喇嘛，把個探花給咒死過去，唸的也是六字眞言，救醒了問他，『你聽見什麼？』他笑著說『別的沒聽見，只聽他說：俺把你哄！』這可不是對景兒了，再不會記錯的了！」他齜牙咧嘴，唏溜著鼻子，統手跺腳沒一刻安靜，又道：「你怎麼那麼重的心事？這面旗什麼鳥看頭，老盯著做麼？」

「我是擔心大糧庫。」兆惠深深透了一口氣，「我們的大糧庫離著小金川太近了，中間只有一百多里草地。從成都運來一斤糧要耗十五斤，要被莎羅奔搶走，一反一正就是三十斤，這個仗就沒法打了。」他細白的手指交叉地握在一起，不安地搓動著，指關節都發出咯咯的微響，加上他陰鬱蒼白的臉色，竟使海蘭察不自禁打了個寒顫。海蘭察斂起嘻笑，低著頭想了想，抿著嘴沉吟片刻，說道：「成都的糧也都是兩江湖廣調來的，不過不從軍費裡支項罷了。阿桂原來在這裡，我們還可不操這個心，現在他是遠走高飛了，坐鎮古北口的建牙將軍，撂下我們來應付——」他看了看門可羅雀的刷經寺山門，「——這兩個日娘鳥撮的活寶！」

他說的「兩個活寶」自然是指訥親和張廣泗。張廣泗原是雍正朝撫遠大將軍年羹堯麾下一員大將，因脾性倔躁與主將不和，改撥四川總督岳鍾麒指揮。年羹堯青海一役，擊敗羅布藏丹增，二十餘萬準噶爾蒙古兵潰亂，散處各地據守。雍正皇帝下詔由岳鍾麒率部殄滅，張廣泗由松蟠帶兩千人馬策應岳鍾麒的主力，攻州陷府一路向北，竟是如入無人之境，一路擒敵三萬，又在青海北魚卡解了中軍之圍。自此起家，晉封爲雲貴提督。雍正季年，詔令雲貴省改土歸流。兩省苗人揭竿而起，糜爛不可收拾，村村起火樹樹冒煙，兩省政令不出省垣，雍正一怒之下撤掉了軍機大臣兼雲貴總督鄂爾泰的職銜，由張廣泗出任總督。張廣泗以五千孤軍，三個月連下七十多個苗寨，不到一年半便敉平兩省叛苗，生擒叛苗擁立的假王。以此赫赫功勳，張廣泗晉位侯爵，節制雲貴兩廣川鄂六省駐軍。如此威勢，有清開國以來，除了年羹堯沒有第二人，人們私地贈號「天下兵馬大元帥」。

這樣一個打了一輩子勝仗的大將軍，來到川西藏羌之地卻連連大敗虧輸。乾隆登極以來，爲打通入藏道路，先派大學士慶復進擊盤據上下瞻對的斑滾部落，上下瞻對只是個彈丸之地，比不上內地大一點的村子，慶復竟打了兩年，耗幣百萬，只落了兩座空「城」，還要大軍鎮守。斑滾潛入金川，撩撥藏民反叛，倒使戰火蔓延川西，幾乎殃及青海。乾隆赫然震怒，封了慶復祖父遏必隆的刀賜慶復自盡，由張廣泗主掌軍事，進駐金川地域，以十五萬精兵三路夾擊，不損叛藏莎羅奔一根毫毛，只探明了慶復假冒軍功的劣跡，中了誘敵之計，被圍困在小金川，幾乎全軍覆沒。慶復被賜自盡，他也落了個「戴罪立功」的處分，在營「幫辦軍務」。那訥親來得更有意思。他是乾隆的首輔宰相，軍機處「第一宣力大臣」，康熙孝誠皇后嫡親的侄孫兒，位置還在權勢炙手可熱的當今國舅傅恆之上。好端端一個太平宰相天璜貴冑，會突發異想要立功封侯，自動請纓來平金川。幫辦軍務的張廣泗跑到成都養「病」，下面這群丘八爺都是他帶了幾十年的驕兵悍將，哪裡瞧得起這位白面書生？在刷經寺大營幾次會議，都是訥親唱獨角戲，軍爺們恭敬執禮到十二分，卻不是哼哼哈哈就是叫苦連天，糧草軍餉車馬輜重諸事天天和主帥扯皮，竟是指揮不動。千請萬請親自到成都搬這「老帥」回營。兩個人，一個是心雄萬丈腹無良謀，一個是敗軍之將楞充諸葛。軍中大小將官無不腹議是「兩個活寶」。

聽海蘭察說話，兆惠仰著臉出了半日神，這才轉臉笑道：「小聲些兒罷！沒看這是什麼地方兒？上回會議，你在廳裡嘰噥，跟誰說過張廣泗是張士貴的嫡親灰孫子？張大帥是眼裡揉得沙子的？叫馬光祖私地問我幾次，你都說了兩位主將些什麼話，掰屁股招風，爲口孽得罪他們，值麼？」

「我看你是在黑龍江教人整怕了。」海蘭察一哂，說道：「他們兩個這付熊樣子，還不教人背後說兩句？你說馬光祖問你，他何嘗沒問過我你的不是呢？——帶兵靠恩義，這兩樣他們都沒有。打了敗仗又怕下頭把醜底子都抖落出來，弄些眼線防賊似的防著我們！」

「他們現在是天高皇帝遠，手裡又有權。一個蔡京，一個高俅，一朝權在手，便把令來行。他們日子不好過，得防著尋下頭的不是。」

「蔡京高俅管誰筋疼！」海蘭察一腳將一塊鵝卵石踢得老遠，「老子不是林沖，沒得娘子給他估！蔡師爺前兒見我，說糧庫要搬過來。說是阿桂的條陳——糧庫離著莎羅奔太近了，皇上不放心，下了三道密諭——挪到這邊當然不錯，只離著這兩個混蛋近了，事多，噁心！」兆惠道：「我估著這次會議就是說這事。咱們兩個你從烏里雅蘇台來，我從黑龍江來。後娘懷裡不好撒嬌兒，小心著點罷！」

正說著，山門裡飛也似跑出一個中軍，邊跑邊喊：「相爺軍門已經升座議事，你們怎麼還不進去？快快！」不到面前便趔身返回。兩個人對視一眼，一邊答應「是！」一溜小跑進山門。向西一箭之地，已見候見廳前戈什哈馬弁親兵雁列門前兩側，個個手按腰刀目不邪視，釘子一樣直立不動，一派肅殺景象。海蘭察和兆惠在門口定了定神，大聲報道：「撫遠招討大軍門麾下總糧管帶兆惠、海蘭察晉見！」

屋子裡一片死寂，沒有人答話，過了好一陣子，才聽訥親略帶嘶啞的聲音，陰沉沉吩咐：「進來！」

「是！」

兩個人齊聲答應，幾乎同時跨進屋裡。這是刷經寺喇嘛平日誦唸晚課的經房，因為山牆寬闊，四間房足有尋常六七間房大，中間房檁間還支著紅漆鍍金木柱，地下漫鋪著一色水磨青磚，只為防潮，窗子砌得很小，屋裡顯得幽暗陰沉，乍從大亮白日的外邊進來，黑得像鑽進地洞裡。良久，二人的眼睛才漸漸適應，只見東西兩側的經櫃前都設有座椅，一溜兩行的將佐個個雙手柱劍端然肅坐，木雕泥塑般紋絲不動，北邊供佛處設著碩大無朋的供台，酥油燈碗堆疊在一處，空的地方擺了足有丈許方圓的一個大沙盤，沙盤前訥親居中而坐，九蟒五爪袍子外罩著簇新的仙鶴補服，項上端正掛著的蜜蠟朝珠在窗下幽幽閃光，珊瑚頂戴後還插著一枝翠森森的孔雀花翎，身後還挺立著一位五品校尉，雙手捧一柄明黃流蘇的九龍寶劍，上面搭著繡緞龍明黃袱子，在暗中熠熠生光，彷彿在炫耀它至高無上的威權——這就是所謂「天子劍」了。

兆、海二人行罷禮，訥親卻沒有立刻讓他們就座。一張長長的臉毫無表情，蒼白得幾乎沒有血色的面孔上一雙三角眼壓在蝌蚪眉下，深邃得古井一樣，直直地盯著兩個遲到的將軍，半晌才道：「你們來遲了，坐下吧！」在衆目睽睽下，兩個人逕自走到左側旁兩個空座跟前，兆惠不言聲恬然自若入座，海蘭察背轉面向側邊熟人伸舌頭扮個鬼臉，卻一本正經轉過臉來，這才仔細打量坐在訥親右邊的大將軍張廣泗，恰張廣泗也轉過臉，二人四目相對，都避了開去。他卻甚不安生，又用目光搜尋大軍督糧參議道勒敏，卻見勒敏的座位緊挨著訥親，不與諸將同列，正呆呆地想心事。同勒敏並列坐著還有個三品文官，黑矮精瘦，麻臉上一雙椒豆一樣的小眼睛卻十分精神，卻不認得。正思量著「這個傢伙是做什麼的？」訥親輕咳一聲，說話了。

「諸位！」訥親挺了一下微駝的背，臉上透出一絲血色，不疾不徐說道：「金川之役自上下瞻對斑滾脫逃算起，已經打了整整十三年。至今爲止，敵我仍舊是對峙局面。皇上雖高居九重，自從委我爲經略大臣，幾乎三日一詔五日一命，垂詢進軍情形。但事到如今，我軍仍只是對大小金川造了個合圍形勢。兩軍數次接戰都因中間隔了一百餘里的草地沼澤，不能爲久戰之計。訥親身爲經略大臣，忝在高位尸位素餐，領軍以來半年有餘，未有寸功之建。中夜推枕，捫心徘徊，眞是愧惶不能自已！上無以對主上宵旰焦慮、體念元元之情，下愧對三軍將士跋涉泥塗、激切用命之心。勞軍糜餉師老而無功，這樣下去，不但朝廷不能容，就是我們自己，又何以對君父百姓？」他說到這裡，輕輕嘆息一聲，指著勒敏身邊那位官員，說道：「這位是剛從北京趕來傳旨的李侍堯李大人。他來，給我們帶了六十五萬兩的軍餉，還有犒賞三軍的三十萬斤風乾牛肉。沒有開始計議軍事前，先請李大人訓示！」

將軍們不禁面面相覷：在座的軍將統帥，秩位高的官居極品，至不濟的也是統兵三品參將，這個小小道員有什麼資格在這場合訓話？

「兄弟是代天訓示！」李侍堯穩几而坐亢聲說道。他大約患天花痊癒不久，臉上的麻子脫痂嫩肉在窗下泛著光，聲音又尖又亮，還帶著金屬一樣絲絲顫音：「本來，兄弟是奉旨去雲南主理銅政司，臨陛辭時皇上在乾淸宮親自召見，天語諄諄叮嚀，整整說了兩個半時辰，命兄弟前來勞軍。

「奉旨勞軍，用什麼『勞』？六十五萬銀子是從戶部錢度那裡調出來，從湖廣藩庫直運金川，都由兄弟一手經辦。一切衙門都不能上下其手。怕的是那些黑心胥吏短秤少兩剋扣了『火耗』。我從北京走時帶了三個師爺，現在帶到這裡只剩下一個……」

他說到這裡，軍將們已經有人在竊竊私議……

「這兔崽子，怎麼這麼囉嗦……」

「喂——老王，你在兵部當過差，知道他是哪裡選出來的麼？」

「……別小看了，是傅六爺薦出來的！」

「怪不得這般大模大樣！」

「哼！狐假虎威……」

但他們的議論立刻就被李侍堯的話震住了：「另外兩個，我在漢陽碼頭請了湖廣巡撫的王命旗牌當衆正法了——銀箱裝船，他們趁亂，竟往自己船上裝了一箱！」

李侍堯眼中閃著狠毒的光，聲氣卻是依然如故：「這似乎是題外的話了。皇上說，金川莎羅奔男女老少一共算起還不到七萬人。前後兩次興軍征伐，我軍傷亡已經三萬，屢戰屢敗，耗國帑二百餘萬兩，沒有寸進之功……皇上說著落淚，我也哭伏在地下，主憂臣辱，主辱臣死，侍堯受主知遇之恩，豈敢因私枉公？因此，六十五萬銀子一兩不少，三天後運到軍中，三十萬斤牛肉，是我從銅政司厘金裡調出來另外孝敬各位將軍。以此爲限，踏不平大小金川，生擒莎羅奔，犁庭掃穴，我另送諸位老兄每人一口棺材！」說罷起身一揖坐下，已是平靜如故。候見廳裡靜得一根針落地也能聽見。

「嗯，這個——侍堯大人方才講的，都是聖諭裡的。沒有向諸位宣讀諭旨，是旨意專對訥相和我講的。」張廣泗清清嗓子，瞇縫著眼幽幽說道，「小金川之役，慶復剛愎自用，不聽諫勸深入孤地，招致大敗。我爲副帥，也難辭其咎。我是帶了幾十年兵的老行伍，吃了這麼大的虧，也眞羞辱難當，氣得大病一場。我們做臣子的，講究的就是個文死諫，武死戰。這一陣打不贏，且不說天威不測君恩難預，我自己也臊死了。兄弟們，金川只是個彈丸之地，我軍七倍於敵團團圍困，折騰得自己人仰馬翻，不愧麼？也實在是贏得起，輸不起了！大家都是和我一塊刀槍箭雨斷城炮灰裡滾出來的人了，好歹這次爭口氣，成全我這把老骨頭，也成全了你們自己……」他用抑鬱的、近乎央求的目光，掃視大家一眼，綳住了嘴，像要穿透牆壁一樣透視著前方。

他的口氣雖然平靜，在座的軍將一多半都是跟他二十餘年的，無論在青海，縱橫萬里黃沙戈壁，還是在雲貴險山惡水間，和強蒙強苗對陣，那種機敏果決、指揮若定的剛毅，那種領先破陣、叱咤三軍的氣勢，似乎都在小金川一戰慘敗中煙消雲散了。他從來也沒有這樣侃侃懇懇，以平等的口氣和屬下講過話，更不用說話語裡還帶著淒涼和無奈的懇求！聽著他說話，看著他額前白了一多半的短髮，將軍們面上不動聲色，心裡都是一沉。正做沒奈何處，訥親轉頭問勒敏：「勒大人，你要不要講幾句話？」

「不敢！」勒敏在椅中一欠身，說道：「軍務上的事學生不懂，不能混插言。我奉天子詔命，總管大軍糧秣。軍中但一日缺糧，都是我的干係。已經飛遞文書給兩江總督尹繼善，特選三千石精米速運來金川，打了勝仗，讓兄弟們好生打打牙祭。雖然大金川一戰失利，但哀兵必勝，這次好生籌措，趁春旱時間道路好走，雨季前打好這一仗！別的沒得說的。」說完站起身，微笑著雙手抱拳團團一揖，輕輕將搭在肩上的辮子理到身後，又復坐下。他是破落旗人，潦倒京師讀書，居然一舉身登龍門魁天下。殿試狀元放著花團錦簇似的文官前程不走，自動請纓軍前效力。這份志氣深得乾隆愛重，幾年間連連超遷，已加了右副都御史的銜，又不歸招討大營建制管轄，所以從慶復到訥親、張廣泗都對他禮敬有加。

訥親待勒敏說完，溫和地向他和李侍堯點點頭，對身邊的張廣泗道：「昨晚我們商議了一夜，你和大家說說，看各位將軍有什麼高見。」張廣泗只一笑，說道：「訥相，說好了的嘛！還是你主持。我以下諸將唯命是從！」「那好。」訥親轉臉過來，稍稍提高了嗓門，說道：「我們檢討小金川失利，犯了孤軍深入、後援不繼的兵家大忌。南路攻小金川，一路沼澤三百餘里，進兵路上陷進沼澤死的兵士就有八百多人。用竹竿插在泥潭上的標記，藏民夜裡稍一移動，又要重新再試再標，中軍深入腹地，阿桂又深入刮耳崖，達維、小金川和刮耳崖被莎羅奔段段分割，首尾不能聯絡不能相顧。莎羅奔部人都是土著，地形熟悉，又不怕瘴氣，兵士能單兵作戰吃苦耐勞，所以我軍吃了大虧。」他站起身來，從戈什哈手中接過一根桿棒，吩咐「撤座」，用桿棒指著沙盤，說道「大家請看。」

「扎！」

幾十名將軍齊應一聲紛紛起身，頓時馬刺佩劍碰得叮噹作響。在大沙盤前圍成一個半月形，聽訥親部署指揮。

「大家來看這木圖！」訥親變得有些興奮，頰上泛出潮紅，眼睛也閃爍生光，用桿棒指著沙盤朗聲說道：「這裡是刷經寺，這裡是我們的松崗糧庫，這裡就是大金川。我已傳將令勅龍的南路軍進駐黑卡，康定曹國禎部也佔領了丹巴。敵人不能西逃甘孜，也無路亡命雲貴。這是大形勢。」他頓了一下，聲音柔和中帶著點嘶啞，又道：「我軍兩次攻取大金川，都因為糧食不能供應上去，大金川和松崗一百多里草地成了天然屏障，其中關鍵鎖鑰就是，我們始終沒有佔領下寨。下寨在大金川和松崗之間，打下了它，就等於有了過草地的橋。所以，這次要用最精銳的侯英部，兩萬人強攻下寨。南路軍和西路軍一律按兵不動。這樣，莎羅奔必定向刮耳崖逃竄。已經幾次派人偵探刮耳崖，地形雖然險要，但只要截斷丹溪，他的老巢就要斷水。這是比斷糧還要厲害的一著。莎羅奔若不退刮耳崖，就在這百里方圓成了流寇，十幾萬大軍合圍之下，也只有束手就擒——大家以爲如何？」

衆人一時都沒有言語，這個籌劃本身挑剔不出什麼毛病。他們都是打了幾十年仗的，每次戰前布置何嘗不都是頭頭是道？但其實一交戰，每次都有意想不到的變故，使人措手不及。南路軍和西路軍離著中軍最近的也有一百餘里地，中間金川山向水勢縱橫交錯，蜿蜒盤曲，像迷魂陣一樣。莎羅奔雖是藏人，但其實心思狡獪細密，遠慮近圖想得周到，通漢語習兵法，不是個易與的對手。訥親幾個人僅僅一夜就想出這滅此朝食的方略，衆人都覺得心中沒有底。怔了半日，訥親見無人發言，便道：「大家沒有意見，我和張軍門就要發令行動了！」話音剛落，便聽有人說：

「我有幾句愚見！」

衆人一齊轉頭看，發言的竟是張廣泗和訥親最得力的心腹——右軍統領馬光祖。馬光祖也是一張麻臉，不過三十多歲，微高的顴骨上方一雙三角眼，和眼白比起來，瞳仁略嫌小了一點，鼻子左側還長著一顆聰明痣，說起話時唇上小髭子一翹一翹，甚是乾脆利落：「我們帥營設在北路的只有四萬兵。用兩萬去攻下寨，剩餘的還要護糧、護路、護大營，內裡就空了。藏兵如果乘虛抄了我們後營，掐斷糧道，又怎樣應付？」他剛說完，張廣泗冷冷問道：「他們走哪條路來抄我們的後營？」馬光祖便垂下頭，叉手說道：「屬下不知道，只是想到了說說。」訥親道：「說說也很好，集思廣益嘛！誰還有什麼話？」

「這樣打，我們只能操一半勝算。」兆惠在人們的沉默中款款說道：「這個方略我挑不出瑕疵，但它只是我們的算盤。知己不知彼，莎羅奔是怎樣想，我們不甚了了。」

「你是說，我們該去問問莎羅奔？」訥親一哂，揶揄道。

「毋須去問。大金川城裡有多少駐軍，下寨有多少駐軍，小金川和刮耳崖的兵力又怎樣布置，還有其他地方有沒有暗伏的駐軍，都要偵探明白。可行則行，不可行再作籌劃。」

「那要多少時日？」

「不管多少時日，弄不清敵情貿然動手，只有一半指望。這不是我兆惠，是孫子講的！」

「運用之妙，存乎一心，是岳武穆的話！」

「我知道中堂大人的心，但莎羅奔也有『一心』，他是個雄傑，不是草莽土匪。」

張廣泗見訥親語塞，接口說道：「皇上已經爲金川的事龍顏震怒，屢下嚴旨立即進兵。這慢君之罪誰來承當？」說完，鷹隼一樣的眼死盯著兆惠。

兆惠嚥了一口唾液，在張廣泗威壓的目光下，他似乎遲疑了一下，旋即恢復了平靜，說道：「標下承當不起。但大帥方才還講，我軍贏得輸不得。將在外，君命有所不受。依我之見，我強敵弱，應該命令南路、西路兩軍向小金川緩緩進軍，我中軍從北路南壓。莎羅奔雖然狡獪，兵力畢竟太少，哪一路他也惹不起，哪一路也不能出奇制勝。雖然慢，卻是穩操勝局。」他話沒說完，大家已經一片議論。

「這話對！三路軍十三萬人馬一齊壓進金川。莎羅奔滿部落也就不到七萬，又沒有援兵退路，我們就是豆腐渣，也撐破他老母豬肚皮！」

「單進一路，確實容易讓他分路擊破。」

「我說呀，還是多派細作，混到金川摸清他的底細！」

「不行，他們的人混我們這邊容易。漢人裝藏人根本不像。他姥姥的，上次我派了二十個，只有兩個回來，還教人家割了耳朵！」

海蘭察最愛熱鬧，聽屋裡人們放鬆議論，他卻與衆不同，在人群中擠來擠去，捅捅這個胳肢窩，拍拍那個人屁股，逗得人無緣無故失聲而笑，他卻是一臉正容。右翼副將廖學敏正在發言，「護住我們糧道，放膽——」突然脇下被扒了幾下，他最不耐癢癢，頓時格格格笑個不住，大家都知是海蘭察搗鬼，更是哄笑雜亂，議論夾著罵聲笑聲，攪得亂哄哄的。

「都回座位上去！」訥親聽這七嘈八嘈的議論，頭脹得老大，命道：「一個一個接著說話！」張廣泗臉板得鐵青，待諸將歸座，指著海蘭察道：「這是議論軍機大事，你敢起哄！你活夠了麼？」

海蘭察在椅中一躬身，似笑不笑說道：「卑職不敢！我是想叫他們讓開點，我也說幾句。」

「你說！」

「護住糧食，我們就立於不敗之地。」海蘭察道，「糧道、糧食護好，我看可以三軍齊壓，看似笨，卻是穩沉持重。放著南路西路七八萬人不用，我們在這邊和莎羅奔玩家家、捉迷藏，很難討好處。」

「你是說——」訥親的臉一下子脹紅了，「你是說我們在玩忽軍機？」

「天時、地利、人和。」海蘭察震懾了一下，立刻又變得滿不在乎，「地利不是我們的，我們和莎羅奔就算都『人和』，也只佔一半勝算。這個仗不能出奇制勝，只能恃強凌弱，揚長避短，所以兆惠說的還是有道理。卑職豈敢說中堂和軍門『玩忽』，是你叫我們議的嘛！」

訥親無聲透了一口氣。他做相臣多年，涵養氣度人所罕及，並不在乎海蘭察和兆惠的言語態度。但這樣一來，等於全盤推倒了他和張廣泗苦心孤詣商定的計畫。面子且放下不說，乾隆那邊就無法交待！剎那間，他心裡劃過乾隆附在廷寄諭旨裡寫給自己的密諭：

爾欲蹈慶復之覆轍耶？入川以來，計時已一歲又四月十三日矣，未見尺寸之功，芥微之獲，不知爾日復一日何所事事？乃前奏連連索餉，後奏又請賜尚方寶劍，復奏必得張廣泗入營彈壓諸將。今糧餉已足，寶劍已賜，張廣泗亦奉嚴旨前赴行在，仍無進軍消息！朝議沸騰，交章論奏彈劾爾畏敵誤國，志大才疏。朕日望捷音，夜思徘徊，外遏衆議，中心焦焚不能自已，思之曷勝憤懣！不意爾乃如此辜恩溺職！即速進兵，不然，鎖拿問罪之旨將至矣。朕即欲保全，奈國法何，奈軍法何？

那諭旨朱砂蘸得極濃，殷紅字跡斑斑，血一樣刺心醒目，又寫得極端楷，顯是再三思慮穩重下筆，思定而後書。唯其如此，比之憤怒之下的潦草狂書更使人膽寒……他的心顫慄了一下，又目視張廣泗。

張廣泗緊繃著臉，用略帶呆滯的目光睨了一下勒敏和李侍堯，錢糧已足，他們本該返回成都，卻都滯留在刷經寺，又不干預軍務，顯見是奉了密旨察看軍情，他自己也有一份硃批密諭，也是工整端楷，卻甚是簡短：

爾之首級至今在項，乃朕廑念前功，曲意保全，力拂衆議之故。收斂些剛愎，努力輔佐訥親，則前罪可恕，後功可繼，令名可保。成全訥親，即是自全之道，朕無心多囑，爾其自愛。

有此聖旨他才勉強到軍幫辦軍務，也只能唯訥親之命是從。眼下衆將意見，雖然顯見是萬全萬安之策，但要重新部署西南兩路軍馬，繞道往返傳令、移動、聯絡、糧秣供給，事繁日久，若在雨季前不能會師，這一戰又成吉凶未卜前途不測之局。還要背上違旨罪名……他看了一眼沉吟不語的訥親，打定了主意：你是主帥，我已經「參贊」過了，還是你來拿主意！

「大家都是忠誠謀國。不過，玉泉山水好，難解近渴。」訥親左右思量，自己的部署天衣無縫，咬著細碎的白牙笑道：「過了春旱，這個仗就更不好打。天時我們佔著，大家齊心合力，就佔了人和，打下下寨，地利就是敵我共險。我們攻下大金川站穩，再令西南兩路同時進兵，這樣，聯絡會戰就便捷得多了。就這樣定了。諸將聽令！」

將軍們「刷」地一齊站起身來。

「由我親率馬光祖部、蔡英部兩萬人馬，三日內集結松崗，然後進擊。限三日內，松崗糧庫的被服軍資糧油菜蔬全部轉運刷經寺大營，仍由兆惠、海蘭察部護理。駐黃河口的兩千綠營兵向大金川佯動，牽掣莎羅奔兵力，原駐三段地的方維清進駐黃河口，防止莎羅奔乘虛攻我大營……」他眉棱骨低低壓著，用自信的目光掃視衆人，待衆人一一答應聽命，正要說話，兆惠卻道：「松崗庫內除軍用被服輜重，僅糧食就有五千多石，我只有不到四千人，三日之內無論如何也辦不下這個差使！」海蘭察接口便道：「情願隨訥相前去下寨打仗！」

訥親臉上閃過一絲不快，說道：「被服輜重可以不動，其餘的人一律運糧！」兆惠毫不假借，立刻說道：「誰來護糧？」張廣泗道：「用中軍護營的五百騎兵！」海蘭察一哂，雙手一稟說道：「標下也願隨訥相前陣殺敵！」訥親厭惡地看了看這兩位青年，愈看愈覺面目可憎，再不想和他們囉嗦，冷冰冰說道：「可以。你們隨大軍行動，中軍大營和松崗糧庫由廖國清接管，聽張廣泗節制！」

「扎！」

將軍們齊應一聲躬身退出。偌大的候見廳裡只剩下訥親、張廣泗、勒敏和李侍堯四個人。勒、李二人知道兩個人還要計議軍務，因也起身告辭。李侍堯笑道：「我和勒兄不能插問軍事，是皇上特諭，請二位鑒諒。明白餉銀押到，我就要到貴州，勒敏兄也要回成都督糧。兆惠、海蘭察他們年輕氣盛，但有糧餉，我軍立於不敗之地，這話十分中肯。盼二位大人留意。如還用錢，請發函雲南銅政司我那裡，一定鼎力相助！」說罷二人一揖別去。訥親見張廣泗神情恍忽，一副若有所思的樣子，因問道：「平湖，你似乎心事很重？」

「兆惠和海蘭察精明啊！五百騎兵護這糧道，我思慮不周，萬一有失，就要累及全局。」

「平湖太多慮了。」訥親笑道：「莎羅奔沒有那麼大的兵力，他也不是神仙！這樣，三段地的兩千駐軍不再向黃河口，調到中軍聽你指揮。」

2 計無成算兵陷泥淖 批亢搗虛莎帥逞豪

清兵費盡全力，調集兩萬人馬也用了將近四天。在松崗集結一天，飽餐戰飯，馬光祖率五千人向下寨西北運動，堵住通往甘孜道路，蔡英率八千人湔草地、截斷大金川和下寨聯絡，還擊來援之敵。訥親親率七千餘名中軍正面攻擊。三門無敵大將軍炮對著土寨門不住地轟擊了半個時辰，炸得城門成了一片廢墟，方才舉紅旗命兵士衝擊。

訥親不禁大喜，當即揮令廖化清帶兩千名軍士從城門缺口進擊。可煞作怪的是，大炮轟擊時城中毫無動靜，一待兵士攻擊，雉堞上立刻旗幟招展，中間還掛著「大清金川宣慰使莎」的大帥旗，無數藏兵手持弓箭機弩，射得飛蝗激雨一般。廖化清也眞是悍勇，甩掉了甲胄打了赤膊，一手舉盾，一手提大寬邊刀，大呼：「哪個婊子養的敢退一步，老子犧牲了他狗日的！」一喝令「快衝！」幾千人鬥志愈昂，大發一聲喊「殺呀！」領頭的二百多人便衝進城門缺口，城周的一千多人冒著箭雨，人力架起木梯，揮刀登梯而上。

眼見就要得手，突然城上「砰砰啪啪」到處響起火槍聲，已經攻上城的幾十個兵猝不及防，被守城藏兵刀劈斧剁，卸得一塊一塊扔下來。攻城的清兵被霰彈打得哭爹叫娘，退潮的水一樣狼奔豕突回營。廖化清呼喝不禁，正要揮刀殺人，一團黑霧一樣的霰彈打來，左胸左臂被鳥銃打得蜂窩一般。他大叫一聲「奶奶的！」噁通一聲倒在泥水裡。與此同時，攻進城裡的一二百人也是一片聲呼救。只有一二十個兵士帶箭逃回本營，喘吁吁向訥親報說：「訥訥訥——相！城門裡布的都是泥潭。弟兄們都陷進去了——快想辦法，快，快救！」說著說著，呼救聲也就沒了。只留下了一片可怖的寂靜。

「今天收兵，明日再說！」訥親驀地一陣心悸，出了一身冷汗，強捺著驚慌命道，「受傷的兵連夜送回刷經寺，廖化清也送回去，如果傷勢重，就送成都！」因見海蘭察和兆惠都蹲在濕漉的草地上察看廖化清的傷勢，訥親心裡突然泛上一股厭憎之情，因命：「廖化清受傷，所部兵丁由你兩個帶！」說罷回頭便走。

兆惠懷裡抱著奄奄一息的廖化清，海蘭察端著一碗鹽水，用生白布揩拭著傷口上的血污泥漬，廖化清暈迷中口中兀自喃喃譫語：「先人板板的……這仗怎麼弄的？訥相，得換個打法……」兩個人都正悽惶，見訥親看都不看廖化清一眼拔腳就走，心中都是大怒！兆惠頰上肌肉急速抽搐了幾下，沒吱聲。海蘭察咬著牙罵道：「日他血疙瘩奶奶！騾子病了主人還要看看呢！」

「海蘭察你說什麼？」

正走路的訥親聽見海蘭察罵娘，卻不甚清楚，止步回頭問道。海蘭察梗著脖子道：「我說日他血疙瘩奶奶的——」他突然覺得兆惠在腿上捅了一指，改口接著道，「——我們非要從城門打麼？」他已換了一副無可奈何的苦笑臉。

「晚上再議！」訥親情知他說假話，卻也無可發作，答了一句，掉轉頭便去了。兆惠小聲道：「他盯上我們兩個了，起了報復心，小心著點……」海蘭察「呸」地唾了一口，說道：「以後的事誰料得定？現在他還得用我們！」

☆

夜幕降臨了。月亮像半個被撕開的燒餅，在緩緩移動的雲層中半隱半現，把大草地映得一片蒼暗，廣袤的穹窿覆著一灘一灘的泥漿潦水，還有略略起伏的草埠一直向遠處無邊的黑暗中延伸去。隨著微風蕩來蕩去微靄似的輕霧，略略帶著腐草爛根的腥臭味。暗雲、月色和輕霧包圍著星星點點亮著燭光的清兵營盤，隨著流蕩的霧，本來就昏暗不明的燭光也若隱若現，很像夏日墳地裡的團團燐火。草地的夜本來就荒寒淒迷，偶爾傳來巡邏打更的鑼聲，伴著的的篤篤的梆聲，反而更增了它的蒼涼。

在訥親中軍大帳南邊約一里之遙，默默行走著十幾個藏人。一色穿著油乎乎髒兮兮的羊皮袍，被泡脹了的牛皮靴子在泥水中嗞咕嗞咕地發出古怪的響聲，有時停下來，少頃又便接著走路。

領頭的藏人個頭很高，他的皮袍似乎小了一點，緊繃繃裹在壯得像公牛一樣的身軀上，袍子下襬勉強蓋住了膝。藏人多是膚色黑紅，但如此朦朧的月色下，根本看不出來。偶爾一抹月光灑落下來，才模模糊糊能看到他方臉上濃重的眉，略帶平直的鼻子和方闊的嘴。這就是統領大小金川方圓數百里、七萬藏民的金川大土司、公然與官軍扯旗對壘的莎羅奔。他身後緊跟著自己的老管家桑措，還有個喇嘛仁錯活佛，都是年過花甲了，步履仍十分健捷。喇嘛身後，還跟著一個嬌小玲瓏的中年婦人，寬大的皮袍套在身上，也顯著不合體。她叫朵雲，自小和莎羅奔青梅竹馬，卻陰差陽錯嫁了莎羅奔的哥哥色勒奔。在一場可怕的決鬥中弟弟殺死了哥哥①，她現在是莎羅奔的妻子。此刻她瑟縮在皮袍裡，亦步亦趨地跟在丈夫身後，彷彿有點步履艱難。莎羅奔有些覺得，站住了，用藏語問道：「朵雲，你怎麼了，哪裡不舒服？」

「故扎，」朵雲凝睇著一片連一片的「燐火」，怯怯地說道：「敵人太多了。我……我有點怕！」

莎羅奔走近了她，一雙粗大的手握了握她的雙肩，久久才嘆息一聲，沉重地說道：「惡狼面前，最忌的就是怕，這是老故扎常說的話。」他鬆開了她。對仁錯活佛和一衆衛隊說道，「我們不要再往前走了，就在這裡歇息計議。」

「故扎，」站在身邊的桑措，蒼老地咳一聲，說道：「是不是請夫人帶著孩子離開金川，旺堆那裡可以藏身的。」莎羅奔搖搖頭，說道：「敵人強大，佔了天時。我們要佔地利人和。送走妻子，我就會失去兄弟父老的尊敬。我的妻子兒女要和我一起，打到最後一兵一卒！朵雲，你說對不對？」朵雲單手護胸垂下了頭，她的聲音多少有點發顫，「是的！我的故扎。你這話我已經告訴了我們的兩隻小鷹。」說完，便背轉臉拭淚。

莎羅奔望著大片相連的清營，覺得自己的眼淚就要湧出來，忙收攝心神，口氣變得斬釘截鐵：「我們沒有別的出路，只有集中我們的全部兵力，打敗迎頭這個訥親。他們攻下寨，其實是想在大金川久佔，然後調南路和西路的官軍攻取刮耳崖和小金川，逼我們東逃或者在這幾百里包圍圈中鑽山林流亡。我原來聽探報，南路和西路都向小金川推進，眞是十分擔心。要知道，他們的總兵力比我們全族人口還要多出三分之一呀……」

「故扎！」仁錯活佛手捻法珠，沉吟著說道：「達賴喇嘛來信，說淸兵勢大難敵，我們可以舉族遷到藏地，他劃五百里草場給我們。」

「不行。」莎羅奔說道，「敵人沒有我們熟悉道路，從金川逃出去是不難的。但要繞乾寧山，再翻夾金山，要攻取上下瞻對，再走幾千里山路，一路上是多大的傷耗？靑海到拉薩的道路比我們還要近，崗千巴部落遷到西藏，八萬人只有四千人活出來，這和全族拚死一戰有什麼分別？」見大家沉默，莎羅奔果決地說道：「逃亡一計絕不可行。投降，自己捆了自己，屈辱地到他大營裡乞求活命，這是乾隆博格達汗要的。那即使活著，也像死——不，比死了還要難受——不但我們自己，連我們的子孫也要蒙羞忍垢！還是我在小金川戰前的話，只有一個『打』字，打贏了再說言和！」

正說著，聽見遠處一陣急促的腳步漸漸近來，叭嘰叭嘰地，似乎在泥地裡快跑。衆人回頭驚覺地看著，直到跟前才看清，是主管傳信的小奴隸嘎巴。嘎巴一路快跑，喘得上氣不接下氣，好久才定住神，報說：「大故扎莎帥，活佛！小金川那邊來信，說漢狗子們的兵開到丹巴和黑卡就駐紮了下來，在那裡築木寨。還有，三段地的兩千兵開到黃河口，已經紮了營盤，不知爲什麼又向刷經寺開去。」說完，向莎羅奔和衆人躬身一禮，趔轉身跑步又去了。

「主人，」桑措老管家在旁說道：「這樣看來，我們應該回小金川，把下寨和大金川燒掉，留給這裡的淸兵。先打他的西路，繳獲些糧食，再和北路軍在金川周旋。我們的老人、女人和孩子都在餓肚子……」仁錯卻道：「這是一時的權宜之計。下寨和大金川落入訥親手中，全局就亂了。即使打下丹巴，也還是個逃亡。調我們全軍，在這裡就和訥親決一死戰。打爛了蛇頭，蛇身子好辦。」

莎羅奔一直在靜靜地聽，他瞇縫著眼，瞳仁幽幽閃爍著，忽然一個念頭湧上心來，仰頭哈哈大笑。衆人都被他笑得一楞，朶雲正要問，莎羅奔笑指刷經寺，說道：「西路軍南路軍移防逼近，眞的是嚇了我一跳，三路齊進金川地雖然笨，但我們勢單力薄，確實無法應付。這個訥親，我看比慶復一點也不高明。他的兵力都在這裡了，刷經寺到松崗一路還在運糧，也要護糧的軍隊。他是笨人下棋，死不顧家啊！」說著，轉身對一個隨從頭目吩咐：「你現在就去，傳令下寨我們的守軍，四更天之前全部撤到這邊的潦清寨。大金川的七千藏兵也撤出來，到潦清四千、羅渭寨三千。我要——」他獰笑一聲，「抄斷他的糧道，包圍刷經寺，看他是回救不回？」

衆人聽了個個喜動顏色。仁錯笑道：「莎帥這著棋走得狠！訥親敢傾力來攻下寨，是料著潦清和羅渭到刷經寺都是泥漿深潭，沒有路可以奔襲他的老營。他們忘了我們是藏人，忘了這草灘泥地裡有我們自己的路！這樣打，攻下刷經寺也不是難事。」桑措也變得興高采烈，呵呵笑著說道，「這樣好！他們正往刷經寺運糧，糧倉我們也有了！」「圍刷經寺，不要攻下來。」莎羅奔舒眉笑道，「待訥親回師，潦清的四千人可以截殺一陣，把他們分成兩段，先圍魏救趙，再圍城打援。對，就這麼辦！」桑措惋惜地說道：「這樣我們就捉不到訥親和張廣泗了。」

仁錯活佛思量著，說道：「故扎，你慮得眞遠，還要留著講和的餘地，什麼圍魏打援呀，怎麼漢人的東西知道那麼許多？」

「我在內地闖過世面，懂漢語能讀書，是跟著漢狗子學的。」莎羅奔格格笑著，「人家是宰相、大將軍，我活捉過來，乾隆的面子怎麼下得來？」他高興得回身，雙手猛地舉起朶雲，笑道：「我看你不必再爲孩子擔心了。這仗打贏後，你去北京，見見岳鍾麒老爺子，想辦法和朝廷講和！」說完，放下愛妻，已是斂去笑容，「我們到潦清去——把小金川捉到的漢狗子清兵全部捆送下寨，明日教他們自己打自己！」

☆

訥親當晚一夜計議，儘管百不情願，還是採納了海蘭察的建議，從下寨南邊選一段稍低一點的寨牆攻擊。但這一來，就得挪動那四門重逾千斤的「無敵大將軍」炮。這樣的泥草地，炮車根本不能派用場，於是現紮木排，挽了繩子，每門炮用一百個人拖，生拉硬扯，人人累得屁滾尿流，總算午前將炮位安置停當。剛好這時松崗運來了李侍堯送來的牛肉乾，訥親下令「每人一斤，吃飽廝殺」。軍士們大嚼一頓，待訥親紅旗指揮令下，立時間響起石破天驚般的炮聲，頃刻間寨南硝煙滾滾，撼得草地都簌簌發抖。

這裡的寨牆比寨門薄得多，只轟了二十幾炮便坍出了個兩丈來寬的大豁口。兆惠和海蘭察掣劍在手，齊聲大叫「衝進寨子，後退者斬——殺呀！」兵士們「嗷」聲怪叫，持刀挺矛，出窩黃蜂一般衝上去。海蘭察和兆惠都是一身大紅袍，右手提劍左手握盾，緊隨著兵士直奔寨牆，衝鋒的兵士們昨天被箭雨嚇怕了，也都眼望著堞雉腳底下跑，絆得筋斗流水的也就不少。

人人都預備著挨箭，不挨箭反而更加警惕，十幾個衝到豁口的兵士一身煞勁，看看城上無人，倒莫名其妙地站住了腳步，小心翼翼提刀躡腳兒東張西望，弄得後邊的人也懷疑不定。海蘭察大罵：「操你們祖宗的，爲什麼不殺進去？」說著和兆惠一前一後上了寨牆。兩個人睜圓了眼看，只見蜿蜿蜒蜒的土寨牆頂，垛口後是踩得光溜溜的通路，果然寂無一人，微風下只見通道邊的枯草，不勝寂寞地瑟瑟抖動。寨門裡一排排土房草屋，被拆得七零八落，一條條巷弄滿地都是碎木條、破門板、羊糞和駱駝毛。除了幾聲狗吠，連半個人影兒也不見，生生的是一座死城。兆惠和海蘭察正在發楞，訥親已經傳話詢問：「寨裡什麼情形？」

「敵人連夜撤了！」

兆惠喃喃說道。一陣不祥的預感突然襲來，竟不自禁打了個激凌寒顫，轉臉對軍士們喝道：「統統進城搜索，楞什麼？這是座空城！」一把扯了海蘭察回中營來見訥親。

「撤了！」訥親聽海蘭察稟告「敵人走光了，屌毛沒見一根」，雖然惱他無禮，但此時不是計較時分，皺著眉頭百般搜索枯腸：寨四周凡是乾燥一點的地方都駐的官軍，除了寨西南一片漫蕩蕩的大泥潭，圍得眞似鐵桶般滴水不漏。莎羅奔的部衆從哪裡溜出去的呢？昨日拚死抵擋惡戰，又爲什麼突然撤得無影無蹤？訥親臉上罩了一層嚴霜，本來就長的臉拉得更長，眼神卻帶著一絲迷惘，沉吟道：「莫非他們插了翅膀？是不是退回大金川據城死守呢？」兆惠指著汪著淺水的泥潭，說道：「訥相，他們一定是從那裡逃出去的，這裡泥潭裡有路，只有本地土著人知道！」訥親尚未說話，海蘭察卻一下子靈醒過來，以手加額輕聲驚呼：「天爺！泥淖裡有路……莎羅奔該不會去掏我們刷經寺老營的吧？」

這句話正中兆惠心思，臉上立刻變了顏色，訥親原地兜了兩圈，冷笑一聲道：「恐怕他沒有那個膽子，也沒有那個識見！我軍暫時按兵察看動靜，派到大金川的探子也就要到了。」兆惠向訥親一躬身，語氣沉重而又誠摯，說道：「中堂，潦清離刷經寺只有二十里地，中間隔著沼澤，我們沒有設防。假若泥潭水澤裡有路，敵人偷襲我們中軍帥帳，張大帥情勢不堪設想。我軍後路被斷、糧草不繼，那就危殆萬分。」

「臨變不亂，不要風聲鶴唳自驚自怪！」訥親被他們說得發毛，又惱恨他們危言聳聽，強自鎮定著叱道：「虧了你們還是老行伍！現在第一要務乃是弄清敵人去向！」他低頭想了想，命道：「海蘭察帶左營二三四棚三千人馬速回松崗。糧食出了差錯，休怪我無情！」

海蘭察領命去了不多時，大金川方向飛騎來報，說：「大金川增強巡邏，城外二里地都有藏兵守護，我們的偵探騎兵不能近前查看。」訥親問道：「城裡有什麼動靜？昨日半夜到黎明，有沒有藏兵大隊人馬進城？」那探子道：「我們混進去的探子一個也沒有出來，大約裡邊也戒嚴了。四更多時，聽見城裡有些騷動，有駱駝叫聲和人聲，他們的兵巡邏得嚴，不能走近……」

「看來，下寨的兵是縮回大金川了。」訥親一顆心頓時放下，透了一口粗氣，一哂說道：「我們就駐守下寨。他要守大金川，我就令西南兩路並進合圍。要是在大金川只是虛晃一槍，我立刻圍攻大金川，莎羅奔不是土行孫，能地遁走了麼？」因見進寨搜索的清兵出來報信，便問「裡邊有何情形？」「回中堂裡邊沒有河。」那士兵聽不懂他文謅謅的宰相言語，「藏人老小都走得乾乾淨淨。搜出來二百多個人，都是我們的人，都餓得半死不活，綑著放在空屋子裡。問他們話，他們說都是蒙著眼睛押進去的，連自己在什麼地方也不曉得。」

訥親格格一笑，「莎羅奔不是等閒之輩，聖上沒有看錯了他。還送我偌大一份人情，留著講和這一手！」喝命，「收兵進寨，左右翼的軍士在寨外加築木柵！」還要命人召回海蘭察時，卻見松崗方向幾個兵士蹚著泥漿死命地奔過來，個個都滾得泥猴也似，一邊跑一邊口中大叫大嚷：「快，快報……中堂……莎羅奔的兵，兵……圍了刷、刷經寺……」訥親心裡「轟」地一聲，立時頭脹得老大，周圍的天、地、水、草，叢叢的灌木、寨子的垛樓立時旋轉起來，踉蹌一步才站穩了，只覺心頭突突亂跳，竭力想鎮定下來，卻哪裡能夠？

「圍刷經寺的有多少人？」兆惠久歷風險、多經戰陣的人，心中也是一震，臉色變得愈加蒼白，急問道：「他們走的哪條道？」

「回大人，他，他——」那兵士兀自喘息不定，喘著氣回道，「走哪條道張大帥的人沒說，海……海大人說興許是從潦清渡泥潭摸過去的。——圍刷經寺多少人也說不清，報信的說多得很，有一萬多人！他是中了幾箭才逃出刷——」

「別說無用的！」兆惠斷喝一聲，「海蘭察現在哪裡？」那兵士此時才略穩住神，說道：「海大人現在正收攏運糧的人回松崗，運糧道叫莎羅奔截斷了一半。丟了幾百車糧食，扛糧護糧的兄弟們也死了好幾十……」

兆惠沒有再問，一切都已明白，是遭了莎羅奔暗渡陳倉之計，只是敵人行動如此詭密迅速，幹得這樣乾淨利落，卻是他萬沒料及的。兆惠低頭思量一陣，見訥親仍舊團團亂轉，口中唸唸有詞：「這怎麼辦？這……如何是好……」因道，「中堂，不要急，要想辦法！」

「什麼辦法？你有什麼辦法？」

「回兵三千，和海蘭察會合去救刷經寺。下寨留一千守軍，我們還有一萬餘軍士，開進大金川——他抄我後路，我端他老寨！」

「合兵也只有六千人，再援救刷經寺，要多少時辰？刷經寺只有兩千人，敵人一萬軍士包圍，怎麼抵擋？丟了老營，死了張廣泗，朝廷那邊怎樣交待？」

「中堂的意思怎麼辦？」

「這裡留三千人駐守，不佔大金川。」訥親已漸次鎮定下來，「派一千人去潦清斷莎羅奔後路，其餘的全部回援刷經寺。張廣泗危急，我們不救，誰都擔不起這個罪！」

☆

刷經寺只剩下了三十多個人。除了張廣泗無恙，他的三百名親兵，和外圍的兩千軍士全部「殉國」，餘下這些兵士保著他退到寺後經堂大佛殿，也都人人身帶刀傷箭孔，渾身都是血污，卻半點不敢鬆懈，提著血淋淋的刀站在滴水檐下預備著最後一搏。

張廣泗頭髮蓬亂，滿臉憔悴地坐在經堂東側的椅子上，眼睛直直地盯著地下的青磚，似乎在尋找著什麼，外邊藏兵嘰哩嘎啦的叫喊聲、傳令聲清晰地傳進大殿，他竟是充耳不聞。他摘下腰間的寶劍，抽出半尺許，寒光閃閃的劍芒刺目，仍舊是那樣的鋒利，這是褒揚他青海戰功，雍正御乾清門，當著多少文武官員贈賜，曾招來過多少欣羨妒忌的目光吶！這柄盤龍鑲玉的寶劍，多年來刻不離身，殺過不知多少敵人，也用它誅戮過逃將，它自身就是一種驕傲和自豪，也記載著他的功勳和憂患。如今……他小心地抽出來，用白手絹輕輕地揩拭著，緩緩站起身來，望著已經衝入內院列隊待攻的藏兵，突然間爆發一陣令人毛骨悚然的狂笑：「哈哈哈哈……我殺人無數，無數人殺我，何憾之有？想不到張廣泗命畢於此——」手中的劍閃過一道雪亮的弧光，就向項左抹去。

「大帥！」他的師爺吳雄鴻一直站在身邊，張廣泗抽劍時他已警覺萬分，見他橫劍自盡，急搶一步雙手緊緊攥住張廣泗的手臂，撲通一聲長跪在地，已是聲淚俱下：「大帥，留下青山！留下……青山……松崗離這裡不遠，又有騎兵。這個大佛殿敵人不敢縱火。……再頂一時待援……您一輕生，頃刻之間敵人就佔了刷經寺……」張廣泗長嘆一聲淚如雨下，緩緩收回了寶劍。

正淒惶無奈，外面一個戈什哈一步跨進來，大聲稟道：「大帥，莎羅奔已經進了天井院，要請大帥出去說話！」

「不見，叫他打進來！」

「張大帥何必拒人千里之外？」院外天井中間站著的莎羅奔隔門笑道，「我與大帥老相識了，何妨一見呢？」

張廣泗理了理髮辮，將朝冠朝珠戴了，也不佩劍，穩了穩神踱出殿外，站在檐下，正好與莎羅奔對面相望。

「張大帥受驚了！」莎羅奔面帶微笑，雙手一拱，說道：「莎羅奔此舉無禮，是迫不得已。你我在此情此景下見面，實非我之所願。大帥看去老了點，氣色還好，比前年胖了許多。」

張廣泗已將生死置之度外，氣度反而從容不迫。他盯著莎羅奔高大的身軀，移時才道：「你進殿來談！」莎羅奔笑道：「身繫金川十萬父老安危，我不能身犯險地。」張廣泗冷笑道：「我身爲朝廷極品大員，豈有欺人之理？」

「我被大人騙得聰明了些。」莎羅奔操一口純熟的漢話，彬彬有禮又是一躬，「我說您胖了，就指您食言而肥。」他從懷裡抖出一張紙，問道：「這是在大金川和慶復、您和鄭文煥軍門簽的和約，上面有您的親筆簽字，頭一條就是不得無故再剿金川。您食言了沒有？」

張廣泗頓時語塞。勉強應對，乾笑一聲道：「所謂此一時彼一時。你這樣滿院刀槍相逼，士大夫唯死而已，豈有屈於你賤奴淫威之下之理！」說罷回身便走。

「張大帥！」莎羅奔額前紅筋暴起，見張廣泗回頭，聲音喑啞暗沉地笑道：「進殿和院中有何分別？外邊我有一萬藏兵，個個與你仇深似海。其實我一揮手，這院中的兵頃刻之間就能將你們都剁成肉泥！」他緩和了一下口氣，「你，我知道不怕死。但你旣忠於博格達汗，就該爲君父顏面著想。三軍敗潰，主將被擒殺，難道不怕乾隆老子蒙羞？」張廣泗沒有想到，這個小小宣慰使竟有如此胸懷和深謀遠慮，活命的希冀刹那間也是一動，遂轉過身來，說道：「就這樣談，你有什麼章程？說！」

張廣泗到這分上還拉架子扯硬弓，莎羅奔見他這色厲內荏的樣子，嘴一咧幾乎笑出聲來，忙又斂了，正容說道：「我的兵可以立即退出刷經寺半里之遙。這裡的糧食要全部運走——你不要發怒，我們缺糧，都因你們背信棄義違約來攻的緣故。第三，收繳你和你的衛隊手中武器，不准跨出刷經寺一步！」張廣泗哼了一聲，「繳我的械？你想活捉我張廣泗？」

「好！看在故人分上，我們不繳械！」莎羅奔大笑，揮手道：「把糧食搬出寺，叫潦清能動的藏民都過來往回運！——我們撤出刷經寺！」說罷又一躬，說聲「孟浪」，前呼後擁出去了。

莎羅奔一行出得刷經寺，但見到處都是扛糧的兵士，熙熙攘攘挨挨擦擦，人人手裡拿著牛肉、肩上扛著米袋往清水潭方向走。莎羅奔見人群如此亂哄哄，不禁皺起眉頭，吩咐身邊一個藏兵，說道：「傳我的令，所有的藏兵都把米袋就地放下！——叫葉丹卡過來！」那藏兵一邊跑一邊傳令，又喊「故扎老爺傳叫葉丹卡！」一時便見一個中年漢子擦著滿頭大汗一路小跑過來。他還沒有站穩，臉上已重重挨了莎羅奔兩記耳光！

「誰叫你的兵也運糧的？」莎羅奔紅著眼，惡狠狠吼道：「立刻列隊向西進發！漢狗子的主力肯定已經向松崗運動！大敵當前，是搗騰這些爛東西的時候麼？這裡留五百人圍困刷經寺，把這裡清兵的帳篷、柴炭、灶火炊具，全都燒掉砸毀！」葉丹卡忙答應一聲，跑到轉經輪前呼喝指揮調度。莎羅奔用袖子指著滿頭油汗，對身邊的桑措說道：「仁錯活佛就要帶人過來運糧了。葉丹卡的兵由我帶著向西，和羅渭我軍匯合。你有年紀的人了，就留這裡聽活佛指揮，記住，圍寺第一，奪糧第二！——潦清的兵葉丹卡怎麼帶的，像沒有頭羊的羊群。現在敵人只是被我們打懵了，不能等他們整好，要在半路上打散他們！」

說話間藏兵已整好行伍，葉丹卡扯著嗓子訓斥一頓，小跑過來向莎羅奔請示，莎羅奔指著西邊的運糧官道，大聲說道：「羅渭我們的人已經截斷了訥親到刷經寺的援兵。下寨他們兩千、松崗三千、訥親的中軍六千人，裡邊只有一千騎兵還能打，正在拚命向刷經寺衝。敵人雖然比我們稍多一點，但他們已經亂了營，官找不到兵，兵認不得官。我們要趁亂打過去！兄弟們，帶上牛肉邊吃邊走，敵人餓著肚子在泥灘裡爬了一夜，他們不禁打！」因見人牽過馬，知道是從張廣泗營裡繳的，一笑上馬揚鞭指道：

「走！」

☆

訥親連夜退兵，沒有走到松崗便遭到羅渭三千藏兵強襲。昏夜暗中，又全然無備，頃刻間就炸了營。那些藏兵個個驍勇異常，呼喝大叫號角呼應，前堵後追，中間又插進一股，打得官軍亂成一鍋粥。可憐這些官軍，陷在這草地路上，路上標識被拔得乾乾淨淨，被藏兵趕殺，又不敢亂跑。幾個月沒吃到青菜的官軍，一小半得了雞衊眼，竟似瞎了一般，由著藏兵砍瓜切菜般宰剁。訥親的三百名親兵見大隊人馬殺亂了陣，簇擁著他便向南走，要逃回下寨，但見昏暗的星月微芒下，到處黑影幢幢，叱呼聲、喊殺聲、招呼聲、慘叫聲、兵器相迸相激聲混得不分個兒，滿泥地裡到處都是橫七豎八的官軍屍體，帶辮子的人頭在泥漿裡被人踢來踢去，……再往南走，廝殺得愈加兇烈，衝一處，被堵一處，似乎漫野都是藏兵，處處都是刀槍劍樹。衆人一看不對，又架著訥親向北踅，倒還稍好些。幸得一個傳令兵熟悉道路地形，做好做歹，攧弄著訥親停駐在一塊長著子孫槐灌木的小高埠上。訥親驚魂未定，又見一股人馬黑地裡殺來，頓時，渾身一陣發涼，腿一軟就要坐，卻被兩個親兵死死架住，聽這隊人馬呼喊近來，卻是漢話：

「訥中堂！訥中堂在哪裡——我們是兆惠的兵！」

訥親這才三魂收聚七魄入竅，覺得襠下異樣不舒意，隔褲子摸摸，知道不好意思的，口中命道：「叫兆惠過來，我在這裡！」手下兵士便齊聲吶喊：「訥中堂在這裡——傳兆軍門！」一時便見兆惠帶著幾個人提刀涉水過來。兆惠邊走邊叫：「訥中堂，不要慌！我來了！」訥親不等他到跟前便急急問道：「你還有多少人？還有多少人？」

「我的兵死了七百多，還有不到一千人。」兆惠仰面看天，像是極力在尋找著哪顆星星，口中卻道：「現在最要緊的是把我們的人聚攏起來……這樣打，不到天亮就完了——現在還不到丑時！」訥親只在地下乾轉圈子，口中喃喃而語：「這怎麼好？這怎麼辦……」

兆惠見這位矜持驕慢的「相爺」如此膿包，暗地苦笑一下，發令道：「所有的人齊聲高喊：兆惠在這裡，官軍靠攏過來——往後傳！」

「兆惠在這裡，官軍靠攏過來——往後傳！」

一千餘人扯嗓子齊聲高呼，立時壓倒了嚣亂鼎沸的戰場喧鬧。

這一著果然見效。正在亂中拚死掙扎的官軍三十一群，五十一夥，從南北兩路邊殺邊衝向這邊漸漸靠攏過來。訥親這時才完全鎮定下來，忙著叫親兵「傳棚長游擊以上的官佐，各自集合自己部下軍士，然後過來聽令！」

☆

草地上又一個黎明來臨。太陽像往日一樣，懶洋洋從遠處地平線上爬出來，隱在稀薄的雲層裡，有點像一只沒有煮熟的蛋黃，將草地上的潦水照得發亮。從四更天起一陣號角響後，藏兵便退出戰場，來得突兀，去得也倏然，一時三刻便消失得無影無蹤。此刻映著淡漠的陽光看這一夜惡戰的疆場，眞是慘不忍睹。從高埠向北二里，綿延向南沒有盡頭，清兵的屍體像割倒在田裡的穀捆兒，有的地方斷斷續續稀稀落落，橫七豎八摞著，有的地方擠成堆、垛成垛，斜躺著的、仰臥著的、半拄著刀僵跪著的、背靠背坐著的，什麼樣兒千奇百怪的都有。絳紅色的泥漿地上停著被砸得稀爛的糧車，一包一包沒有被敵人來得及帶走的糧食被半浸在泥水裡，帶著血汚的號令旗被挑在一枝梭標上，被曉風吹得一掀一動……

「訥相，」兆惠的目光從戰場上收回來，對悶坐發呆的訥親說道：「我們淸點了，連傷號在內，還有兩千七百九十四個人。我估約，撤回下寨的不會少於一千人，路熟的兵也許從北路逃回松崗的也會有一點。下一步怎麼辦，請中堂示下！」訥親呆著發紅的眼，半晌才道：「藏兵一來偷襲，我就派人命海蘭察來接應救援，他竟敢畏戰不前隔岸觀火！——現在不和他理論這些，我最擔心的是張廣泗，不知怎地，我覺得他已經出事了——」他一下子站起身來，「——不行，我們得趕緊增援刷經寺！」

兆惠沒言聲。

「趕緊集合隊伍！」

「不行。」兆惠從唇間蹦出一個字來，許久才指指橫躺得滿地的兵士道，「他們餓著肚子打了一夜，現在根本不能再戰。我們現在要到松崗，先讓兵士吃飽才能說別的——海蘭察不來援，我估著是張大帥那邊出事他去救援，或者我們的信根本沒有傳到松崗。昨夜那情形，海蘭察來又如何？他不是笨人，肯定救刷經寺去了！」兆惠這一提醒，訥親才覺得自己也是肚裡空空如也。琢磨著兆惠的言語，怎麼聽都像在罵自己是「笨人」，想起下寨兆惠的建議，不禁又羞又惱，加上飢火中燒，更是氣不打一處來。但此時除了兆惠無人可用，忍了又忍，還是吞了肚裡，強笑道：「好，依你！」正要發令整隊，兆惠遙指北方，臉上綻出笑容，說道：「中堂！海蘭察的兵，都扛著東西，給我們接濟吃的來了！」

訥親順著他手指方向看，果見一大隊兵士逶迤蜿蜒近來，卻沒有馬匹，人人肩上鼓鼓囊囊扛著布袋，……他的眼睛一亮，隨即黯淡下來，變得異常冷漠，只說了句：「海蘭察也來了，好安逸呀，還騎著馬！」

註① 見拙作《乾隆皇帝・夕照空山》。

3

兵敗窮極落荒松崗庫
恩將仇報謀殺功高將

海蘭察也已看見訥親和兆惠在瞭自己，遠遠便下了馬，一邊向這邊走來，口中吩咐，「給這裡弟兄們分肉——」便過來給訥親施禮。他也是兩眼通紅，熬得臉發瘀，左臂上不知中箭還是刀傷，纏著繃帶，粗得袖子都放不下來。待給訥親行過禮，兆惠剛問了句「你的胳膊——」便被訥親打斷了，「松崗那邊怎麼樣？張廣泗現在哪裡？刷經寺呢？」

「訥相，」兆惠板下了臉，咬著牙，強忍著肚裡的無名火，說道：「你不看看海蘭察帶著傷？他也是打了一夜！」

訥親騰地紅了臉，過來要看海蘭察傷勢，海蘭察卻護住了。他和兆惠不同，天性裡帶著佻脫，再生氣也面帶微笑。訥親碰了軟釘子，訕訕地縮回手，嚥著唾沫道：「沒及關照你……我是心裡急著大局。」

「大局已定，莎羅奔已贏！」海蘭察苦笑道：「昨夜刷經寺已經淪入敵手。我點庫中一千騎兵一千步軍連夜去救，在刷經寺西三十里鋪和潦清的藏兵接戰，打了一陣，他們人實在太多，幾次都衝不過去。中午莎羅奔親自出陣喊話，說刷經寺已經落入他手。

我不相信，又向前衝殺一陣，看見刷經寺裡真的掛滿了藏兵的鷹旗，才率兵後退，他們倒沒有阻擋追殺。待到離松崗四五里，又遭伏擊，是狙擊中堂的藏兵從北路截過去的。大約沒有接到莎羅奔的將令。倒是這一陣打得凶險，我們的馬都被砍傷了，步行一路殺回松崗……」他眼中迸出淚花，「媽的個屄！我——我海蘭察幾時吃過這虧？」

訥親皺眉聽著，沒有理會他罵娘，說道：「莎羅奔都講些什麼？松崗周圍已經被他們佔領，你們怎麼能赤手空拳到這裡來？」「他說張廣泗沒有死，也沒有降，已經落入他手。」海蘭察傷心地抹著眼淚，「還說……沒有想到訥相……這麼不禁打——原來準備會兵在松崗再堵截訥相的，實在可憐您……就免了，還說要放路讓張廣泗逃回松崗，說松崗裡留的糧食夠我們吃一陣子……還說等您回松崗，要和您見見……還說——」

「夠了！」訥親煩躁地打斷海蘭察的話。他總覺得這個海蘭察頑劣無禮，和兆惠一樣瞧不起自己，一口一個的「還說」，似乎在複述莎羅奔的話，都帶著他自己刻骨的挖苦。訥親見兵士送來牛肉，一把推開了，說道：「這是莎羅奔給我的嗟來之食，我不吃！這樣的話，我要收兵回下寨，命西路軍南路軍齊進金川，在這裡合兵再戰！」

「您打斷的就是他這句話。」海蘭察道，「他說，刷經寺到成都六百里糧道，他管三百，四川巡撫管三百。由他的兵給我們運糧，每人每天四兩。別說被藏兵圍困，一個耗子也走不出去傳令，就是傳到，等援兵到，餓也餓死我們了！」他用舌頭舐舐嘴唇，指著牛肉道：「這不是『借』來之食，是李侍堯運來的。您還是將就用點吧……」

訥親早已飢腸轆轆，看看那肉，有點勉強地拈起一塊。

……訥親帶著不到三千殘兵敗將，踉蹌返回松崗，已是半夜時分，恰這夜月色明亮，銀輝遍地。舉目望去，黑沉沉烏鴉鴉的松崗下邊從東寨門向北，牛皮帳篷一座挨一座望不到邊，都是一色簇新，在水銀瀉地般的月光下泛著淡靑色的光，像煞是突然冒出的一大片石砌的墳場。想了想，訥親料知是莎羅奔笑納了從靑海剛運到刷經寺、未及分發更換的新帳篷，只嘆了一口氣，卻什麼也說不出來。不遠處巡邏的藏兵見大隊人馬開到寨門前，舉起牛角號「嗚」地長鳴一聲，藏營四周立刻便相互呼應，一個老藏人帶著四五個隨從，高筒皮靴踩得吱吱作響走過來，用半生不熟的漢話說道：

「我叫桑措的，奉莎羅奔大故扎、大淸莎羅奔金川宣慰使的命令，向天使致意。」

桑措說著雙手平舉，空著手，像是獻哈達的樣子深深躬下身子，許久才又站直了，說道：「我們已經放行，請張老爺子到了松崗。故扎說，嗯，這個的，窮什麼的不追的，狡兔三窟的，還有網開兩面有好生之德的。所以善請訥大人安心進寨。我們的兵現在不攻松崗，在外頭守株待兔的。」海蘭察聽聽桑措的話，有點亂用成語，想著莎羅奔說話時的神氣，背轉臉偷笑了一下，卻見老桑措又一躬身，說道：「我是故扎派來談和的，請問是現在隨您進寨，還是明天再見？」

「你不夠和我談和資格。」訥親冷冰冰說道，「回去告訴莎羅奔，叫他帶兵攻寨子，沒有什麼好談的。」說罷回身便要走。卻聽桑措身後一個沉緩的聲音道：「中堂留步——我就是莎羅奔。今日的事，情不得已。談也由中堂，不談也由中堂，談與不談是另一回事，您帶的這些兵要全部留在寨外。帳篷、食物都由我們供應！」

訥親不禁一驚，渾身上下打了個寒顫：這莎羅奔眞不是等閒之輩，這點子殘兵還不許進寨，下寨的兵就更不用說了，想著，海蘭察在旁罵道：「操你姥姥的老桑措！怎麼言而無信？說好放我們的人進寨的。」

「回海軍門的話，」老桑措卻聽不懂他的粗話，畢恭畢敬說道：「我並沒有操你姥姥！這三千人已經平安到這裡，他們駐寨南，我們駐寨東，打與不打，看談判結果的。這怎麼能算操你姥姥的？」話音剛落，訥親的幾個親兵都忍俊不禁嘿嘿偷笑。藏兵裡不知誰嘰哩咕嚕翻譯一陣，也是「轟」地爆發一陣譁笑。

莎羅奔擺了擺手，冷峻地說道：「海軍門，我佩服你的勇敢，在刷經寺東親眼見你在重圍中砍傷我二十多弟兄，我們藏人佩服這樣的英雄。和談不成要打，我必放你一條生路──訥中堂，你現在連下寨在內，只有不到七千兵，能打仗的不到四千。我可以實言相告，我軍總兵力三萬，這裡就有兩萬。一聲令下，下寨和松崗今夜就可到我手──我的傳令用號角，不知比你快多少。僥倖逃出來，誰能出這大草地？我勸你還是好好談，給博格達汗留點情面的好！」

「旣然無意與朝廷爲敵，談也無妨。」訥親聽得十二分絕望，吞下一口苦水，盡力保持著冷靜，緩緩說道，「我現在就聽聽你的章程。」

「這才對了，我喜歡爽快。」莎羅奔胸有成竹，說道：「第一，西路軍退回貴州，南路軍退回廣西。之後，北路軍您這一路，我禮送回四川。第二，朝廷不得追究我抗拒征剿之罪；第三，派員區劃金川我管轄範圍，以防再次衝突。我方可以答應：仍舊聽受四川巡撫政令節制，每年照常完糧納貢上表稱賀，歸還戰俘，掩埋死者，派員赴闕謝罪請封，禮送大人離境，我親自設酒相送。就是這些。」

訥親聽聽，沒有一條沒有道理，也沒有一條自己能擅自作主的，格格一笑說道：「我要是不答應呢？」「那你就只能長留在這裡，由我供應。」莎羅奔也是一笑，「不管哪路兵，敢妄入金川，或者想突圍，大人和張軍門只有玉碎在此。」他頓了頓，「……至於以後，那要看天意。我只是個宣慰使，比不上朝廷一個州縣官大。和大人同歸於盡，也沒有什麼不值得的。以今夜爲限，大人不談，明日我或許提出更苛刻的條件。」訥親思量著，知道這人言出必行，沉默一會兒說道：「可以談。你明天派能作主的人進來說話。不過，我帶的這些兵要跟我進寨！」

「可以——放行！」

莎羅奔說完，一掉轉身子便去了。訥親當即催馬進寨，只見騰空了的大糧庫裡擠擠挃挃住的都是兵，糧庫外邊也臨時搭了草棚、氈帳，無數破衣襤衫的兵士或蹲或站，沒頭沒臉往嘴裡扒飯，見他和兆惠、海蘭察一行進來，只讓條路，連個行禮的都沒有。訥親無心計較，因見吳雄鴻過來，忙問道：「大帥呢？」

「在糧庫帳房——游擊以上弁佐還有二十一個，都在議事廳集合，等著訥相……」

「我先見見廣泗。」

「要不要稍歇息一下，吃過飯洗漱過再——」

「不要。」

訥親頭也不回，邊走邊說：「兆惠和海蘭察休息一下，然後到議事廳。今晚要會議軍政。」說著，和吳雄鴻一道去了帳房。

張廣泗頹坐在東壁一張安樂椅上。零亂不堪的屋子只有兩楹，破帳本子、散了珠的算盤子兒、瓦硯、爛筆頭都丟在地下，一片狼藉不堪。張廣泗的身軀彷彿縮得很小，兩隻枯瘦的手支著膝，頭深埋在臂間，一頭篷亂的蒼髮都在絲絲顫抖，完全是個垮掉的人。聽著有人進來，他連動都沒動。

「潤湖公，」訥親小心地走到他跟前輕聲叫道。見他不應，訥親嘆息一聲，說道：「大家心情一樣，現在我不怨你，你也不要怨我。從軍政兩頭，都要有個計較，還要向朝廷有個交待。」

張廣泗抬起了頭，臉色蒼白得像月光下的窗戶紙，彷彿不認識訥親似的，用呆滯的目光盯著他，許久才道：「軍事……軍事還有什麼議的？你……和我都是罪人，等著朝廷來領拿就是了……」訥親看了吳雄鴻一眼，說道：「吳師爺，把門關上，你到外邊守著，不要人打擾。」因坐了旁邊另一個安樂椅，隔几側身說道：「這一仗是失利了，北路軍已經癱瘓，這我知道。但軍事的事，我想了許久，並不是毫無指望。假如西南兩路推進金川，我們能固守，莎羅奔仍舊難逃厄運，現在最難的是將令傳不過去。金川並沒有多少藏兵，他的老巢要被搗，立時戰局就要翻轉過來。」

「這我都想到了。」張廣泗嘆道，「莎羅奔恐怕也想到了，所以才放我到松崗。這眞是個人物！你該思量，繞道成都，再到川西南傳這個將令，就是沒有阻難，也得一個月，這兩路軍知道我們被困，敢不敢來救？他們要是索餉，四川藩庫供應不供應？別看這些武官，扯皮的本領大著呢！」訥親點點頭，說道：「四川藩台金輝是我的門生，我垮了，他也要失勢，不能不勉力成全。一個月就一個月，讓送糧來的民伕悄悄帶出將令，由金輝發過去。總之我們不能坐以待斃嘛！」張廣泗道，「莎羅奔難對付，更難的是無法向聖上交待。天威不測啊……」

訥親緩緩站起身來，螢蟲一樣的豆油燈幽幽地照著他頎長的身子，他深深地思索著，踱著方步，眼神暗得像深不見底的古井。良久，說道：「我軍失陷刷經寺，可以請罪；我軍佔領下寨，可以報功。只要最後打贏，仍舊是無罪有功！這要看文章怎麼寫。」

「怎麼寫？」張廣泗眼中放出光來，須臾又道：「海蘭察和兆惠恐怕不肯替你我瞞著。」訥親咬咬牙，硬著心腸說道：「刷經寺被困，海蘭察救援不力，使莎羅奔佯攻得逞。兆惠是隨中軍行動的護軍將領，不能預防敵人偷襲，致使我軍傷亡慘重。都是可殺之罪……」

在外邊守風的吳雄鴻，聽他二人計議怎樣恩將仇報殺人滅口，渾身汗毛直炸，心裡一陣一陣起慄。他跟張廣泗多年，張廣泗剛愎跋扈是有的，但待下罰重賞也厚，壞心術的事不多見；這個訥親冷峭寡言，但素來溫文爾雅，待下禮遇絲毫不苟——怎想到事到急處，兩個人都如此陰險狠毒？吳雄鴻恐懼得不能自持，屋裡訥親輕咳一聲，竟唬得他一哆嗦，卻聽張廣泗道：

「吳老夫子進來，商量一下寫折子。」

……天近五鼓時，一個黑影倏地閃進了兆惠海蘭察合住的帳篷。輕微的氈帘響動，立即驚動了二人。幾乎同時，海蘭察和兆惠都睜開了眼，不言聲四目炯炯盯著來人的動作。黑影進來在門口站了一下，似乎在適應帳裡的黑暗，接著便躡手躡腳向兩個板床中間茶几走去，摸索著端起杯子，窸窸窣窣向下塞了一件什麼東西。海蘭察見他要走，「唿」地一聲坐起來，雙手鉗子般握住那人手臂，低喝一聲：

「什麼人？奶奶的，敢打我的主意！」

「別，別……別動手！我，我我……是吳吳雄鴻！」

「吳什麼玩藝？老子不認得！」

「就就……就是吳師爺！」

兆惠一下子晃亮了火摺子，海蘭察也丟開了手，都楞了神，看著幾乎被海蘭察唬癱了的師爺。海蘭察平日和他極熟稔的，不禁笑道：「你這麼鬼鬼祟祟的，還是個讀書人！我還以爲哪個餓兵進來摸索牛肉吃呢！」吳雄鴻的臉兀自煞白，用嘴呶呶茶几，兆惠過去，從茶杯下抽出一張紙，只見上面歪歪斜斜八個字：

恩將報以仇速作計

兆惠便問：「左手寫的？」

「什麼玩藝？」

海蘭察見兆惠變了顏色，接過他手中紙條，只看了一眼，心裡也「轟」地一聲，立刻匋匋急跳。問道：「到底是怎麼回事？」吳雄鴻不敢久待，只撿要緊的說了個約略。又要過紙條，在燈上燃著，看著它化盡，用一種難以形容的古怪眼光看著呆若木雞的兆惠和海蘭察，說道：「我得趕緊走，你們好自爲之——信不信由你們！」說著一閃便出了帳。

兆惠和海蘭察木雕泥塑般站著。許久，才像做了一場噩夢醒來，轉臉四目一對，都是火花一閃，二人都是天分極高的人，頃刻間便意識到自己命在須臾之間。

「怪不得夜裡布置軍務，訥親一句不提你我，也不檢討刷經寺之敗。」兆惠淒冷地一笑，「原來要拿我二人開刀！」

「他現在還不能動我們，」海蘭察咬著嘴唇，緊張地思量著，說道，「松崗的兵都是我們帶出來的，出死力救他們，兵士們都知道，他怕譁變！」兆惠點點頭，他已經恢復了鎮靜，悶聲說道：「我們現在不能逃，那樣他就更有口實。這裡形勢凶險，他不敢動我們。一待莎羅奔兵退，就要下手了——我們現在不是沒差使嗎？天亮和那個桑措會談，我們兩個要個差使，管刷經寺到松崗這段路和藏兵交接糧食的事。這樣，我們行動手腳就放開了，在刷經寺尋逃路，比這裡容易得多！」「光我們兩個逃不行，我有十幾個弟兄，都在大糧庫當分庫佐領。」海蘭察手捏下巴，沉吟著道，「要讓他們知道點影子，到時候策應一下。萬一不成，也有人報告朝廷——殺人可恕，情理難容！他們就這樣報我們救命之恩！」

兆惠佩服地看一眼永遠帶著稚氣的海蘭察，在與兵士交往這一條上，他確實自知不如。海蘭察做到副將銜，什麼馬伕、伙頭、哨伍長之類的狐朋狗友還有一大幫，和兵士們一塊吃偷來的狗肉……他秉性嚴肅，不苟言笑，臨急時才曉得雞鳴狗盜之輩也大有用處。兆惠心裡嗟嘆著，回答海蘭察道：「大利大害面前，沒有情理仁義可言。他們的身家性命、功名利祿比我們的命要緊得多！」

☆

訥親和張廣泗的「報捷」奏折遞到北京，恰是五月端午。當時在軍機處值差的是文華殿大學士、刑部尚書劉統勛。一見是報捷的奏章，粗粗瀏覽一遍，便起身逕到永巷口，卻見養心殿廊下侍候的太監王恥抱著一堆東西出來，因問道：「皇上這會子在養心殿還是在乾清宮？」

「萬歲爺和娘娘剛剛啓動鑾駕，先祭天壇，再到先農壇藉耕，午時才得回來呢！」

乾隆身邊十三個大太監。貼身的五個，卜（不）孝、卜義、卜禮、卜智和卜信在內殿侍候起居；外廊八個，王（忘）孝、王悌、王忠、王信、王禮、王義、王廉、王恥專管內外奔走、隨行傳呼一應事務。這位王恥排在最末，卻因伶俐解人，言語乖巧，上下殷勤奉迎周到，倒最得乾隆任用。當下王恥答著劉統勛的話，笑得兩眼擠成一條縫，又道：「主子、主子娘娘惦記著當值的軍機大臣，說過端陽節的，算不小的節氣，既不能回家，叫賞的米粽、蒸糕、雄黃酒、芷朮酒糟。主子娘娘聽說是您劉延清大人當值，說您素來心脾不受用，又要添了蘇合香酒，加賜一碟子宮點——怕著米粽您克化不了——還有檳榔包兒麝香袋、紫金活絡丹，就賞了這大一包叫我送過來。我的爺！張老相國當了四十年宰相，也沒有這個體面呢！」

劉統勛聽乾隆不在大內，原本回身要走的，見說這話，忙又躬身站定，聆聽著，心裡一陣陣發熱。待王恥說完，顫著手捋下馬蹄袖跪地謝恩，說道：「劉統勛何德何能？受主子主子娘娘如此厚恩！只合拚了這把老骨頭報效君恩……」起身又道：「煩請公公把賞賜物件送軍機處。我去一趟傅相府，回頭就進去給皇上請安奏事。」說罷，逕自出景運門，從東華門出宮，向侍衛處借了一匹馬，也不帶從人，加鞭直奔鮮花深處胡同西街，來見軍機大臣傅恆。

待到傅恆門首，踏石下馬，劉統勛掏出懷錶看時，剛到巳時正牌。他是常來走動的大臣，門政老王頭早已迎出來，恭恭敬敬過來，哈腰打千兒行禮，吩咐「給爺的馬遛遛，餵點料水！」對劉統勛道：「老奴才陪爺進去。我們老爺夜來還說起來著，延清老爺公子中了進士，得便兒要設個席面賀賀……」劉統勛聽他絮絮叨叨，隨著往西花廳而來，是時萬里晴爽，驕陽似火，但見滿院修篁森森濃綠欲染，夾道花籬斑駁陸離，潔淨得纖塵不染的卵石甬道，被樹影花蔭遮得幾乎不見陽光，石上苔蘚茵茵如毯。偌大府邸綠瓦粉牆、亭榭閣房俱都隱在煙柳老木婆娑之中。劉統勛剛從驕陽蒸地裡奔馬而來，一身燥汗頓時化盡。一路進來，逶迤行間，但聞蔭間鳥聲啾啾，草中蟲鳴唧唧，月季、石榴，還有多少不知名的花香清芬彌漫，眞是說不出的適意受用。劉統勛心中不禁慨嘆：到底是侯門國戚、簪纓世勳之家，窮措大寒窗十年，就是做到極品之官，哪裡討這份富貴？正自胡思亂想，一個總角小童帶著個人從月洞門迎了出來，一見面便笑道：

「延清公，總有一個月沒見面了吧？你好稀客！」

劉統勛從遐想中回過神來，才見是傅恆。只見他穿著月白實地紗袍，套著件玫瑰紫寧綢巴圖魯背心，腳蹬黑市布千層底軟鞋，剃得趣青的頭後甩一條油光水滑的辮子，三十六七的人了，仍舊雙眸如星面似冠玉，英氣中帶著儒雅，令人一見忘俗。劉統勛見他行禮，忙著拱手還禮，笑道：「六爺好逍遙！部裡事繁，我們又不同值，見面自然就少了……六爺的養生之道得便也給我傳授傳授。您是越出落越年輕了，看去好像還是個不到三十歲的翩翩佳公子呢！」

「我的養生之道你學不來！」傅恆一把扯了劉統勛聯袂而入，吩咐老王頭，「福康安帶你兒子吃過早點就出去了，看回來沒有，叫他到花園射靶子練布庫，然後照例回書房讀書！」這才又對劉統勛笑說：「你是個苦行僧把式，除了公務一無所好，又整日價批公文下火簽，拿人捉賊坐堂斷案，和江洋大盜賊匪叛逆打交道，一肚皮的焦躁，怎麼能學我呢？你來得正好，和親王五爺，莊老親王還有一幫子朋友，都趁著過節放假來我這討酒吃呢！咱們索性一樂子！」

他這一說，劉統勛便止住了步。半晌才道：「我是有事來領教呢！訥相發來奏捷折子，軍事我又不懂，怕皇上問話難回……」傅恆笑道：「皇上這會子還在先農壇，藉耕下來怕要過午了，回來總得進了膳才能見你吧？這不是軍情有變的急報，你甭犯嘀咕，且鬆泛一時，一點事也誤不了你的……」便聽西花廳裡雲板鏗然，一個男聲揑著嗓子唱：

臉霞宜笑，幾度惜春宵。窄錦銀泥，十二青樓拂袖招。杏花梢，暖破寒消……

一個嗲聲嗲氣的男腔假嗓子插問：「櫻桃姐，你看陌上遊郎，好不嬌俊！」那位捏著嗓子的又唱：

貪看寶鞭年少，眼色輕撩。

假嗓門兒又道：「櫻桃，怎的又說那年少？」便聽接著又唱：

瑣香奩玉燕金蟲，淡翠眉峰只自描！

劉統勛一腳跨進去，立時便怔住了：原來裡邊滿屋子坐得擠擠挨挨，牙板鼓簫俱全，正唱著《紫簫記》。扮六娘的是恂郡王允禵的長世子弘春，二十七貝子弘皓扮「小玉」，二人正當少年，倒也粉黛櫻唇窈窕翩翩。再看青衣「櫻桃」，居然便是弘皓的父親莊親王允祿本人！也是一身戲妝，翠瑙步搖雲鬢寶釵，乾癟的嘴唇上塗著胭脂，滿是枯皺紋的瘦臉打了厚厚的官粉，也在那裡「眉蹙春山、眼橫秋波」，當兒子的「丫頭」。方才捏著嗓子唱的，就是「她」了。見他二人進來，眾人一笑停戲，旁觀的錢度、阿桂、紀昀、高恆都是部院大臣或外任大員，紛紛起身和劉統勛見禮。允祿一邊摘「耳環」，笑問：「延清公，又不演《鍘美案》，你這黑老包來做麼生？——你聽見我唱得怎麼樣？」

「端的是歌有裂石之音！」劉統勛道，「聞聲不如見面，見了面眞是顏如天魔臨凡！」說罷緊盯著允祿，半晌「噗哧」一笑，又道：「王爺這一扮，還眞像軟玉溫香呢！不過您別眨眼，一眨眼臉上的粉就掉渣兒了。」

這一說立時引來一陣哄堂大笑。排場的總管是和親王弘晝，掌樂的幾位是弘瞻、弘謙、弘曨、弘閏，都是近支龍子鳳孫，棄了鼓板笙簫，嘻天哈地鼓掌大笑。一衆淸客相公也都前仰後合，嘻笑著湊趣兒。「王爺扮起來就是菩薩，怎麼說是『天魔』？」立即有人接話：「沒聽《金剛經》裡說，一切世界天人阿修羅，皆應恭敬作禮圍繞，以諸華香而散其處？阿修羅就是『天魔』，是絕美仙葩！」一個淸客笑得打跌，說道：「我家老爺子愛扮《牡丹亭》裡的小春香。那天扮好了問我『像不像』，我說『神似形不是，細看教人毛骨悚然！』氣得老爺子啪地賞我一記耳光。」……

「來來，」允祿笑得滿臉開花，「粉渣」兒脫落得一道一道兒，親手端一盤鮮藕遞給劉統勛一塊，「延淸，這是我南邊莊子裡新出的，六百里加急給我送了二十斤，又淸又脆又甜，幾乎沒有渣兒，我貢給皇上十斤，這點咱們分用。你嚐嚐！那些粽子、包子、玻璃肉都是葷的，苦行僧一用就犯戒，葡萄呀西瓜呀這些你倒合用的。」「謝莊王爺！」劉統勛接過輕咬一口，笑道：「果然是好！我其實也不忌諱吃肉，只是有心疾，一吃就頭暈心跳。太醫吩咐素食，不許抽煙，所以連煙也戒了。」坐在窗前的一個黑大個子笑道：「這正好！我不吃素的，人都叫我紀昀『紀肉鼎』、『紀大煙鍋子』。你要有學生送肉送煙，千萬代我都笑納了。至囑至囑！」他也是文華殿學士，位分雖略低一點，卻是乾隆最器重的文臣，生得五大三粗，寫起文章卻是錦心繡口，此刻雙手油淋淋的掇著一個約三斤多的紅燒肘子，正在大快朵頤，說話都嗚嗚咿咿含混不清。

劉統勛隨衆落座，一邊笑道：「六爺方才說我是苦行僧，細想眞是的。這邊是絲竹弦歌，天魔曼舞，我那邊是竹板敲扑，血肉橫飛，忙了部裡跑大內，哪得個閒功夫？方才在軍機處看奏稿文牘還看得頭昏心悸，這會子心緒一下子就好起來了——總有十年沒看戲了罷。」「所以名臣難當。你是名臣麼！」弘春含著一枚橄欖，滿面春風笑道，「主子爺那天把皇子皇孫們都叫去，就拿你發作我們，說你是盛朝中流砥柱，還舉了孫嘉淦和史貽直。說我們都是繡花枕頭，酒囊飯袋！可見成人不自在，自在不成人，半點不錯的。我聽人家說，家貧有竹難食肉，家富食肉不栽竹。怎得個兩全，怎得個兩全也！」他說著，又上了戲腔道白。

「世上不公道的事多了。竹君子、松大夫，屈了梅花無稱呼，哪得事事周全呢？」紀昀用手巾揩著油膩，心滿意足地舐著嘴唇笑道，「最好是貧家扛網去張兔，富家買筍掏阿堵。這麼著都有了。」錢度沒聽明白，問道：「曉嵐都說些什麼呀？豬啊兔啊的，還有什麼阿堵，滿合轍押韻的，只聽不清爽。」紀昀剔著牙嘻笑，說道：「『阿堵』即是貴姓。我說的是筍燒肉，貧富各宜雅俗共美！」允祿還在想著唱戲，因道：「劉延清攪了我的戲，罰雄黃酒一杯，聽我唱一曲。」又捏著嗓子唱道：

翠亭亭，別是清虛境，淰淰雲花映……半空中，樓閣丹青，趁著斜陽影。珠箔有人迎……

劉統勛瞧著眼前繁華熱鬧，忽然想起訥親、張廣泗諸人還在煙瘴泥潦中打仗，不由心裡一沉。紀昀從外解手回來，見他怔怔地，問道：「你好像有心事？」劉統勛不願掃大家興，笑道：「我不大懂戲，沒頭沒尾的又聽不明白。倒是詞牌調兒偶爾還聽聽——你們只管樂子，甭管我，一會兒我就得走了。」他原是隨口敷衍，不料卻撓著了弘晝癢處，把手中的牙板遞給弘春，說道：「拿著——你們幾個奏《望江南》！延清可是個大忙人，好不容易來一趟子，他要聽什麼，咱們下海的先儘著他。我唱詞兒算是一絕呢！」劉統勛只好皺眉一笑，笙簫絲弦聲一起，聽這位親王唱道：

江南雨，風送滿長川。碧瓦煙昏沉柳岸，紅綃香潤入梅關，飄灑正瀟然。朝與暮，長在楚峰前。寒夜愁欹金帶枕，春江深閉木蘭船，煙渚遠相連……

「好好好！」紀昀鼓掌起身大笑，「不過都是前人之作，沒有新意兒！那年五爺『活出喪』，尊府門政紀綱王禿子，一邊『哭』一邊唸唸有詞，我在旁邊聽，竟然是《望江南》詞牌！此刻唱出來豈不得趣？」

大家聽了都是粲然一笑。這位和親王待人，最是機敏幹練隨和曠達的，處事卻常不循情理，另有一份乖張荒唐。活脫脫精綳健壯的個人，已經四次給自己辦喪事，充了「死人」，卻據案大嚼供果。紀昀指的就是這事了。當下弘晝便笑道：「那個殺才癩痢狗頭，還哭出《望江南》來了？你唱你唱！眞的是好，回去我賞他！」紀昀清了淸嗓子，像模似樣地枯皺了臉，學著哭喪稽顙捶胸頓足，欲哭似笑地唱道：

我的爺，「死」得好懵懂……生死簿（兒）上沒註名，閻王急叫判官稟：正在吃香供——呃兒……我的爺，「死」得忒張慌！裡賓外客都不接，裝裹靈幡自家忙……呃兒！——沒處敲竹槓……

他學著哭靈作派，丟涕擤鼻「哭」得有情有致，衆人無不聽得哈哈大笑。劉統勛心裡有事的人，笑了一陣，對傅恆使個眼色，道聲「得罪」，辭出西花廳。傅恆便也跟著出來，帶著他到小書房坐定。

「六爺，」劉統勛一坐下便從袖中抽出那份奏章，遞給傅恆，「你看看訥相和張廣泗的折子。我總覺得不對勁兒，可又不懂軍事。皇上現在先農壇，待會子下來，立馬就得奏上去，怕問起來回不出話去，所以偷空出來討個教。」傅恆笑著接過來，一邊說：「你出來走走也好，樂一樂子，這會子氣色就比來時好些——」一頭就看奏章。看著，傅恆的神情變得嚴肅起來，一邊全神貫注盯著折本，緩緩起身從書櫃頂上取下一卷地圖，一隻手熟練地展開了，一時看折本，一時瞇著眼看地圖。良久，手軟軟地放下了折本，只是沉吟不語。劉統勛覺得天漸漸熱起來，揩汗問道：「如何？」

傅恆目光離開了地圖，望著院外刺目的陽光地，手指輕點地圖，篤定地說道：「假的！打了大敗仗了！」劉統勛還要細問，傅恆卻道：「不是三言兩語說得清的，我遞牌子一道進去，一路說吧！」又叫過小王頭吩咐：「小七子，好生招呼客人。」便和劉統勛一同出府。

4

孝乾隆承顏鍾粹宮
聰察君聞捷反驚心

傅恆在馬上口說手比，一條一條向劉統勛譬說奏折諱敗邀功的欺飾之處，如同目睹親歷，聽得劉統勛心裡一陣陣發焦。五月端陽毒日頭，將午時分照得大地一片臘白，暑氣蒸蔚上來，更覺燥熱難當，待到西華門首，兩個人都已前襟後背濕透。一路進大內，命太監請乾隆接見，劉統勛獨自疑信參半，說道：「聽著有理。太危言聳聽了吧？我軍還佔著松崗和下寨呢！」

「大本營都沒了，」傅恆站在石獅子蔭下，仔細理著汗濕了的髮辮，苦笑道：「刷經寺是運糧屯軍最衝要的地方。訥親不是三歲孩子，怎敢輕易棄守？」

……

「看看他寫折子的紙、墨就知道了。有用這種記帳用的麻紙、臭墨寫報捷折子的麼？」

「你是說……」

「我說他們敗得一塌糊塗，是倉皇逃到松崗去的。連奏折本子都沒帶上！」

劉統勛想著官軍大敗，困守松崗的慘景，又想乾隆為籌糧調餉連黜湖廣十二個州縣官，日盼鵲噪夜卜燈花巴望捷報的心情。熱辣辣一片心，傾這麼一桶冰水，該有多麼傷情……想著，自己的心也是一縮，頓了幾下，急跳著要出腔子似的，忙從懷中取出藥酒，對瓶嘴兒喝了一大口，便見卜智一路小跑過來，喘吁吁請安行禮，笑道：「二位爺來得正好！主子在鍾粹宮主子娘娘那呢！豐台花園子貢來蟠桃，這麼大個，紅尖兒綳鮮的帶著綠葉兒——」他嚥了口水：「——娘娘說劉統勛當値，叫進去賞用。萬歲爺說，攏共就這麼一簍，叫傅恆也來吧——可可兒的您二位就遞牌子請見……」傅恆不待他再往下嘮叨，向劉統勛一讓，二人便同入永巷。到鍾粹宮垂花門前，又有皇后富察氏的掌宮太監秦媚媚接引進去。

這裡卻又是一番熱鬧，北房皇后正寢丹墀上橫排一溜長几，分列坐著貴妃鈕祜祿氏、那拉氏、惇妃汪氏、陳氏、惠氏、嫣紅、英英幾位嬪也自有位置。剩餘答應、常在一應低等媵御也有十幾人，也都明珠翠璫穿戴齊楚，把把頭兒花盆底鞋侍候在廊下，卻是沒有座位。正中一席，中間一張安樂椅，斜坐著鬢髮蒼蒼體態慈祥一位老人家，即是當今太后「老佛爺」了。太后東側一邊坐著富察氏皇后，西側的就是乾隆皇帝，卻沒有坐，原來正在擊鼓傳花遊戲耍子，乾隆輸了，被罰著唱曲兒。見他二人進來行禮，乾隆擺手示意起身，笑著道：「老佛爺，傅恆和劉統勛進來了，兒子更唱不出來了，饒了我，罰酒一杯如何？」

「你是皇帝，本罰不得的。」太后笑道：「可這是你自定制度，世法平等！既不能唱，說個笑話兒我聽，也是你一片孝心。」

「好，兒子就獻醜了。」乾隆仰臉想了想，「前明年間內官專權，有個小太監新得用，奉旨出去採辦。他在外省名聲不大，官員們都不來趨奉，臨回京前做了一首詩。嗯——這樣寫的——」他頓了一下，唸道：

地動山搖奉旨來，
文武百官不理咱。
有朝一日回京去，
人生何處不相逢！

太后聽了，問道：「這是什麼詩？」「是啊，」乾隆說道：「回京有人奉承說『眞好詩！』他謙遜說『算不上太好——叶韻而已！』」劉統勛和傅恆鵠立東廊下，聽乾隆的笑話，起初也罷了，愈想愈是耐不住，都縮著脖子背臉笑得打顫，餘下嬪妃，也是有的笑不可遏，有咀嚼不出味來，陪著呆笑。太后道：「我老了，懶得動心思。這笑話兒太深，再換一個說說！」

「是！」乾隆陪笑說道：「說三個活死人，張三李四王二麻子——」這一說太后便笑，說道：「我就耐煩聽這樣的！」乾隆忙雙手舉杯奉上，「這就是兒子的虔心到了，母親飲一小口！」

太后呷一小口，指著傅恆和劉統勛道：「別教他們乾站著，桃子一人賞兩個，再取點點心果子，樂一會子再說話辦事去！」站在富察氏身後的宮女睞娘忙答應著，吩咐小蘇拉太監張羅。

「——三個活死人住店打通鋪。張三覺得腿癢，就拚命撓，撓得指甲上血乎乎的，仍舊不解癢……」乾隆接著說道，「撓到天明，才看見撓的不是自己的腿，李四一條腿被撓得血淋淋的，還在呼呼大睡……」他沒說完，太后已笑得前俯後仰，手裡瓜子兒撒了一地，咳嗽著問：「那王二麻子呢？」乾隆道：「王二麻子半夜尿憋得起來解手，偏那夜下雨，房檐往下滴水，他就以爲沒尿完，一直站到天明……」

衆人一發哄堂，東倒西歪地都笑倒了。傅恆心裡惦著事，跟著笑一陣，偷眼看劉統勛，恰劉統勛目光也閃過來，只一對眼，彼此明白，傅恆因睞娘是自己府裡薦來，如今在鍾粹宮是最得用的，便笑著給睞娘遞眼色。偏被太后一眼看見，指著傅恆笑道：「你兩個嘀咕什麼，又擠眉弄眼的？罰說笑話兒，一人一個——然後跟你們主子辦正經事去！」乾隆笑道：「統勛是咱們大清的包孝肅，說笑話兒太難爲他了，不如罰他大口吃了兩個桃子。您看——賞他的東西，恭謹得一點一點咬著進，這不也是雅罰？——傅恆說一個吧！」

乾隆說罷，安頓坐了下去，見劉統勛雖略吃得快了點，仍是不肯放肆張口，想說句什麼，又嚥了回去。睞娘遞茶過來，小聲在乾隆耳邊說道：「萬歲爺，兩位大人像是有要緊事。主子娘娘說教奴才稟知了……」此刻天時正熱，睞娘薄紗單褂，體氣幽香若馥似麝，說話吹氣如蘭，乾隆不禁心裡一蕩，咳了一聲定住神，聽傅恆說笑。

「奴才也不大會說笑話兒。今兒老佛爺、主子、主子娘娘歡喜，當得巴結承歡。」

傅恆笑道：「康熙朝名相索額圖，其實是個怕老婆的——」見衆人都笑，頓了一下接著說道，「他在南書房當值，天天要進去見康熙爺。偏這一天午覺起來，不知爲什麼事兩口子犯生分，夫人使鷄毛撣子趕得相國爺走投無路，就鑽了床底下去。夫人兀自探著身子打，一邊打一邊問：

「你個狗娘養的，出來不出來？」

「老母狗！」索相說，「男子漢大丈夫，說不出來，就不出來！」

「你出來！」

「我不出來！」

「內廷裡還在等著索相去理事，到未末時牌還不見他來，高士奇便知他在家又『出事』了，命人去喚，『就說得去見主子呢！』那人飛騎趕到索府，見家人都捂嘴葫蘆笑，隔窗兒就喊『索相，別誤了見主子！』」

傅恆說到這裡，滿院人已都笑得控背躬腰，太后捂著胸口問道：「他敢情是出來沒有？」

「說話間索額圖已經出來。」傅恆正容說道，「一頭一臉都是灰……拍打著出滴水檐下，梗著脖子一路下階，一頭恨恨說：『哼！鴟鶚麼？有萬歲爺給我作主，我怕誰？』」

☆

在衆人大笑聲中，乾隆起身，帶著傅恆、劉統勛出了鍾粹宮。乾隆兀立在垂花門前，雙眉壓得低低的，眼睛適應著被陽光映得刺目的永巷，心裡只是思量，覺得一陣陣發煩：整整一個冬天，長江以北的山東、山西、直隸幾乎沒有一場透雨一場大雪，許多地方旱得寸草不生。入春以來卻又黃水泛濫，豫東到淮南淮北決潰，沖得一塌糊塗，蕪湖一帶盡成澤國，連清江的河漕督署衙門都泡進水裡。甘陝倒是一冬好大雪，但去秋歉收，家無隔宿糧的窮民百姓嗷嗷待哺。四面八方的饑民背井離鄉扶老攜幼，湧入湖廣和江南趁食，弄得兩江總督金鉷和湖廣巡撫哈攀龍三日一折叫苦不迭。派戶部尚書鄂善去江南賑濟，回奏說蘇北、南京已經傳瘟，有的地方義倉形同虛設，沒有銀子、糧食、藥物，饑民嘯聚，邪教乘勢傳教「將有不堪深言之事」。因此乾隆拜天壇祈年歲成，回宮又請太后去鍾粹宮佛堂隨喜，原是一腔心事疏散疏散的意思，擊鼓傳花，也爲的有一份「解穢」心腸……

「萬歲爺！」守在垂花門前的隨行侍衛巴特爾見乾隆出神，上前一躬身說道：「外頭的太陽——毒的！身子骨——要緊的！」

巴特爾是乾隆秋獮木蘭，用一塊奇秀琥珀向科爾沁王換來的蒙古有罪奴隸①憨直悍勇誠忠不二，由馬僮改爲三等侍衛，又進二等，還不到二十歲。他的漢話還說不好，艱澀僵硬地這麼兩句也很吃力，乾隆不禁一笑說道：「太陽『毒的』麼？到承乾宮去，那裡『涼的』！——叫養心殿王恥送過大衣裳，朕該更衣了。」說罷也不叫乘輿，逕自下階，沿永巷向北，繞坤寧殿後趄往東，路南朝北第一座殿，便是承乾宮了。

這裡正是「東宮」，歷朝天子都不輕易在這裡接見大臣的，乾隆七年之後，夏秋時卻常常啓用。劉統勛還是第一次來，覺得滿新鮮，也不曉得爲什麼特特選這裡召見說話。傅恆卻知道，這座宮裡有過乾隆一段化解不開的情結，住的又是不久才從圓明園遷入宮裡的兩個愛妃——嫣紅和英英……他偷偷地一笑，忙又仰起臉，裝做什麼也沒想，隨著乾隆趨步而入。

這座宮果然是涼快，因爲座南朝北，陽光和熱風都透不進來，北邊的殿宇都很低，又臨著御花園，紫禁城北海子那邊帶著濕氣的涼風敞然而入，撲懷迎面，從焦熱的太陽地乍進來，幾個人都是心目一爽。嫣紅和英英都去了鍾粹宮太后那裡，宮裡留著的太監宮女見他們一行進來「唿」地跪下一片。

「起來侍候著。」乾隆一擺手，吩咐道，「給你們傅六爺和延清大人搬座兒、倒茶——你們坐吧。」

兩個人斜簽著身子半坐在椅子上，接過茶都沒有敢吃。他們都是常常面君奏對的，但今天坐的椅子和乾隆一樣高，覺得心裡有些忐忑，都稍稍伏低了腰身，正思量著如何開口，乾隆聲音悶悶地一笑，說道：「入門休問榮枯事，但見容顏便得知——過了元宵節，除了尹繼善在廣州奏來的折子，沒有好消息兒。朕已經慣了聽拆爛汚折子，你們只情說起。」

「這封折子是訥親和張廣泗奏來的，倒是報的我軍大捷。」傅恆雙手將折本捧給乾隆，沉吟著說道，「請主子先御覽一過，奴才們有些想頭容再細奏。」

「嗯——用這樣的紙寫折子？」乾隆接過折本說道。但也就是這一句話，他沒有再說什麼，仔細看那洋洋灑灑數千言的折本。

劉統勛從來沒有挨乾隆這麼近坐過，此刻漸漸定住了心，偷眼打量乾隆，只見他穿一件藍芝地紗袍，套著石靑直地紗納繡洋金金龍褂，項上的伽楠香朝珠油潤潤的，映著窗外的光熠熠閃亮，一雙腳蹬著靑緞涼裡皂鞋，回蜷在椅子腿間，全身壓在肘上伏在桌面上一動不動，蹙額皺眉全神貫注地凝視那份折子，一條梳辮得很仔細的髮辮在項下搭了半個圈，又從項後垂下去。已經年過不惑的人了，看去還是那麼頎秀，冠玉一樣的面龐上毫不見皺紋，立坐行走，都顯得十分錚錚精神。如果不是唇上那綹濃密得漆染一樣的髭鬚，還有眉稜上幾根微微翹起的壽眉，換個地方，凭誰看也是個不到三十歲的英武靑年。劉統勛不禁暗自惦惙，這主兒每日要披閱七八萬字奏折，還要接見大臣，騎射布庫樣樣不誤，吟詩弄賦問棋書自娛，虧他怎麼打熬得這麼好的筋骨？又想到方才見的那群容色艷麗花枝招展的嬪御，哪個不是伐性之斧……正自胡思亂想，乾隆已看完了折子，問道：

「劉統勛，你發什麼呆？」

「啊！啊……主子！」劉統勛忙將思路從不該想的收攝到該想的這一頭，陪笑道：「奴才是忘神了，瞧主子這麼好的身子骨兒，想著自己好福氣……」

乾隆點點頭，仰望著殿頂的藻井，似乎在想什麼事情，又隨口問：「你兒子今年中了進士，是第幾名呢？」

「回萬歲的話，二甲第二十四名。」

「叫劉鏞？」

「是！」

「是不是個黑大個子，說話帶點嗡聲的那個？」

劉統勛有點迷惑地看一眼滿臉茫然的傅恆，他不知道乾隆離開金川的折奏，突然問起這離題萬里的事是什麼用意，忙著答道：「那正是犬子，何敢勞動聖問！」

「朕缺人才呀！」乾隆喟嘆一聲，從腑肺裡長長透了一口氣，語氣變得喑啞陰沉「——文的武的，都缺！」他雙手在椅把手上一撐，緩緩站起身來，悠悠地在殿中踱了兩圈，倏地轉過身來問道：「傅老六，嗯？是不是這樣？」

傅恆正大睜著眼看他，猝不及防遭這一問，身上一顫，他知道乾隆已經看「懂」了這份假捷報折子，因離座一躬，正要答話，見乾隆捺手示意，忙又歸座欠身說道：「回萬歲爺的話，天下之大，人才代有層出。朝廷缺人才，是輔臣之責。而今文恬武嬉，貪風漸熾，吏治又見不靖，這都因奴才辦事不力，主上聖明，臣罪難逭！」

「不要這樣說，一人是一本帳。」乾隆不勝慨嘆，悠著步子款款說道，「但你這話也是題中應有之義。大凡太平日久，君王易生驕奢之情，臣子易生怠惰之心。文恬武嬉，這個話說得好！但何止於此呢？現在的河工銀子比聖祖時加增了四倍有餘，每天還哭窮，河漕照樣決潰、淤塞！一層一層的官兒，各按職分瓜分銀子，割朝廷，刮百姓，肥自己！一層一層往上哄！文的如此，武的更是越來越不中用，怕死愛錢打敗仗，打了敗仗還欺君！」他用手指無力地點點那份奏折，「你們必是看出了這個東西的蹊蹺，訥親，他當了慶復第二，連寫折子用的折本都留在刷經寺，讓莎羅奔用了去登厠！」他突然漲紅了臉，一把抓起折子撕得粉碎，「砰」地一擊案厲聲道：「這兩個混蛋——誤國——混蛋！」

傅恆和劉統勛幾乎同時從椅中彈立起來，匍匐在地。幾個太監嚇得臉雪白，爬跪到案前收拾碎紙屑，被乾隆一腳踢倒了一個，吼道：「滾出去！誰叫你們獻勤來著？」傅恆見乾隆氣得渾身亂顫，膝行兩步連連叩頭，說道：「皇上，且息……雷霆之怒……聽奴奴奴才奏……」他喘息了一下，說話才流暢了些，「現在說訥親失事，還是猜想。奴才以性命身家擔保，訥親決不敢步慶復後轍，與莎羅奔私訂和約。何況松崗還在我手，下寨也是極要緊的軍事衝要。如果沒有再戰餘地，訥親和張廣泗也不敢寫這樣的折子……皇上少寧耐些，等一等兒。奴才料著川撫金輝，不日之內也會有摺子奏來，那時才能知道前線實況……」

「金輝？」乾隆冷笑一聲，壓著氣說道：「他是訥親取中的得意高足。十二年從縣令遷升到封疆大吏。這正是他報恩的時候，敢情不幫著老師來哄弄朕？」

劉統勛也向前膝行一步，叩頭道：「臣以爲，如果訥親敗得不可收拾，金輝也未必敢爲他瞞飾。如果尚有勝望，朝廷亦不必計較訥親小敗之愆。前有慶復之事，已經轟動朝野，朝廷體面是要緊的……」

盛怒中的乾隆冷靜了下來，從袖中抽出一把湘妃竹素紙扇子，慢慢搖著坐回椅上。

他一即位便向上天立下宏誓大願，「以聖祖之法爲法，做千古完人」，但聖祖在位六十一年，聖文神武膜烈治化，幾乎沒有殺過二品以上的大員。自己才即位不到二十年，已經顯戮了五六個封疆大吏和一個大學士。如果窮追眼下這事，訥親這個「第一宣力大臣」自也難逃活命。這一條「刑戮大臣」史筆便和康熙沒法比。訥親自小在東宮便隨了他，位分、親情都是無人可比，口詔朱批，不知多少次誇獎訥親「第一」，「有古大臣之風」，「忠君愛國之情皎然域中化外」，現在要殺這忠君愛國的古大臣，自己的體面也眞掛不住……他嚥了一口又苦又澀的口水，問道：「朕以爲劉統勛的話也不無道理。傅恆，你懂軍事，說說看，訥親還能不能扳回局面？」

傅恆在地下碰了碰頭。他根本不信訥親還有再戰能力，更遑論「扳回局面」。如果還能打，情理上應該先收復刷經寺，然後再上折子報功請罪，何必請旨「調四川綠營維持糧道」？如今前線情勢模糊，單憑一封漫天撒謊的折子，怎麼回奏這個難題？躊躇著，傅恆緩緩斟酌字句說道：「這要看訥親目下的兵力士氣。糧道已經斷了，訥親還能在松崗固守，奴才想不懂這事。果眞在下寨殲敵數千，莎羅奔還能據守刷經寺，這也是想不懂的事。松崗若無敵軍圍困，下寨又在我手，並沒有後顧之憂，爲什麼不率大本營回救刷經寺，反而要調四川綠營？奴才這一條也想不懂……」

他連著三個「想不懂」，聽得乾隆心裡又焦躁起來，問道：「依著你該怎麼辦？」「回萬歲，」傅恆已是得了主意，一頓首接著道：「現在調四川綠營使不得，因爲綠營兵都在川東川南駐防，調動不能迅速也無密可保。設如松崗我軍被困，不等大兵聚合，訥親就要全軍覆沒，整個四川糜爛也未可知。所以皇上可以手詔訥親、張廣泗，略斥其僞情，令其相機收復刷經寺，其餘措置亦依勢定奪，不必絮絮請旨。總之以殲敵爲上，『全軍』第一……主子，金川離這裡幾千里，斷然不可直接指揮的！」

他沒有說完，乾隆已是心裡雪亮：傅恆說得中肯，情勢極可能比自已想的還要壞得多。他沉默許久，說道：「就這樣辦吧，你代朕起草這份諭旨。金輝、勒敏和李侍堯，未必都肯替他們瞞著——朕料他們都要有密折奏進的。」

傅恆到殿角草擬詔諭去了。乾隆因見劉統勛還伏跪在地下，呷了一口茶，淡淡說道：「延清起來，還坐著吧。這裡頭沒有你的責任。你沒有當軍機大臣，並不爲德才不足，是刑部太離不開你。聽說還是每日只睡不到兩個半時辰，原來朕看好你的身子骨，卻不知道有心疾。增半個時辰吧，睡三個時辰。朕要派幾個太監到你府裡侍候。」

「皇上！」劉統勛聽乾隆這般體貼溫存，心裡一烘一熱，淚水直在眼眶中打轉轉，唏噓了一下，強笑道：「臣是世受國恩的，已經侍候了兩輩子主子。皇上這樣待臣，就是磨成粉，報得了麼？如今盛世，人口比康熙爺時多出一倍不止，奸民宵小之徒也多，治安是極要緊的。吏治漸漸也有頹勢，寃獄也不可掉以輕心。臣執掌國家刑典，一個不留心，或奸人漏網，或枉殺了好人，豈不辜負了皇上的心？臣恨不得不吃飯、不睡覺，也有做不完的差使。又怕胥吏下屬哄了臣去，略大點的事，不敢放手。臣知道這樣兒是毛病，可也沒有辦法。」

「所以人才要緊，要加意留心。」

「人才在發見、在用。」劉統勛深長嘆息一聲，「這只說對了一半。以臣見識，還是要在教化，人才從教化中出來。出來的人才仍要教他知道守大節。前山西巡撫諾敏，那麼能幹的人，爲了銀子變成了貪官，薩哈諒、喀爾欽也都極有才度，也貪賄，結果觸了刑網。還有盧焯，治河誰有能似他的？也是貪錢，軍流出去了……如今上下各衙門，都是銀子淌海水似的進出，已經不似康熙爺雍正爺時候了，多少人才都教銀子給蝕壞了！」

他這番娓娓而談，言語雖不古雅，確實洞悉時敝直透中竅。乾隆越想越是道理，卻不願在臣下面前善聽善納，沉思默想許久，說道：「你寫個折子來朕看。」因見傅恆已經寫好稿子呈來，便接過來看，只見上面一筆鍾王小楷寫道：

松崗奏悉。二卿以此紙張入於御覽，何其儉約乃爾！卿等揮師攻取下寨，朕初心甚慰之；然觀後文，乃知刷經寺淪入敵手，復轉廑憂，且亦疑思不定矣！勝負軍家常事，乃慶復諱敗欺君，自蹈不測，前轍猶在，後師敢忘？既據卿奏，據刷經寺爲莎羅奔小股跳梁，即可相機回軍擊之，所請調綠營援軍不必亦不允。京師距金川數千里之遙，屢以瑣屑軍務請示，是欲爲諉過於君父朝廷耶？果居此心，則欺君之罪何逭？爾訥親受朕不次之恩，誓立令狀存檔在案；張廣泗係戴罪辦差之人，自當精白純志，慰君父於廟堂九重，倘有諱飾，即當引罪，時尚不遲。不然，朕不爾赦矣！總之以殲敵爲上，全軍爲上，早日使金川鑄劍爲犁，是朕之願也。

乾隆看了，咬著牙苦笑道：「和臣子鬧客氣，朕還是第一遭。教軍機處謄清用璽，六百里加急發給他們吧！」一轉眼見王耻抱著衣冠站在殿角，乾隆問道：「你怎麼這早晚才來？哭喪著個臉，又是爲什麼？」說罷站起來更衣。

「奴才早來了，主子正在大震天威，唬得尿了褲子，沒敢就來給主子更衣。」王耻忙換了一臉諛笑，上來替乾隆整理，摘下朝珠，除了洋金金龍褂，換了件石青直地紗褂，替乾隆繫著束金帶頭馬尾鈕帶，嘟嘟囔囔訴說：「……不過奴才心裡有委屈也是眞的。鍾粹宮趙明哲他們趕著喊奴才的綽號，主子娘娘宮裡的丫頭都笑……」乾隆見他還要加瑞罩，擺手示意不用，問道：「你的綽號？叫什麼？」「忒難聽了，主子！」王耻一臉苦相。「孝悌忠信禮義廉恥，我排老八，不知哪個促狹鬼，給奴才起個號叫『王八耻』！」

乾隆一怔，隨即爆發出一陣大笑：「眞好綽號！你是個賤奴，也不委屈了你！」傅恆和劉統勛先還硬掌住不笑，想想畢竟難忍，索性也陪著大笑起來，方才議事時那種鬱抑沉悶的氣氛頓時緩和了不少。因見兩人起身要辭，乾隆笑著說道：「這必是皇后知道朕生氣，叫這奴才變著法兒逗樂子的。你們不要忙著走，朕還有話交待。」

「是！」

「一個吏治、一個官員虧空，還有河工、漕運，其實是連在一起的。」乾隆笑了一陣，精神好了許多，沉思著說道：「金川勝敗固然要緊，畢竟不關全局。比起來，政治還是根本。傅恆統籌一下六部九卿，還有各地督撫方面大員，各上條陳。好建議朝廷取中了的，要考功司記檔，獎勵。江北幾省遭水旱災的，要戶部查實，拿出賑濟辦法，傳疫的地方要府縣官徵集醫藥，防著蔓延。寧可多花點錢，買個平安，但也要防著些黑心官員上下其手中飽私囊。」

傅恆聽完，忙道：「是！奴才回去就辦。」

「劉統勛再兼個左都御史的差使吧。」乾隆順著自己的思路說道，「朕不擔心你怠惰差使，卻擔心你太過瑣細。嗯……劉鏞明天引見，他是新進士，授官不宜破格，就派在刑部，掛名讞獄司主事，幫辦部務，可以為你分點勞。是你下屬又是你兒子，能多照料你一點。」

劉統勛躬身一禮，正容說道：「臣頂得下來。國家有迴避常例，劉鏞不宜留在臣部，主事是正六品，他是二甲進士，秩位也定得高了。皇上愛臣，還是要愛之以道，示以至公之情。臣已寫信給家中，內子這就奉母來京，兩個寡居妹子也隨同一起來，還有一個妾，家裡侍候的人足夠用的了……至於劉鏞犬子，才力儘有的，心胸高卻少歷練，還是應該隨衆分發外省做州縣官，憑他自己能耐努力巴結差使。」

「很好，這樣對劉鏞也好！」乾隆聽著這話，心情更加舒服，款款起身來，「這是正大至公之理，朕成全你！且跪安吧——明兒教劉鏞由吏部引見，朕自然有話給他訓誨。」

傳恆和劉統勛躬身卻步退出去了，偌大殿中只留下乾隆和十幾個鵠立如偶的太監宮女，乾隆獨自兀坐，想著金川情勢，也不知現在折騰得怎樣，又想著金鉷密折，奏一枝花在蘇北一帶傳教施藥蠱惑人心，難民不賑濟調理，極容易出大事……一時又想吏治，官員們不但借辦差胡吃海喝、巧立名目挖國庫銀兩；更可恨的，不少同年、同鄉官員橫連勾結關說官司，草菅人命，冤獄愈來愈多……想著，乾隆又是一陣犯燥，覺得這殿裡也不似方才那樣涼爽了。因起身出來，逕自踱向西配殿。王恥跟久了他的，知道他的脾性，只帶幾個小蘇拉太監跟到殿門口便肅立侍候，由乾隆獨自進去。

這是誰也不許進來的禁地。裡邊原來住的是雍正身邊一個低等嬪御叫錦霞的，和當阿哥的乾隆有過一段旖旎纏綿，被太后發覺後賜綾縊死②。多少年過去了，殿宇再修丹堊一新，殿門也改了朝北，西配殿內一切陳設還是錦霞臨終的老樣子。乾隆每有心思不定、神昏倦乏時總愛到這裡來坐坐，竟是常有奇效。這在宮裡已是人人皆知的祕密了。

「錦霞、錦霞……朕又來看你了……」乾隆在臨清磚漫鋪的殿中踽踽踱步，一幅幅瀏覽著壁上晦暗的仕女圖、字畫，又盯著牙床上褪了色的幔帳，撫著小卷案上斷了弦的古琴。他的目光變得愈來愈柔和，還帶著一絲迷惘，游移著又看隔柵上掛的一幅字：

乍見又天涯，離恨分愁一倍賒。生怕東風攔夢住，瞞他。侵曉偷隨燕到家。重憶小窗紗，寶幔沉沉玉篆斜。月又無聊人又睡，寒些。門掩紅梨一樹花……

這是他在小書房和紀昀談議編纂《四庫全書》時，特命紀昀寫的。宋紙、宋墨、特製的湖筆和端硯，都是稀世之物，用來寫這詞，乾隆忘不了紀昀當時驚喜詫異的神情……嘴角掠過一絲苦笑，「是朕對不起你。你是清白的……但你已經成神，自然知道朕的心……你托夢給朕，說已經轉世，還要侍候朕……朕看遍宮掖，沒有一個像你的，是還沒有選進來麼？啊，朕這就要南巡了，上天有靈，能有緣遇到你轉世之身……」

方自悽惶禱告間，忽然聽院中腳步雜沓，彷彿間聞到笑語聲，乾隆掀開窗帷，隔玻璃窗向外望去，只見嫣紅、英英前導，鈕祜祿氏、那拉氏、汪氏、陳氏一班人簇擁著太后下鑾輿，踏著甬道正在進殿，又聽太后顫巍巍的聲氣問：「皇帝在哪裡？」

註① 見拙著《乾隆皇帝·夕照空山》。

註② 見拙著《乾隆皇帝·風華初露》。

5

多情帝娛情戲宮娥
慈嚴父慈嚴教慧子

乾隆忙挑帘出來，對守在門口的王耻說道：「桌椅茶几上都落了塵，進去打掃一下——出來把門鎖好……」便忙忙奔正殿而來，已是換了笑臉。至西拐角處，不防一個宮女也左顧右盼踅過來，恰恰二人撞個滿懷，乾隆定神見是睞娘，要笑，又忍住了，說道：「你踩了朕的腳！」

「主子，是奴婢不好！」

睞娘早已見是乾隆，又羞又臊又有點怕，忙跪了謝罪，嚶聲說道：「是老佛爺叫尋萬歲爺過去的，奴婢忒性急了的……」乾隆這才細打量她，只見她穿一件銀紅紗褂，葱綠梅花滾邊褲，一頭濃密的青絲梳理得光可鑒人，辮梢直拖到地下，通紅了臉躲避著他的目光，口中喃喃絮絮，卻聽不清楚說的什麼。

「這是一株亭亭玉櫻桃嘛！快別怕，別怕……」乾隆見她嬌羞赧顏，暈生雙頰，新夏衣單，露著項下一抹膩脂白玉，隆起的前胸隨著喘吁微微抖動，忍不住心中一蕩，蹲身下來，手指撫著她右前額下小指蓋大一塊疤痕，笑著溫聲道：「是朕踩了你的腳尖，疼不疼？這塊疤你進宮時朕就見過的，是老淸泰家打的罷？掩在頭髮裡，幾乎看不見了……」放下手時，有意無意間在她胸前一碰，觸電般地縮回了手。

睞娘更覺不好意思的，這樣和皇帝濆面相對，心裡更是緊張。但皇帝問話不能不答，這是棠兒再三叮囑的「規矩」，她只偏轉了臉，糯米細牙咬著下唇，鬢邊已是滲出細汗，怯怯的聲氣說道：「是奴婢不老成，主子沒踩了我……」乾隆已是酥倒了半邊，又伸手觸了觸她軟軟的乳胸，剛說了句「是朕不老成——」聽後邊腳步聲，知道是王恥等人過來，便稍稍提提嗓子說道：「既沒踩疼了，且起來侍候差使吧！」又撫撫她頭髮，說聲「傻丫頭」，逕自從容往正殿而去，睞娘心頭突突亂跳，渾身都軟癱了，滿心裡一片空白，木頭一樣跪了足有一刻，才掙起身來。

乾隆沿著超手遊廊趨步正殿，遠遠便聽殿中笑語喧鬧。便知皇后沒來，一干后妃正在和太后逗樂子。到殿門口，聽那拉氏聲氣在說：「天熱，天熱不礙的。我們奉了老佛爺，教他們造大大的一座樓船，走在運河上又涼爽又風光，一路看景致，還能在船上演戲聽曲兒，吃現摘的瓜果，那是多麼愜意——好我的老佛爺哩，您還沒享過這個福呢！您要不去，皇上哪肯帶我們這群沒腳蟹呢？」她正說著，見乾隆跨進殿來，便住了口，妃嬪媵御也都各歸班位，齊齊跪下請安。乾隆說聲：「罷了，起來吧！」便上前給母親行禮。

「皇帝起來。」

太后滿面是笑，在正中椅上略一抬手，說道：「她們正鬧我呢！上回你說要南巡，下來就炸窩兒了。李衛給先帝爺呈送畫江南園子的畫兒，這個借了那個借，興頭著要買這、要吃那，聒噪得人耳根不清淨——你遊到哪裡去了？大五月端兒的，朝裡都放假一日，還不該鬆泛鬆泛身子？方才在鍾粹宮，前頭說張廷玉的兒子要進來請安，我替你擋回去了，聽說又在這頭和傅恆嘔氣兒，好歹有事明兒再說不成麼？」

「太后老佛爺，傅恆他們怎麼敢和兒子嘔氣？是說事兒聽惱了。」乾隆笑了笑，又嘆口氣，把訥親折子上的事約略說了，又道，「兒子為這事著急，還在等著他們有密折奏進來。心裡悶，在這宮院裡走幾步。」

聽乾隆說是訥親在金川失事，滿殿宮人頓時色變，連太后也是一怔。訥親的曾祖額亦都就是她的從叔祖，貴妃鈕祜祿氏的父親和訥親共一個祖父，其實是並不遠的親戚，素來進宮請安都不迴避的，眷屬更是往來彌密。如今訥親損兵折將困守松崗，這分凶險且不論，將來追究罪名，太后和貴妃臉上都無光彩。頓了許久，太后才問道：

「你預備怎麼處置？」

「現在軍情不明，還說不到處置訥親的事，兒子已下旨命他收復刷經寺。」

「張廣泗呢？」

「張廣泗是奉旨襄助訥親，戴罪立功的人，也要視軍情結果再定。王法無親，差使辦砸了，無論是誰，都要按規矩辦理。」

「……」

太后囁嚅了一下沒有再問。乾隆也覺得方才對話太僵滯，換了笑臉溫聲說道：「老佛爺的心思兒子再明白不過。早年在雍和宮讀書，兒子就和訥親一處廝守。他國語①學得好，常常一道兒去海子邊看日出和日落，對國語。我兩人的唱和詩詞都集成了一大本……」他的語調變得十分沉重：「他做到軍機大臣，不爲著昔年藩邸裡和兒子的私情，是他辦差勤苦用心，清廉公忠。但兒子與他這分多年私交，也是耿耿難忘……母親！怎樣處置他，是日後的事。只告訴母親一句，治這麼大天下，管億萬斯民百姓，不能因私廢公，更不能沒有制度規矩。兒子盼他平安的心和母親是一樣的……」太后聽了默然良久，無聲嘆息一下，苦笑著說道：「娘家人出事，我和鈕祜祿氏也沒什麼體面。大家盼他平安吧！明兒我們都去大覺寺進香，求神佛保佑早日平定金川，訥親旗開得勝……」

「人有一念，天必從之。母親這樣最好！」乾隆眼見太后鬱鬱不樂，雖然自己心裡也是不快，仍打疊起精神，滿面笑容撫慰，「今兒大節下，我們娘母子不說這些了，還說南巡的事。金鐵那邊已經遞了折子，南京、蘇杭、揚州的行宮都打整好了，那景致母后一去準迷住了。漢人說『上有天堂，下有蘇杭』那是半點不假，真是此景只應天上有！都丹堊粉飾得一嶄兒新……」他突然想起，爲修行宮，內務府竟花去了五百萬兩銀子，比當初造行宮用銀子還多出一倍，不知多少齷齪官兒從中大撈一手……頓時大掃了興頭，因見太后面帶微笑，惺忪著眼勉強在聽，便道：「老佛爺……乏了，兒子侍候您回宮去吧……」

☆

傅恆自承乾宮退出來，沒有立即回府，逕與劉統勛同至軍機處商計款列條陳的事。皇帝交待的旨意多，劉統勛是個極認真的人，傅恆在這些事上也從不馬虎，把乾隆隨口指示的聖諭，一條一條分列歸口，工部、戶部、刑部、吏部、兵部、禮部當該承當的，都推敲了文字寫出徵集條陳策論的方略和獎勵辦法，直到宮門下鑰，一聲遞一聲「小心燈火——下千兩！」的吆呼聲傳起，傅恆才離開軍機處，遠遠回頭看時，窗上映著劉統勛，仍是一杯茶、一枝筆，一動不動地伏在案上。

他一肚子心事回到府邸，下轎時府裡府外已是一片燈火輝耀。十幾個道台知府在門政候見廳裡正等得發急，聽一聲「老爺回府了」高叫，都一窩蜂擁出來，噼哩啪啦馬蹄袖子打得一片響，亂哄哄都來請安。傅恆儘自煩躁，看了看，都是預先寫信約過的，而且裡頭沒有一個是自己門下奴才或門生，發不得脾氣，強笑道：「教諸位老兄久等了！原說今日放假，可以好生談談的，萬歲爺召見議事，這早晚才得回來。今晚兄弟還有奉旨急辦的事，不敢委屈老兄們久等了。且請回步，明晚再來。實在得罪了。」又問「用過晚飯了沒有？」這些人哪敢說「沒吃」？胡亂答應著都說，「我們吃過了，請中堂自便……」打千兒辭了出來。傅恆虛送兩步便踅回身來，一邊向西花廳走，一邊吩咐老王頭：「教你媳婦進去稟夫人，我回來了。今晚要在書房裡熬夜，福康安、福靈安、福隆安做完夜課，不必過來請安。」

「是，老爺！」老王頭跟在後頭答應著，又問：「爺還沒吃飯的吧？」

「我在軍機處大伙堂吃了一點，隨便預備一點夜宵就成。」

「是！老奴才這就交待大廚房……」

傅恆在月洞門口站住了腳，回頭笑道：「這不用你來辦，這是小七兒的差使。我書房裡的小廝來福兒他們辦也成──告訴家下人，不必跟著我熬夜。」老王頭陪笑道：「老爺這話奴才可要駁回的了，太老爺在世，就是會客筵宴到四更，老爺在書房瞌睡得打盹兒釣魚，何嘗敢先睡了？主子不歇下，家裡奴才更沒有個自己就挺尸的理。依著奴才見識，三爺大爺二爺唸書到亥正歇下，跟他們的丫頭小子隨著。其餘外房奴才還是要隨應侍候著……」傅恆生怕他再嘮叨，見是話縫兒，失笑道：「成！這是道理，就依著你。」老王頭才返身龍龍鍾鍾去了。傅恆自進書房，一封接一封給各省督撫、將軍、提督寫信。

信很容易寫，只是複述乾隆的旨意，要求各人根據旨意和自己的差分向乾隆奏報吏情軍情，提出建議條陳。但十八行省督撫就有二十多人，加上外任帶兵將軍，也有五六十封。來福兒在旁磨墨，磨了一硯又一硯，傅恆寫了二十多封，已聽見遠處隱隱傳來雞鳴聲，他突然覺得手困頭昏，停下了手中的筆，從碟子裡拈了一塊點心，機械地在口中嚼著。來福兒道：「老爺，您實在該歇歇兒了。三爺（福康安）的字都是仿您的練出來的，也常代您謄折子寫信。請三爺來，您就坐著說，他寫。豈不省點精神氣力？」

「好吧……」傅恆站起身來，「叫人把他喊來。」他搖著發痠的右臂踱出書房，站在滴水檐下深深舒展了一下，吸一口微帶寒意的空氣，說聲「好香！」頓時覺得心思爽明了許多，也不回屋裡，就在書房前長滿青苔的地下悠悠散步。

天氣晴朗得一絲雲也沒有，黯得藏青色的天空顯得格外寂寥空闊，疏密不等的星星那麼遙遠，在銀河中和銀河兩岸拓展，綿遠地延伸向無邊的盡頭，不時神祕地閃爍著。

清亮得水洗過一樣的月牙清晰得像剪紙，高高地懸在中天，周圍還有一圈淡紫色的暈，若有若無地圍攏著它。輕柔的月光朦朦朧朧灑落下來，所有的樹木、女牆、女牆上爬滿了的牽牛何首烏藤，還有半隱在柳樹中的亭角，檐下的鐵馬都像模模糊糊塗了一層淡青色的霜，一動不動地浸在嫵媚得柔紗似的月色中。一切都在似幽似明中無聲地沐浴，濃烈的石榴花香和各色清寒的花香陣陣襲來，滌洗得傅恆一腔濁氣全無。

「老爺，您叫兒子？」

身後傳來兒子福康安的聲氣。傅恆「嗯」了一聲，半晌才回轉身來。月光太淡了，影影綽綽只見他穿著淺色袍子，外套著巴圖魯背心，也看不清什麼顏色，才十五六歲年紀，個頭比傅恆還要略高一點，頎身玉立在月影裡，既亭秀又毫不纖弱。這是傅恆的第三個兒子，但他是正房太太棠兒的嫡子，極聰明，生得英氣勃勃，令人一見忘俗，只是內裡心性瞧著略嫌剛硬了些，待人接物卻是徇徇儒雅。傅恆和棠兒都極愛他的。傅恆用柔和的目光凝視了他移時，已是端起了父親身分，問道：「已經睡下了？」

「回老爺，兒子亥末就回房去了，不敢違父親的命。」

「這早晚叫你，不犯睏吧？」

「不睏！兒子的體氣比哥哥弟弟們都結實。」

傅恆背著手回身走向書房，卻不忙口授信件，從書架上信手抽出一本書，吩咐小廝：「再掌一枝燭來！」對跟進來的兒子說道：「這是《震川先生集》第十七卷。」隨手翻開了，指定一篇《項脊軒志》說道：「大約一千字吧。背！」福康安原聽是叫自己來寫信，沒有想到父親會先出這麼個題目，答聲「是」，雙手接過書來，蹙眉凝眝移時，把書雙手捧還給傅恆。傅恆早就聽說福康安有過目不忘之才，沒有料到竟敏捷如此，輕咳一聲掩飾自己的悅色，把卷穩坐在安樂椅中盯著福康安不言語。福康安在父親的凝視下多少有點不安，抿了抿嘴唇背誦道：

項脊軒，舊南閣子也。室僅方丈，可容一人居。百年老屋，塵泥滲漉，雨澤下注，每移几案，顧視無可置者，又北向，不能得日，日過午已昏……又雜植蘭桂竹木於庭，舊時欄楯，亦遂增勝。借書滿架，偃仰嘯歌，冥然兀坐，萬籟有聲，而庭階寂寂，小鳥時來啄食，人至不去。三五夜，明月半牆，桂影斑駁，風移影動，珊珊可愛……

他幾乎毫不間滯，琅琅背誦如珠走玉盤，俯仰之間神采照人。傅恆雙手扶著椅背，興奮得似乎要站起來，眼中放著大歡喜的光，又突然意識到自己是「嚴父」，又安適矜持地坐穩了，端茶啜吸著聽：

……其後六年，吾妻死，室壞不修。其後二年，余久臥病無聊，乃使人復葺南閣子，其制稍異於前，然自後余多在外，不常居。庭有枇杷樹，吾妻死之年所手植也，今已修修如蓋矣。

「背的倒也罷了。」傅恆臉上毫無表情，「最後一句背錯了，是『亭亭如蓋』。什麼『修修』？瞎杜撰！」福康安陪笑道：「阿瑪教訓的是！不過，我見父親常用『水亭居士』的號，兒子不敢不避諱！」傅恆沉默了一會兒，說道：「過目成誦算不得什麼稀罕。聽說你在謝家園子和幾位阿哥世子爺會文，還坐了榜首？我告訴你，炫才露智就已經失了君子本性。三國裡的張松，王安石的兒子王雱，千言萬語過目不忘，還有雍正爺手裡的劉墨林，不是年命不永，就是身罹奇禍，不該引以爲戒的麼？」

福康安眼皮動了動，想偷看父親一眼，沒敢。唐相李鈊、明相張居正、本朝的高士奇、張廷玉，年輕時都是一目十行隨口背誦，並沒有什麼「奇禍」。特特地叫背，背出來卻又訓斥，他眞難服氣。心裡反駁著父親，口中卻道：「阿瑪金玉良言，兒子銘記在心了！」「你不要把阿瑪想得那麼刻薄。」傅恆說道：「這篇文章不是歸有光的上乘之作。裡頭有個教人隨分樂道的意思，這就該嚼味一下，自己知道自己是『坎井之蛙』就少些張狂——去，桌子邊坐著，我說，你寫！」福康安忙一躬，穩穩重重坐了桌旁援筆濡墨，靜聽傅恆口授。

「用端楷寫——」傅恆又交待一句，半躺在安樂椅上，用手撫著略微發燙的腦門，斟酌著說道，「嗯，元長吾兄，久違淸雅，思念亟切……」

這是給尹繼善的信，先轉述了乾隆的話，要整飭財政吏治、維綱紀、敦教化，朝廷將有大舉措，尹繼善是砥柱名臣，當率爲百官之先都懇懇切切說了，卻遲疑著沒有收煞。傅恆又道：

另告兄，金川軍事又復失利，皇上天威震怒，訥親如不能自為取勝，恐有蹈覆覆轍之憂。此事弟尚待金輝消息。不知金輝與江督金鉷有親戚否？前數日面聖，皇上微露欲調兄返江南之意，現軍情有變，或連帶人事有所更張，朝廷倚重處正多，亟當料理現任事務，以免臨時舉措不及。

他頓了一頓，凝視著蠟燭悠悠跳動的光苗，沉滯地又補幾句：

廣里（即廣州）現有洋教堂三處，係特旨恩允來華貿易洋人禮拜之用；近聞頗有中國人為其煽惑入教者，即當查明置之於法，此事非細，當從防微杜漸處著心。切要。皇上特留意邪教動勢，一枝花孽寇亦有乘天變傳疫蠱動情事，原有南巡順帶處置之意，遷延未能成行。金鉷於此不能切心實意辦理，聖心有所不滿也。

說完，見福康安也停住了筆，便要過信來，果見逼肖自己平日書法，似乎更工整些，遂滿意地點點頭，說道：「還有一封是給你阿桂叔叔的信。前面意思一樣，言語你自己變通。皇上日前有調他軍機處當差的意思，又慮他資格淺，現在求才不拘格，或有指望。還有雲貴將軍、甘肅巡撫、提督、福建水師提督……沒有寫到的還有十幾位，只轉述旨意，溫存問候就可。給金鉷的信、河道總督的信另附我的話：運河新造橋樑，都要高出水面兩丈以上，拆舊換新，也是一個章程，所有口氣，都要留有餘地。明白麼？」

「明白。」福康安忙應道，又問：「阿瑪，橋爲甚的要造那麼高呢？費工費料，車馬行人也不方便……」

傅恆站起身來，疲倦的眼神中帶著一絲憂鬱，說道：「御駕總要南巡的，橋低了龍舟過不去，仍舊要拆的。你早已是侍衛了，慢慢的要學會處事當差，一丁點的事慮不到，就要勞民傷財，上下不討好。寫吧，兒子。我累了，出去疏散疏散，回來還要一封一封都再看過，再交驛傳發下去……」他平日對兒子們絕少假以辭色，從來都是一副冷面孔，動輒就是一頓呵斥，此刻累得裝不出模樣，溫語絮絮，竟有點似棠兒平日口氣。福康安心裡一陣發熱，幾乎眼淚就要出來，凝視著父親，用略帶哽咽的聲氣說道：「阿瑪放心。您的叮囑兒子記……住了。今兒您歇息不成了，疏散疏散又該上朝去了。兒子給您燒好參湯送去。」

「好，你好生做吧！」傅恆沒有留心兒子情感的微妙變化，甚至也沒有留心自己的心緒，深深打了個呵欠，跨出書房。幾個長隨一夜守護侍候，除了端茶送水，都目不交睫兀坐在廊下春凳上，不能打瞌睡也不敢閒磕牙，只可一碗接一碗喝釅茶解睏，吃盡了苦頭，見傅恆出來，都是心頭一鬆。「喲」地站起身來，齊聲道，「老爺早安！」隨即打下千兒去。傅恆看看天色，東方已經露出薄曦，滿園竹樹花木已漸漸顯出蒼翠本色，不禁失笑道：「這正是我平日起身時辰。你們守了一夜，也都乏透了。告訴小七子，放一天的假，各人賞二兩銀子——小七子呢？怎麼一夜都不見他來？」

一個長隨過來稟道：「老爺，我們王管家出了差錯。他家老爺子昨晚叫他頂磚罰跪。這會子只怕還在東院大柳樹底下跪著呢！」傅恆聽了一怔，還要問時，遠遠見幾個丫頭挑著小玻璃燈逶迤過來，便知是棠兒來了，遂迎了過去。幾個丫頭見他過來，忙都蹲身福禮。傅恆笑著對棠兒道：「起得忒早的了，草上露水把褲腳都打濕了。康兒偶爾熬一夜，你就這麼蝎蝎螯螯老婆子架勢——他結實著呢！」

棠兒看了看自己褲腳。她是個十分講究修飾的女人，上身穿著玉色大褂，玄色寧綢鑲邊，繡著金線梅花，蜜合色褲腳也是掐金挖雲滾邊兒，一雙天足蹬著繡花沖呢鞋子。見丈夫打量自己，棠兒解了葱黃斗篷遞給丫頭，笑道：「你不說我還沒覺得呢！這還不怨你？西軒子外頭甬道上那麼深的草，一根也不許剷！康兒我曉得不礙的。你一天連午覺睡不到三個時辰，打這麼個通宵又立馬要上朝，我倒有點放心不下。康兒呢？我進去瞧瞧……」

「他還在替我忙，你不要攪他。」傅恆站在漸漸清亮的草地上，適意地呼吸著凌晨拂曉清冽的空氣，顯得格外精神，他甩著雙臂吩咐家人：「都散了罷，我和太太在園子裡悠悠步兒。」說著便向海子邊徐步走去。棠兒畢竟還到窗前窺了兒子一眼，這才蹚著露水到丈夫身邊。

夫妻兩個很久沒有這樣一處閒適地遊悠散步了。海子沿岸大柳樹垂絲如雨，遠看蔚蔚蘊蘊黛色迷濛，眼前細觀是一片片新綠，油嫩得像淌下來的瀑布。他們在剪絨似的芳草地上漫步，一時誰也沒有說話。只有青蛙跳塘，偶爾幾聲「咕咚」，柳蔭深處各色鳥兒啾啾喋喋的呼應，打破這黎明前清新的寂靜。許久，棠兒才道：「昨兒進去，見著娘娘了麼？」

「唔。」傅恆恍惚間，心不在焉地答應了一聲。

「明兒是娘娘聖誕。栓保家的去江西，採辦的窰器，還有些西洋貨，都在朝陽門碼頭卸了船。我們莊子送來的活牲口，今兒也就到了。你該過過目的。」

「唔?唔……」傅恆憬悟了一下，笑道：「我在聽鳥叫呢！——看過禮單了。娘娘是我一母同胞姐姐，再不會計較禮厚禮薄的。」

棠兒走近了他，一邊替他摘掉頭髮上一片柳葉，嗔道：「人家說話，你聽鳥叫——變著法兒罵人！莊親王、履親王、怡親王、果親王幾位福晉，還有幾個宗親貝子夫人這幾天都來打聽。我們的禮送得太簡，叫人瞧寒磣不說，他們也比著往下減，怕娘娘委屈——總得比著貴妃他們高一截兒才好吧？」傅恆這才聽明白了，摘下一片柳葉，嚼吮著那苦味，問道：「我們的禮一共值多少銀子？」棠兒略一默謀，笑道：「也就三四千兩吧。另有一尊鈞窰大瓷觀音，還沒核價……」

「不能超過三千兩。」傅恆用不容置疑的口吻說道，「你再裁度裁度。凡有的西洋貨、金銀器皿一概不進。最好貢進去的都是我們自己莊子裡出的。你明白麼？」棠兒被他斬釘截鐵的口氣弄得一楞，隨即笑道：「你這是怎麼了？唬我一跳！這都是正出正入的銀子，又不是賊贓，值得這麼正言厲色的？」傅恆也覺口氣太硬，怔了一下，笑道：「皇上又要整飭吏治。誰這時候比闊，沒準就撞到網裡。自己姐姐，就是一文不送，她只有體恤周全我們的。忘了嫻主兒生辰，高恆送一尊金佛進去？皇上見了，指頭彈彈佛像，說『人血人膏鑄出來，也會有這樣的聲音？』嚇得嫻主兒趕緊轉送了慈寧宮老佛爺那去。白填還進去，還落得心裡驚怕，何苦呢？」

一席話說得棠兒暗自賓服，口中卻不肯讓人，見四周無人，用手指頂了傅恆額角一下，嗔笑道：「省得了，我的爺——不耽誤你當名臣！」傅恆也笑，因問：「小七子犯了什麼事，聽說老王頭叫他頂磚頭跪了一夜！」棠兒道：「那是他們的家務。昨兒給幾個哥兒分石榴，都放在書房裡。老王頭的小孫子——就是上個月爬毛桃樹掉下來那個猴崽子——隔窗偷了一個，教隆哥兒瞧見，甩了他一巴掌，那小子把少主子頂了個仰面朝天。剛好小七子趕來，打了兒子一頓，又給隆哥兒磕頭賠罪，這事已經過去了。誰知老王頭聽說了，就罰兒子頂磚，算是他的家教呢！」說罷抿嘴兒笑，又道：「老王頭比你家教還嚴呢！」

「這怎麼行！那孩子才六七歲，打過了還不饒老子！」傅恆心頭一震，已是斂去了笑容，趄轉身便走，一邊對跟上來的棠兒道：「我們是皇上的奴才，他們是我們的奴才。張廷玉說過古記兒，君視臣如手足，臣視君如父兄；君視臣如草芥，臣視君如寇讎——有分、有緣、有情、有理在裡頭。不要一味只是個乾道理——我瞧瞧去！」棠兒也加快了腳步隨上來。

王七兒的家在傅府東下院，他們是傅家世僕，現又是全府管家，成家之後便分了小院子，獨門獨戶立灶。傅恆趕到儀門口，老王頭正指揮著長隨家僕們摘燈熄燭、灑掃甬道，見他二人一前一後過來，一齊丟下手中活計家什垂手而立。老王頭便顫巍巍過來打千兒，說道：「請老爺太太安！」

「你個老貨！」傅恆笑道，「我說呢，一夜也不見小七子，原來竟跪了一夜規矩——帶我到你院裡去！」說罷便向北，又往東踅，一帶葡萄架搭起門洞，周匝牽牛花攀籬笆牆，便是老王頭的院子了。傅恆一進院子便驚住了：只見小七子直挺挺跪在平素吃飯的石桌邊，桌上放著個小碟子，還剩著些點心果子。小七子媳婦蹲在丈夫身邊，用小匙餵丈夫喝水。那個惹禍的小毛猴子還有兩個姐姐，都可在十歲九歲間，一邊一個站在小七子身邊，用小手輕輕撊著父親頭上那塊磚。看見爺爺帶著家主主母進院，那小猴子「哇」地一聲號啕大哭，爬跪到傅恆腳前，雙手抱住他的腿，一邊哭一邊哀乞：「老爺，嗚……我再不敢了，我長大了……爺爺聽您的話，叫饒了阿爸吧，……」他小小年紀，嘶聲慟哭，傅恆心裡一酸，淚水奪眶而出，棠兒也是心裡猛地一沉，竟親自上前搬掉了小七子頭頂那塊青磚。

「老爺太太恩典，饒了你，怎麼連頭也不磕？」老王頭的聲音也有些發哽，卻仍舊臉色鐵青，訓斥兒子道，「就挺得拴驢橛子似的！」小七子雙淚齊流，雙手撐著，爬伏在地下碰了三下頭——原來頂了一夜磚，脖子腰身都僵了，一時活泛不起來。「罷了吧，老王頭。」棠兒說道：「殺人不過頭落地。毛猴兒還是個吃屎娃娃，不懂事開導他幾巴掌就是了，就忍得這門狠心！」

老王頭長嘆一聲，已是老淚縱橫，躬身說道：「這是主子的慈悲。成人不自在，自在不成人。得自小教他懂得名分規矩。老爺一夜一夜地熬，不是爲了當個名臣？我們當奴才的，自然也要思量著當個『名奴』不是？」傅恆還是頭一回聽見「名奴」這詞，要笑，心裡發熱，又笑不出來，卻聽老王頭又道：「我們老爺是總攬天下的宰相，管著文武百官，打過黑查山，又幾次打山東響馬，嚇得賊人一聽老爺的名兒就散窩兒，老爺是個文武雙全的大英雄！當奴才的得給主子長臉……」

「長得滿精靈嘛！」傅恆沒有理會老王頭的長篇大論，俯下身摸著小猴子的總角小辮，問小七子：「幾歲了？起了大名沒有？」小七子控背躬身，臉上淚痕未盡，陪笑道：「已經掉狗牙，八歲了。每日擰繩攬勁沒一刻安靜，都叫他小猴子，沒有官名。」傅恆端詳著小猴子，笑道：「就叫——吉保吧！越是精靈，去掉撒野這一條，就越是好樣的奴才。你爺爺侍候了老太爺又侍候我，你爹侍候我又侍候三個少爺，輪到你，是我兒子手裡使喚的。好生做，將來有官做！」摸著頭上鼓起一個包，又問：「這是怎的了，是你爹打的，還是自己碰的了？」

小吉保用骯髒的小手摸著額角一塊青斑，忽悠忽悠的眼睛盯著傅恆，吶吶說道：「這是爹夜個兒打的……還有這裡——您摸的這個包是教螫驢蜂給螫的……」

「螫驢蜂？」

「眞的！我去那邊花圃子裡捉蝴蝶，教什麼螫了一下，好疼好疼的……姐姐說那是教螫驢蜂給螫著了！」

傅恆仔細一想，不禁哈哈大笑：「螫驢蜂！眞起得好名字……你姐姐風趣！」衆人聽了都不禁失笑，棠兒更笑得彎倒了腰，連老王頭也不禁莞爾。傅恆拍拍小吉保的頭，站起身來兀自笑容未斂，說道：「好小子，伶俐！往後就在你三個爺的書房裡磨墨捧硯，給你一份月例！日後長大，好給你小主子賣命！」又對棠兒道：「賞他點紫金活絡丹，拔拔毒，就消腫了。」說著就掏出懷錶來看。

棠兒知道他要上朝，回頭瞥見福康安捧著一疊子書信站在院外甬道上等候，因吩咐道：「小七子今兒歇一天吧。老王叫他們備轎。吉保就跟你們三爺，待會叫他過去磕頭──他著實還小，不要拘管他，要容得他出錯兒──老王聽著了？」

「是……」

「去吧！」

這邊傅恆便出府上轎，迤邐打道徑至西華門外，照例在大石獅子旁落轎哈腰下來。此時天方平明，西華門外散散落落東一群西一伙，都是外任官等著晉見。有熟相知的攀同年敘鄉情的，各聚一處說話。看見傅恆下轎，大多不敢近前廝見。傅恆因見昨晚到自己府的十幾個官員也遙遙站著，眼巴巴瞧自己，只微笑著向他們點點頭，正要遞牌子進門，見劉統勛腳步蹣跚走在前面，後頭跟著十數人，卻都是各部院的尚書侍郎，還有軍機大章京紀昀也搖搖擺擺跟在裡頭。傅恆便止住了步，一手拉劉統勛，一手挽紀昀，說道：「辛苦！昨晚在軍機處會議的？也是一夜沒睡吧。」

「我哪敢夜裡召人進大內。」劉統勛笑道，「皇上昨晚也在軍機處聽政聽到半夜，後來又獨見紀曉嵐，說到四更天才回去。」傅恆笑視紀昀，說道：「久違，恭喜了！」

紀昀噗的一聲笑了，說道：「我何喜之有呢？再說，三天前我還登門聒噪，怎麼能叫『久違』？」傅恆笑道：「你補文華殿大學士，授禮部尚書的票擬都出來了，這不是喜？一日三秋，三日就是九秋，還算不上『久違』？」

三人不禁都笑了，只是在這禁苑門口，不能肆聲兒，都頗爲節制。劉統勛因見兒子劉鏞穿著一身簇新的官服袍褂，恭敬站在遠處注目這邊，說聲「我先走一步」，便下階而去。紀昀笑道：「劉崇如要單獨引見，延清要交待兒子幾句，他一肚子剛腸，畢竟也有舐犢之情啊！」

「你進位大學士，畢竟可喜。」傅恆笑著小聲道，「聽說他們鬧著要吃你喜酒，你可仔細，不要叨登招風，小心著御史！阿桂他們要調回來，晚些日子我弄一席，幾個知己朋友小酌一番，比那個虛熱鬧強。」紀昀笑道：「多承中堂關照。客我還是要請，不過不敢請六爺。這些日子給皇上抄詩寫字，掙了主子些賞錢，不妨的。六爺您瞧著，管教那干子臭御史弄不住我。」傅恆素知他機警，說道：「用自己的錢請客，沒什麼大不了的事。我不過白囑咐一句。」

紀昀道：「時辰到了，您請駕吧。我回去吃點飯，就又進來了。」說罷自去了。

註① 國語，乾隆所說的國語係滿族語。

6

爭名爭利老相擱車
憂時憂事傅相劃籌

傅恆一進軍機處，當值太監立即抱來尺來厚一摞奏折，又搬過四五個密折匣子，還有十幾封密緘了的信。傅恆一邊命「沖釅釅的茶來，越釅越好！」忙著先看密折匣子，又看奏折目錄，都沒有金輝、李侍堯和勒敏的。倒是有尹繼善和金鉷各人一個黃封密折奏事匣子，便另放了一邊。接著倒手兒撿看那些信，忽然眼睛一亮，他看見了勒敏的信，接著又是金輝的，隔了兩封，「侍堯謹拜傅中堂親拆」的信也赫然在目。俱都是火漆加印的密函。他小心地用剪子剪開金輝的信，剛抽出來，軍機大章京紋倫進來，說道：「六爺，劉鏞，還有十幾個分發外任的縣令已經進來。請示在哪裡等候引見——錢度也進來了，說爲修圓明園撥銀子的事，昨兒進來見延清中堂，沒有談成，也要請六爺裁度。」

「告訴錢度在隔壁等著，我看幾封信再見。其餘引見的人在乾清門外天街上等。待紀昀進來帶他們面聖。」傅恆從容不迫地展著信紙，像是想起了什麼，又問：「沒聽延清公跟我說起錢度。既進來了，又爲什麼沒談成呢？」

紋倫笑笑，坐了自己桌前撿著奏章，回答道：「我也不太清爽。聽太監們說延清待他很冷淡，只說事忙，叫他見六爺說話。」

「延清不贊同修園子，他就那麼個冷人兒。」傅恆說著，便看金輝的信。鈠倫也不再言語，低首伏案，閱看奏章寫節略①單子。

金輝的信寫得駁雜，要緊處又十分含糊，前面大段大段寫的川東春旱，怎樣從湖廣調撥糧食飼料稻種、堵水灌田。又說一件宗族械鬥傷死人命案，某司審斷不明，請傅恆暫時不要把刑部讞定判決上奏。連篇累牘看得令人頭暈，傅恆索性走馬觀花，專門找有關金川軍事的消息。直到信末，金輝才說到這事：

金川戰局不明。刷經寺仍由莎羅奔據守。訥中堂、張廣泗另由刷經寺北闢一糧道，我軍糧食尚無匱乏，唯菜蔬因迂道輸送，聞民工回報，至松崗則十九糜爛矣。訥相屢屢致信，謂宜調川軍綠營攻略刷經寺。然所有駐防川軍係兵部節制，卑職無權指揮，且不奉旨亦不敢興動本省駐軍。據訥相函，下寨重鎮尚在我手，是可望之局。目前僵持膠著，莎羅奔難以久持。卑職唯當謹守職分，按例輸糧，且於軍務生疏，不敢妄議。但覺莎羅奔亦實非易與之敵耳。容後再報。

「純粹扯淡，在這裡觀望風色！」傅恆恨恨一把將信推了出去，又看勒敏的。勒敏的信很短，但卻毫無遮飾：

我大軍營內情勢不得了然。幾次欲赴松崗，中道俱爲藏兵圍堵而回。然屢次與問金撫，輒云大勝之下或有小敗。因無兵丁自松崗來，難以探聽實情。焦慮憤憂無由可述。職甚疑我軍已無再戰之力，且有與莎氏暗成諒解之情，然無證據，謹稟以聞。

看著這信，傅恆便情知大事不妙，急拆李侍堯信，守門太監進來說道：「大同知府郝永貴——」

傅恆一肚皮焦火，砰地一拍案，厲聲道：「什麼好永貴歹永貴？出去！」舒了一口粗氣，看李侍堯的信，更是驚人：

傅相密勿：兆惠、海蘭察夜奔我行在，言我軍於下寨、松崗、刷經寺三處敗潰。僅存兵力三分之一，唯事日望金輝相救，言及我軍慘敗之狀，兆、海二人痛哭失聲，聞之令人毛骨悚然，悽惶不可卒聞。據二人稱，訥親欲諱敗諉過，竟爾喪心病狂，密謀殺人滅口搪塞責任，故設計逃脫，是又一慶復、阿桂再現矣。此事則太過不近情理，卑職未敢深信，彼二人即欲赴闕叩閽陳情，因彼均係在職武弁，非卑職所能節制，已借付川資令其自便。今接訥親將令，查拿兆惠、海蘭察，卑職亦自知墮不測之中，亦甚忐忑。聖上原有旨令卑職取道金川赴銅政行在，今實處進退維谷之境，思之惶惶無以寧處。中堂，我之提攜恩師也，不敢不據實陳告，俟另有信息，即當星馳再報，李侍堯叩。

三封參照著看完，傅恆心裡已是雪亮。勒敏是個謹慎人，金輝和訥親貪緣千絲萬縷，李侍堯是自己一手栽培提拔起來的。各人利害不同，說話分寸也就有異，都用書信，也就是留有進退餘地。但無論如何，金川敗得比自己想的還要慘重，似乎沒有疑義。傅恆整理著信件，吩咐太監：「把密折匣子遞進去——告訴王恥，我要立即請見萬歲爺！」說罷挪身下炕，對敍倫道：「金川的訥親吃了敗仗。留意陝甘川雲貴的折子，凡涉金川軍務的，一律原件奏進，不寫節略。」

「又敗了？」敍倫手一哆嗦，停住了筆，張大了口盯傅恆時，傅恆已經甩帘出去。一出門，卻見那位大同知府郝永貴站在大金缸前，顯見仍在等著自己。傅恆此時心情，恨不得劈臉摑他一掌，但他已多年相臣，養得心中一片和氣城府，竟上前拍拍郝永貴肩頭，笑道：「我知道老兄急，我這裡有更急的事——你不就是想個道台當麼？這得要吏部薦上來。沒有『卓異』考語，我不便直截揷手。大同是茶馬交易之地。你在——中秋節吧，中秋節前給我徵一千匹軍馬，我就保你升官！」郝永貴已聽說傅恆生氣，在外邊等著挨訓，聽這話眞有點受寵若驚，忙不迭打躬哈腰，說道：「謝六爺栽培提攜！學生一定給您徵齊，再另選二十四好的給六爺……」

傅恆待他話音一落，點點頭便走了。路過軍機處耳房，錢度已迎了出來，笑道：「六爺要進去？修園子的款項，六部裡攻我攻得厲害，史貽直躺在病床上還參了一本，說我是個面諛奉君的小人——」他沒說完傅恆便打斷了他，勉強笑道：「現在可沒功夫說園子的事。你不要走，就在這等著，我下來還有話說。也不定叫你也進去的。」因見王恥一路小跑過來，叫著：「皇上叫傅恆進去！」傅恆忙應一聲「是！」拔腳便去了。

其時剛過端午，連著多日晌晴無雨，辰牌時分，地下已曬得焦熱滾燙。傅恆進養心殿大院，已汗濕了內衣，報名跨進殿裡，更覺悶熱難當，就在東暖閣外叩頭請安了，才見張廷玉正坐在炕邊椅上和乾隆說話。旁邊小杌子上還坐著個四十多歲的中年人，廣額瘦頰身材清癯，卻穿著一身灰府綢袍子，外頭套著件黑緞子馬褂。傅恆心想，這裡怎麼還會跑出個縉紳來？詫異間乾隆已經說話：「傅恆來了，起來，起來坐到盧焯旁邊。」

「是！謝主子賞坐！」

傅恆磕頭起身，哈腰到木杌子旁，果然見是盧焯。二人過去是極稔熟的朋友，盧焯因貪賄收受三萬銀子，已經被劉統勛送到法場，卻因富察皇后撞乾清宮請赦②，免死軍流。傅恆略一轉念，便知是特赦回來要起用他治水的，卻不料幾年烏里雅蘇台軍流生涯，竟把個生龍活虎般的盧焯折騰得如此憔悴，但此時卻不能交談。二人只一目光交會點頭致意，傅恆便坐了下去，心裡盤算著如何回乾隆的話。卻聽乾隆對張廷玉道：

「朕這些日子忙，沒有多見面。不要一見面就說掃興話。衡臣老相，你是三朝元老，先帝爺遺命你配享太廟。從祀元臣，還要歸田終老？」

張廷玉已經七十四歲的人了，氣色精神卻都還好，只是體格峭瘦，牙齒也有點口不關風，言語卻甚敏捷便利，在太師椅上聽乾隆說話，滿臉核桃殼似的皺紋都一動不動，一雙雪白的壽眉壓得低低的，看不出什麼眼神。聽完乾隆說話，在椅中一欠身說道：「老臣現在還兼管著吏部差使。但精神實在已經濟不來了。七十懸車，古今通義。宋代明代配享太廟的老臣，也有乞休得請的。可以援例辦理。」

「你是顧問大臣嘛。」乾隆穿著全掛子朝服，熱得順頰汗流，旁邊就放著扇子，卻不肯拿起來搧一搧，盤膝端坐如對大賓，說道：「不是這樣說。《易》經云『見幾而作』，人和人異時異地，各有不同緣分。如果七十必定『懸車』，爲什麼還有『八十杖朝』的典章。武侯『鞠躬盡瘁』又怎麼說？」

傅恆至此已經明白二人對話的涵義。張廷玉急於退休，固然有「全身終榮」的意思，但他的兒子們都是奉旨專門照料他的。他不退，兒子們就別指望升官。乾隆不許他退，卻是因有清以來宰相榮終於位的還不曾有過。他要做禮尊體念勳臣的聖主，二人心思是不同的。話既說到這分上，張廷玉早該謝恩退下去了，但仍紋絲不動，如一塊僵石。傅恆不禁暗自嘆息：「衡臣已老得冥頑了……」果然張廷玉又接口道：「諸葛亮受任於亂世。臣是優遊太平盛世，不可同日而語。」

乾隆滿心急著許多公務，偏生這老頭子來夾纏不清，耐著性子嚥口唾液，盯視張廷玉良久，冷冷說道：「衡臣老相說的又不對了。既然以身許國，任天下之重，不能以老邁艱巨自諉。更不能以天下承平自逸。」他的口氣一轉，變得異常誠摯溫馨：「皇祖皇考是怎樣待你的？朕也從不拿你當奴才。管著吏部，其實吏部大小事都不讓他們煩你，只掛個名兒，朕也只是遇到難決的大事才顧問一下。你也要多替朕想想，可不可以負了這片成全苦心？朕不忍你退，你還要非退不可，和朕泛泛如秦越之交？」見張廷玉還要說話，乾隆挪身下炕，撫著張廷玉肩頭說道：「不要再辯了，好麼？朕要你做個榮始榮終的楷模，給現在出力的臣子奴才們立個榜樣，且回去，安心養息。朕今日寫詩賜你！」

做好做歹哄弄著，張廷玉總算離座謝恩。由兩個太監攙扶著，顫巍巍辭出殿去。乾隆望著他的背影，長長透了一口氣，回頭自失地笑道：「做人難，做完人難於上青天。誰能體念朕這片心呢——你們的事聽著必定更煩心——朕先打發張衡臣幾首詩……」說著，卻見紀昀進來，因笑道：「你來得正好。免禮，就在設筆硯那張几邊坐下，朕作詩，你記下來斟酌。」

「主子爺這麼好的雅興！」紀昀到底還是叩了頭，坐了靠隔柵子旁的几旁，援筆在手。傅恆和盧焯也目不轉睛地端坐靜待。乾隆卻不急著吟，雙手抖了抖汗濕了的領口，對守在暖閣旁的卜仁說道：「張廷玉已經退出去了。給朕擰一把涼毛巾來，還有他們三個——這殿裡都熱得蒸籠一樣了。」因取過炕案上的扇子，輕輕搖著悠悠踱步。

三個人這才知道，這熱天兒乾隆衣冠整齊盤膝危坐，汗濕重衣卻不肯用扇子，原爲的是端肅尊重這位三朝元老！他們用浸涼如冰的濕毛巾揩著手，覺得絲絲清爽陣陣入心，都不敢放肆擦臉，略一揩拭便放下了，仍舊注目乾隆。乾隆沉吟著伸出三個指頭，說：「賜張衡臣詩三章。」因漫聲哦詠：

際會當盛世，俯仰念君恩。

謹慎調元元，精白理陰陽。

這是第一首了，紀昀忙走筆疾書。乾隆又吟：

焚膏繼晷時，殫精竭方寸。

湘竹亮清節，焦桐舒琴韻。

「這是第二首。」乾隆一笑說道，又誦第三首：

嘉爾事三朝，台輔四十春。

股肱莫言老，期頤慰朕心。

他話音落，紀昀已經住筆，用口吹了吹，雙手捧給乾隆。乾隆審視一遍，在炕桌上平攤了，索過筆，在敬空紙邊寫了一行字：

乾隆親制謹賜張勤宣三等伯

押了「圓明居士」隨身小璽，滿意地說道：「很好。叫王恥這會子就送過去——你們覺得怎樣？」

三個人都是聆聽的，儘自乾隆誦得鏗鏘勁節、聲如金石，細忖韻味，無論如何都是下乘之作，哪裡說得上好？但皇帝自說「很好」，只好隨分附和。劉統勛道：「臣不會作詩，但聽人唸的多了，漢樂府十九首所謂『徘徊蹊路側，悢悢不能辭』，覺得皇上的詩似乎還要強些。」紀昀笑道：「皇上的詩清雅堂正，如對佳餚美酒，韻正味醇，情深詞茂，琅琅似精金美玉。紀昀幾時能學到皇上一成，也就不枉了做一場翰林文士了！」傅恆生怕紀昀將好話說完了，忙也接口稱頌：「不但清雅，而且是典雅堂皇，正氣磅礴之中又寓著春風拂心。奴才偶爾也塗鴉幾首，比起來就覺得輕浮佻脫……」

他們都是一肚子腹非，但這念頭既不敢想更不能說，七嘴八舌挖空心思捧場，把乾隆的詩說得天上少有，地下獨一，賽似李白再世、杜甫重生。乾隆儘知這是逢迎，素來卻也為自己的詩自雄，因笑道：「大家說得言過其實了。朕自己心中有數。歌詩合為事而作，朕萬機宸函勤政之餘寫一寫，聊為自娛而已。傅恆——現在說正經差使——紀昀也坐過這邊。雖和你的差使干係不大，從根子上說也沒有兩樣。」

紀昀原在隔栅子旁侍立，忙答應一聲「是」，坐了傅恆下首。乾隆升炕盤膝坐下，神情已變得肅穆莊重，嘆息一聲說道，「說到政務，就沒有那麼鬆快了。朕昨晚一夜也不曾好睡，想來想去，金川之戰怕是敗得比朕想的還要慘……」說到這裡，他頓住了，端茶啜了一口，像噙著一口苦藥，皺眉說道：「婁山關總兵有密折，他拿住了幾十個搶劫糧庫的賊，一問，都是金川被打散的敗兵……沒想到莎羅奔一個小小土司竟如此難弄！——傅恆，你心裡要有個數，預備去金川掌管軍務。朕原想讓阿桂去的，前頭已經派了慶復、訥親，阿桂資望相差太遠，怕鎮不住。調來軍機處行走，且為朕參謀諮詢吧！」

「皇上聖明！」傅恆不知怎的，忽然心頭一陣傷感，在杌子上一躬身說道：「奴才沒有接到奏報王師敗績的正式折子，但金輝、勒敏和李侍堯都來了信。說法不一，敗得很慘似乎無疑。奴才已經屢次請旨出征金川，反復思慮，君父有憂臣子不解，即非忠臣，只要主上下旨，奴才立刻前赴殺敵，現在奴才是枕戈待命——奴才不想立軍令狀，主子給奴才調兵之權，調岳鍾麒爲副，一年爲期，送一顆人頭回北京，不是莎羅奔的，便是奴才項上這顆！」他說著，抖著手從袖中抽出那三封信，躬著身子雙手呈上，聲音中哽咽不能自勝，「奴才讀這些信，心中眞是悲苦難言，訥親欺君的事如若坐實，是社稷之恥、君父之辱，奴才是他朋友，也覺羞顏難當！」

他語言顫抖，容色慘淡，竟是如泣如訴，饒是劉統勛心如鐵石，紀昀樂天詼諧，也都聽得心中起慄，又不知信中都寫了些什麼，都睜大了眼，癡呆地看著乾隆。

大約是因爲有預感，心裡有準備，乾隆的神態比昨日鎭靜得多，只是面色有點蒼白。看信卻是看得十分認眞，也是將三封信並排攤開，參照比較著讀。三個人在旁正襟危坐，卻不敢看他，都把目光凝眝在御座後邊的條幅字畫上。偌大養心殿，靜得只能聽見殿角自鳴鐘沙沙的走動聲。傅恆覺得自己的心縮得緊緊的，連氣也透不出來，偷瞟一眼乾隆，卻見乾隆皺眉沉思，不像是雷霆大怒即將發作的模樣，遂悄悄換了一口氣，卻見王恥步履橐橐回來繳旨，抑著公鴨嗓子躬身說道：「主子，賜張廷玉的詩已經送去。張廷玉的二兒子張若澄隨奴才進來謝恩。還有派去奉天的軍機大臣汪由敦也奉旨回來了，遞牌子請見呢！」

「不見！」

乾隆脫口說道。他極力壓抑著自己的失望、沮喪和憤怒，幾乎同時就改變了主意，咬著牙強笑道：「汪由敦才上任不久，他是軍機大臣，該進來一處議議的——叫張若澄也一併進來吧。」他把信折疊起，想了想，提起硃筆在上面一封上批一行小字「以下三封函已經御覽，仍交傅恆存」遞給傅恆，說道：「本來經朕看過要繳皇史宬的。且存你那裡吧，可以參酌軍務……」因見汪由敦和張若澄進來便不言聲，待二人行過禮，問道：「由敦，一路辛苦了，身子骨兒還挺得來？」

「臣犬馬之軀，何敢當聖躬垂問。」汪由敦忙陪笑道，「奉天將軍康克己、提督張勇，還有駐奉天的簡親王喇撥、果親王誠諾、東親王永信、睿親王都羅送臣到十里亭。託臣代爲請安，另送有方物貢獻求臣代轉——這是他們的請安折子和貢單，請皇上過目。」說著，將一疊黃綾封面的折本捧遞上去。

乾隆「嗯」了一聲，撫了撫那些折本，說道：「故宮修繕差使辦得好，皇陵培土植樹，周圍的護牆也都起來了。康克己和張勇前幾日都有折子進來，著實誇獎你勤謹廉重，耐煩不畏苦。他們底下私囑你的，還有什麼話說？」汪由敦道：「幾位王爺只是仰謝天恩，沒有別的話。張勇私下裡跟臣說，東北沒有野戰。羅剎國在外興安嶺偷獵偷人參，康克己派了一營兵就趕走了他們。他心裡有點發急，說兩代父子受恩，廝殺漢不打仗，沒法圖報。教臣看金川戰事用不用著他，得便兒跟皇上撞撞木鐘。」乾隆問道：「張勇是張玉祥的小兒子吧？」

「回皇上，他排行第四，下面還有個弟弟。」

「張玉祥怎麼樣？還能走動不能？」

「他已經快九十歲了，還能騎馬，就是口碎，一說就是一兩個時辰，插話都插不上。

誇他的馬，誇自己的身子骨兒，罵兒子們不中用……」

傅恆是見過這位功高勳重的老將軍的，想著他鬚髮雪白，指手劃腳咄咄而言的樣子，嘴角掠過一絲笑意，忙又斂了。卻聽乾隆說道：「盛京是我朝龍興之地，又近羅剎國。朕歷來十分留意的，最怕中原奢靡風氣染了那裡，看來尚武精進的志氣還是沒有磨倒。想撞木鐘出戰的將軍，中原連一個也沒有——你是專管盛京營務軍事的軍機大臣，寫信告訴張勇，教他著意練兵，國家有的是用他的地方。你坐下——若澄，你是代父進來謝恩的？」

「是！」

張若澄不防話題陡然轉到自己這邊，略一怔，忙叩頭道：「皇上賜詩嘉慰老臣。張廷玉率闔府老小望闕叩謝隆恩，遣不肖代父給萬歲爺叩頭。」

「他精神還好？回去進餐了沒有？」

「家父見過主子，精神頗好，午餐比平日還略多吃了點，和子弟輩說，主上優渥隆眷之恩，都靠著兒孫輩努力報效了！」張若澄說完，又復連連叩頭。乾隆漫不經心地聽著，用手指蘸了茶水在案上劃著什麼字，不冷不熱說道：「張廷玉和張玉祥一樣，都是聖祖爺手裡使出來的。廷玉沒有野戰功勞，能封到伯爵，很不容易的。當初世宗爺封他，朕還小，在旁邊學習聽政。隆科多說文臣封爵無例可循，世宗爺擋了回去，說『張良也沒有野戰功勞。運籌帷幄之中，決勝千里之外。張廷玉公忠勤能，佐朕敦文教化，功勞不可泯沒』。這話至今言猶在耳吶——你且跪安吧，好好侍奉他，叫他也好生自珍保重……」

張若澄退出去了。幾個臣子都還在咀嚼乾隆這番話，一句一句地聽，都是溫馨和煦的撫慰，但串連到一處，都覺得涵意深不可測。他們都是千選萬挑出來的人中英傑，天分極高，城府又都格外深沉。品味著這種冷峻的警告，都打心底泛起一陣寒意。只汪由敦不知前後首尾，又耐不住岑寂，在杌子上躬身笑道：「張廷玉眞是有福，際會聖主盛朝協理政務幾十年，善始榮終。臣在奉天就見到重申張廷玉配享太廟的諭旨，心裡感奮得不得了。臣是個武將出身，得蒙拔擢跟了聖明主子，也要努力有爲——」說到這裡，突然覺得傅恆暗地拉了一下自己衣角，他也是機警過人的人，略一頓，已是改了口氣，「也要做一個張玉祥、張廷玉這樣的臣子！」紀昀、劉統勛先聽著，都暗自爲汪由敦擔心，聽他突然夾進去一個「張玉祥」，驢唇不對馬嘴地收住，都覺意外。看看乾隆，並沒有不豫之色，才都略覺放心。

「傅恆，你拉汪由敦做什麼？」乾隆早已一眼看見，一哂說道：「朕心裡再煩惱，也還是清明在躬，汪由敦不知前情，率性說話，朕再不至於怪罪他的。」

傅恆萬沒想到這點小手腳也被看穿，又臊又怕，脹得滿臉通紅，忙起身謝罪，說道：「皇上洞鑒萬里，奴才的小心思難逃聖明燭照……」汪由敦兀自不明白「不知前情」意指云何，急速轉著念頭用目光詢問劉統勛。劉統勛和紀昀卻都咬著牙，漠然注視地下清亮如鏡的金磚。

「朕是何等之累！」乾隆長舒了一口氣，目光望著殿頂的藻井，好像尋找著什麼，又孩子似的無可奈何地垂下了頭，「你們不論職分大小，或管一部，或理一事，甚或總攬全局，也還是個『贊襄』。天下事，無論官紳士農工商，山川河流地土，大擔子還是壓在朕一人身上。昨日祭天壇，祭文起首就是『總理河山臣弘曆』，朕聽禮部官員朗誦，覺得竟無一字虛設！」他呷了一口茶，俯仰一動，平抑著心中如潮的思緒，又道：「承平是好事，承平日久，人心懈怠，百姓富了還想富，窮的巴望富，官員的心不在官差上，都撲到了銀子上，這裡頭的煩難幾人能知幾人能曉？文官愛錢，武官怕死，都愛錢都怕死，有了錢還要刮，刮百姓刮朝廷，人心都被錢蝕透了，俊才變成庸才，庸才變成蠢才，變成豬狗！昨天的話，想起來字字驚心……」

他盤膝坐得太久，欠動一下身子，自失地一哂，說道：「上下瞻對，金川兩征，花銀子一千多萬，折三四員上將，還殺一個宰相，再派一個首輔，居然照例再來一遍！花在黃河漕運上的錢比聖祖爺高出兩倍，仍舊泛濫、淤塞，還有奇的，安徽蕪湖道吳文堂，藩庫裡領了賑災救命的銀子，先放高利貸，居然先收利息，只拿著利息去放賑！德州還有個縣令皮忠君，這麼好的姓名，從鹽茶道衙門借銀子與人合伙販瓷器，運河裡翻船賠了，又從山東藩庫借出銀子，放高利貸，也用利息還國家虧空。軍政、民政財政這麼拆爛污，做臣子的不替君父分憂，一趟一趟登殿奏本，算計著要身後配享太廟，答應了還不饒，還要朕寫字據為證頒發天下！眞不知道張廷玉怎麼想的，朕若不願他進太廟，就是進去了，朕難道撤不出他來？」他不屑地一笑，對紀昀道：「曉嵐，你草擬給張廷玉的旨意！」

四個人早已聽得驚心動魄，背若芒刺坐不安席，紀昀答應一聲「是！」忙趨身到案前，提筆，手兀自微微顫抖。

「這樣寫——」乾隆臉上毫無表情，聲音枯燥得像乾透了的劈柴，「昨日面朕，觀爾身體尚屬健泰，精神亦復矍鑠，雖以一己私名嘵嘵於君父之前，尚有可原之情。朕體念老臣，款存體面，既許配享之典，且賜詩以紀此盛。而乃不知感激朕優渥隆眷愛養元臣之恩，惜咫尺之遙不肯親躬來謝，侮慢蔑君至於此極！朕能予之，卿獨思之，朕不能奪之耶？——派……王（忘）禮去給他宣旨！」

傅恆、劉統勛、汪由敦聽著這道旨意，都如平空一聲焦雷，個個嚇得面如土色。張廷玉弱冠入幄參贊機樞五十年，爲相四十年，憂讒畏譏，勤愼小心，公忠廉正朝野皆知。從來皇帝詔書、臣下口碑都是褒揚獎讚，待垂老之年，爲爭「配享太廟」這個身後名分，一個筋斗竟折到這個分上。兔死狐悲物傷其類，身歷其境才品出味道。在死一般的岑寂中，汪由敦衣裳一陣窸窣，離座伏身叩頭，說道：「臣請萬歲收回成命！」

「嗯？」

「請皇上爲張廷玉稍存體面。」

「他不爲朕留體面，且是他自己不給自己留體面。」

傅恆和劉統勛再也坐不住了，一齊離座連連磕頭。劉統勛道：「張廷玉總其一生，大節尙好，且是聖祖、世宗到今上三世首輔。如今年老昏憒，心智紊亂，求名慢君有罪，求皇上如天之仁，念其微勞，召見詰責令其知改。這道詔諭一下，恐傷先帝知人之明。」

傳恆自幼就在張府往來，更有一份親情，泥首叩地已是淌出淚來，期期艾艾說道：「劉統勛、汪由敦說的，奴才也有同感，皇上有包容四海之量，不必計較張廷玉這點區區私意……」

乾隆任他三人涕泣請命，仍舊端坐默然。他心裡也隱隱作疼，一樣的元老，一樣的年邁，張玉祥怎麼就沒這醜態？朝廷這麼多繁縟政務，他為相幾十年，且是在職職官，不肯出一言分憂，一味纏著歸田養老，歸田養老又要配享太廟，不是依老賣老是什麼？

「皇上……」紀昀聽他們說話，知道都沒說到乾隆心思上，打著主意上前，將旨稿呈給乾隆，提著袍角從容跪下，叩頭說道：「容臣奏言，記得那年臣扈從聖駕秋獮木蘭。當時張廷玉已屢次請旨歸養，臣曾問聖上何以不許。聖上當時嘆息，說我朝自順治爺起，宰相首輔榮終令名的沒有。皇上要為千古完人，為後世子孫樹立風標，存一張廷玉體面事小，全皇上這一願心那就關乎大體。他老了，老變小，有點陰微見識，皇上包容了他，既慰了百官的心，也更顯了皇上的吞吐之志。臣以為皇上今日是政務叢繁，心緒煩亂，這道旨意且不發，皇上明日仍舊要發，再行傳旨如何？」

他如簧之舌娓娓而言，處處都替乾隆自己打算，又顯著堂皇正大。乾隆聽著聽著，臉上顏色已經霽和，將旨稿拈起看了看，苦笑著揉成一團，說道：「大家都說可恕，朕也不為已甚。張廷玉，唉……朕自幼就敬重他的，他也真有人所不及的長處，怎麼老了老了，一變性兒就這模樣兒呢？」他挪身下炕，要水來嗽了嗽口，又吩咐「再取些冰來，太熱了」，一邊踱著步子輕輕揮扇。衆人知道關口已過，都暗自透了一口氣。

「軍務上的事不能再等了。」乾隆命他們重新歸座，悠著步子說道：「傅恆和兵部戶部的郎官會議一下。照著李侍堯信件上說的軍情，重新部署安排，奏朕知道後再實施。朕已經想透了，最壞無非敗得片甲不歸而已。就算朝廷在那裡練把式失手。細務不能議，你有什麼想法說說看。」

這是傅恆嘔心瀝血反覆思量了不知多少遍的事，早已胸有成竹，從糧餉草料、車馬輜重，到大帥營設置、各路兵馬調動號令傳遞、預備增援行伍人力位置，還有對莎羅奔實力估計、莎羅奔的心態、和應付朝廷再征的幾種辦法都有詳明估量，足說了有半個時辰。紀昀等人聽他如此精細打算，都暗自欽服，惋惜訥親毫無成算。乾隆聽得不時頻頻點頭，心裡轉念：原來若派傅恆去，何至有如此慘敗？想著，傅恆已說到煞尾，「皇上說練兵，最是聖明，金川敵軍不同於一枝花，莎羅奔只是想爭一個土司位置，沒有政治大圖謀，而且地處一隅，勝敗都不關乎全局。他們全族也就七八萬，反覆征討廝殺，還能有多少？殺人一萬，自損三千，他自己也知道終歸打不贏，所以始終留著講和餘地。訥親現在能守在金川，依賴的並不是自己還能打，而是皇上如天威福！」

他說到這裡，看了乾隆一眼，從乾隆的目光中得到鼓勵，一頓首又道：「一是糧食，二是避瘴藥物，三是紮穩軍盤，十幾萬大軍齊頭並進，不要分散兵力，金川就像三塊石頭中的雞蛋，頃刻破碎瓦解！——即使不戰，卡斷了糧、酥油、糌巴、鹽，還有藥物，一年之內，莎羅奔就沒有再戰之兵！」他眼中閃著狠毒的光，咬著牙道：「練兵也不能一敗再敗，訥親慶復喪師辱國，這個恥不能不雪。一是一定要犁庭掃穴，徹底打贏，二是莎羅奔面縛投誠，聽聖主發落，三是打完仗後設流官政府治理，這樣，才能一勞永逸！」

「很好！」乾隆被他說得怦然心動，目光熠熠閃爍，「朕多日鬱鬱，被這席話洗去不少。」他走近了傅恆，又道：「你預備著出兵放馬，朕給你預備一個侯爵位置！」他長吁了一口氣，彷彿要吐盡胸中鬱鬱悶氣，緩沉了口氣，「延清和汪由敦召集都察院和戶部會議，清查各省藩庫虧空。還有海關、鹽政、茶馬政，凡過手錢糧的，都要清理，但要內緊外鬆，不要讓人覺得改了『從寬爲政』的大宗旨。查到三千兩以上的貪官，一定要正法一批，『寬』也有邊有岸，過了限反而要嚴，手硬一點！」

「是！」

「朕已委盧焯爲河道總督。」乾隆順著自己的思路說道：「延清會議完，和盧焯一道去清河，查一查歷年治河銀子去向和使用情形。也和清理吏治一例處置，還有幾處災民聚集地，延清也要去看看糧藥賑濟情形。你兒子劉鏞，叫他去德州、蕪湖，專門查辦皮忠君、吳文堂兩案。朕要看看他的風骨才力。軍政、民政、法司、財政要打理整飭一遍！」

四個人聽得心頭噗噗直跳，激動得脹紅了臉，一齊叩頭道：「臣凜尊聖命！」紀昀改不掉的詼諧，撐手仰面笑問：「主子，還有文政呢！」

「修四庫全書，文政更要緊。」乾隆咬牙笑著，幾乎是從齒縫裡迸出來的話說道，「一網打盡天下英雄，是朕給你的專差。這件事回頭召你細論。」

「是！」

「跪安罷！」

「扎！」

註① 奏章文字量大，爲方便皇帝御覽，一般奏議要寫內容簡介。謂之「節略」。

註② 見拙著《乾隆皇帝·夕照空山》。

7

龍馬精神勤軀多情
盛年動貴聞雞欲舞

乾隆當晚回養心殿，已是酉正時牌。從卯初起身以來，整整折騰了七個半時辰，除了奏牘公務，接見外官，會議政務，中間還夾纏了爲張廷玉爭配享生氣。當時在場提著精神，還不覺得怎樣，這時候靜下來，卻又心中起潮，萬緒紛亂又至。一時心裡想訥親的事，一時又想黃淮漕運，又念及尹繼善，不知接到自己的硃批諭旨沒有，轉思阿桂「他也該到京了吧？」想到張廷玉輕慢，喋喋不休述說聖祖先帝對他的恩寵，那副依老賣老以元臣自居的模樣，眞是面目可憎，又想德州的案子「鹽政衙門就在那裡，會不會和高恆有瓜葛情弊的事」，忽而又思及傅恆等人的應對，由傅恆又想起棠兒，「不知康兒長多高了」……心裡一陣熱，一陣涼，一陣氣惱，一陣溫馨，且時有感奮激動……七葷八素的竟有些收攝不住。正在丹墀下出神，卜仁在身後稟道：

「主子爺，晚膳是在配殿裡進，還是在東閣子裡進？」

「唔?唔……」乾隆這才回過神來，甩著雙臂鬆泛一下身子，便見王智端著綠頭牌子銀盤過來，看了看，隨意翻了英英的牌子，口中說道：「不用傳膳了，想一口清淡的用。叫淳主兒到這小伙房給朕預備夜宵。」因就天井裡除了萬絲生絲冠、瑞罩、褂子，就地練一趟布庫，又打一趟太極拳，出了一身透汗，心裡反而清爽了不少。收勢著，見汪氏挽著個竹篾小盤筐，站在東廂檐下癡看，乾隆笑問：「這伙房裡還少了菜蔬，巴巴地從你宮裡帶過來？」

惇妃汪氏是打扮了過來的，上身藕荷色坎肩套著玉白襯衫，下身是葱黃水洩百褶裙，半露水紅繡梅撒花鞋，「把子頭」去了，散打個髻兒，扎著紅絨結，烏鴉鴉一頭濃髮梳得光可鑒影，刀裁鬢角配著鵝蛋臉、水杏眼，眞有點出水芙蓉清姿綽約模樣兒。見乾隆問話，盯著自己審視，汪氏有點不好意思的，蹲福兒輕盈施禮，說道：「這裡菜蔬雖多，得現整治，怕主子肚餓，帶了點點心，還有點時新樣兒的菜……」

「好好！」乾隆又打量她一眼，要了扇子搖著，一頭拾級上階，一頭說，「把點心進上來。朕一邊進，一邊看折子。你下廚去吧。」說著進殿，便叫，「卜義，東閣裡暗，再加一枝燭。端一小盆子冰放在炕上——殿裡太悶了。」他看了看炕卷案上垛著的奏牘，似乎有點不情願地遲疑了一下，還是上了炕，嘆息一聲，一手扯過一份奏章，一手提起了硃筆。

連著看了幾份，都是外省巡撫奏報年成豐欠的折子。乾隆雖然關注，卻並不新鮮，只特別留意了甘肅、陝西和兩江。甘肅、陝西去冬連著大雪，三月又一場透雨，入四月以來雨水雖少，地裡底墒不錯，都奏稱如若不遭風災，夏收可望九成。兩江有的州府遭了水患，但蘇、常、湖、無錫、江寧都是「大熟」，頓時放下了心。只在幾份折子上批「知道了」，想了想又在甘肅的折子上批道：「所奏飼草柴炭已著山西平價撥往矣！此類事係爾一方父母分內差使。早當未雨綢繆，乃煩朕代為勞心，皆係卿平素不留意處。彼地回民居處為各省最多，回漢雜處，習俗不同，易生嫌隙械鬥，在善於調處也。」寫完，又拈過金鉷的折子，細細看了，寫道：

賑濟災民一事卿料理甚善，凡事豫則立，不豫則廢，此之謂也。朕即將南巡，一切供張，國家皆有制度，切告爾之下屬官吏，凡有藉朕出行大事靡費，擾民邀寵者，朕必嚴加治罪，已有旨調尹繼善重返江督之任。俟彼到任，即行公務交接，爾已進階光祿寺正卿，亦不必來京，即在南京候駕可耳。卿之調任，以卿資重年邁故，非有其他，勿有縈懷自疑之意——另問，金輝與汝有親戚否？彼平日節守如何？另折密陳，以聞。

他翻翻那些折本，見有尹繼善的一份請安折子，便抽了過來，在敬空上寫道：

奏悉。近聞南京等處亦有吸鴉片煙者。卿辦理甚善，凡泊來鴉片，均由海關依藥物重稅收入，勿使輕入民間，今西洋船隻來天朝貿易較之乾隆初年四十餘倍，廣州生齒亦增十倍有餘，中外混雜，華夷共處，日久易生事端，且易為洋教所乘，潛延滋漫，其害曷可勝言！英咭唎國既有開設商館之請，何妨因勢利導，允其開館，仍以「市舶提舉司」監管羈縻。廣州所有貿易商賈士民，則應申前旨，嚴禁匪人與外夷交通，凡與洋人私地貿易，或擅入洋教者，概行正法，以防微杜漸。

乾隆寫到這裡，似乎想起什麼，在看過的奏章中翻了一陣，抽出尹繼善的原折，枯著眉頭凝視了一會兒，那上面寫的是弛禁絲綢出口請示：

前因內地絲斤綢緞等物價值漸昂，因定出洋之禁，以裕民用。今行之日久，而內地絲價仍未見減，且有更貴者。可見生齒日繁，民殷衆富，取多用宏。此物情自然之勢，非盡關出洋之故，……

即在請安折子上又加一句：

前奏請弛禁絲綢出口折所言者是。即行弛禁。即著户部核定每船允帶斤數，然頭蠶湖絲緞匹等項，仍嚴行查禁，不得影射夾帶滋弊。卿雖赴江寧再督兩江，然廣州貿易實仍相關相連，勿以離任忽怠，切囑。

寫完看錶，已近亥初時牌，忽然想起還沒用晚膳，因見汪氏垂手站在隔栅子屏前，遂笑著下炕，問道：「給朕預備好晚膳了？倒冷落了你——來，給朕揉揉這隻右手脖兒……」便把手伸過去，順帶間在她聳起的胸前輕輕摸撫了一下。殿中太監們這些事上特會意的，卜仁一個眼風，都悄沒聲退了外殿。

「主子這話奴婢可當不起。」汪氏微紅了臉，一雙膩脂牙玉般的小手捧著乾隆的手，輕輕按捏著乾隆的右手，半扶半將到飯桌前，乾隆坐了，她便跪在旁邊，揉著，口中笑道：「比起爺辦的正經事，奴婢連個草節兒也算不上……您看這桌子菜，東邊是脆皮糖醋王瓜，西邊是涼拌小豆芽——掐了頭去了心的，半點豆腥味也不得有——南邊乾爆紅蝦，北邊木耳清拌里脊，中間的菜是黃的，只怕主子也未必用過，要用著對了主子脾味，奴婢可要討個賞呢！」

乾隆看那盤菜，碼得齊齊整整，木梳齒兒一般細，像粉絲，卻透著淺黃，像茋蘭絲，卻又半透明，上面漉著椒油，燈下看去格外鮮嫩清爽，他輕輕抽出手，伸箸夾了幾根送入口中品味，一邊笑道：「這桌菜有名堂的，青紅皂白黃，五行各按其位，也眞虧你挖空心思……這味菜是葫蘆？是……雞子拌製的粉絲，也沒這麼脆的……是茍瓜？茍瓜不帶這黏粉嚼口……」

「主子且不說是什麼。」汪氏在旁，用小勺給乾隆盛了一碗熬得黏乎乎的小米白果粥，捧放在乾隆面前桌上，又將一個象眼小饅首遞給乾隆，笑道：「主子用著好就得，不必管它是什麼。」乾隆笑著又吃一口，說道：「『子曰：『必也正名乎』——用著好，看著好，嗅著好，那是不必說的。」汪氏見乾隆胃口大開，連吃了三個饅首，各味小菜都嚐了，一邊忙著侍候巾櫛，陪笑說道：「這就是我的虔心到了——這是我們家鄉長的，叫攪瓜——蒸熟了切開，用筷子就瓜皮裡一陣攪，自然就成了絲兒，涼開水湃過一拌就是。我在我殿後試著種了幾年，今年才結出三個，專門預備著給主子開胃口的……」

乾隆吃得熱汗淋漓，她在旁邊打扇遞巾，送牙籤、倒漱口水忙個不了，口中鶯囀燕呢陪笑說話，服侍得乾隆周身舒坦。因見秦媚媚過來，便笑道：「你侍候得朕如意，自然也教你如意。不過今兒已翻了別人牌子，明兒罷，明兒晚準讓你魂不附體……娘娘那裡朕還得去一趟，你陪朕去吧？」

「奴婢該當的陪主子。」汪氏壓低了嗓子，幾乎是在說悄悄話，「……主子答應了的，可別忘了。上回也這麼說，那拉貴主兒給主子梳梳辮子，就撂開手了。我……剛落過紅……」

「好！這次不忘了！」乾隆說著便出殿，對趨著小步趕出來的汪氏笑道：「這合著一句詩：落紅不是無情物，化作春泥更護花。走吧！」

☆

富察皇后的正寢在儲秀宮正殿，嫻貴妃那拉氏住西偏殿北頭，惠妃鈕祜祿氏原住南頭，因已身懷六甲，西南角夏天不透風，怕熱著了，富察氏皇后便命她挪至正殿西暖閣，那邊靠海子，一溜蟬翼紗窗打開，稍有點風，屋裡就沒有一點暑氣。乾隆進了儲秀宮的廣亮門，但見滿院寂靜，各窗燈燭閃爍倩影幢幢，只有正殿廊下侍立著十幾個守夜太監，還有幾個粗使宮女提著小木桶往各房送熱水，也是躡手躡腳，幾乎不聞聲息。秦媚媚跟在乾隆身後，搶出一步便要進殿稟知皇后，乾隆笑著擺手制止了他，輕手輕腳上了丹墀，親手推開門進了正殿大門。

睐娘等五六個宮女因皇后已經歇下，宮門也已下鑰，料著不會再有人來，都脫得只剩下一件小衣，躲在東暖閣門前殿角洗腳抹身，不防皇帝會突然無聲無臭駕臨。沒處躲又來不及穿衣，又沒法見禮，煌煌燭下，個個羞得無地自容，睞娘更是臊得滿面紅暈，把腳從盆子裡急抽出來，隨著眾人跪了地下。

乾隆滿臉是笑，指指內殿示意她們不要聒噪請安，卻不急著進去，也不叫起，站在燈下觀賞著她們，低聲笑道：「好一幅群美沐浴圖——露父母清白之體，有什麼不好意思的？」他特意走近了睞娘，凝視著她牙琢似的脖項，赤裸的雙臂和漢玉雕磨似的大腿。睞娘上身只穿著件薄得透光的月白市布背心，雞頭乳上兩個殷紅的乳豆都隔衣隱隱可見，見乾隆這樣看自己，心頭弼弼急跳沖得耳鳴，伸手想掩胸前才想到根本無物可掩，只好兩手交叉護住雙乳，低首閉目，口中喃喃呢呢，自己也不知說的什麼。

「這不算失禮。」乾隆笑著收回他不安分的目光，說道：「既然不好意思的，起來更衣去吧。」說著便進了內殿，此時皇后已得知乾隆駕到，早已穿好衣裳，見他來，便斂衽一禮，笑道：「萬歲不是翻了英英的牌子呢麼？怎麼又——」說到這裡，覺得失口，反不好意思，臉一紅啜茶不語。乾隆極少見皇后這樣嬌羞形容兒的，皇后天生麗質，才三十出頭的少婦，此刻燈下暈紅笑靨，慵妝嫵媚，那種風情竟是見所未見，乾隆不由得心裡一蕩，挨身坐了床邊便將皇后攬在懷裡，小聲道：「朕今晚是走桃花運了，你平日太端莊，今晚這樣太難得了。先和你『敦倫』一番，再說英英不遲……」扳著她肩頭，做嘴兒摩乳便壓下去……閣裡的太監宮女早已瞧科退了出去。

一時完事，皇后兀自嬌吁細細，摟著乾隆小聲道：「……就怕委屈了英英——別忙著起身，聽我說……兩個兒子都沒養住，有點不甘心……」乾隆撫摸著她的頭髮，用手指揩著她額前的細汗，說道：「你還年輕，又這麼善性，皇天菩薩都會保佑你的。想這個——了」乾隆強拉著她的手摸自己的下身，「叫秦媚媚去請朕來——睞娘吧，叫睞娘去請——朕當然是先盡著你……」皇后見他起身，也自慢慢起來，掩著被乾隆扯得一片雪白的胸脯，「哧」地一笑。

「你笑什麼？」

「不是笑，我有點怕。」

「怕？」

「怕睞妮子劫了『皇綱』。」皇后半倚大迎枕上打趣一句，又道：「您知道，我在枕席之歡上頭有限的，就剛才那一陣，這會子覺得有點脹呢……恕我懶一懶不起身了。」她放緩了聲氣，已變得莊重端肅，「一個女人到宮裡，又有福跟了主子為妃嬪，世上人想著和神仙也不差甚麼，都不知這宮裡頭三六九等，各自也有說不盡的煩難。有頭有面的皇貴妃、貴妃、妃、嬪、貴人、答應、常在也有幾十個。熬得出熬不出，全看她在皇上跟前得意不得意，身後的靠山要看她生了阿哥沒有，至不濟也得生個公主，到老有個依憑，有個走動門檻不是？我主著六宮，聽的多了，見的多了，有時想想也真可憐這些人。我不用猜，這會子那拉氏準在殿外『散步』兒，英英——並連嫣紅也巴巴兒在等著你。巴的固然是皇上心愛，更為的觀音娘娘送子來——更要緊的一層兒，皇上不可用情太濫，您的身子就是鐵的，能打多少釘兒呢？」說罷嘆息一聲，看著搖曳的燭光不言語。

乾隆見她感傷，不禁莞爾，上前拉起她的手，輕輕拍著笑道：「好了好了……你的意思至明白不過，我不再拈花惹草了不成？你一片善心，觀音要送子，自然先給你送的。」

「那就是大家的福氣。」皇后也是一笑，說道：「我不過白說說，其實女人算什麼，你才是最當緊的。睞娘這孩子我倒看好她。一者是受難收進來的，沒娘家可奔；二者素來忠心耿耿服事我，我怕她日後落了沒下梢；三者我叫人拿她八字出去給人推過，有宜男命，也是極貴的格。平素留心看，皇上也甚體恤憐愛她。回頭開了臉，索性就做『答應』吧……」說罷便叫「睞娘進來！」乾隆喜得伏下身吻了一下她前額，小聲道：「我哪有那麼猴急的，說辦就辦了，改日再正經辦——你眞好！」聽睞娘挑簾聲，便站直了身子，乾咳一聲沒言語。

「皇上要去承乾宮。」皇后叫她來，原本立時當面說明的，此時也覺欠莊重，因改口說道：「你陪著過去。那桌上一疊子描花樣子給你嫣紅主兒帶過去——白日她說想要，原說給她的，後來竟忘了。」

三更半夜忽然派這差使，任誰聽聽也是「藉口」，「陪著」才是眞意，睞娘立時就明白了，騰地赧紅了臉，挽頸弄巾跐腳尖兒，答聲「是」，一步一跟在乾隆後邊出殿。乾隆看時，果見那拉氏從西壁月影裡盈盈過來請安行禮，不禁一笑，溫聲說道：「露水都下來了，還在這裡站地賞月？回去吧，看涼著了。」那拉氏背著月光，看不淸什麼神色，只輕輕說道：「主子也當心點，天涼……」便踅身踽踽返回。

乾隆一邊移步，望著那拉氏的背影，心裡也替她難過，她是臨幸最多的貴妃，隔三差五的總翻她牌子，無奈命運不濟，生了兩個阿哥都出痘兒死了，好容易養住一個女兒，不到三歲也一命嗚呼，連個病因也不知道……正想得沒情緒，身邊提燈引導的睞娘怯聲怯氣說道：「萬歲爺，您出神了，該拐彎了……」乾隆一笑，忙折身向北，瞟一眼後邊跟著的太監，問道：「睞娘，你猜朕在想什麼？」

「奴婢可不敢亂猜，主子想的當然是天下大事……」

「你猜的並不錯，天下本來就沒有小事。皇后前後養兩個阿哥，頭一個兩歲就去了，端慧太子才九歲，也出痘兒薨了。那拉氏的兩個兒子也沒養住。現在只有大阿哥和三阿哥兩個，比起聖祖爺……」

這話睞娘覺得實在難答，但又不能不答，囁嚅半晌，睞娘才道：「子息都是天定的，主子娘娘、鈕主兒、那拉主兒、陳主兒、汪主兒她們都還年輕。主子這麼聖明仁德，正當壯年，不犯著愁這個的。」

又沉默一會兒，乾隆笑問：「你這會子在想什麼？」

「什麼也沒想……奴婢今晚挺奇怪的。」

「奇怪？」

「是啊！萬歲爺往常夜裡也來，主子娘娘總要送出殿的，今兒……」

「今兒躺著沒起來，是麼？」

「嗯。」

乾隆不禁呵呵大笑，一手摟住了睞娘肩頭，笑不可遏地小聲說道：「傻小妮子，她是怕……流出來啊……」

「流出來，什麼流出來？」

乾隆「嘻」地一笑，在她腮上輕輕一吻，悄語道：「皇后說要進你當嬪呢。到那一天朕教你知道。」因見承乾宮處幾盞宮燈閃著出來，知道是迎接自己了，便鬆開了睞娘，睞娘已是頭暈身軟，幾乎連步子都邁不動了。

☆

阿桂又遲了五天才抵達北京。他是單身漢，早年父母雙亡，只有幾個遠房親戚，在他不得意時情面上甚薄，發跡之後又遠離北京，套不上親厚，又沒有自己的府邸，因就住了西便門內的驛館。看看天色已向晚，想清清靜靜安歇一晚，明日面君之後，再見傅恆、錢度這些朋友。因此，只命人送一個稟帖進軍機處。胡亂用了幾口晚飯，便帶幾個師爺出門散步。

離開北京幾年，這裡的景致已又是一變。驛館東邊紅果園一帶，不知成了哪家大員或者王公府邸，倚著起凹不平的地勢修起了一道女牆，西南邊的白雲觀周匝原是一片荒涼的亂葬墳，如今櫛比鄰次縱橫交錯都建起了民居，植滿了槐、楡、柳、楊和各色庭院雜樹，只偶爾風動，還能隱約聽見觀中大鐸鈴悅耳的撞擊聲。自白雲觀向西北，清梵寺的松柏老檜烏桕楸樹依然還是老樣子，烏沉沉黑森森的，傳來陣陣暮鼓聲。此時金烏西墜，倦鳥歸巢，晚霞燒得像醃透了的鹹雞蛋黃兒，殷紅似血，熏熱的大地和所有的草樹、房舍、西便門高大的堞雉，和半隱在茂林修竹中的殿宇飛檐翹翅，都鍍上了一層金紅色的光，遠處的垛樓和清梵寺上空盤旋著的烏鴉，翩翩舞著忽起忽落，像是在彌漫著紫藹的晚霞中沐浴嬉戲。乍從煙塵蔽日白草荒砂的口外回到這盎然生機的內地，望著裊裊炊煙，聽著里弄小巷中人聲犬吠和孩子們大喊大叫的追逐嬉鬧聲，眞有恍若隔世之感。驀然間，他又想起曹雪芹，每次去曹家，都和勒敏、錢度經過西南這條小路，現在這條路已湮沒在一片藹藹的楓林中，中間還亙了一灣新開的池塘……他只抄了半部《石頭記》，聽說下餘的半部也寫出來了，不知傅六爺抄了沒有？曹雪芹曠世奇才，終生不遇潦倒而歿，自己一個名不見經傳的旗下小吏，反而一再際遇，開府建牙位尊榮寵。人生，這是從何說起？

跟在他身邊的是他的頭號幕賓尤琳，自陝州獄暴一直就跟著他當師爺的，見這位年輕的主帥一直沉吟不語，在旁笑問：「佳木軍門，是在想著明日奏對的事麼？」

「奏對的事好說。」阿桂回過神來，嘻笑道：「我是在想，皇上會不會叫我重返金川。金川的兵又打爛了攤子，全部換我帶出來的兵，恐怕不能恩准——調動用錢太多了——不換兵，他們都怕了莎羅奔，士氣是個事情。」尤琳笑道：「金川的事，西南兩路軍並沒有受損。不至於全軍士氣不揚。北路軍要整頓一下，全部換川軍頂上去。當初跟著您深入刮耳崖的三千人補到軍中充哨隊棚長，一下子就帶起來了。不過據我看，傅六爺一直都在爭這個差使，皇上調你回京，是想留在身邊諮詢軍事，未必叫你出兵放馬。」阿桂笑道：「六爺英雄心腸，我不掃了他興頭。我不和六爺爭差使。打仗，有的是機會。」

尤琳跟了阿桂十幾年的人，對他的心思再明白不過。入值軍機大臣，先就有了宰輔身分，一味只是打仗，頂多是個上柱國將軍，熬到底也顯不出文治本領，「不和六爺爭」，就是這個意思。想著，笑道：「我的見識，東翁還是要爭一爭，爭得恰如其分最好。皇上決心已定，你爭一爭，連四川巡撫的位子也爭過來，這個仗更好打；皇上決心不定，你更要爭，不要落了『畏戰』的名兒。要知道，四川打完仗，民政上的事也是朝野關心的。」

「好！入木三分，見得透！」阿桂手按寶劍哈哈大笑，顧盼之間英姿煥發，「今晚你給我再擬一封請纓折子，要激切些兒。罵訥親、罵慶復不妨狠些，把我的忠心寫透——這裡我給你透個底兒，我要帶兵，你們幾位師爺還要跟我，從軍功裡保出來；我要進軍機，你們現成的舉人，拔貢殿試，走文進士的路子。只要忠心報國，我決然不肯教你們吃虧。」尤琳笑道：「青蠅之飛不過數武，附之驥尾可達千里，大樹底下好乘涼，我們自然要照儂牌頭。」

二人正說著話，猛聽得西方一聲沉雷，像煞是有人在罈子裡放響一枚擂子炮仗，雖然不很響，卻震得人心裡一撼，接著一陣涼風習習捲地而來，還帶著微微的雨腥味。衆人向西望去，只見樓雲翻滾崢嶸而起，殷紅的晚霞不知什麼時候已經消失殆盡，一層又一層的雲，或淡藍、或微褐、或絳紅、或鉛灰，彷彿被什麼無形的力在擺動著，交替重疊著裊裊升騰，已閉合了半邊藍天。只刹那間，已將大地、園亭、房屋籠罩在晦暗的暮色中。烏雲中閃電時隱時現，但雷聲卻不甚響亮，像碾在石橋上的車輪，愈滾愈近。

「雨來了，」阿桂仰面朝天，張開雙臂，盡情讓涼風鼓著熱汗浸淫的身子，說道：「眞爽快！」尤琳卻道：「這雲猙獰可怖，我看像是冰雹。軍門，咱們回驛館去！」說話不及，驛丞也遠遠地跑著過來，一邊跑，一邊高叫，「軍門老爺——內廷紀中堂來拜，請大人回駕……」喘吁吁近來，陪笑又是一躬，「滿驛站的人都出來尋爺了，再沒想到爺會轉到這塊兒……」

阿桂沒等他說完，轉身便走。此時已是烏雲漫天，只剩下東邊地平線上一竿高的青天，暝暝的晦色幾乎連路也看不清楚。突然一個明閃，照得通天徹地明亮，幾乎同時，像誰摔碎了一口磁缸價一聲焦雷，震得大地簌簌發抖，噼哩啪啦的冰雹已鋪天蓋地砸落下來。玉米籽大小的雹子在斜料橫捲的風中密不分個地打在人們的脖子上、臉上，時或竟是迎面撲來，襲得滿臉刺疼。那驛丞「媽呀」叫了一聲，掉頭撒丫子就跑了，阿桂回頭看看自己的戈什哈，仍是行伍不亂，手按腰刀緊緊衛隨自己，滿意地舐舐嘴唇，卻見自己最小的親兵叫做和珅的趕上來，說道：「軍門老爺，您沒戴大帽子，這雹子打得人生疼的，標下這頂略小些，戴上好歹能擋一擋！」阿桂盯著他俊秀的面孔，接過他雙手捧過的帽子，溫和地笑道：「小鬼頭，黃毛未脫，知道護持長官，曉事！難道你不怕疼？」卻不肯戴，又替和珅戴上，端詳了一下，又道：「是張家口潦溪營格隆游擊派你護送我來的吧？這麼文秀單弱，女孩兒似的，有十五歲麼？就吃糧當兵？」一邊說，一邊徐徐前行，那冰雹雖然還在下，勢頭已是見弱了。

那和珅便也不戴帽子，趨步跟在阿桂身後，聲音清亮中帶著童稚，應聲回道：「標下吃虧了長得像個女人，其實最能吃苦！三歲上頭沒娘，八歲爹死。討飯蹭親戚、偷雞摸狗賭錢……什麼都幹過。說來爺也許不信，三年前在蔡家賭莊一刀劈死京西太保刁老三的就是我——是劉統勛老爺斷的案，念我才十二歲，殺的又是惡霸，免死軍流到張家口。嘿！這點雹子算什麼的鳥？張家口外大營刮起大風，拳頭大的石頭滿天飛，咱也沒寒磣過。我小是小，結實著啦！」

「哦！」阿桂一下子想了起來，笑道：「當時我不在北京，聽說有個小秦舞陽白日殺人，原來就是你！我給格隆下令，調你來跟我巴結出息，可願意麼？」「是！」小和珅高興得一竄一蹦，說道：「我願跟爺興頭興頭，出兵放馬，也弄個頂戴風光風光！人往高處走，誰不願是個——」他伸出五指爬了一下，「這玩藝兒！」阿桂不禁哈哈大笑。

回到驛站，天已完全黑定，冰雹也停了，卻仍在淅淅瀝瀝下雨，庭院廊下西瓜燈映著，地下已積了寸許厚的冰粒，浸在雨水裡，變得像青褐色的冰糖豆兒，腳踩上去咯咯作響。正房燭光下，只見紀昀半靠在椅上，叼著個拳頭大的煙鍋子嗞嗞地抽，阿桂忙急跨一步進來，打躬笑道：「紀中堂，讓您久候了！您怎麼知道我回來的？」因見錢度也在東壁邊站著，又道：「你這錢鬼子也來了——正要找你算帳呢！」

「佳木吶！」紀昀磕熄了煙，立起身扶起正在打千兒請安的阿桂，笑道：「成了落湯雞將軍了——起來，趕緊換身衣服！」話音不落，和珅已經抱著一疊乾衣服進來。錢度看著和珅侍候阿桂穿換衣服，在旁說道：「你和我算什麼公帳？我正要說你呢——四個月前就寫信，要兩只羚羊角，連他娘的信也不回，你忙得那樣了麼？」紀昀微笑道：「你稟帖送到軍機處，這會子皇上怕也知道了，下頭官兒知道的少說也有一百——新軍機大臣，誰不來先容一下？連我也是唯恐後人，先來打個花狐哨兒。」

阿桂換了衣服，笑嘻嘻和錢度陪了入座，對和珅道：「小鬼頭，想法子弄兩碟子小菜，我和紀大人、錢大人吃酒閒聊！」和珅忙答應，蝦一樣哈腰卻步退了出去。

「是這樣，」阿桂對錢度說道：「軍裡缺馬，我和布爾尼部落裡徵了二百匹，蒙古人要茶磚來換。等著你調運過來，你倒給我弄了兩車制錢去，叫我自己從大同茶馬市上買——比內地價錢差了一倍。你可眞能涮！要是我的部下，我就要拿你正法！」錢度笑道：「你那麼厲害？茶磚要茶葉製，現在新茶才剛下來。我請了兵部會同下文，半個月前才製出來，這會子已經在路上了。我想得比你周到——不但換馬要茶，就是你大營裡，沒有菜蔬，盡是羶羊肉，也得要茶！那點錢是教你應急的，給你零花錢，還嫌剳手？」說罷抿嘴吃茶微笑。

說話間，和珅頭戴大斗笠，彎著腰捧一個小條盤進來。這小傢伙也眞能辦事，須臾之間就弄來四個涼菜、一碟青椒宮爆牛肉絲、一碟子清蒸鹿尾，六個盤子攢著，中間一個滷得爛熟的豬肘子，足有五六斤重也是剛出籠，擺在桌上兀自大冒熱氣。紀昀喜得站起身來，端詳著肘子問和珅：「這是驛站大伙房做出來的？這可對了我的脾味！」「中堂爺能吃肉，天下人誰不知道？」和珅細聲細氣陪笑道：「我們做下人的，不揣摩爺們的脾胃揣摩誰？——驛館裡做不出這些個。隔壁就是祿慶樓，我逕直從大廚房裡弄出來的，連他們老板也不曉得。」紀昀用狐疑的目光看看和珅，笑道：「你敢怕是打著我和桂軍門的幌子吧？釜底抽薪端走了客人的菜，客人能依老板？」

「相爺盡自放心！」和珅笑著布箸斟酒，「我怎麼敢敗壞爺的名聲？如今有錢，王八戲子吹鼓手都買得到官，一分價錢一分貨，老少咸宜，童叟無欺。我多給點錢，廚子跑堂的拚著吃老板客人幾個耳光，心裡是熨貼的。我侍候得爺們好，心裡也是熨貼的……」說得三個人都嘿嘿直笑，端酒舉杯隨意小酌說話。

紀昀酒量不宏，只是淺飲了意奉陪，大塊夾著肥漉漉的豬肘子狼吞虎嚥，頃刻之間已大半進肚。他心滿意足地用手帕揩著嘴，和珅已端來熱水香胰子給他盥洗。紀昀笑道：「好小子，會侍候！——你們只管吃，我是已經飽了，從上書房出來，我吃過兩大塊胙肉了呢！」錢度笑道，「聽說你不大進五穀，只一味吃肉，今日一見果然名不虛傳，眞虧了肚子不含糊，我在旁邊看都看飽了。」紀昀笑道：「這是爹媽給的，我也沒法子——你們喝酒，我只陪著。」

「紀公這麼特特地趕來，總不爲吃紅燜肘子的罷？」阿桂又略用了兩口，便放下箸，「我曉得你是頭號忙人，就是總督進京，你也未必有空這麼等著。」

紀昀放下手中的酒杯，黑紅臉膛變得莊重起來，雙手一拱說道：「我是奉過皇上旨意，你一到京要我先和你聊聊，所以這裡和潞河驛都有我的家人等著。明日你面君，乾清宮人多，未必有時辰長談——要是主上問起，我沒見你，豈不違旨？」他這一說，連錢度也坐不住，兩人都忙起身，錢度笑道：「來前你一聲不吭，我這就迴避。」

「你不必迴避，主上教我約你一道的。」紀昀一笑，起身和二人離席。回到大方桌前坐下，命和珅沏茶退出，這才問阿桂：「你和勒敏、李侍堯相熟，是不是？」阿桂便知乾隆要處置金川戰事責任——這種事，瞞著說「不熟」斷然不行，說是密友也大不相宜，又不知二人在金川之敗中是什麼角色，思量著說道：「我們是酒肉莫逆之交。錢度最知道的，在一道就是吃酒。」錢度沒想到阿桂如此斟酌愼密，一欠身道：「確是如此。」

紀昀只一微笑，又問阿桂：

「這兩個人人品才地，你心裡有數沒有？」

「回大人，」阿桂更加小心，惕然說道，「我們只是偶爾會酒會文，不曾一處共事辦差，私下談心也沒有過，就只能冷眼看，憑心裡衡量。李侍堯長於才，敏捷能幹，殺伐果斷，爲人豪爽。短處是鋒芒太露，有點恃才傲物，稍有粗率不拘小節之嫌。勒敏持重穩健，厚重有力，辦事處人謹愼勤奮，是個內斂秉性，心思很細密的。似乎太小心了點。」

紀昀聽了點頭，轉臉又問錢度：「你們情形萬歲爺都知道的，莊友恭這人怎麼樣？」錢度不禁一楞，還沒想出如何回話，聽見外邊雨地裡一片聲響腳步雜沓，夾著說笑打趣聲進了院中，聽聲音至少也有二十個人。阿桂正要問，和珅已經進來，笑著稟道：「軍門，來了一群大人，要見您，有的是去過紀大人那邊又踅到這邊來的。」標下問了問，有四個禮部堂官、四個翰林院庶吉士，說是紀中堂的同年；三個戶部郎官、七個內務府筆帖式，是桂軍門的親戚，有的是好朋友，聽說您回京，特地來看您的。」

「你且請大人們回步。」阿桂一聽就笑了，「這會子我和紀大人說話，明日面君過後大家再相聚，替我道乏。」和珅陪笑道：「我和他們說了。他們說和大人們是最親厚的好友，要等著給您接風。」

紀昀看著錢度一笑，說道：「臣門若市，這是自然之理。總歸阿桂和我如今正熏灼得意，要是抄家殺頭，他們逃得比避瘟疫還快呢！」阿桂想想，仍是不可開罪，因笑道：「和珅告訴大家，且在西廂避雨說話等著。我們說完差使再過去見面。」

「是！」和珅極乾淨俐落地打個千兒，退了出去。

8

媚新貴魍魎現醜態
慊吏情明君空憤懣

紀昀見阿桂臉上帶著詫異神色，笑道：「你大約不知道，如今官場興的，同年、同師、同官、同辦過差使的，有一個升轉了或者遷任了，甚至黜降了，大家要幫襯湊興請客熱鬧一番，我進軍機，是不久前的事，你也要進軍機。這麼大的事，他們能不來？他們和太監都有淵源，耳極神靈通著呢！」「這個『規矩』興起來，官場風氣又是一變。」阿桂說道：「上回仝養浩去給我送兵，說起來過。我問他為什麼這幾個『同』裡沒有說『同鄉』？他說同鄉其實用處不大，因為都不許在本籍做官，家裡有事不能相互照應。他們的算盤打得比錢度還精呢！」錢度道：「現在連同鄉也加進去了。老家雖然用不上，任上卻有關照的。有一點用處就要聯絡，錙銖較量比過了帳房先生！」「我說的呢，今晚這天氣兒，狼一群狗一伙的還趕了來——眞個是為功名利祿不怕槍林彈雨！」阿桂跟著笑了一陣，大家接著說正事。

錢度經這一攪混，心裡清爽許多，已知紀昀代乾隆問話，不單指金川軍事，還有因材用人的意旨，已是有了主意，說話便不似阿桂那麼拘謹小心，說道：「莊友恭和勒敏一樣，都是狀元出身。學問極好是不用說的了。他吃虧在中狀元時喜歡得瘋迷了，逢人就說『我是狀元，天下第一人』，弄成了官場口碑，因此不得點學差。但我敢說他是個實心辦事、勤謹耐勞、人品不錯的人。鄂善和莊友恭一處修永定河堤壩，我奉了衡臣相公鈞令去看，下著飄潑大雨，鄂善渾身泥漿，手裡拿著鐵鍬在堤上指揮，莊友恭帶著民工往堤上送沙包，我親眼見他一個不留神從堤頂滑倒滾到堤下……和他們握手，滿手都是老繭。那是多文靜的人，嗓子都喊啞了，臉曬得烏黑，眼熬得通紅，當時我還笑著說他們『成了兩個灶王爺，灶王爺治河，也算蹊蹺』我常拿鄂善和莊友恭比較，鄂善見人沒話，莊友恭見人謙恭，都一樣的內秀，莊友恭吃虧在金榜題名時出了西洋景兒，又是漢人——其實要問心，哪個人沒有功名熱衷呢？」說罷嘆息一聲，吃茶不語。

鄂善，是工部侍郎；莊友恭現任禮部四夷館堂司，兼著郎官虛銜，正四品的官。兩個人在外是這樣個辦差法，阿桂聽著也不禁悚然動容。紀昀默然良久，笑道：「原來還要問一問鄂善，這一聽也不用再饒舌了——沒什麼，你們不要疑到旁的上頭去。修四庫全書要選幾個編纂官員，皇上要我親自考察。」又問：「你們誰認識海蘭察和兆惠？」阿桂搖頭，錢度卻說道：「我見過一面，知之不深，聽說兩個人愛兵，很能野戰，又是好朋友。看上去兆惠老成，海蘭察佻脫些，喜歡開玩笑。別的就不知道了。」

「他們兩個在金川當了逃將。」紀昀說道，「皇上已命金鉷、金輝、河南和雲貴兩省巡撫密地捕拿。訥親也發了火票，要各地拿住押送回營。阿桂你恐怕要在軍機處料理營務，皇上教你隨時留心他們消息。」

阿桂忙起身答應稱「是」，紀昀卻揚聲吩咐：「驛館的人呢？請西廂房候著的大人們過來說話！」守在外邊廊下的和珅答應一聲，接著便聽廂屋裡椅子板凳撞擊亂響，人聲亂嘈著出院，在淅淅濛濛的雨簾中小跑著上階進了正房。

頃刻之間，正堂房裡變得熱鬧不堪。紀昀三個人早已起身笑臉相迎。只見進來的足有二十四五個人，都是袍褂半濕半乾，頂戴卻是甚雜，有金青石、藍色涅玻璃頂子、水晶、白色明玻璃頂子、硨渠頂子、素金頂子、起花、鏤花頂子……老的有六十多歲、小的也就十五六歲，服色淆雜，年齡參差，官位高下不等，都舉著手本，比嗓門兒似的報履歷，請安。紀昀看時，只認得一個翰林方志學，是找過自己求放外差的，另外三個庶吉士似乎曾陪著方志學拜過自己門，卻無論如何想不起名字。阿桂認識得多些，有三個筆帖式是共過事的，一個叫胡秋隆，是中過舉的，文筆詞詩還看得過去，另兩個一個叫高鳳梧，一個叫仵達邦，還有一個筆帖式卻沒見過面。其餘的一概都是佐雜官兒，多數衣冠鮮整，也有的袍褂都褪了色，有的補子綻線掉角兒，有的袍子被煙燒壞了，將就著縫了補丁。帽邊兒豁口兒的、紅纓子脫落的、官靴子露襪子的……什麼樣兒的全有，形形色色，竟是一群魑魅魍魎跑進廟裡，一個個目光灼灼張惶相顧著酬酢，爭著奉迎紀昀和阿桂，竟把錢度冷落在一旁。

紀昀心裡雪亮，自己雖在軍機，其實只管著修《四庫全書》，禮部也只兼顧一下，這些人都是衝阿桂來的，便看阿桂，阿桂正看錢度，錢度卻是一笑，一聲不言語坐著。因見紀昀掏煙，錢度笑道：「曉嵐大人要吃煙，誰有火楣子，給紀大人點著！」他話沒說完，立時就有五六個人晃著了火摺子湊到紀昀臉前。紀昀按煙只抽了一口，忍不住肚皮裡的笑，「噗」的一口，嗆噴得煙鍋裡火星四濺出來。

「諸位老兄，」紀昀咳嗽幾聲掩住了笑，「桂軍門今日赴都，下車我們就說話，難爲了大家冒著冰雹大雨來迎。這番深情實實教人感動。」阿桂笑道：「人來了，意到了，我也就心領了。大家人多，站這裡說話，又獻不得茶，太簡慢了。明兒我還要面君，大家要是有要緊事的，留下來說一說；如果沒急事，且請回府。見面的日子有著呢！」

這都是些平日登不得台面的官員，有的是想謀學差，有的是要放外任，想補實缺的，想遷轉的，想引見的，圖個臉面光鮮好炫耀的，套交情爲以後留地步兒的，各色各等不一。平日想見紀昀一面也是難於上青天，阿桂來京進軍機，早已風傳得滿世界都知道了，都是商議好了的，哪裡肯就這樣被打發走了？頓時一片聲吵叫嚷嚷。

「桂爺！我們是給您接風的，無論如何得賞個臉！」

「曉嵐，我專門打聽你了，明兒也不當值軍機，我們久不見面了，趁著給佳木接風，說說話兒不成嗎？」

「我們雖然官小，比那些大老們有情分……」

「阿桂，貧賤之交不可忘！忘了那年你去九叔那打秋風，還是我陪你在東廚房吃冷飯的！」

「我叫馮清標！我叫馮清標！記得關帝廟大廊房我們賭輸了錢，一道兒烤白薯充飢的事嗎？」

「曉嵐，你想要的那對蒙恬虎符，我給你帶來了！」

「曉嵐，我帶著幅唐伯虎的仕女圖，你得鑒賞鑒賞……」

「曉嵐……」

「桂爺……」

「阿桂……」

「紀中堂……」

錢度聽著衆人亂烘烘的喧囂，活似一群餓死鬼鬧鍾馗，覺得他們丟人現眼沒皮臉，想想又可憐他們，笑嘻嘻冷坐一邊啜茶，突然認出一個熟人，因高聲叫道：「吳清臣！你不是岳濬撫台的刑名師爺？劉康案子裡我倆一處當證人，關在一間屋子裡吃死人飯三個月——如今把我忘了！」

「哎喲！這不是志衡大人嗎？」那個叫吳清臣的正嘈嘈著阿桂「當年在西海子邊用手掰西瓜吃」的「情分」，這時才看見錢度坐在一邊，喜得樂顛顛過來，又打千兒又請安，笑道：「這是我們大清的財神麼！我們是難友，交情最深，和他們沒法比……」錢度搖手笑道：「這我可不敢當！——你們吵得這麼熱鬧的要接風，誰做東，在哪裡接風，就在這裡擠著，拿逢迎話充飢麼？」吳清臣笑道：「就怕你們不賞臉——豈不聞待客容易請客難？——就在隔壁——馬二侉子——新選的德州鹽道做東，在祿慶樓設席！馬二侉子——」他壓低了嗓門，湊近了錢度，一股臭蒜死葱味撲鼻而來，「通州有名的大財主兒馬德玉，捐了道台、放了實缺，正在興頭上，我們捉了他的大頭……」錢度委實受不了他口中氣息，立起身來笑謂紀昀：「恐怕今晚難逃此劫。恭敬不如從命，咱們吃這些龜孫們去！」眾人立時轟然叫妙。

紀昀和阿桂二人面面相覷，正不知該如何打發這群牛黃狗寶，聽錢度這一說，覺得也只好如此，都怔怔地點了點頭。和珅見狀，知道沒自己插手處，進屋裡取了幾塊醒酒石捧給錢度，也不跟從，只忙活著給阿桂預備燒洗浴水，熬酸梅醒酒湯，趕蚊子、點熄香，等著主人扶醉歸來。

祿慶樓就在驛站出門一箭之地。阿桂和紀昀、錢度三人身披油衣、頭戴斗笠，由眾人撮弄架扶著，幾乎腳不沾地就到了樓前。此時只是微雨霏霏，一溜三開間的門面翹角檐下吊著五盞栲栳大的紅燈籠，往上仰望，三層樓蓋著歇山式頂子，飄飄灑灑的雨霧在燈光映照下朦朧如霧，隱現著危樓上的突兀飛檐、插天雕甍，眞有恍若天境之感。紀昀看時，門旁楹聯寫得十分精神：

癡子：世界原是大戲台，毋須掬淚。

傻瓜：戲台本來小世界，且宜佯瘋。

裡邊大廳支著六根朱紅漆柱，擺十幾張八仙桌，靠北一個戲台子，點著二十幾盞聚耀燈，柱子上也懸著燈，照得廳裡廳外通明徹亮。外頭靠著「客滿敬謝致歉」的大水牌，裡頭卻闃無人聲。紀昀這才知道馬二侉子豪富，竟將這座樓包了。一邊挪步進來，口中笑說：「馬德玉——這個園子一晚上包銀多少？」

「也就二百來兩吧，這是管家辦的，我不大清楚。」馬二侉子聽紀昀問話，忙湊上來答道，「連賞戲子的錢，大約四百兩就夠了。」他是個大塊頭，胖得雪雁補服都綳得緊緊的，又白又寬的一張臉上嵌著兩隻漆黑的小眼睛，大大咧咧的，一副漫不經心的神氣。紀昀閱人甚多，聽他滿口山西話，侉聲侉氣的，神情裡透著靈動，卻是半點也不傻，因笑道：「我兩年俸祿不夠你一夜揮霍。這麼有錢，還出來做官？」馬二侉子笑道：「老大人最是聖明！錢再多，當不得身分使。就是個鄉典史，不入流的官到你家，也得當神敬、當祖宗待，不缺錢了想著人來敬，恁做甚的事不如當官。如今就是府台縣令到我家，見我老爺子也一口一個『老封翁』，這份子體面必得當官才掙得來。這就好比闊小姐開窰子，不圖錢，只圖個風流快活！」

紀昀不禁哈哈大笑，說道：「官場比了妓院，這個比方有意思！」一邊走，又問：「你在鹽道，一年有多大的出息？」

「兩萬兩吧！」馬二侉子舐舐嘴唇，「除了給上司冰敬、炭敬、印結銀子、生日禮、紅白喜事禮，還有孝敬上憲太太私房體己銀子，左右各方應酬……我不刮地皮，也不收賄，應分出入，帳目拉平，平安做官叔爺們就高興，另外還給我補貼。」

還有這樣做官的！紀昀心中不禁納罕，倒眞的對馬二侉子有了興趣，說道：

「你這官當得瀟灑！」

「該得的銀子我拿了，不該得的絕不去要，該花的銀子不心疼——當官的不瀟灑，是因爲他們十成力有九成用在了門心眼、在小路上擠扛的過，我只圖平安，當然快活。」

「差使——你總得辦差使吧！」

「中堂啊！如今的『差使』十個人的一個人就辦了，一個差使一百個人爭。我不爭，還落了多少個好兒呢！」

「你見了上司，總要遞手本、請安下跪、打千兒陪笑說話湊趣兒的吧？」

馬二侉子也是一笑，說道：「那是當然，禮上應該。不過下頭官兒見了我，也是這一套。我這位分上下一算，能拉拉平，多少還有點餘頭兒——要做到您這麼大官，這上頭就饒多了！」說著話，早已進了樓下園子裡戲台下。馬二侉子看了看，台下不遠不近擺了五張桌子，中間一席已有兩個翰林，方志學在首席之側，那個帶著「蒙恬虎符」的翰林，紀昀也想起來叫賈浩軍，畢恭畢敬地站在方志學對面，一付誠惶誠恐的樣子，紀昀見菜餚上席擺得滿桌都是，衆人都眼巴巴看著自己，遂一把拉馬德玉到主席位上，又向阿桂、錢度哈腰一讓，笑著大聲道：「今天來了各路諸侯，專爲阿桂軍門接風。我和錢度只沾光兒相陪。席面這麼豐盛，大家難得一聚，都要盡興。不過我們剛吃過，交情應分相陪，聊勉主人之意就是了。」

「諸位！」馬二侉子舉杯笑道：「我馬德玉最敬重英雄。本來和幾位大人名位相差很遠，巴結了方大人討個面子，瞻仰這個這個阿桂軍門的這個這個……嗯，尊範！想不到一下子見了三位朝廷……嗯，石頭柱子！乘著這個興頭，想著也是六生有幸，咱們吃酒樂一樂子，能唱曲兒的就唱，能唸詩的就唸，能行酒令或說笑話兒的也成。咱們都是閒人，不要勉強大人們用酒——我說到頭裡，這錢是我家乾淨錢，請客是我情願，也沒有求大佬官給我升官辦事的心，只圖個體面歡喜。誰要背地嚼舌頭，我馬二侉子——與汝偕亡！」說罷先飲一杯。

衆人沒聽到他說完，已是笑倒了一片，阿桂和錢度陪飲著，笑得氣喘手顫。紀昀卻因方才一席話，覺得這位馬二侉子皮裡陽秋，是個世故極深的人，只微笑著乾了，說道：「我只飲一杯，陪著樂子。」馬二侉子嘻嘻笑著，雙手一拍，戲台兩邊十二名女伶，六名執著笙笛簫琵琶等樂器，六名戲子水袖長擺長裙曳地，手揮目送，載舞載歌逶迤而出，唱道：

莽莽乾坤歲又闌，蕭蕭白髮老江乾。
布金地暖回春易，列戟門牆再拜難。
庾信生涯最蕭瑟，孟郊詩骨劇清寒。
自嫌七字香無力，封上梅花閣下看……

台上歌舞盈盈裊裊，台下卻是觥籌交錯笑語聲歡。阿桂一杯不敢多飲，只陪著略呷一口酒，撿著清淡的菜夾一口。錢度因明日無事，卻是舉杯即乾，幾杯過後已是醺醺然。台上那十二名伶童文官、藕官、艾官、葵官、荳官、芳官、玉官、齡官、蕊官、藥官、寶官、茄官都可在十五六歲，只藕官、芳官、玉官三個是女孩子，秀髮長曳，明眸皓齒，其餘男伶也都粉妝玉琢面目姣好，一待樂止便下台來，引長袖舒纖手紛紛給客人斟酒。

錢度見吳清臣醺醺的，手裡扯著個孌童過來敬酒，素知他是個有斷袖癖的，只是一笑。吳清臣手搭著那小廝俏肩，嗲聲嗲氣說道：「來，荳官，給幾位大人敬酒！」說著便湊到荳官腮邊要做嘴兒。那荳官佯羞詐臊一指頭頂開了他，笑道：「爺還是一邊涼快涼快去，您嘴裡的氣息兒教人受不得呢！」因用手帕子托著酒送到錢度口邊，嬌聲道：「錢爺錢爺……紀大人桂大人不能用酒，您今兒個可得放開量，代兩位老爺多飲幾杯……」錢度見他體態窈窕，風情萬種，眞比女人還女人，陣陣幽香撲來，他又被了酒，也是心中一蕩，就著連飲三杯，說道：「好美酒！」

「花不迷人人自迷。」阿桂看著滿庭粉白黛綠羅襦繡裙，煌煌燭下盡是「男女人」搔首弄姿，由不得一陣噁心，見紀昀視若不見啜茶淺飲，因笑道：「想不到你我今晚被撮弄到這裡看景致！」「你說的是。」紀昀微笑道：「我這是第三次了。既然到了梁孝王的兔兒園，就看兔子好了！」

錢度笑道：「既然說兔子，我說個案例。河南內黃縣令高少甫接了個案子，是個秀才住店，被同屋裡福建商客雞姦，半夜裡鬧起來揪到縣衙裡。原被告比長劃短說個不休，無奈高少甫不懂『雞姦』是什麼意思。秀才說『斷袖』，又說『分桃』，高大令越聽越糊塗，問『到底是怎麼回事？』秀才囁嚅半日，又說『他將男作女！』，高少甫不禁大怒，響木『啪』地一拍，大喝一聲『江南下雨與我河南什麼相干？都給我滾！』」一席話說完，頓時滿座嘩然而笑。滿園子翎頂輝煌簪纓官員，笑語喧天，有划拳拇戰的，有調笑戲子的，有提耳罰酒的，有一等窮官兒一聲不言語饕餮大吃大嚼的，紅男綠女穿梭其間媚笑逢迎撒嬌勸酒，活似開了妓院道場，一衆做風流法事。

紀昀見這群人如此不堪齷齪，知道再坐下去，必定招來御史彈劾，見阿桂也是笑中帶著慍怒，小聲道：「沉住氣。這裡頭也有開罪不得的人。」阿桂咬牙小聲道：「我日他奶奶的們！這哪裡是官？分明是群不要臉嫖客！」紀昀拉拉阿桂衣襟，自站起身來，舉杯似笑不笑說道：「雖說都是同年同學同寅好友。大家畢竟都是有身分的人，仔細失了官體不好看相——戲子們統都回台上去，撿著雅點的——就比如方才的曲子低唱淺歌，大家行令猜謎兒做詩，這才是高雅情趣。如今治世繁華聖道昌明，百官應做移風易俗表率。大家儘自樂子，只不要出格兒，就是抬愛兄弟了。」

阿桂見紀昀幾句話不輕不重，既溫馨又帶著骨頭，立時打發得人們安靜了許多，他自知自己極有可能進軍機大臣，心裡佩服又要學這宰相器宇，因見氣氛漸漸凝重，便調侃著笑道：「我們就照紀中堂的辦，高樂一陣子盡歡而散——咱們這桌對戲名。嗯……前頭說那一折子的名兒，對仗要工整，後頭要帶上戲名，也就不必求全責備了。」他笑著淺呷一口酒，「我先說個榜樣兒。『驚魂——《風節誤》』對『嚇癡——《八義記》』，驚魂、嚇癡要對上。對不上的，罰做詩一首，或說笑話，喝酒、唱曲兒都成。這樣可好？」略一沉吟，起首道：

盜甲——雁翎甲！

旁邊一個筆帖式不假思索，應聲對出：

閑丁——桃花扇。

又起對道：「訪素——紅葉記！」旁邊卻是方志學，仰臉想了想，對道：

拷紅——西廂記！

又出對：

扶頭——繡襦記。

下一個卻輪到阿桂，他在外帶兵，已幾年不進戲園子，這種聯對看似容易，其實要一折一折循各戲名想下去，一時哪裡尋思得來？怔了半日，忽然雙手一拍，笑道：「有了！——切腳——是《翡翠園》裡的一齣！」又出對道：「開眼——荊釵記！曉嵐公，瞧你的了！」

紀昀頓時楞住，他的詩、文、書都是最上乘的，記聞考古、鈎沉揖玄也是天下無敵，唯獨是看戲極少，正品味「扶頭——切腳」這一對工整詼諧，不防阿桂出了個「開眼」給自己對，只皺了眉頭搜索枯腸，心裡卻甚是茫然。恰鄰桌的翰林蕭應安挾著一卷軸畫過來敬酒，口說「請曉嵐公品評眞僞」裝作俯身，在紀昀耳邊嘰弄了幾個字，紀昀高興得一拍桌子，叫道：「妙極！『開眼』可對『拔眉』——可不是《鸞釵記》裡的？」

「這個不能算！」阿桂笑道，「——這是舞弊傳帶的，要罰酒——」他叫不出蕭應安的名字，只說，「——連你這位老兄，也要罰！」蕭應安毫不猶豫端起杯子一飲而盡，皺著眉撮著嘴又端一杯喝乾了，大著舌頭說道：「連，連曉嵐相公的罰酒我也領了。這總成吧？」

衆人立時起哄，都說：「不成不成！各人是各人的帳，紀公不能吃酒，罰他做詩！」恰那位帶「蒙恬虎符」的賈治軍也過來敬酒，湊趣兒笑道：「蕭應安能酒會詩，是頭號風流翰林。不要饒他！」錢度和阿桂便都起身，嚷嚷道：「賈治軍說的是！我們一個也不要饒……」此刻台上笙歌低迴，台下官員串席敬酒，鬨然叫鬧，眞個熱鬧非凡。蕭應安尷尬著笑道：「當著曉嵐公、桂軍門和錢大人，我的詩怎麼拿的出？唉，衆意難違，我只好信口胡謅了……」因搖頭攢眉吟道：

吾人從事於詩途，豈可苟焉而已乎？

然而正未易言也，學者其知所勉夫！

「好！」衆人齊聲喝采，大發一笑，阿桂、賈治軍、方志學、吳淸臣、馬二侉子，還有趕來湊熱鬧的仵達邦，無不控背躬腰，笑得喘不過氣來。錢度見紀昀笑得渾身亂顫，喘著笑道：「該你的了！必定更好！」紀昀笑道：「我哪裡做得出更好的『詩』？聽人說軍機處有紅章京、黑章京之說。我是做章京出來的，就以這個爲題自嘲，討個歡喜吧！」

因唸道：

流水是車馬是龍，主人如虎僕如狐。

昂然直到軍機處，笑問中堂到也無？

阿桂笑問：「這是『紅章京』了，那『黑章京』呢？」紀昀詠道：

篾簍作車驢作馬，主人如鼠僕如豬。

悄然溜到軍機處，低問中堂到也無？

馬二侉子此刻酒酣興放，已忘卻形骸，拍手呵呵大笑，以箸擊盂道：「我也不會對戲名，今兒場面雜膾湯一鍋，不免也打油一首湊趣兒！」因亢聲道：

君不見世人生就妄想心，妄想心！黃金樓台地鋪銀，高車怒馬奴如雲，嬌娃孌童鎖春深——

吟到這裡，他突然覺得失態露才，嘎然止住，竟不知如何是好，衆人素知他富商出身，手面闊綽好客豪爽而已，說出話來都著三不著兩別字謬誤連篇，忽然見他詠出這好句子，也都楞住。紀昀至此已知馬二侉子裝傻，也不說破了，只問，「這個妄想心不壞，只是哪裡弄得這麼多錢呢？——你似乎沒有唸完的……」

「做官。」馬二侉子已恢復常態，「官做得越大，離妄想心越近——中堂明鑒！」

「做官！像做到我這地位，俸銀、養廉銀，冰炭敬加到一處，一年也就幾千兩，哪得那套富貴？」

「那是因爲您沒生出妄想心。」馬二侉子笑道，「眞要兌現這妄想心，非刮地皮不可！——我索性就唸完它——」因大聲道：

螞蟻骨裡熬脂油，臭蟲身上刮漆粉，咱家宦場老光棍——你若吝嗇不許刮——我……我……搾斷伊的脊梁筋！

衆人嘩然大笑，正待評說時，和珅匆匆走來，在阿桂身邊悄悄說了幾句話。阿桂小聲在紀昀耳旁說道：「傅六爺來了，在驛館等著，有要緊事……」紀昀便也起身。錢度也就站起身來。

「感謝主人厚意！」紀昀對身邊的馬二侉子笑道：「憑你這首詩，回頭我還席。諸位——盛筵必散。我們有事，要先走一步了。沒有盡興的儘管接著樂，都不要送。」說罷略一點頭抽身出席，阿桂、錢度也隨著辭出。因紀昀說「不要送」，阿桂和錢度又都一臉肅穆，衆人都被禁住了，亂紛紛起身，有的打躬、有的作揖說著，「大人們請便，中堂老爺好走……」三個人也不理會，逕自出來，只東道主馬二侉子跟出門來相送。

錢度跟著二人走了幾步，忽然站住了腳。傅恆叫的是阿桂和紀昀，自己一個戶部侍郎巴巴地跟了去，算是怎麼回事？阿桂看出他的心思，笑道：「你的轎還在驛館裡呢！六爺你們一向也過從得好，這麼扔蹦兒走了，反顯得矯情。」紀昀也道：「見見面，看六爺的意思再說。」錢度這才又移步跟上。須臾間三人已回到驛站。

此時大雨歇住，只是陰得很重，細得像霧一樣的霰雨在驛站天井的燈影下蕩來蕩去，滿院的水光。見傅恆背著手，立在天井當央仰臉看天，紀昀幾個進門都站住了。紀昀笑道：「六爺，有點像清明看風箏呢！這個天氣屋裡還嫌熱？」「你們回來了？」傅恆一轉臉看見他們，說道：「我立等著你們呢——錢度不要走，一道兒說事——我不是取涼兒，是看這天，會不會再下雹子——」一邊說，用手讓著三人都進了正房。

「金輝彈劾訥親和張廣泗的折子到了。」傅恆的語氣鉛一般沉重，臉色也陰沉得可怕，「我軍兩萬五千人陣亡，只有五千兵馬困守松崗。……我有兩條想不到：想不到訥親如此無能，喪師辱君而且諱罪飾過，想不到莎羅奔一隅土司，竟如此凶頑難制，……」

三個人都知金川消息不妙，一聽「兩萬五千人陣亡」，心頭還是猛地往下一落，噤住了，一時都沒有吱聲。許久，紀昀才問道：「主上見到折子了沒有？」

「見到了。」傅恆目光憂鬱，透了一口氣，「這種折子是不能耽誤的。皇上正在生氣，一件是張廷玉親自進宮謝罪；一件爲修圓明園，御使糾劾太監王孝棼索賄賂，和戶部堂官——監修西海子飛放泊的那個桂淸，合伙刁難採辦，私抬木價，還有方才下雹子，傳欽天監，欽天監正喝醉了酒不省人事，傳順天府尹，教查看有沒有傷毀人畜房屋的，也沒有影兒，一院子漆黑！……皇上惱得紅頭脹臉，親詔立拿桂淸，就地杖殺卜仁。我進去時，正往外抬卜仁屍身，太監宮女都嚇得臉如死灰。偏偏我這時進去報喪……」

他不勝苦澀地嚥口唾液，聲氣中帶著顫音，說道：「我自幼跟主子，見過他多少次光火發怒，卻從沒看到他這樣的面色神情。臉色暗得發綠，瞳仁裡閃著螢光，釘子似的站在地下，一聲不言語，一動也不動……」

「他的眼神教我覺得是自己犯了彌天大罪，老天！到現在想起來還是心搖手顫……」傅恆將兩隻手蒙住了自己的雙眼，淚水已從指縫裡淌了出來，頭也不抬繼續說道：「我怕他氣暈昏過去，爬跪幾步抱住他的雙膝，哭著說『主子主子，您別……別這樣兒……奴才們有罪任罰任殺，您可是萬金之體……訥親不是人，鎖拿進京明正典刑，奴才忝在軍機料理軍務，不能爲君分憂，也是罪大難赦……但金川之敗，早在聖鑒燭照之中，且三路大軍，僅損一路，並未傷了元氣……您別生氣了……奴才去，去金川，給主子把臉爭回來……』他聽著，眼中的淚走珠兒似的滾落下來……」傅恆彷彿不勝其寒，渾身痙攣著縮成一團，再也禁不住，竟自失聲慟哭。

三個人都驚楞了。他們和傅恆位分上雖有高下尊卑之分，平素私地交往過從卻持的朋友之禮。傅恆才調高雅，恂恂儒家之風，舉止向來都是從容不迫，論文論武脫帽興談，一付天璜貴胄氣派，幾時見過他如此失態形影兒？方才在祿慶樓燈紅酒綠、呼盧喝雉折爛污，一下子到這場景氛圍裡，也都有點恍惚如對夢寐的心景。

外邊的雨聲在沉寂中漸漸大起來，被哨風斜侵了，襲在瓦片上、打在馬棚上、擊在窗櫺上，房檐瓦槽也決溜如瀉。這裡沙沙、那裡呼訇，彼處簌簌、此處嘩嘩，遠聲近音亂成一片。大約驛站院牆老牆土泥皮剝脫，砸在泥水裡「啪」地一聲悶響，傳進屋裡，幾個人心裡都是一悸。

9

說鹽政錢度驚池魚
思軍務阿桂履薄冰

許久，紀昀才從驚怔中憬醒過來。到處鬧災，官員婪索、吏治上貪案迭出，宮闈中皇后欠安、嬪妃爭寵，又連著病死兩個固倫公主，乾隆本就窩著一肚皮的無名火。金川之役原也想不過是「潰敗」，現在竟是個全軍覆沒的光景，乾隆大發雷霆是毫不奇怪的。他立刻想到，今晚在祿慶樓與宴的，就有順天府的同知雷瓊，步軍統領衙門也有幾個堂官在場。如果追究起來，錢度官位低、阿桂新回京，自己是軍機大臣，自然難逃一頓訓斥……思量著，問道：「六爺，您這麼難過，我心裡很愧。皇上忙著軍國治安，救窮濟貧，我卻在這邊和一群下三濫們吃酒，我對不起皇上，也對不住六爺您啊！」和珅在旁侍主，他心思清明天分極高的人，立即領悟這是紀昀為自己先容地步，見傅恆平靜下來，忙擰了一把涼毛巾遞上去。傅恆一邊揩臉，抽顫著聲氣說道：「我失態了。倒不為怕皇上降處分，設身處地，臣下辜負皇上太多了，難怪皇上震怒。」

「皇上還有什麼旨意？」錢度卻惦著修圓明園的事。桂清就是他的朋友，前日還送來三千兩冰敬，沒有拆封放在櫃子裡。桂清出事，免不了要審，攀咬出來也是不得了，錢度思量著，心裡也著忙，因又問：「六爺請帶兵，皇上恩允了沒有？」傅恆道：「皇上沒理我，拔腳就走。到殿門口站住，看著外頭的雨，好半晌才說，『你去知會劉統勛、岳鍾麒、阿桂，明天遞牌子到養心殿議事。著劉統勛下海捕文書，緝拿逃將兆惠和海蘭察。下旨：著和親王弘晝查看張廷玉家產，收繳從前發給他的詔諭和御賜物品！』說完頭也不回就走了。」

一陣驚風在院中忽地掠起，挾著雨點襲在窗戶上，窗紙立刻浸濕，無聲地鼓脹了一下，接著，隱隱約約亮了幾下閃，便傳來鼙鼓似的沉雷滾動聲。在一明一滅的電閃中，幾個人面色都很難看，紀昀打破了沈默，又問道：「怎麼不叫汪由敦進去？張廷玉又是怎麼回事？」傅恆聽了搖頭，咬著下嘴唇沉吟著道：「這件事我也不曉得。張廷玉鬧配享，皇上心裡有些厭他是眞的，已經勸下去了，不知爲什麼又叼登出來，連汪由敦也捲了進來……這事明日遞牌子請見，看情形辦吧——我來見你們，一是知會阿桂明日進去，二是問問曉嵐，《四庫全書》徵書的事，現在到底各省動作如何？你和我都要心裡有數。錢度原是我明日下朝要見的，既在這裡，就更好了，也有幾件事要問，要辦。」見錢度要起身答話，傅恆擺擺手，說道：「不要鬧規矩了。一是海關釐金，糧漕鹽漕、去年的秋賦、戶部實收多少、比往年如何、有沒有虧空、塡了虧空還有多少餘額；二是賑災，到底多少糧食夠用，庫存能動用的、各地義倉能用多少，還有軍糧儲備情形。你不要說起來沒完，粗報個大體就成——聽說榆林大糧庫一下子霉掉五萬石穀子，可是有的？」

「榆林大庫我去查看過。」錢度一聽就笑了，「陳穀子爛芝麻，穀子是最耐存放的。榆林最是酷旱天燥的地方兒，糧庫不但高大結實，通風也極好。怎麼會『霉了穀子』？

連康熙爺西征時的存糧，風化得一捻就碎，卻仍是不霉。沒準兒是哪個混帳行子塡了他的虧空，揑個由頭糊弄朝廷罷了！」

「這件事要查！」傅恆額角青筋抽動了一下，「戶部和兵部武庫司去人！——你接著說。」

錢度在椅上一欠身，莊重地說道：「海關釐金收項各年不等。今年蠶絲、漆器、紗綾、柳條、織機、黃白絲、木棉、閃緞、絹綢出口多，是因爲蘇杭寧的織機比去年加了一倍，桑葉兒豐收，像瓷器、方竹這類的就尋常。收項計在兩千五百多萬兩銀子、七十多萬斤銅。比去年多了三成……」他眞個熟悉情事，從絲價、瓷器、藥材、食物、茶葉輸出輸入進項收益，俱都如數家珍，饒是簡約著匯報，也說了一頓飯時辰。又道：「至於各省虧空，戶部沒有奉旨不能一一徹查，這裡只能算和六爺私地議論。我到陝西實地查過西安藩庫，銀子和帳面短差約有五十萬，或許更多一點。陝西是個窮省，要照這個例子去推想，天下虧空總數我估約在兩千萬到三千萬兩這個檔口。和雍正爺手裡那是沒法比了，比起康熙爺倦勤時候，還是要好得多。」

三千萬不是個小數。張廷玉在康熙四十二年聽到戶部報說各省虧空計銀一千五百萬，雙腿一軟便癱坐了下去。世易時移，如今這個數目已經嚇不住人，朝廷每年歲入近五千萬兩，貼補著幾年就塡平了，所以衆人並不吃驚。阿桂笑道：「我們主子太仁德了，年年蠲免錢糧，逢災無論大小，只管賑濟。不然，這點子帳算得什麼！」紀昀抽著煙，吞雲吐霧說道：「我最怕你這個想頭！雍正爺從康熙四十六年整頓吏治，清理虧空，加上他在位十三年，苦苦折騰了差不多三十年。死了多少人，抄了多少家，才把庫銀收回來？現在又從庫裡往外掏了——他們是試探，先有借有還，再借了不還。兩千萬不趕緊收，明年就三千萬，還會有四千五千萬，伊於胡底？如今的官有的比行院的婊子王八還要賤——娼妓接客，也還講情義呢！這，只認錢！」

「這麼說來，是『唯女子與官吏爲難養也』了？」傅恆心緒已經見好，聽紀昀這番話說，苦笑著嘆息道：「老紀說的是，不防微杜漸，吏治敗壞起來快得很！」「其實應該是『唯老鴇與官吏』難養。」紀昀道，「如今天子聖明，女子太監不能干政，也就是一碗飯的事，有什麼難養的？」大家聽了都是哈哈一笑。錢度笑著，陡然想起曹鴇兒捎來口信，說在南京討生活不易，要盤了絲場坊子，帶著兒子進京認父尋夫，心裡陡地一沉，臉上便沒了笑容。正在發怔，傅恆轉臉看他，問道：「老錢，寶源局現在的公署設在哪裡，現在下頭共有幾個鑄錢廠子？」

錢度從發怔中醒過神來，忙道：「鐵英的彈劾折子轉到戶部，我看過了，他說的不實。寶源局就在過去的鑄錢司，是鑄錢司翻修了一下，總共也用不到兩萬銀子。下頭四個廠，東廠在四條胡同，南廠在錢糧胡同，西廠設在北鑼鼓巷千佛寺後，北廠在新橋北的三條胡同。各廠鑄爐大約都在三十五座左右。一共是一百八十八座。」傅恆聽了，又問：

「現在每月寶源局用銅多少？」

「回六爺，每月鼓鑄八卯——一卯是六萬斤，加上寶泉局，每月總共用銅四百萬斤，一年用銅在五千萬斤上下。」

「民間化銅錢鑄銅器的廠子現在查禁得如何?」

「峻法嚴刑之下,誰個不怕?」錢度一笑,說道:「我在雲南銅政司殺人三百有餘,那是權宜機斷處置。現在皇上有明詔,有私化銅錢鑄器皿的、收聚鼓鑄的,一律斬立決無赦。廠子,我敢說是沒有了。個把鑄匠希圖暴利,小打小鬧鑄幾件銅器,這恐怕免不了。」

傅恆偏著腦袋想了想,說道:「恐怕廠子還是有的,只是遮掩得密,我們沒有查出來就是了。我核了一下,南京一地去年用去銅錢五千多萬串,比聖祖爺時多了二十倍不止,商賈貿易只增了不到十倍,還是錢不夠用。錢都到哪裡去了?要查!吏部票擬你兼刑部侍郎。兩個身分到南京,會同金鉷查看——我擔心是一枝花這些亡命之徒用這法子歛錢!」他吁了一口氣,又道:「有人上密折,說採銅不如買銅。你是行家,我想聽聽你的見識。」

說到一枝花易瑛,錢度心裡又是一緊:曹鴇兒其實極可能就是易瑛的手下小毛神,不然為什麼尹繼善要抄掉她的行院?既和自己有了孽種,每月還要寄錢,這個陷坑怎麼撕擄得開?就是採銅買銅的事,他錢度也黏包搭手,他在李侍堯處借銀一萬,那是銅政司的錢,已幾次來信索還。如果『採銅不如買銅』,銅政司就得撤衙盤帳,一切網包露蹄,更是個不了……錢度一陣慌亂,又想到要兼刑部侍郎差使,聖眷優渥,又專管查案重權大勢,頓時又放了心,略一沉吟,說道:「洋銅都打日本國進口,每百斤折銀十七兩五錢。滇銅價是十一兩，加上運費約折十六兩五錢。差價在一兩左右，還是自己採銅略爲合算。」

「還有各路運官貼費呢！」傅恆卻不理會錢度的心思，自顧說道：「折算下來怕只是持平……況且幾十萬銅工聚在山中，其中刁頑不馴亡命之徒混雜，一個不留神容易出大亂子的。」錢度此刻已知道這位天字第一號大臣的心思，傅恆勢傾天下炙手可熱，斷不能執意相牴，因順著他的話意徐徐說道：「六爺慮的極深極是。所以銅礦還要嚴加管束，還是要給銅政司殺人權。買洋銅只能補不足，不能全然指靠的。六爺，日本的銅礦已經快要採盡了，康熙年間日本正德天皇就下令去日貿易船舶不得超過三十艘，只是他們要我們的貨，不能不用銅和銀子換。日本朝廷也難以控制——他們早已急得朝野不安了！所以不宜廢弛我們自己的銅礦開採，也要想辦法多買些洋銅，似乎是兩全之策。」

他半私意半公心，理由說得堂堂正正，幾個人都聽得頻頻點頭。紀昀笑道：「不枉了人家叫你『錢鬼子』，眞個馬蹄刀勺裡切菜——湯水不漏！」傅恆嘆道：「現在有幾個眞懂經濟之道的？你一說，他就稱喏，下去仍舊懵懂，不知道該怎麼辦——你這樣一說，我心裡就有數了。有人在皇上跟前嘀咕，要撤掉銅礦，這是皇上旨意讓我問你的。」

「說起稱『喏』，想起李侍堯來。」阿桂笑道，「他在離石縣當通判，學台喀爾欽到縣視學，道台知府跟著，都是屏營聲色畢恭畢敬低眉回話。吩咐李侍堯修修文廟，他一聲『喏！』震得屋子嗡嗡響，嚇得衆人一跳！喀爾欽官派最大的，當時就訓他『你呵斥我麼？有這樣回上憲話的？』李侍堯聽了，又稱一聲『喏……』聲氣兒弱得像快斷氣的病夫。

「喀爾欽氣得渾身亂顫，拍案而起厲聲說：『我做官十四年，沒聽過你這樣的「喏」！別以爲你是朝廷特簡的就這麼狂——皇上是罰你來山西的！』①「李侍堯只是個嬉皮笑臉，一蝦身子說，『卑職才做官，不懂規矩，不知道怎麼稱喏才能合了學政大人的意，請大人賜個「喏」樣，卑職好照辦……』」

阿桂說完，三個人都聽得哈哈大笑，議論政務的沉悶冗煩氣氛頓時一掃而盡。傅恆掏出錶來看看，笑著起身，說道，「快到子初時辰了，回去還要寫幾封信。明兒大家還要遞牌子進去。阿桂，估著萬歲爺還要問你軍務上的事，你把思路理理——外頭這陣子雨小，咱們告辭吧！」

送走三個大臣，阿桂略一洗漱便即安歇。他順著金川的地理天氣、山川草地形勢，回憶著慶復和張廣泗的兵力部署，又思索莎羅奔這個對頭變幻莫測的用兵調度，又想應對之策。揣猜著皇帝要問什麼話，哪些該實應，哪些該含蓄，那些地方要小心，防著口漏被小人撩撥離間……一一理著思路，除了打仗，還要想到訥親權重勢大、秉政多年，親信、門生故吏滿朝都是，萬一不殺訥親，將來東山再起又怎樣？現在該如何留下餘地？一時，又想起勒敏和李侍堯以往的交情過從，高興樓酒酣耳熱、行令縱談，黃葉村約曹雪芹小酌論文，如今已是「各自須尋各自門」。曹雪芹一代豪才，想必已是墳草萋萋，墓木已拱。轉瞬又念及兆惠和海蘭察，這一對「紅袍雙將」怎麼會當了「逃將」——莫非……莫非訥親也和慶復一樣，自己不也曾當過「逃將」麼？

就這樣心裡翻騰，阿桂在床上翻燒餅，竟醒得雙眸炯炯，頭枕雙手，聽著屋外沙沙的雨聲時緊時慢，微微的風聲掠巷穿堂，像遠處時隱時現的吆喝聲，直到鐘漏四更才朦朧了過去……似睡非睡、似醒非醒間，忽見曹雪芹懷中挾著個油紙包，一手推門進來，穿戴一如平日，長袍布履潔淨得纖塵不染，方額廣顙修眉闊口，黝黑的面龐上帶著笑容踱到桌旁，小心地把紙包放在桌上，笑著說道：「佳木，如今和傅六爺一字並肩，做到極品了。你的門好難進！門政老爺要門包兒，幸虧六爺府裡小七子來送信，認得我，才放我進來！」

「是雪芹吶！」阿桂笑著迎上去，一邊讓座兒，便伸手解油紙包，口中說道：「養移體，居易氣。官做大了，就是自己不變心，擋不得下頭跟的人狐假虎威欺負人。你筆參造化學究天人，和他們這起子人計較什麼——常來走動，見我待你親近，他們自然又一副嘴臉……這是《紅樓夢》麼？」

曹雪芹端起茶杯，喝了一口涼茶，說道：「可惜六爺和你這樣的人如今越來越少了。體變也好，氣變也罷，只要心不變，就是英傑之士！你幾次捎信給我，要看全本《紅樓夢》，聽說你回京宣麻拜相，我趕熱灶窩兒來巴結巴結！」說著就笑。

「這是教人聰明的書啊！」阿桂說道，「看似矜懷風月兒女情長，其實在論的世道人心！譬如石兄說『文死諫，武死戰』的高論，實在透徹——只有君昏政亂，才有『文死諫』，打了敗仗，才有『武死戰』，於君父國家百姓有什麼實在的益處？我進軍機處，立志只一個『賢』字，輔佐皇上治平盛世，也不枉了爲人一場。」說著便翻那稿本，恍惚間覺得墨色慘淡，字跡都不甚清晰，便又合上了書。見曹雪芹微笑不語，問道：「你笑什麼——我說的不是麼？」

「我笑你太認真，有點走火入魔了。」曹雪芹說道，「這世界光怪陸離，萬法生緣，緣動萬法，用一種『道』根本不能解釋。不記得楊子所謂『歧路亡羊』的掌故兒？」

阿桂怔了半日，仍覺語意閃爍，理義深奧，搖頭道：「我不能明白你的意思。回頭問問紀曉嵐，他也是淹博學問的人——」話未說完，曹雪芹便急攔住了：「你千萬別問紀公！你們都是經國大臣，說這些稗官小說做甚？小說是給悠閒適世的人們醒酒破悶、消磨時辰的，不要登那大雅之堂！」阿桂笑道：「我不過隨便說說，你就這麼變貌失色大驚小怪？——曉嵐管著禮部，又管修《四庫全書》。他早就想看看《紅樓夢》了。我給你們引見——」正說著，聽外頭一陣腳步聲，和珅匆匆進來，喊道：

「大人，大人，桂軍門……該起來上朝了！」

……阿桂昏沉中乍然而醒，但見窗紙微明、晨風鼓簾，案上青燈兀自熒熒如豆，原來方才是南柯一夢……阿桂坐起身來，伸臂舒展打了個呵欠，咧嘴一笑，揉著惺忪睡眼，含混不清地說道：「——大夢誰先覺，平生我自知，噢……到遞牌子時辰了麼？」

「爺昨晚歇得遲，後來又睡得沉。」和珅給阿桂端來洗臉水，試試熱涼放在盆架上，又取青鹽、倒漱口水、拿竹刷子②，忙得腳不點地，一邊笑著回話：「幾位大人夜來說要早點進紫禁城，現在快到卯時了，怕誤了爺的事，我就乍著膽子喊您起來了。」阿桂忙忙洗刷漱口，見和坤又端來一碟子點心，拿起一塊便吃，說道：「你這個膽子『乍』

得好！我這帶兵的將軍去遲到了，準討主子不高興！」說話間驛站裡已備好了四人轎，阿桂穿戴朝服衣冠齊楚，洋洋升轎篩鑼開道逕去。

一夜夏雨，不知什麼時候已經放晴。這正是一年中晝日最長的時節，不到寅末其實已經亮了。盛夏之初的晨風還帶著殘春的涼意，儘管轎裡也不甚熱，大轎在「文官下轎、武官下馬」大鐵牌前落下，阿桂哈腰出來，還是覺得身上一爽。順路向北望去，只見褐薇薇的旭光中，西華門外只有寥寥二三十個官員，依稀便有傅恆、紀昀等人在內，阿桂不禁鬆了一口氣：還好、總算不太遲。一邊想，大步朝西華門走去，忽然覺得太快，顯著不穩重，又放慢了腳步，這才留意到路西張廷玉宅第周圍，貼牆根三步一哨五步一崗，釘子一樣站著些帶刀校尉，都是步軍統領衙門的戈什哈和順天府的衙役。阿桂猛想到這是來抄檢張廷玉的，心裡又是一寒。又見西華門南大石獅子旁，黃綾封枷鎖鏈銬足跪著一個蓬頭垢面的漢子，阿桂不免又覺詫異，卻見傅恆笑著招手，忙趕上去見禮，說道：「六爺早！我遲來不恭了！」

「你真的是來遲了一點，當值軍機五更天就要進去。」傅恆笑道，「皇子阿哥爺們四更就得進毓慶宮讀書，萬歲爺也就起駕了，練了布庫、讀書，查考阿哥們功課，接著就傳軍機大臣問事批折子。睡懶覺那是甭想——不過今兒不要緊。萬歲爺先見張衡臣的兒子若澄、若渟，下來才接見我們呢！」因見阿桂偷眼看那漢子，傅恆壓低了嗓子，說道：「他就是兆惠。到南京兩江總督衙門投案的，金鉷奉旨送了他來——你可去見見，撫慰幾句。我們都已經看過了。」

阿桂點點頭，默不言聲向兆惠走去。他的行動立即招來周匝官員的目光，但也只是遠處偷瞥一下而已，並沒人交頭接耳竊竊議論什麼。兆惠帶著枷，垂眉低頭跪著，眼睛餘光早已睨見，只略略動了一下跪得發木的雙腿，索性閉上了眼睛。阿桂走到跟前，輕輕嘆息一聲，說道：

「和甫，久違了……」

兆惠沒有回話，只睜了一下眼，旋又閉上。

「身子骨兒還好，一道兒上走得辛苦吧？」

「還好。多承惦記。」

「海蘭察呢？你們不是一道的麼？」

兆惠睁大眼睛盯了一下阿桂。他在這裡跪了一個時辰，傅恆、紀昀、錢度都過來寒暄問候，只問幾句起居身體便走了，阿桂怎麼問起案由？思量著，兆惠搖頭不語。阿桂立時已意識到自己失言，口氣一轉，誠摯地說道：「我是關心。想起和你們一道在張家口外獵黃羊，還有在成都邂逅，在五福酒樓吃酒，為那個賣唱的秀秀抱不平，和刁黃蜂打架……後來見秀秀了麼？她可是北京人吶！」

「現在說這些個做什麼，我是階下囚！」兆惠冷冷說道，又問，「你怎麼不掛朝珠？就這模樣見皇上？」

一語提醒了阿桂，直起身子一摸，果真走得急，忘了掛朝珠。看看別人都掛著，心裡陡地一陣慌亂，忙對兆惠道：「找時辰我們慢慢談吧——見了皇上好好回話——」說罷抽身便走，趕到傅恆面前，笑道：「我出醜了，忘了掛朝珠了，見了皇上，六爺得給我圓圓場兒！」紀昀正在旁邊和一個道士說話，聽見阿桂說朝珠，一把拉了那老道過來，笑嘻嘻道：「來來，我給你們紹介紹介，這位是阿桂軍門，這位是——」

「我認得道長。」阿桂笑道：「是白雲觀的張太乙眞人，天下道籙總管嘛！——這會子顧不上說話，我的朝珠沒帶來，待會兒失儀了不得了！」紀昀卻似一點也不在意，說道：「不要緊，你管張眞人要朝珠。老牛鼻子有辦法！」

那張眞人身穿八卦衣，頭戴著雷陽巾，一副道貌岸然，正拈鬚微笑著聽，不禁愕然，說道：「紀公，這種事貧道有什麼辦法？」「你有法術啊！」紀昀說道，「萬歲爺傳你，不是教你禳災的麼？方才你還在吹噓道術，能於千里之外攝物取信，會呼風喚雨——也不用設壇，你現就做法，叫雷部把阿桂的朝珠攝來不就結了！」傅恆、錢度和旁邊幾個官員聽了都笑，張眞人也不禁莞爾，面現尷尬，又無法對答。阿桂嗔道：「立馬就要進朝，紀公還開這樣玩笑！」紀昀道：「這麼多的官，又不同時見駕，借一串不成麼——來來——那不是戶部老郭？你和阿桂品級一樣，把你的朝珠先借和甫一用！」

正說著，街南傳來一陣急速的馬蹄聲。幾個人轉臉看，只見和珅一手揮鞭，一手攥著阿桂的朝珠飛馳而來，遠遠在鐵牌子跟前滾鞍下來，一溜小跑，口中喘吁吁道：「桂軍門，您的朝珠……」……阿桂一邊接朝珠掛上，已定住了神，笑道：「我已經借了，打量我沒法見駕麼？」「爺說哪裡話呢？」和珅極漂亮打千兒請安起來，腼腆地看了看一群翎頂輝煌的大員，陪笑道，「借是借，您跟我說過幾次，這串朝珠上帶著幾粒祖母緣，是皇上親手賜給您的，戴上這個更顯著爺承恩尊君不是？」說罷也不再逗留，又向衆人打千兒，退回了鐵牌子南邊。張眞人打個稽首道：「無量壽佛，吉人自有天相！」

「你不要貪天之功就好！」傅恆說道，「見了皇上，循法度回話，敢胡吹浪言，我有辦法治你！」紀昀聽了一笑，說道：「看見你，就想起我們河間紫霞觀一個道士，叫什麼山月的，最能驅鬼捉狐、鎭宅壓邪，當地都叫他『山月神仙』。我們鄰村柴家屯有戶人家兒子中了邪祟，夜裡請他做法驅鬼。設案供香、焚符喝令，揮桃木劍繞宅行法，折騰半夜又請他喝酒。已經過了三更，這家人要留他過夜，說廝家坡一帶有一大片亂葬墳不乾淨，常鬧鬼，勸他天明再回城，那山月神仙已經吃酒七八分醉，口吐豪言說，『我身無分文不怕劫路，有這把桃木劍，屑小妖魔鬼怪，哪個敢近我身？』不顧衆人苦勸，挺身仗膽出了柴家屯……」

那邊錢度和幾個官員正說笑寒暄，聽紀昀說古記兒講鬼，都湊了過來。傅恆一眼看見禮部主事秦鳳梧也在，便擺手示意叫到一邊，問道：「昨兒個馬二侉子請吃酒，你也去了？」秦鳳梧小聲道：「是。是幾個同年，攀著湊湊熱鬧。請的又是桂大人他們，不好不去。卑職沒吃到席散就走了……和這些人混到一處不好，卑職也知道的。」傅恆道：「這是你的私事，本不該我管。但你是萬歲爺特簡在心的，關照過我加意栽培。已經教吏部票擬你台灣知府！你知道這知府是什麼地位？朝廷最信得過的官才派去呢！給你提個醒兒，你既已經明白，我就不多說了。」秦鳳梧忙躬身道：「謝六爺提攜訓誨！不過，紀公說要還席，不知我去的好，還是不去的好？」「去不去的無所謂，何況是曉嵐的東？」傅恆道，「我只是點你一下，如今風氣太壞。自愛心有了，怎麼處事都無礙。」

二人說幾句，又回神聽紀昀說：

「……走到麻家坡外崗上，只見清風冷月下亂塚起伏，連綿幾里不見邊際，榛莽荆棘間青燐閃爍，黑柏黯松搖曳生風，間雜著似哭非哭的嘯聲。山月道長被涼風一激，酒醒了，心裡一悸，頓時頭髮汗毛根兒都炸起植立……

「但此時再返柴家屯，斷然沒那份顏面，只好乍起膽子，一手提桃木劍，口裡哼著道情，順著白草半遮的蜿蜒小路往前走。正走著，昏蒼蒼的月色下，一個墳頭無聲無息鑽出個人影兒來！

「這是我大清入關，前明河間守軍戰死的亂葬墳地，盜墓的是沒有的，山月神仙知道是遇上鬼了……這是他當『神仙』頭一遭遇到眞鬼，強壓著心頭恐懼，牙齒仍抖得山響，哆嗦著手舉桃木劍，半閉著眼，偷睨著那鬼，口中唸唸有詞：

謹啓蓬萊天仙子，純心妙道呂眞人。誓佐踢師宣政化，巡遊天下闡武靈。親受鍾離傳祕法，誓將法力校群生。九轉金丹方外道，一輪明月照蓬瀛。朝遊蒼梧並北海……

「唸不及終，見那鬼愈來愈走近，請來呂洞賓竟不中用，急切間道士抱佛腳，口誦：『唵……嘛……呢……叭……彌……吽……』偷眼再看，那鬼居然仍舊毫不爲之所動，踽踽蠢動更逼近前來！

「山月道長見道法無靈，佛法亦無用，大叫一聲『媽呀！』拔腳便逃，一邊逃，回頭看，那厲鬼竟窮追不捨在後緊追。此時他早嚇得喪魂落膽，丟了桃木劍，扔了法物明器，只發足狂奔。足足逃了十幾里，才見一個村落。山月已是跑得筋疲力盡牛喘如吼，見一戶人家便上去搥門，眼見鬼已經撲上來，顧不得搥，一頭便鑽進院牆潦水陰道。

「偏那陰道狹窄，半截身子在外，被鬼拖住了腿，死命朝外拽！山月師傅連喊叫也沒了氣力，雙手緊摳牆上泥皮，只是喘息著哼哼。

「恰這一家子當晚丟了一頭豬。此時天已將亮，老婆婆聽見，推醒老頭子，說：『你聽，咱們的豬跑回來了！』於是一家子起來看，見一個人滿頭汚泥，面目都看不清，半截身子在院裡，半截身子在院外，嗚嗚噥噥呻吟，『鬼，鬼……鬼在外頭拉我的腿……』

「家裡幾個長工卻不怕，拔閂開門出來。」紀昀一本正經說道，「你們猜，他們看見了什麼？」

此時早已過了卯時，上朝來的官員愈來愈多，把紀昀圍得裡三層外三層，一個個踮腳伸脖子屏息靜聽，都替山月揑一把汗，又驚悸這鬼兇惡厲害。聽紀昀問，有的說「是僵屍！」有的叫是「旱魃！」有的說「是厲鬼求替代！」還有的說「是山精木怪」……「是妖魔……」

「都不是的！」紀昀一笑，說道，「是柴家屯的白瘋子——見人出來，丟了山月的腿，蹲到一邊，歪著脖子得意洋洋傻笑呢！」

眾人先是一楞，接著「轟」的一陣大笑。便聽西華門口一個公鴨嗓兒喊道：「誰在這裡喧嘩？萬歲爺叫記檔！——有旨，著傅恆、紀昀、張太乙進養心殿見駕，押兆惠也進去！」大家一聽「記檔」，頓時散了。幾個接旨進見的人互相對視一眼，見兆惠已經起身，略一點頭會意便魚貫進西華門。

逶迤進養心殿垂花門，恰一名年輕官員剛辭出來，傅恆和紀昀卻都認得，是劉統勛的兒子劉鏞。劉鏞只看了一眼兆惠，笑著給傅恆、紀昀打千兒，說道：「主子叫進呢！召見張家兄弟，他們也就要下來了。」

三個人忙答應一聲「是！」穩了穩心神次第而入。兆惠帶著重枷、腳下鐵索鎯鐺跟在後邊，立刻招來太監宮女們驚訝詫異的目光，卻沒人議論說話。便聽殿內乾隆的聲氣：「外頭熱，傅恆你們都進來吧——兆惠也進來。」

「扎！」

四個人不高不低應一聲跨進殿門。見乾隆盤膝坐在東暖閣大炕上，炕下小杌子旁跪著兩個四品官，都可在四十三四上下。正在聆聽乾隆訓旨。

「方才已經說了，你們也代張廷玉請了罪。」乾隆眼角青黯，臉上略帶倦容，聲氣卻甚平和，「朕只是敎和親王查看一下你們家產，並沒有籍沒抄收加罪的旨意嘛！張廷玉本是朕禮敬有加的老臣，原是要成全到底的。但他信不過朕，屢次三番來折騰，敎朕出字據下明詔。朕忙得七死八活，這不是添亂？——心裡不取他這一條也是有的。」

張家兄弟連連叩頭，說道：「家父再三命臣等叩謝天恩。他已經反省知過了。」

「老而戒得。他該從這一條反省。」乾隆沉吟了一下，說道，「查看家產不是處分。朕不爲這些事罪人——四川學政朱荃是你們的妹妹夫家是吧？有人劾他從軍餉裡剋扣火耗，一查，居然眞有其事。一個學政，還要喝兵血！而且有收受考生賄賂的事。他的財產轉移了，自然要株連你家受累——這是很掃體面的事。但張廷玉貪得無厭，不稍加懲處，怎樣儆戒後人？——他的配享仍依原旨，大學士銜也不動，只是要削去伯爵。對大臣沒有懲戒是不成的，但不株連到你們。」他略一沉默，又道：「你們跪安吧。」

註①　見拙著《乾隆皇帝・風華初露》

註②　竹製的刷子，狀似毛筆，頂端劈爲細絲，用來蘸著青鹽刷牙。

10

泣金殿兆惠訴衷腸
修庫書紀昀銜恩命

張若澄、張若渟戰戰兢兢辭退出去，乾隆這才吩咐傅恆和紀昀起身賜座。卻對張太乙道：「蘇北、淮北幾處鬧水災，又有妖人一枝花傳布邪道，聽說已經蔓延到了魯南。和親王薦了你來，說要祈禳祛災。朕素來敬天畏命，尊崇孔孟，以儒道治國。百行以孝為先。因太后也有懿旨，凜遵慈命，所以下旨召你來。河南、山東、山西也在鬧著旱災，朕也想聽聽你道家如何解釋，有什麼法術可以消彌災殃？」

「回萬歲爺話。」張太乙直挺挺跪著，一揖到地，奏道：「和親王三次駕臨白雲觀，已將各地災情告知貧道，命貧道推演時氣吉凶。但貧道黃冠末流，焉敢妄推天數，亂言吉凶？按大道金丹內訣，天干陰陽和則吉，不和則凶，如陽干剋陰干為合，如甲剋乙，即甲與乙合。陰干剋陽干為官星，如甲受辛剋，即以辛為宮。陽遇陽剋，陰受陰剋，皆為不合。今歲為金年，太白氣盛，東南木屬青龍之地，金水相生，故東南之地多有水潦災情。加之天盤六星，甲午下臨於三宮，所以白虎猖狂，兵事亦不順利。」

他這一番話，正所謂眾妙之門玄而又玄，除了紀昀，都聽得如墮五里霧中。乾隆聽得懵懂，卻又不願「無知」，便目視紀昀。紀昀因會意，在旁說道：「你解的是赤松子之說。其中天盤六星下臨三宮，說得似是而非。因為你已經知道了金川兵事不利，是順著事去推理的。其實《赤松子》講解得明白，天盤丙加地盤甲子，乃是飛鳥躍穴大吉之象。赤松子曰：『進飛得地，雲龍聚會，君臣燕喜，舉動有制。』這麼明白的話，你竟忘了！主上因天下偶有水旱災饉，正道修德應天順變之外，亦以仁師之心借用佛道之力。你不可妄言國事，否則禍不旋踵！」他學問淹博淵深，口齒又復明白簡捷，連赤松子的原文都引用無誤，衆人聽得無不驚訝，連張太乙也賓服無地，向乾隆叩頭道：「紀大人說的極是，小道士學道不精，乞萬歲恕罪！」

「你不是有心干政，朕不計較。」乾隆微笑著，循著紀昀的話意說道：「白雲觀是道教全眞流派，以修養眞性、冲虛空靈、養氣煉眞為主，其實與儒學有相通之處，所以朕才用你來祈禳。卜智——你帶張眞人去慈寧宮見太后老佛爺，教他照懿旨辦理就是了。」

「扎！」卜智扯著公鴨嗓答應一聲，帶著張太乙去了。乾隆望著殿外氤氤氳氳的蒸熱之氣，看看兆惠，剛要張口問話，紀昀忽然離座，跪地叩頭道：「萬歲爺，臣……臣想諫主上幾句話……」

「起來還坐著罷。」乾隆皺著眉，起身離炕，穿著青緞涼裡皀靴悠悠踱步，口中徐徐說道：「你要說什麼，朕知道。不該召見這個道士，是麼？」紀昀忙一躬身，說道：「是！臣是想諫說這件事。」乾隆說道：「這個不須諫說，朕再昏，也不會去學前明的嘉靖皇帝。這裡講的是孝道和敬道。老佛爺信這個，要孝；皇后也信，要敬。黃冠緇流譬如阿貓阿狗，母親喜歡，難道不要承色奉笑？皇后有這心障，她爲天下之母，朕也不能爲這小事教她委屈了心。」

紀昀聽得肅然起敬，說道：「皇上這話臣聽了如清風洗心！自宋以來，理學家自以爲獨得天地之正，不合他們心的就指爲異端。講的『存天理、去人欲』，滿口『義理性命』。問他什麼是眞忠眞孝眞誠眞敬，他就茫然。全然不知人情即是天理，存在孔孟大道之中只是說的『忠恕』根本之理。」

「這說的透徹了。程朱理學的病根就是不講恕道，也不誠，弄出許多僞君子來蠹國害政！」乾隆臉上帶著冷冷的微笑，幽幽地說道：「先帝爺手裡的李紱，人家給他送禮，他臉似冷霜趕走人家。人家走了，他又無端拿著家人發火。這個心可問不可問？還有朕手裡一個訥親——」他倏地站住了腳，目光逼視著跪在隔柵旁邊的兆惠，「——家裡養著一條惡狗把門拒客防人送禮，他信自己的心還不如那條狗！滿口大話爭著要去金川，打敗仗嚇得拉了滿褲子稀糞，還帶出一群像兆惠這樣的混蛋！」他兇橫地哼了一聲，連侍候在外殿的太監們都腿肚子哆嗦，直想轉筋。

傅恆也是激凌一個寒顫，眼見乾隆滿臉獰笑，忙道：「訥親、海蘭察、兆惠自有應得之罪，主子……您別氣著了……」「生氣？」乾隆一哂，轉步回炕前須彌座上坐了，已是恢復了常態，端起茶盅，用杯蓋撥著茶葉末呷了一口，說道：「朕生訥親的氣，他配？海蘭察是多拉爾忠勇公的孫子，祖父是何等英雄，跟聖祖西征身中十箭不下陣；兆惠的父親佛標，在科布多一戰，身陷重圍，連斬噶爾丹十七將，保著聖祖突圍，不是一條頂天立地的漢子？所以，朕不生他們的氣，只是替他們難過，替他們害臊，只是小看他們！」

這眞是刁狠兇橫到了極處的痛斥挖苦，連紀昀和傅恆都覺得像用鞭子一下又一下照著心在猛抽，疼得一瑟一索一縮，通身的汗把內衣都濕透了，緊緊黏貼在身上，滿殿裡死寂無聲，靜得像一座空空洞洞的古墓！兆惠戴著枷，上身直挺挺昂著，心裡激越、感奮、委屈、愁苦、憤懣五味俱全，悲慘不能自勝，兩眼早已淚如泉湧，聽完乾隆的話，竟自長號一慟，連枷帶肘磕在金磚地下，號啕大哭道：「主子，主子，聽奴才說訴衷情。……說完就請死罪……」他心中慘痛幾不欲生，號泣之聲動於腑臟，賽如曠寥空夜中受傷了的狼嚎。王義正捧著一疊奏章從外殿進來，心裡猛地一悸，懷中文書稀里嘩啦散落一地，王信等太監還有幾個侍候茶水的宮女，俱都駭得手足發抖面色焦黃，紀昀手裡端茶正要喝，手一顫，杯子幾乎脫手，傅恆也是心頭獼獼直跳僵坐如偶，極力按捺著自己心緒，思量如何收拾君前失禮局面。

乾隆在一剎那間也被他驚得臉色煞白。他自幼生在宮中，綺羅叢中娛傅教養，也曾幾次出京巡視吏情民瘼，見過些悲情悽惶，還從來沒有聽到如此損肝傷肺、驚魂落膽的哭聲。慄慄顫顫搖心動魄許久，乾隆才定住了神，已認定「逃將」二字背後有重大寃抑，口中卻仍舊冷冰冰的，說道：「召你來，自然是要聽你說話。你是武將，帶兵行伍出身，朕即不治你君前失儀的罪，你這是成何模樣！」

兆惠涕泗滂沱，咬牙哽咽抽泣，好久才忍住悲苦，以枷碰地連連頓首，說道：「奴才憋了一肚子話，要對主子傾吐。不覺的就又犯失儀之罪……那訥親外頭怎麼看都是個謙謙君子，楷悌儒生，誰知他竟是個秦檜，竟是個當今的活張士貴！」想起金川夜戰死保訥親，訥親忘恩負義恩將仇報殺人滅口，又思及與海蘭察千里亡命乞討逃生種種情由，兆惠流著淚，哽著脖子又要放聲兒，只用枷死死抵住，憋得滿臉通紅。

「給他去刑！」乾隆見他悲慟到這分上，一顆心也直往下沉，便命王禮給他開枷去鎖，又問：「曉嵐，張士貴是什麼人？」紀昀卻是個不看小說的，再思量不來。傅恆在旁笑著代答：「這一回主子難煞了紀大學士。張士貴是《白袍將》裡的人物兒，薛仁貴的頂頭上司主將，妨功害賢、忌能妒才的個角兒。曉嵐公不讀這些書的。」紀昀笑道：「主子交我的正經書我還看不完呢，哪裡留心得這些下九流的稗官小說？」

這幾句鬆泛對話，立時緩衝了方才的慘厲悲悽氣氛，兆惠鬆了刑，舒展俯伏又向乾隆行禮謝恩。他是極有條理的人，先從戰前軍務會議之爭說起，又說戰況，訥親、張廣泗既不能料敵，又拒諫摒善剛愎自用，被莎羅奔腰截分斷各個擊破，致有下寨之敗、松崗被困、刷經寺失守，蒙屈受辱，由著莎羅奔擺弄調理。又怎樣聽到訥親和張廣泗預備殺人滅口諉過欺君的密室策劃。二人情急商議脫逃險地，分頭赴京叩閽告狀。種種情事，前因後果急變陡轉一一若合符節，聽得滿殿人目瞪口呆。乾隆心裡一時鬆一時緊、一時悲一時怒，心中的火衝頭脹脈，兩手裡捏得都是冷汗。紀昀緊皺眉頭，只是慨嘆震驚，微微搖頭不已。傅恆卻在用他的話和金鉷、金輝、勒敏、李侍堯奏折信件比照印證，又想著金川的天候地理、莎羅奔用兵方略和應有對策，想得更是深沉……正思量不了，兆惠的陳訴已到尾聲，他兩手十指緊緊摳著金磚縫兒，渾身劇烈顫抖著稽顙叩頭：「……主子，主子！我們不是敗在莎羅奔手裡，實實是敗在兩位主將手裡！莎羅奔能打仗是眞的，我們也太無能太窩囊廢物……給主子丟人了……」

「海蘭察呢？他現在哪裡？」許久，乾隆才問道。

兆惠拭淚舒氣，心裡已經暢快了許多，說道：「金輝是訥親私黨，我們怕他追殺。在武昌分手，他走漢水北上進京；因聽說主子南巡，奴才走長江東下南京。到南京又聽說主子御駕還沒到，就到金鉷衙門投案，解來北京。自然奴才是要快些。漢水是逆水舟，他現在南陽、洛陽一帶也未可知。」

乾隆沉默良久，問道：「聽說你們還私帶了軍餉？有沒有的？」「有的！」兆惠叩頭道，「松崗大庫朝不保夕，錢留在那裡是資敵。所以我們商量，我帶了五百兩黃金——投案時都繳了總督衙門——他帶了十萬兩銀票。海蘭察比我伶俐十倍，不會出事的。」乾隆聽了，便目視傅恆。

攜帶軍餉，是勒敏在信中寫給傅恆的，前天剛剛收到，但查遍金鉷、金輝奏折，都隻字未提這件事。傅恆心裡一震：金鉷竟敢貪這筆財！但此時卻無可對證，傅恆一邊想，一邊說道：「五百兩金子一兌二十四①市價，是一萬二千兩足紋。不是一筆小數目，好查。」

「查！」乾隆咬著牙說道，「朕以寬爲政，是指與民休息。當然也有個官場和熙、雍穆平靜的意思。世宗爺雷厲風行整頓之後，雅不願官場雞飛狗跳人人自危。誰知吏治竟敗壞得如此之快！看來不殺幾個封疆大吏難得防微杜漸！」他掏出錶來看看，對兆惠道：「你今日這只是一面之詞。朕先聽聽，待訥親解回，讞明審定，才能最後處置——卜信，帶他養蜂夾道去，由劉統勛安置。」

兆惠施禮卻步，跟著卜信退了出去。傅恆知道，外邊不知有多少官員揮汗如雨，焦急地等待著自己。正要說話，乾隆問道：「尹繼善啓程去南京沒有？」傅恆忙躬身道：「早前一天接到他的稟啓，說即日動身，由漢口水路到南京。他母親現在南京身子不適，他心裡比誰都急呢！但廣東如今軍政民政財政今非昔比，洋人傳教、中外貿易這些事內地是沒有的，尹繼善幾次來信，說花在這上頭的精力佔了一半還多。」乾隆笑道：「這個他在密折上也說過幾次。禁海，就斷了個大財路，開海，就免不了這些麻煩——你接著說。」

「尹繼善因在南京任上幾次被一枝花脫逃，一直引爲憾事，恨自己不如已故李衛能會緝盜。」傅恆說道，「因此想請調黃天霸到他總督衙門，三年之內捉不到一枝花，他就引咎辭職。現在廣州華夷雜處，也沒有好通譯官，中外語言都不通。他擔心再出個洋一枝花來，就更增自己的罪戾了。」

「有沒有通西語的官員？」乾隆轉臉問紀昀。紀昀怔了一下，思量著說道：「有的。四夷館幾個接待外夷的筆帖式，都能說夷語。但他們要隨朝隨駕侍候——有了，翰林院的賈治軍，自小隨他姨媽在廣州做洋貨買賣，英吉利語、法蘭西語和紅毛國語都來得，還嘰哩咕嚕給我背過一通英國詩——派他去還是相宜的。」「賈治軍？」乾隆說道：

「這個名字聽過。」

紀昀陪笑道：「皇上記性眞好！三年頭前，幾個翰林朝考繳了白卷，臣在他卷子上批語『皓月當空，一塵不染，君何吝賜教乃爾！』皇上還召他們進來訓誨過。」乾隆道：「想起來了，是不是說話呑聲呑氣的那個？」紀昀道：「是。他笑起來也是呑呑的，像……像倒夜壺那種聲兒。」

乾隆哈哈大笑，身子仰著挪腿下炕，手指點著紀昀道：「你這人哪——幾時才能改了這個毛病兒？奏對場合也不忘了說笑話兒！」傅恆道：「紀昀已經改了不少。他是瞧著皇上鬱悶，給您開開心的。」

乾隆起身出去方便了，一時回來，兀自面帶笑容，洗著手，說道：「朕知道——方才的話不要記檔。就是這個賈治軍吧——回頭引見一下，教他衝外國人倒夜壺去。」又對傅恆道：「你接著說。」

「原議的金鉷和尹繼善對調。」傅恆歛了笑，說道：「但金鉷才具實遜於尹繼善。兆惠繳金的事也要說說明白。奴才一時還想不清楚該怎麼料理，要請旨聖裁……」接著，傅恆又說賑災的事，說到劉鏞要到德州，又講金川戰敗善後，有罪官員要交部議處，金輝應立即撤差待勘，連帶著又提及楡林糧庫軍糧霉爛可疑，又略述江南一枝花飄忽不定，到處施藥傳道，銅礦、江南織機作場工人聚集，叫歇罷工的事時而發生……紀昀起先還聽得認眞，後來愈聽愈繁複，還要預備乾隆問自己的差使，思路便轉到修《四庫全書》上去了，一時想到書籍徵集難辦，各地官員根本不當正經事辦，又無權硬派；又想編輯人手不夠，有些古籍用西夏文、金文，得有專門人才；徵集書要用錢，戶部沒有旨意一文不撥……

乾隆卻聽得一絲不苟，有時還隨口問幾句，用筆在紙上記下來。因天又熱起來，傅恆和紀昀頻頻出汗，又吩咐太監打扇……足聽了多半個時辰，傅恆才說完。紀昀見乾隆始終盤膝端坐毫無倦意，不由暗自佩服：「這主兒眞好坐功！」正自胡思亂想，乾隆說道：「看來你一時也說不完。軍機處阿桂明天到差，有些事你們再參酌一下再奏。黃天霸既有能耐，他也誇了海口，就調他南京尹繼善處，授副將銜，實授參將缺。還有那個吳瞎子，改授刑部員外郎，賞侍郎銜，專管天下各民間幫會事務——紀昀，你呆呆的，坐著發什麼楞？」

「唔？噢…皇上！」紀昀忙回神陪笑，「臣在想自己的差使呢！」因將任上種種繁難說了，又道：「這種差使不比學差，那是人人巴結、個個關心的。徵集圖書，半點權益也沒有，平白得罪人，做好了也難見政績，肯出實力的外官、京官都少。上回吃酒，人家還說臣像三國彌衡說的，『汝似廟中泥胎，雖受人敬，恨無靈驗』……」乾隆微微一哂，說道：「早已知道你的煩難了。一次又一次奏朕，下旨戶部撥銀子，確實不成。這樣——你改授四庫全書的副總裁！」

這話說得連傅恆心裡也是一震：「紀昀的總裁已經詔告天下，平白無故的，怎麼降了？」未及說話，聽乾隆又道，「朕親任這個正總裁，這是一。各六部尙書、三卿、各大學士大臣都兼副總裁，仍由你來主持辦差，該要錢，就是戶部的差使，抗著不辦差、不徵書的，知會都察院糾舉彈劾，差使辦得好的、辦得不力的，由吏部考績，按首項政績記檔。還有，主持南北闈科考、順天府大考的學差，沒有進過《四庫全書》當值編纂的，一律不派。有這麼幾條，公明正道頒布天下，怕他們不擠破了頭往你那裡鑽——只一條，你不能貪墨，出了這種事，處罰也要加重！」

「謝皇上重重之恩！」紀昀早已喜得眉開眼笑，立起蝦著身子作揖，笑道：「如此，這差使就好辦了。連傅恆也受著臣約束的了——臣是有旨可以隨意吃胙肉的，皇上、皇后賞了宅第、俸祿之外，還賞了一處莊園，既有吃有用，還要手長，那不是得了錢癆麼？不過，『貪墨』二字，是臣的天性——」見乾隆詫異，徐徐笑著解說，「自三歲以來無論寒暑，臣寫字日記做文章無一日空過，又修《四庫全書》，沒有『墨』，臣就玩不轉了！」說得乾隆傅恆都是一笑。

乾隆聽外殿大座鐘沙啦啦響，接著攸揚洪亮的撞擊聲便傳進來，知道已到午時。見傅恆和紀昀都有告辭的意思，因笑道：「朕不忙，你們忙什麼？今兒得把緊要事務理出個頭緒來，你們留下陪朕一處進膳——王八……恥，叫小廚房預備。就三個人，寧可少一點，好一點。」見王恥出去，乾隆將王恥改名的事又笑說了，惹得二人也是遏著性子發笑。乾隆道：「朕於臣下奴才以心相交，卻十分謹慎後宮。后妃嬪御，一言干政，必受重處；太監有弄權營私的，除了殺，沒有別的處分。這是最要緊的，漢亡於斯，唐亡於斯，明亡於斯，殷鑒鑿鑿啊。至於心膂大臣，只要不是秦檜那樣的梟獍，都知道感恩圖報的。」

傅恆見乾隆言語爽朗顏色霽和，乘便說道：「張廷玉是使了幾輩的人了，如今老背晦了，皇上仁德通天，度量汪洋，奴才勸皇上念及——」「他是三朝元老是麼？」乾隆接過王禮捧過的涼毛巾揩著汗，說道，「他是掌權掌的年頭太多，忘了身分地步兒。他心裡想的是先聖祖先帝待他如何如何的好，把朕看成是他扶持起來的，總覺對他不住，所以和朕拗勁兒——這個心就有罪。汪由敦——把膳桌擺在正殿——汪由敦又是一番心思，他進了軍機，倒是一心一意辦差的，要當個張廷玉第二。就生了兔死狐悲的念頭，要成全張廷玉做個『完人』。因此把朕私下說的話透給張廷玉，才有張廷玉『親自』進來謝罪的事——有這一條，汪由敦的心更不可問，他要退出軍機當散秩大臣。」

「至於張廷玉……」乾隆沉吟道，「朕是又憐又憎他啊，盼著他知悔守禮，給後世大臣做個榜樣。但他這樣，若是一味讓他，後世子孫要有孱弱的，把握不好的，就會出剛愎之臣、跋扈之臣，或許會出曹操那樣的奸雄。他張廷玉一人榮辱還是小事，還是要社稷爲重。朕思量再三，他越是拗勁，朕越要拂拭。君臣大體亂了章法，將來不堪設想！」

傅恆和紀昀至此才明白汪由敦獲罪緣由，想想乾隆的話，眞的是謀遠籌深思慮周詳，聯想到自己，又不禁慄慄悚然畏懼。乾隆卻不理會二人心思，見膳食擺上來，笑道：「紀大學士，傅大將軍，朕要賞你們陪著用膳。膳後還要議事，所以不要拿捏拘束。」紀昀見乾隆下炕，小心地跟著出暖閣，陪笑道：「臣知道皇上，午間總要歇息片刻的。我們還是退出去，等皇上起駕再傳進來議事不遲。」

「今日例外。」乾隆坐了正中，又命二人陪坐在側，「你們對外慎言——朕要到京外走走。」傅恆剛舉起箸，驚訝地停住了，說道：「皇上，奴才知道您最怕熱，這樣的五荒六月，您不宜出行的。記得那年和李衛陪您去河南，冰雹砸冷雨淋得皇上大病一場，至今想起來又是負疚又是後怕啊……」

乾隆苦笑了一下，夾起一片筍瓜拌在老米飯裡吃了，抑鬱地說道：「朕要去。吏治河工都要看看。聽和看是不一樣的，這是沒辦法的事啊！」

☆

卜信帶著兆惠到養蜂夾道獄神廟傳了旨，原本想著話一說完就交待了差使的。但掌管獄神廟的獄典史卻道：「公公，您是帶著旨意來的，我不能不遵。但這裡已經是人滿為患。天地元黃四個號子房，本來黃字號還有幾間空房子，昨兒個山西解來一群犯官，都佔滿了。您看怎麼辦？」

「我只管傳旨。這話該是我問你的，倒問我怎麼辦？」

「這是點茶錢，公公您收著。」那獄典史辦老了事的，見卜信木著臉，忙塞過二兩銀子，陪笑道，「這件事上頭有憲命，再解來犯人先押順天府南監，那裡設了專號，先拘在那。回頭請示了劉大人再作處置。」卜信也不接銀子，說道：「旨意裡說的交劉統勛處置，你去請示他，我就在這裡坐等。」典史滿臉陪笑，說道：「讞獄司堂官剛剛來過，劉中堂去了保定查案，後天才能回來。劉中堂的少公子現在通州，預備著去德州。也在等著他老爺子呢！不然，煩您老再去請旨，我們照辦。」

兆惠情知他是想勒索自己，但他自顧身分，又確實身無分文，在旁不耐煩地說道：

「這是他媽屁大的事，押在哪裡不一樣?帶我順天府去！」卜信說道：「人已經交給你。我已經完差，你看著辦吧！」說罷揚長去了。這邊獄典史送出卜信，兀自笑嘻嘻的，問了兆惠年閥職位和犯由，口說，「委屈大人您了。小人絕無得罪您的心。這地方兒來的都是大官。一個恩旨放出去，抬抬腳比我頭高……您先去，劉中堂回來我即刻請示接您回來……」派了兩個衙役帶著獄神廟「送去逃將一名暫行拘押，名兆惠」批條，押著兆惠去了繩匠胡同北的順天府大牢。順天府的獄典史見了批條，卻絕不似獄神廟的人那麼客氣，照例登記了年貌籍貫、姓名案由，一臉公事公辦的神氣，板著臉對獄卒說道：「胡富貴，監押到你六號中間那個單間。他是朝廷緝拿的要緊逃將，小心侍候著——給他換上囚衣！」說罷便扯過破芭蕉扇搧著吃茶。

牢房裡很暗。兆惠被胡富貴和兩個獄卒連推帶搡搡進一個木柵號子裡，「砰」地一聲關了門，丁鈴鐺鎯一陣鎖響，才像夢醒一樣回過神來，藉著頂窗亮光，開始打量這座牢房。

這是一座一通七間的大瓦屋，根基全用大青石條砌成，上邊的牆是磚立柱夾土坯。靠牆下根淫漬著一團團的土鹼花。兩頭山牆開門，中間一條通道。通道南北兩側用木柵隔成大小不等的號子間。各號之間也都是用大腿粗的柞木分界。兩頭山牆看守門口上方，都有一塊粉堊的白匾，一頭寫個「慈」字，一頭寫個「悲」字。兆惠一進門，第一個感覺就是臭。藉著幽暗的頂窗，半晌他才看見靠柵門口放著一隻馬桶，又看時，各個號子門口也都放著大小不一的馬桶，散發出濃重的臊臭味，還有稭稈草鋪的霉潮味，西邊單號兩個受過刑的犯人身上的腥臭味，各號犯人的汗臭腳臭，都在熱哄哄的牢房裡彌漫著混合到一處，竟說不清到底是個什麼臭味。

他先看西邊號子，兩個犯人都趴在藉草鋪上一動不動，看樣子還在昏迷，屁股脊背的血把衣服都黏在身上，兩人的腿上過夾棍，都腫得碗口來粗，有一個人不知怎麼弄的，大腳趾掉了一個，一隻腳腫得紅蘿蔔似的，無數的蒼蠅嗡嗡地在他們身邊飛來飛去起起落落，腳趾上的膿血上爬滿了細小如白米樣的蛆蟲，擠成團，湧成蛋。兆惠不由一陣噁心，用手掩住了鼻子，又踅到東號。

東號卻是個大號，裡邊擠擠捱捱或躺或坐關了十幾個人，滿地都是稭稈亂草，狼藉不堪。號子正中靠牆一鋪，一個滿臉絡腮鬍子的大漢，腳上銬著大鐐，用一根筷子串了一串棒子麵餑餑，正在旁若無人地大嚼，別人都眼巴巴瞧著，那漢子吃了兩個，伸展雙臂舒舒服服打個哈欠，說道：「都他媽的死了老子娘麼？給老子坐直嘍！——申三，你是戲子進來的，唱旦角的行當，來一段，給韋爺提提神！」

兆惠細忖，才知道犯人裡頭也有三六九等，這個「韋爺」似乎就是東號裡的首腦了。想著，那個叫申三的扭腳捏腰，翩然作態已經開唱：

爹爹呀——俺便似遭嚴臘，久盼望，久盼望你是個東皇。望得些春光艷陽，東風和暢。好也囉——剗地凍颼颼的雪上加霜……

「好！」滿號子犯人齊聲喝采。申三接著又唱：

……無些情腸，緊揪住不把我衣裳放，眼見個人殘生命亡，世人也慚惶！你不肯哀矜憫恤，我怎不感嘆悲傷……

唱到這裡，衆犯人都亂哄哄笑鬧：

「這麼一臉鬍子，還是『閨怨佳人』？」

「你這身囚衣，唱竇娥寃嘛，還差不多！」

「嘴臉！竇娥是他這模樣？」

「嗓門兒不壞，得閉著眼聽——我聽我爹說過，會聽戲的都是閉著眼的！」

「我就是閉著眼聽的，聽得那話兒幾乎要硬挺起來！」

「呸，你他娘的除了一根雞巴，什麼也沒有！」

「你跟我裝正經？不是你和你寡嫂通姦教人拿住，逼得你嫂子自盡，你能進來——你也是毬上頭出的事！」

……

兆惠隔栅木拍了拍背靠栅欄的一位老人，那老人正埋頭打盹兒，嚇了一跳，張惶四顧一下才發現是兆惠，轉過亂蓬蓬的頭，哆嗦著嘴唇，用一雙驚惶的目光盯著兆惠問：

「你……我……我招惹你了？」

「我西邊那兩個犯的什麼事，打成那個樣子？」

「我是昨兒才進來的，」老人揉著有點紅腫的鼻子，咕噥著小聲道：「是從江西解來的白蓮教匪，能撒豆成兵，會騰雲駕霧！唉，過了三堂了，就是抵死不招……」

兆惠不禁莞爾一笑：會騰雲駕霧還會被拿住了？問老者道：「你犯的什麼事？」老者嘆了一口氣，剛說了句：「年成不好，租繳不齊，少東家帶人扒房子搶人……」未及說完，便聽一聲厲聲喝叫：「何庚金！」

那個叫何庚金的老者身上一顫，回頭看時，卻不是獄卒叫，竟是那個韋爺趔著步子過來。見他陰惻惻地笑，何庚金靠緊了柵木，雙手撐地，仰著臉結結巴巴問：「我……我又怎麼了？」

「看來昨日的『開門規矩』，你還沒有弄懂。」韋爺把吃剩的餑餑順手扔給申三，充滿敵意的眼睛掃了兆惠一下，對何庚金道：「這裡是班房，不是你家！想和誰說話就說話？」

兆惠用陰鬱的目光死盯著韋爺，本來就蒼白的臉在弱光下顯得更加青黯。韋爺笑道：「你媽的這雙賊眼，一看就知道不是個好東西，盯著老子，想吃餑餑？」兆惠道：「我在看你這副賊相惡霸相——都一樣的落難人，憑什麼欺負人？」

「你說得眞好，還像是讀過書的人。」韋爺笑道：「這個大號子裡誰不知道我韋天鵬？韋天鵬最恨的就是讀書人！老子三進三出，就是這裡的地獄乾隆！——後晌放風，一準兒教會你『開門規矩』！」

兆惠心中早已勃然大怒，牙齒咬得格格作響，猙獰一笑，說道：「你這一號的老子不知殺過多少！等著瞧！」綽號「地獄乾隆」的韋天鵬冷笑一聲不再理兆惠，轉身回他的「御座」上席地盤膝坐了，滿臉莊重「啪」地一拍大腿，滿號子犯人立即老老實實長跪在地。申三丟了餑餑，口中兀自嗚嚕不清，喊道：「韋爺升堂了！」

「帶人犯何庚金一名下跪聽審！」

「乾隆」一聲吩咐，立即進來兩個犯人拖了何庚金過去。「乾隆」說道：「照規矩回話——下跪何人、姓名年紀、何方人氏？」

何庚金戰戰兢兢，竟眞同公堂對簿一樣，磕了頭說道：「韋爺，昨個『過堂』，您已經問過了……」

「放屁！問什麼你答什麼，速速招來！」

「是……小的名叫何庚金，現年五十三歲，直隸通州人……」

「所犯何罪，招！」

幾個「衙役」立即響應齊喝，興高采烈地連呼堂威「招！招！招！」

「是……」何庚金嚥了一口唾液，呑聲說道：「我欠了東家姚貴盛四斗租子，這是三年頭的事。加三的利，本息計合四石一斗二升米，加上本年租，共是十石有餘。今年大旱，本年租都繳不起，和姚東家求情。姚貴盛就扒我的房子賣檁，還叫少東家去我家搶我的三閨女去抵債。兩造不合，我失手打折了少東家一條腿。按『以奴欺主』的罪，問的是斬監候的罪。沒的說，我認罪，反正他不能帶了我的女兒去！」

「啊哈，原來如此！」「乾隆」滿口戲腔，捋著鬍子哈哈大笑：「他是怎樣一個搶法，如實道來！」

何庚金瞪著眼盯著「乾隆」，似乎在平抑胸中的怒火，半晌答道：「搶了就是搶了，拉拉扯扯不成模樣，我就動了扁擔！」申三在旁問道：「怎麼個拉扯法？拉掉了衣裳沒有？」旁邊的犯人跟著就亂嘈：

「對，露出奶子沒有？」

「褲子也扯掉了罷？哈哈哈……」

「嘿嘿嘿……按倒在地了……」

「你扁擔打偏了，該把他的屌打折才對，格格格……」

兆惠此時已經氣得渾身發木，雙手緊緊握著柵欄撐兒，恨不能就過去臭揍這群無賴。聽見大門嘩啷一聲，一個獄卒進來，便叫：「來人！——你不是胡富貴麼？我是兆惠！這裡的事你管不管？」剛喊完，卻看見胡富貴身後還跟著個挽著籃子的姑娘，怯生生地看自己。便住了口，隔號的犯人早已「停審」，見何庚金撲到欄邊喊「雲丫頭！」知道是他女兒送換洗衣服和吃的來了，不由又是一陣鼓噪：

「呀！這妞兒是他媽長得水靈！」

「送吃的來囉！」

「有福同享，有難同當！」

「嗯，標緻！比我弄的那個馬寡婦強多了！」

……

一片污言穢語中，胡富貴過兆惠這邊，稜起一對三角眼，傲慢地審視著兆惠，問道：「你喳呼什麼？這裡是天子腳下王法禁地，你是金剛托生，到此也得順眉折腰！」

「我問你，這裡的事你管不管？」兆惠指著隔壁柵房說道：「這個韋天鵬大逆不道，自稱『獄裡乾隆』，在同號欺壓良善——你聽聽他們說些什麼、你看看他們在幹什麼？還敢說是天子腳下王法禁地！」

胡富貴轉臉看時，何庚金和女兒隔著柵欄蹲著，都在抱頭痛哭。雲丫頭已哭得半癱在地下，瑟縮著抽搐著語不成聲：「爹……都怨咱們窮……咱們命不好……今年災多，聽說皇恩大赦免勾一年……您要脫了這場大難，俺娘說咱一家都去闖關東……」何庚金只是流淚，用手隔柵過來撫著女兒的頭髮，哽咽著說：「爹死得起……跟你媽去你姥姥家，好好過，啊？聽話……」兆惠聽得心裡悽惶，已是落下淚來。胡富貴卻是司空見慣毫不動心，對兆惠說：「不干你的事，少操狂心！你說韋天鵬不好，他替我約束著犯人，省了我多少心呢！」又轉臉對哭得難分難捨的父女倆道：

「起來起來！時辰到了——你就是哭死到這裡，有屁的用場！誰教他犯法的？走！」

註① 即一兩黃金兌換二十四兩銀子。

11

憫畸零英雄誅獄霸
矜令名學士誨老相

雲丫頭未及出大牢門，犯人們「嗷」地一聲嚎叫，一窩蜂撲到籃子邊，把何庚金的換洗衣服抓出來扔了一地，爭著抓掏裡邊的食物。除了十幾張雜合麵餅子，還有幾塊老鹹菜，兩個煮熟了的鹹雞蛋。申三抓到了雞蛋，卻不敢吃，一手捏著餅子吃得嘖嘖有聲，說：「這浪妞兒手藝不壞，眞香，裡頭揉的有花椒葉兒呢……韋爺，兩個雞蛋自然是您老用了！」其餘犯人都拿著餅子，鹹菜咬得格崩崩響，吃得津津有味，喊著，含糊不清地還鬧幾嗓子二黃，有的笑說：「韋爺，何庚金總算有了常例孝敬，免了他過堂吧！」雲丫頭隔著柵門看得淸淸楚楚，一蹲身「嗚」地放聲大哭，任胡富貴怎樣拖拉，總不肯起身，韋天鵬一手一隻雞蛋，走過兆惠身邊，隔柵遞過一隻，笑道：

「眼都脹出血了，眼饞麼？來來，韋爺賞你一個！」

兆惠渾身血脈賁張，頭暈身顫，盯著遞到臉前的雞蛋，氣得雙眼發黑，正思量著如何懲治這獄中惡霸。冷不防韋天鵬丟了雞蛋一把緊拽著他盤在脖子上的長辮猛地一拉，將兆惠的頭夾在了柵木中間動也不能動！

「胡總爺不能揍你，」韋天鵬看一眼正在拖雲丫頭的胡富貴，「你大約不知道，我還是老胡的把兄弟呢！——我替老胡教訓你這王八羔子！」回頭對幾個犯人道：「這傢伙身上有功夫！來，隔柵揍他！」立刻有幾個犯人吆喝著上來。韋天鵬將辮子纏在手上死拉硬拽不放，犯人們拳頭像雨點一樣打在兆惠頭上、擊在胸脯上、肚子，還隔柵朝他身上踢飛腳。此時雲丫頭已經嚇楞了，臉上沒點血色，半躺在地下看著這幕慘劇，胡富貴剔著牙瞧熱鬧，口中亢自說：「別踢下襠，別踢下襠——這些當官的銀子堆成山，到這地步兒還一毛不拔！」那拳打腳踢一時變得更加凶狠了。

兆惠是久經戰陣的一員悍將，這點拳腳在他身上招呼根本不在話下。苦於辮子被人死死拽定了，身子不能動，手中又沒有武器，只能由著人打。情急間一瞥，見腳下一個瓦罐，上面蓋著一隻粗瓷大碗，因不能彎腰，雙腿靈活地躲著腳踢，使腳尖一個勾挑，那瓦罐連碗「托」地飛起來，已是將碗抄在右手。雙手「格崩」一掰，碗已分成兩片！兆惠雙手各握一片，不啻兩把匕首，也不管三七二十一，伸過欄去直戳橫砍，兩個歹徒手上頓時著了一下，還有一個被刺中眼睛，「媽呀！」一聲滾倒在地。割傷了手的兩個也是鮮血淋漓，握著手脖子痛得歪嘴咧牙，不住口叫罵。韋天鵬遠遠扯著辮子仍不放手，呼叱：「使腳踢，踢掉他手裡傢伙！」幾個犯人見兆惠厲害，只是乍呼著空踢飛腳，再也不敢靠近一步。這時胡富貴才像是猛醒過來，對衆人斷喝一聲：「都住手！這他媽的是什麼規矩？」

「你現在才知道規矩？」因辮根在後腦勺，韋天鵬拉得緊，兆惠已被扯得半偏了臉，罵道：「你姓胡的等著，我不殺你誓不爲人！」便用碗茬去割辮子。韋天鵬也不顧了「乾隆」身分，撒手便向東北角逃。兆惠積恨難消，又鬆開了手腳，胳臂伸過柵欄一揮，那半個碗片「颼溜溜」直飛過去，正從韋天鵬左頸上猛割一下「噹啷」落地。只見韋天鵬頸中鮮血筷子一般筆直激射而出，直飛賤到牆上，立時撲身倒地，悶哼一聲滾了幾下，雙腿直伸，渾身劇烈地一陣顫抖，一下子鬆氣，頭埋在自己的血泊之中，一動也不再動了。

滿屋的犯人都嚇傻了，有的伸脖子有的彎腰，有的口裡還噙著雜合麵餅，手裡拿著鹹菜，被人施了定身法似的紋絲不動。其餘號子的犯人也都把頭伸在柵欄邊，隔著木柱縫向大號張望動靜。雲丫頭「我的娘……」呻吟一聲便暈了過去。

胡富貴煞白著臉，開門進號子，翻屍身看傷口，摸脈息試鼻息。韋「乾隆」絕無動靜，翻開眼看，瞳仁也是散了，真個命似三更燈油盡，身如五鼓銜山月，一命西去。胡富貴好半日才醒過神來，慌亂得連號子門也忘了關上，匆匆出來，大叫：「那個逃將兆惠在號子裡殺人了！——來人，給他戴重枷，上鐐子！打死這個賊囚！」

隨著他的喊聲，十幾個獄卒蜂擁而入，見兆惠若無其事靠牆抱膝翹足而坐，立時一擁而上，「咔」的將一面四十斤柞木重枷給兆惠戴上，又稀里匡啷給他釘上大鐐。隔號那邊清理血跡，抬屍，這邊兆惠已毫無反抗能力，三個衙役手揮皮鞭，沒頭沒腦圍著兆惠只是猛抽。頓時，兆惠渾身上下血肉模糊，只閉目咬牙忍疼，卻無一聲呻吟。昏在過道裡的雲丫頭已經醒來，見這情景，撲身到柵欄邊哀告：「你們別打了，別打了……」隔號的何庚金也哭著求告：「胡爺……事由我起。要打打我，打我……」

「這位姑娘，你回去吧！」兆惠忽然睜開眼對雲丫頭道，「我準能連你爹救出去！」

胡富貴怒極反笑，說道：「你可眞能憐香惜玉啊！你是朝廷通緝的逃將，免不了西市一刀，還說救別人？」衝著雲丫頭就是一腳：「滾！不是你這浪屄妮子，老子能罰俸一年？」兩個獄卒連推搡帶踢打將雲丫頭趕了出去。這邊胡富貴兀自怨氣不消，親自進來劈頭蓋臉又猛抽一陣鞭子，乏了，才說道：「把何庚金帶過這邊號子，他們現在是一案，叫老丈人來侍候他女婿！」此時兆惠已經昏了過去。胡富貴照他腰又踢一腳，說道：「你狗日的甭裝死——一天兩頓鹽水燒筍準教你吃個夠！」說罷鎖門帶人去了。

當天下午，胡富貴餘興未盡，帶著幾個獄卒又來。這次卻是有備而來，先用繩子把兆惠捆直了，帶枷平爬在地上，用竹篾條蘸了鹽水，輪著猛抽，說這叫「鹽水燒筍」。這一頓毒打與上午大不相同，上午只是皮肉疼痛，這般打法鹽水沾遍全身，竟似火燎炮烙，抽一篾條心裡一揪，打得血花四濺。兆惠戴著枷伏身在地挺著，只能看見胡富貴的兩條腿移來移去，心中又恨又悲又痛又覺淒涼，咬牙忍著一聲不哼，暗自對天起誓：「一旦昭雪，我不殺此獠非丈夫！」大號子的犯人們起先還有喝采起哄看熱鬧的，不知什麼時候，忽然變得鴉雀無聲，都起身扒著柵欄緊張地注視著這邊，不知哪個號子有個犯人喊一聲「好漢子！」接著幾十個人應和「好漢！」兆惠頭「嗡」地一聲就什麼也不知道了。……

兆惠整整昏睡了三天，醒來時發現已不在原來的號子裡。卻是一間七尺見方的斗室。不但自己躺在床上，而且還有桌子、水壺茶碗，脖子上的枷和腳上的鐐也都去了，渾身都裹著生白布。他恍惚了好一陣，看著用淨白紙糊得平平展展的天棚，下意識地抬抬身子，隔窗便見那座「慈悲」大號子矗在東邊，這才知道自己仍舊身在囹圄，只不知爲什麼挪了地方……聽見「噗噗」的吹火聲，兆惠轉過臉，卻見是何庚金弓著腰蹲在地下，三塊石頭支著藥鍋子正在熬藥。號門子外還有窸窸窣窣的聲音，像是有人在搓洗什麼。柵門角只露一隻小腳，便知是個女的了。兆惠長長吁了一口氣，幽幽地說道：「給我換號子了。……」

「趙（兆）爺，您可醒了！」正熬藥的何老漢忙起身來湊到床前，問道：「渴不渴？肚餓了吧？」兆惠未及答話，外間柵門口閃出雲丫頭的影子，扒著門，略帶喘息喃喃說道：「南無大慈大悲救苦救難廣大威靈觀世音菩薩……您可醒了……眞是嚇死人，整整三天三夜，昏得人事不知……」

兆惠一怔，問道：「我死過去三天了？」

「四天了，爺台。」何老漢嘆息一聲，「是三天前挪你來這邊小號的，頭前你昏著，那個胡爺還進去踢了你幾腳……」

「爲什麼搬過來呢？」

「不知道。」何庚金搖頭道，「是這裡的管監的官帶人抬你過來的。興許你家人或者你朋友使了錢……聽這裡的大爺說，這邊關的都是有頭臉的大案犯，什麼刑不上大夫的話，我也不懂，反正大夫給你開藥治傷……」

兆惠苦思，斷然沒人使錢救自己，卻仍是頭昏腦脹想不成事，由著何庚金餵了幾口水，說道：「我肚飢。那桌上籃子裡的包子給我吃一個……」「您別吃那個。」何庚金道，「那是雲兒給我送的飯。他們供你的是細米白麵，還有肉。雲丫頭——拾掇好了麼？」

「就好，就好！」外間雲丫頭連聲答應，「籠裡的包子太熱！咈！……」一邊說，一邊用手拍打，轉眼間用小筐盛著幾個雪白的包子隔門柵塞過來。兆惠吃了一個，是純肉和葱餡的，一咬冒油，剛要說「香！」一眼瞥見那籃子，因說道：「太膩了。把你吃的拿來我吃。」雲丫頭隔門笑道：「就怕膩，用的都是瘦肉，也沒敢兌油。你這個人吶！我們那除了韭菜鹹鹽，連油都沒拌，什麼吃頭——沒聽『五月韭、臭死狗』——」她突然覺得失言，紅了臉，訕訕轉過了身。

兆惠卻不留心，吃一個韭菜餡包子，果然不甚好吃，而且因爲天熱怕餿，一味鹹得螫口，一邊咀嚼著說，「不錯。」又問道：「怎麼把你也關到這邊了？雲丫頭還能在跟前服侍，太不可思議了。」「這我更不明白了。」何庚金道：「我覺得是地獄搬到了天堂呢！——管他呢，得受用時且受用。反正現時不吃苦頭就好。」正說話間，一陣腳步聲雜沓近來。兆惠看時，是典獄帶著一個十五六歲的年輕小伙子進來。那年輕人眉清目秀，神情流動，只穿一件天青實地紗袍，束著絳紅腰帶，配著頭上簇新的黑緞瓜皮帽，亭亭秀立在獄典史身後，滿面是溫和的微笑，一見便使人心生好感。獄典史見他凝望年輕人，俯身撫摸了一下裹在兆惠膀上的藥布，問道：「今兒換過藥沒有？我吩咐他們一天兩換的。身上這會子可好些？」

「這位先生是誰？」兆惠望著年輕人問道：「你見我有事麼？」獄典史見他不理自

己，卻也並不尷尬，忙笑著介紹：「這位是和珅先生。現在跟著阿桂中堂在軍機處當差。飛黃騰達那是——」和珅不待他說完便截斷了，「——是桂大人叫我來看你，來遲了一步，您吃了苦了。」

兆惠沒有答話。獄典史湊上來，陪笑道：「大人大量，您得體恤我們這些狗才的難處。當地方官能刮地皮，當帶兵管帶能吃空額。像我，只有八兩月例，胡富貴他們只有二兩。這地方不吃犯人吃誰？打我爺爺算起，三輩子在這當差了。只要犯人不越獄，樂得教犯人管犯人，圖個清閒自在不是？那邊仁愛號子裡的犯人頭還凶呢！這個韋天鵬不過是運氣不好，撞到兆爺您的手上……」兆惠冷冷地聽著，說道：「他們要打死了我，你怎麼處？現在是我打死了他，你要怎樣？」

「這麼熱的天，獄裡哪天不往外抬死屍？」獄典史一聽就笑了，「這事不能叫『案子』，我們有我們的法子——一個『暴病』報去記名備案也就結了。」

兆惠不禁暗自嘆息，「眞是殺人如草不聞聲啊……」轉臉問和珅：「有沒有海蘭察的消息？」和珅笑道：「我這等人色怎麼敢問這些？等有了信兒，你比我知道得還早呢——您甭事甭想，先養好傷。這裡我說好了，給您開單號子，想到院裡遛遛也成。要缺什麼，告訴那個雲丫頭，自然有照應的。」說罷也不行禮，只向兆惠含笑微一頷首便辭了出去。獄典史狗顛尾巴似地陪送和珅出去，轉眼踅身回來，連中間那道柵門也不再鎖，逕自叫出何庚金父女到大院裡，說道：「這位兆爺不是小可之人。本來該囚到養蜂夾道那些老爺大人們處禁起來的，陰差陽錯關到了順天府。上頭現在既然有話，我就把兆爺交給你們照料。仔細侍候著！何庚金你是有罪之身，你好造化！先因災冤勾，聽說皇后鳳體欠安，又要大赦，這位何（和）爺又指你們來侍奉病人，你是一步登天了！」

典史因兆惠在號子裡迴護何庚金殺死韋天鵬，料想二人必有淵源，唇焦舌爛賣人情，何庚金是個老實人，只唯唯答應鞠躬不迭。雲丫頭在旁問道：「這位趙（兆）爺犯了啥子罪？」

「他是金川打仗的逃將。」獄典史舐舐嘴唇說道：「不過聽說案由繁複得很，還要御審了才能定。」

「要是定了罪，能會怎麼樣呢？」

「那當然要明正典刑——不過，明兒殺頭，這樣兒的人今兒也得好生待承。」

「明正典刑？」

獄典史一笑，用手比著在脖子上一抹，說道：「喳！——就是砍腦袋瓜子！小丫頭片子，問這麼細幹麼？看上他了？」一句話說得雲丫頭飛紅了臉，那典史搖著芭蕉扇笑嘻嘻去了。

☆

和珅離了繩匠胡同，立即趕回軍機處向阿桂復命。阿桂卻不在軍機處，只有傅恆正在和劉統勛說差使，還有幾個刑部主事和御史端坐在旁聆聽，幾個軍機處章京在隔壁房裡忙著拆看文書，他也不敢打擾。問了問門外侍候的太監，才知道阿桂去了張廷玉府，剛走了不到一袋煙工夫。阿桂不在，這裡沒他的差使，人也不熟，站著想了想，仍出西華門來張府尋阿桂。

三天內他已是第二次到張府來了。頭一次來院內院外崗哨警蹕，都是步軍統領衙門的御林軍布防。還有大內的幾個三等侍衛帶刀巡弋，十分肅殺威嚴。他連二門都沒進去，擋住了，只放阿桂進內院。這次大不相同。軍隊行伍全都撤了，只留了內務府愼刑司的幾個筆帖式和衙役守護，院內院外雖然仍在戒嚴，但都不帶兵刃，便少了許多暴戾之氣。門口幾個戈什哈驗了牌子，見是軍機處的人，沒有問話便放行進人。倒是西院二門把守的衙役盤問和珅來意，知道是阿桂的隨員跟班，指了指西內院北房，說道：「桂中堂、紀中堂都在裡頭和張相說話。您家自個進去吧。」

和珅甩步進院，只見東廂南房和北上房都是鎖鑰封錮，貼著黃紙封條。北屋廊下垛滿了箱子，也都封了。只有西廂是原來張廷玉接見外官的客廳，也是房門洞開。紗窗支起，幾個人正在裡邊說話。他聽著有阿桂在內，也不敢驚動，躡腳兒到廊下站著垂手靜候。卻聽張廷玉蒼老混濁的聲氣道：「這些天反省了許多。總歸想，皇上既這麼說，還是體念我這老奴才。唉……人老了，不會想事情了，也不能給主子分憂出力了。爲自己身後名聲，反倒弄得身前一片狼藉！不過，務請二位代我仰叩天恩，下陳愚衷，廷玉絕沒有倚功傲上的心——其實也沒有什麼功勞可言——更不敢依老賣老。就是目下處分，也覺得不足以蔽我之辜，還請聖上洞察燭照，從重處分，以爲人臣之戒。」

「老相，這些話就免奏了吧。」阿桂瞥一眼窗外和珅的影子，笑道：「連你方才請求退歸桐城養老的話，我看也不必提。皇上對你其實聖眷優渥不替，說這些，反倒顯著矯情了。記得您年輕時信守『萬言萬當，不如一默』。學生以爲還是可取的。」

和珅在外聽著心裡暗自惦惙，人都說阿桂文武全才心思靈動，果然名下無虛。就這番話，其實沒一句不是在駁回張廷玉，警戒他那些言不由衷的話頭，且帶著威壓，都是棉裡藏針絲毫不著痕跡，還顯著一片體貼溫存之情，又不失皇家大臣身分……不由暗讚：這才是眞學問，眞見識！

和珅正自聆聽著感慨，紀昀輕咳一聲說話了，口氣卻不似阿桂那樣溫善，莊重裡透著誠摯嚴肅：「衡臣老相國，我是後生新學小輩，幼年讀書受教，家父業師都拿你做讀書人楷模教導我們的。實在是高山仰止，景行行止。今日之事至此，眞是始料之不及。能不能聽學生幾句忠告呢？」

「老夫不敢當。」張廷玉一臉核桃皮似的皺紋動也不動，冷冰冰說道：「我是待罪之人，往事休提。韓退之云『吾師道也，夫庸知其先後生於吾乎？』——願聞先生教誨。」紀昀在椅上一欠身說道：「多承嘉納！方才阿桂大人說的是了。天下人莫不知老相勤勞王事終生未懈。您的家產也都看過，除了御賜田產物件，身爲宰輔，一點也不奢華豪富，所以您是正人。在學生看來，老相居閒顧問之後，犯了失愼貪得之病，有時辰想自己的事了，替皇上爲社稷的事就想得少了，身後名、祖宗榮、子孫貴想得多了，就思量自己昔年功勞苦勞，而今所得不及往昔所失，就存了計較之心。古人云『老而戒得』，那眞是千古至理名言，您思量是不是呢？」

這話說得如此戇直不留情面，連阿桂也不禁變色，不安地挪動了一下身子。張廷玉為相四十餘年，別說像紀昀這樣的後生學子、新進大臣，就是熙朝一輩的老親王們也從來都是肅肅如敬大賓，言語遜遜似對師長，聽到「貪得」二字，已是老大不自在，後頭的話只覺得愈來愈狂，根本無暇細思。但他畢竟心如城府之嚴，竟不動聲色靜聽紀昀說完，乾笑一聲說道：「若論起講道理，我是久仰你的了。我不能，也不敢駁你。『老而戒得』我都不知道，能侍候這三代經天緯地之才的聖主？你是讀遍三墳五典八索九丘的人了，如今又在修《四庫全書》，存在皇史宬金匱之中有我一篇文章，說的就是『戒得』。你是大忙人，恐怕未必有空去讀。」

「老相的文章學生焉敢不讀！」紀昀略一俯仰已經憶起。他已經聽出來，這個張廷玉壓根就不服乾隆對他的懲戒，這麼個心思硬撐，後禍更不可測。因笑道：「好像是《論三老五更》的那一篇吧。還有老相在承德避暑山莊寫的《戒得居記》也拜讀了的。學生孟浪冒請，這兩篇文章還請衡臣老相自讀自審，或者更好——當然，學生也還要再拜讀。就是當朝秉政諸公，讀一讀也會大有裨益的。」

按「三老五更」出自《禮．文王世子》，意謂正直、剛、柔之老臣（三老）應知五事，即「貌、言、視、聽、思」，備此三五之德的耆臣致仕，天子應該「以父兄養之」以為天下孝悌示範。康熙朝名臣湯斌致仕退休，聖祖引用這一古禮，言及湯斌享用此種優遇，張廷玉當時甫入機樞，深恐湯斌因福得禍，寫了《論三老五更》這篇文章感悟聖祖，認為時移世易，情勢不同，「禮」法也應變通適應，認為「當今之世，無人能當此禮」。湯斌終身因此榮寵不衰，身後諡名「文正」為諸號之冠。但事出久遠，張廷玉自己已忘了文章主旨，只記得「三老五更」的原意。經紀昀提起，頓時知道搬石頭砸了自己的腳，立刻顯得不安起來，支吾著說道：「在人臣，自然應該遜辭。在君主，另是一番道理情分。嗯……我豈敢以此自居呢！我是想先帝……不說這個，總之是我自己一誤再錯，辜負聖上洪恩。雷霆雨露，任由主上揮施。我是知罪的了。」

「老相不要不安。」阿桂雖然不全懂他們的對話，也看出張廷玉神色狼狽，說得驢唇不對馬嘴，心裡不禁暗笑，卻是滿面恭敬，說道：「我們不是奉旨，是學生拜訪老師，私相交心嘛——」話未說完，聽得院外靴聲橐橐，隔門望去，卻是乾隆唯一的弟弟和親王弘晝進院來了。三個人便忙起身相迎，和珅早已伏身在地叩頭行禮。院中守護的太監衙役們也「唿」地跪倒，齊聲說道：「給王爺請安！」

弘晝三十四五的年紀，略嫌瘦一點，氣色卻是甚好，走起路來腳步生風，半點病容也沒，卻已經給自己辦過三次「喪事」——也一般的靈幡神主鼓吹喪筵，一般的白紙素幔封門。「死人」獨坐靈棚，聽家人假嚎，自顧旁若無人據案大嚼，是乾隆朝出了名的「荒唐王爺」。乾隆兄弟十人，長成的僅這一個弟弟，存了十分愷悌之情，只是傳旨辦差簡捷易爲的事交他來辦，軍國經濟重務從不找他。偶有失誤，也只私地叫去兄弟私話，絕不公然傷他面子。偏是這弘晝小事撒漫不羈，稍大點的事半點也不糊塗。因此荒唐歸荒唐，御史們只私地竊議，挑不出大毛病，沒人敢到乾隆跟前饒舌。

和珅還是頭一次見位分這樣高的人，心想不知怎樣個體態尊貴、榮華莊敬法。偷眼瞟去，卻見弘晝剃得齊明發亮的頭，一條辮子在脖子上盤了兩個圈兒，粗葛布靛青短衫不遮膝蓋，卻穿著天青寧綢褲子，褲腳挽起老高，赤腳片子洗得白淨，蹬著露頭草履，走起路來踢踏踢踏直響。再細看，兩個大腳拇趾上還各套著個大鐵板指！和珅忍不住低伏了頭偷笑。弘晝卻一眼瞧見了，手裡搧著草帽子，笑罵道：「日你媽的，要笑還不敢放聲兒！」張廷玉已龍龍鍾鍾跪下請安，說道：「罪臣張廷玉問王爺安好！」

「好，好！」弘晝笑嘻嘻的，一把挽起張廷玉，「沒有免你的職嘛！皇上還是一口一個『衡臣』嘛——阿桂也起來吧。紀曉嵐，你笑什麼？你欠我的字寫了沒有？」

紀昀起身又打個千兒，笑道：「我是笑王爺這身行頭，漁樵耕讀四不像。跟您的這幾位也眼熟得很，不是太監也不是家人——這是葵官，這位是寶官兒，這是茄官……是家戲班子裡頭的丫頭們女扮男裝了。還有，您腳上戴兩個扳指，是做麼事用的？」「請，請，外頭熱，咱們裡頭說話。」弘晝呵呵笑著，一邊進屋，一邊不停口說話：「我來串門子，又不傳旨，這熱天兒裝王爺幌子做麼的？這些小丫頭，她們在我園子裡大門不出，二門不邁，悶壞了，鬧著想跟我街上遛遛——我說你們打扮起來！你瞧，還眞行！長隨沒這個韻味兒，太監沒這嗓門兒，鶯啼燕呢跟我說話，多提精神吶！腳上戴扳指，是太醫說的方子，這些天心火旺，說得用線縛了大腳趾。我想，用扳指不是更好？就戴上了……」一頭說，一頭落座，張家僕人早端過一杯茶來，弘晝只喝了一口，皺眉說道：「水不好，不是玉泉山的，茶葉也陳了——人吶，不就那回事，適意爲貴——對啵，張相？」他突然問張廷玉道。

他這一陣說笑攪和，本來鄭重沉悶的氣氛頓時被一掃而盡。張廷玉的心緒也輕鬆了許多，嘆了一口氣，自失地一笑說道：「王爺眞會開玩笑。我如今這地步，誰拉玉泉水給我？還論什麼新茶陳茶？方才還和二位說話，官，我是決計要辭的，要回我桐城老家，山明水秀間漁樵耕讀。皇上能恩允，就是我的福了。」他頓了頓，又道：「河南原來那個總督王士俊，你們知道不？在位時起居八座，堂呼階諾的，官架子最大。去年錢度去貴州，繞道兒訪他，現在眞成了個老樵父，七十歲的人了，腰裡插著斧頭，肩上扛著扁擔，滿臉黧黑，滿手老繭。問起任上做官的事，一概都記不得了……養移體，居易氣，情勢變了，人不變也不成。過幾年你們到桐城，我不定是個漁夫呢！」說罷莞爾而笑。

「你哪裡也不要去，皇上捨不得你，我也閒得發慌，想有個玩伴兒呢！」弘晝聽得認眞，聽完又是一臉嘻笑，「是非都從心頭起，這還是早年你教給我的嘛——你我都不是自由人，想適意，先得適了皇上的意不是？——別老是那麼沮喪懊惱一臉苦相。就算北京是桐城就是了，你漁我樵，大廊廟、西山、西海子、圓明園……咱們逛去，趁著能走動，不定去檀柘寺住幾日，和老和尚下棋。我是王爺，你還是你的四十年太平宰相。多愜意，多好玩吶——《易經》裡頭說『吉凶悔吝皆生乎動』，不是你常講的？——咱們不『動』，那來的全都是福氣！」說罷哈哈大笑，又吩咐跟來的侍女，「花官，叫這裡管事的太監進來！」那花官嚶嚀答應一聲去了。

弘晝外表放浪形骸，內裡伶俐精明，張廷玉瞭如指掌。紀昀和阿桂卻是頭一次領教，心中都暗自嗟訝。阿桂瞟一眼跟著花官進來的太監，笑道：「人都說您是瀟灑王爺，果然灑脫超俗！」

「當了軍機大臣還要拍馬屁？明明是『荒唐』嘛，阿諛！」弘晝笑容不改，又轉臉問紀昀：「我託你給我尋一套全本《紅樓夢》，你弄來沒有？你管著收集天下圖書的事，連這點子事都辦不來？」張廷玉在旁說道：「若澄有三十回抄本。聽說傅六爺和怡親王府有全本。王爺要看還不容易？」弘晝頭搖得撥浪鼓似的，說道：「都不全，都不全！我要看全本全套的。老紀，你給我弄來。」

紀昀卻是一聽《紅樓夢》心裡就犯膩味。但弘晝說這件事已經是第三次，焉知背後沒有更大的文章？倒起了警覺，因試探著說道：「《紅樓夢》非經非史非子非集，我是久仰了，卻從沒讀過，不過和《聊齋》一樣，供人玩笑破悶的才子之筆罷了，沒有一句警世教時的正經話。王爺既要看，學生留心訪查就是，市面上並沒有全套的，聽說曹雪芹的遺孀還在北京，我試著查一查。」弘晝點點頭，卻問那進來的太監：「你是這裡的頭？叫什麼名字？」

「是！」那太監忙叩頭回話，「奴才叫高鳳梧！」

弘晝不易覺察地微微搖頭，說道：「保定人？你爹媽可真能耐，給你起這麼雅的名兒，你配麼？」高鳳梧連連磕頭，說道：「是──奴才不配！聽奴才媽說，奴才落草時奴才的爹做了個夢，有個鳳凰落到我家梧桐樹上，就起了這名兒……」紀昀笑道：「幸虧幸虧！你爹要夢見鷄在籬笆上飛，你就該叫高雞巴（笆）了！」

眾人不禁哄然大笑。弘晝說道：「回頭我叫內務府給你改名字。太監，不許叫得這麼好聽。──我交待幾件事，你即刻就得辦。」

「是！」

「這裡所有房間全部啓封，所有文書案卷公文御批奏折，轉到皇史宬。」

「扎！」

「內務府的人，還有順天府的人統統退出張府大院，不許進院滋擾，不許刁難盤查來看望張相的官員，不許攔阻張府人出入。查抄翻亂了的私財物品，要物歸原處。」

這其實是解除了張府一切禁令：這也不許，那也不許，那一群太監徜役守在大門口做什麼營生？高鳳梧不禁囁嚅，答應著「是」，乍著膽子問道：「那奴才們的差使是……」

「是你媽的蛋！」弘晝笑道：「看看把相府翻成什麼樣兒了？拾掇也夠你們忙活一陣子的——哦，對了，張相每天兩車玉泉水，還照例供應，這差使也暫歸你們。至於以後，自然還有旨意。這不是你操心的事。」

「扎！」

「滾吧！」

「扎！」

弘晝這便起身向張廷玉告辭，諄諄囑咐了許多「榮養保重」、「時時向皇上請安」、「順時聽命」、「澹泊寧靜」之類的話頭。話未說完，卻見養心殿太監王恥進來，因笑問：「王八恥，你來什麼事？主子又有旨意麼？」王恥銜弘晝陪了個笑，說道：「皇上去了岳鍾麒府，叫奴才傳阿桂中堂過去，六部裡跑了個遍，才知道來了張相這兒。這就請桂中堂趕緊過去。」

「是！」阿桂忙躬身說道：「我這就去！」弘晝道：「騎我的馬吧——快些。你再回西華門坐轎，折騰到什麼時辰了？」阿桂答應著，向張廷玉微一致禮便匆匆去了。張廷玉不無感慨地說道：「我進南書房也是他這年紀吧……輪到下一代出力的時候了……」

弘晝只一笑，卻對紀昀道：「給你送兩條金華火腿，給我寫的字快送來。聽說你要請馬二侉子他們吃酒，別忘了本王！至於《紅樓夢》，你那個說頭有偏頗的。百色百味各人好惡不同，我看《紅樓夢》可以與你的《閱微草堂筆記》各分春秋。你不要瞎猜疑，沒聽人說：『士子不閱《紅樓夢》，讀盡詩書也枉然』？有人說荒唐王爺愛附庸風雅。我說，附庸風雅總比附庸市儈好點吧？」當下三人在屋門口立談了片刻，也就各自散去不提。

12

同舟共濟因緣生愛
仗義殺豪血濺街頭

海蘭察歷盡艱難，終於逃到了中原。他是「逃將」，金輝是訥親的親信，要防他暗地追殺，遍天下官府出海捕文書拿他，還得防著賊匪劫道或住了黑店，身上帶著十萬兩銀票，又一文也不敢動。只索當掉佩劍上嵌的幾顆珍珠，包在劍鞘口的一小片金皮，還有母親給他隨身帶的一尊漢玉觀音，總共換了不到十兩小銀角子，知道憑這點錢絕然不夠到北京盤纏。索性就扮了乞丐，一路討飯。由湖北老河口入南陽境，過九里山、分水嶺入洛陽，一路不投宿不住店，白天沿門乞討，或到廟裡撞齋，夜裡鑽草垛，窩土地庵胡亂睡覺，實在犯饞了，就用小銀角子尋個小飯館饕餮一餐，總算逃出了訥親的勢力圈子，算了算，居然只花了一兩二錢銀子，不由心中暗喜。

換了一身店伙計衣裳行頭，在洛陽盤桓了三天，海蘭察打定主意走水路。過黃河走山西固然快一點近一點，一來委實走得太累，二來太行山強人出沒，不安全，身上既然錢夠用，坐船自然省力穩便：從黃河到運河交口處，再從運河直抵北京，省了多少擔驚受怕！因就在黃河渡口轉悠，因客船價高，就趁了一艘鹽船——官鹽船隻再沒個水上打劫的，艄公只收了二錢銀子便答應送他到開封。

船很大，但前艙後艙都堆著鹽包，裡邊只有兩個鋪，供兩個艄公輪流歇息，前艙留著一片空地，是艄公造飯的地方，僅可容兩三個人轉側挪動，加添上海蘭察，兩鋪三人輪流睡，倒也將就寬裕。不料船過鄭州花園口，又擠上來四個人，兩個五六十歲的老頭，一個年輕少婦還帶著三四歲的孩子！

這一來就熱鬧了，艄公們把艙裡鹽包挪了又挪，擺了又擺，總算給這五個乘客騰出了地方，用鹽包擺兩排座兒。那位六十多歲的老人和女婦擠在一邊，這邊海蘭察坐了少婦的錯對面。偏是那小把戲不安生，一會要吃要喝，要撒尿拉屎，又摟著媽媽鬧著要「吃奶」，弄得少婦勸不攏哄不住，艙裡艙外來回張忙，有時惱上來，照屁股「啪啪」幾巴掌，打得那個叫「狗蛋」的孩子嘰哇大哭大叫。老頭們鄉裡人，不在乎，只瞇著眼打盹兒，海蘭察一肚皮心事，孩子鬧大人嚷，臉上便帶上陰沉，咬著嘴唇靠著鹽包仰臉不睬人。那少婦見他這般大樣，除了照料孩子，偶爾和兩個老漢搭訕幾句家常，也不理他。偏是狗蛋兒十分活潑，好像第一次坐船，處處新鮮，媽媽不許到艙外，他就在鹽包上爬上爬下，一會兒掀開篷布看外頭景致，指著岸上說，「媽，那山上有座塔！」一會兒又說，「這座廟還不如姥姥家門口那座呢！」又下來在艙板下人腿間鑽，撿起一段炭問，「媽，這是啥子？」少婦只笑著解說：「這是做墨用的細炭，這船運過炭，掉的渣兒……乖乖的，來媽懷裡，地下髒，又沒處洗……」狗蛋兒爬出來，已是變得烏眉灶眼，睜著黑豆一樣的眼看看這個人，又瞧瞧那個人，忽然撲到海蘭察膝上，搖著他的膝蓋喊，

「爹！爹——！」

他喊出「爹」來，滿船人都先是一楞，兩個老人嘴角肌肉抽了一下，又綳住了，船頭艄公卻忍不住「噗哧」一聲笑出來。海蘭察一下子直起身子。卻見狗蛋兒一臉稚氣，虎鈴鈴一雙眼望著自己，十分可愛，撫了一下他的總角小橛兒辮，一笑說道：「毛頭小子，認錯人了，我——」

「他不是你爹，不記得你爹死了？」那少婦早羞得臉紅到耳根上，一把拽過狗蛋兒，在他腦門子上頂了一指頭，咬牙說道：「再胡說，丟你外頭黃河裡去！」

這一鬧，滿船人都覺尷尬，海蘭察和少婦更不好意思的，都別轉了臉。一時，船上人俱各無話，只聽得外邊黃河濤聲無休無止的悶嘯和咯吱咯吱單調枯燥的搖櫓聲。但狗蛋兒還是個人事不知的吃屎娃娃，也不懂「丟到黃河裡」是什麼意思，只安生了一刻，就脫開媽媽的手，這次卻是直奔海蘭察，仰著臉又極響亮地喊道：「爹！」

那少婦見衆人又笑，臉上更掛不住，一把拖了兒子過來，狠歹歹點著他鼻子，說道：「死冤孽！丟人現眼不撿地方兒——」她瞟了海蘭察一眼，又道：「他不是你爹！——你爹有那麼大耳朵麼？」但狗蛋兒看來是平日嬌慣到頂兒了，根本不在乎媽媽臉拉得多長，也聽不出話裡惡罵的意思，見衆人都笑，越發起興頭。一個冷不防又跑到海蘭察懷裡，連叫：「爹，爹——就是我爹！」海蘭察生性佻脫，出了名的精明伶俐人，嘴頭兒上從不吃虧的，聽那女人罵自己「耳朵大」，正想著無法遞口兒，遂拍拍狗蛋兒頭，笑道：「孩子，我眞不是你爹，聽媽媽話啊——去吧，我也沒你爹那麼嘴長——是吧？」

這一來衆人再遏不住，兩個艄公一個掌櫓一個撐篙，幾乎笑得傢伙脫手，兩個老頭捶胸打背，吭吭地咳著笑。那婦人紫脹了臉，拉過狗蛋兒噼噼啪啪在屁股上揍了幾掌，眼中已是迸出淚花，罵道：「都是平日慣壞你了！越是沒意思的話越說得興頭，越是厚臉皮沒廉恥的人越愛親近——看我不打死你！」那狗蛋兒挨這狠狠幾巴掌，直著嗓子「哇」地一聲號啕大哭起來。

「這位大姐，」海蘭察起先還想勸，要笑又笑不出，聽到罵自己，忍了忍還是憋不住，皺著眉頭道：「憑你良心說，今個這事怨我麼？我怎麼厚臉皮、沒廉恥了？」

「你就是！你幹嘛說我男人嘴長？」

「我耳朵很大麼？——是你先罵人的！」

「你耳朵就是比我死鬼男人大！」

「沒比過。」海蘭察嘻地一笑，「你說大就大，不過我想著你男人耳朵小，嘴自然長些，這才扯得平些——」

「街痞子，無賴！」

兩個老漢見二人吵起來，忙都分說解勸。一個說：「都是出門在外的人，擠在一條船上也是緣分，小孩子無心話頭兒，你們都是大人，計較這些做什麼？下了船又各奔東西了。」一年老一點的看樣子讀過點書，說道：「同舟共濟嘛！你這位先生也眞是的。她是女人，孤兒寡母的，面子當然要緊，就不能讓一讓？小心著口孽！」他看了一眼少婦說：「——要遭報應的！」好容易地勸住了，那女的仍覺氣恨難當，抱緊了孩子，說道：「沒皮臉天殺的！嚎你娘的什麼喪？睡！」

喧鬧一陣，船上又平靜下來。海蘭察臉上嬉笑，想想自己一個將軍，落到這一步，擠這麼一條船，還受女人的氣，又不知前程吉凶如何，心裡如何平息下這份怒氣？因思量著，在艙板中摳出一根炭條，瞟一眼那婦人，在手心裡畫一筆，再瞟一眼，又畫一筆……

那少婦也是落難之人，到洛陽借錢還債投親不著，一般的滿腹無名。剛和海蘭察鬧這一場，她尚自一肚子五味不和，眼見這個嬉笑臉的傢伙看著自己一筆一筆在手心裡畫，登時又氣得渾身亂顫，從孩子身下抽出手來，「啪」的朝海蘭察就是一記清脆的耳光！

船上立時又熱鬧起來，兩個老者驚愕地看著這對年輕人，不知又出了什麼事，艄公也把船定住了，伸頭進艙問道：「你們是怎麼了，沒完了麼？」一個老者也道：「這就是你的不是了，已經和息了，怎麼憑空伸手就打人——女人家，怎麼這麼潑？」海蘭察血陣裡滾出來的人，哪裡在乎她這一掌，只是尋開心，捂著左頰，仍是似笑不笑，說道：「是呀！方才說我『無賴』，你這不是潑婦麼？」

「你在手心裡畫的什麼？」那少婦戟指指定海蘭察，「——他畫我！」

「我沒畫你！」

「你畫我！」

「我沒畫你！」

「你敢伸出手教大家看看？」

「我不伸手。手是我自己的，伸不伸由我！」

於是兩個被耨惱得極不耐煩的老人又忙著和解，說了這個勸那個，那女人只是不依。船艄公道：「黃河上行船最講究個祥和平安，你們前世無仇今世無寃，這麼鬧算怎麼回事——你旣沒畫她，伸出手給她看看不就結了！」

「我畫的我自己。」海蘭察笑著伸出手掌。衆人一看，竟畫的是個豬頭！海蘭察在衆人笑聲中兀自解說：「——這是你麼？——你看，這豬耳朵多大，嘴多短……」那女人又氣又羞又恨又無話可說，臉色雪白，怔了一會，「嗚」地一聲抱頭大哭，口中含混不淸訴說著：「……我好命苦……走一處受一處人欺侮……老天爺你就睜不開眼……」夾著還有些別的話，卻任誰也聽不淸楚。衆人不知她爲什麼哭得這樣凄惶，不禁面面相覷，都嗔怒地看著海蘭察。

海蘭察這才意識到自己惡作劇過了頭，後頭這一「畫」實在多餘。怔著想了想，對那婦人道：「我是落難人，心裡不痛快，窮開心。傷了大姐你了。我給你陪不是，你別介意了，我眞的不是歹人。」那女子含糊不淸說了句什麼，也就慢慢止住了哭。

這一路水路，兩個人沒有再鬧，卻也沒有說話，直到過了開封，到黃河運河交滙處。兩個老漢接著坐船到淸江。海蘭察和那少婦都下了船，各自走路。這裡是黃運交滙處，因黃河水位高，向南向北都是順流。但幾經黃河泛濫，正經碼頭早已東移徐州。開封一帶通運河的其實是通濟渠北口，也都淤得漫漶不堪。眞正要坐船，得到開封城東北四里地左右的石牛橋，離著他們下船渡口還有十幾里地沙灘。海蘭察走了一段，已是熱得汗流浹背，回頭看時，那少婦也在跟著。她背上背著狗蛋兒，臂上還挽挎著個大包袱，火辣辣的毒日頭，焦麥炸豆兒的天氣，又是一雙小腳，在沙灘上一擰一擰地踽踽跋涉，時時放下包袱，到潦水灘跟前捧水餵孩子，又自己喝。海蘭察不知怎的，想起了自己姐姐。也是狗蛋這大年紀，和姐姐在昌都音郭勒河岸去尋父親的大營，也是這麼熱的天，也是一望不到盡頭的沙，走幾步自己就鬧著渴，姐姐也是這樣用手捧了水，一口一口餵……他心裡一酸，幾乎想回步幫這娘母子，苦笑著搖了搖頭，又踅轉了身，大步向北走去。

其時正是麥收季節，碼頭上船倒不少，也儘有向北駛的，不過都是客船，每客坐到通州十五兩銀子定打不饒，他坐不起。碼頭上的老舵公說，只有乘漕運糧船走才省錢，大糧船隊已經開走，碰碰運氣，說不定有的船壞了槳櫓、裂了板縫沒跟上船隊的，還能坐上。他轉悠了半日，還真找到一隻，是苫糧的油布壞了，換布苫蓋誤了跟船隊。但老舵工卻十分難說話，說船只開到德州，要五兩銀子。好說歹說，價錢落到三兩五。海蘭察已是飢腸轆轆，折身去買了十幾個燒餅、一包子醃蘿蔔。返回船上，吃餅就鹹菜，還自得其樂地哼道情，等著開船。

不料沒過半刻工夫，聽見橋板響，隔著篷隙向外看，海蘭察又是一楞：寃家路窄，還是那個女子帶著狗蛋，又上了一條船！那女子也是和船老板磨了半天嘴皮子，一吊半錢的船價到德州，好容易才上了船。一見是海蘭察，竟釘子似地站在艙口，不知該怎麼辦了，狗蛋兒伏在媽媽背上，指著海蘭察童音響亮地叫道：「媽媽，媽媽，還是那個人，他是我——」「爹」字沒出口便被女人回手捂住了嘴，對老板道：「開船走吧！」自坐了對面糧包上哄狗蛋兒睡。海蘭察自覺沒趣，張了張口又閉上了。

兩個人起初都打定主意各不相干。但船上生涯，不同住店，輾轉反側，不到四尺空地。白天好說，夜裡都是糧包當床，中間只有一尺來寬空餘容船工過往，這就又尷尬又不方便；別的好說，這一路八九天水路，單是這大小解就難爲煞人。海蘭察仔細想想：「這『同舟共濟』四字，還眞沒有一字虛設。」便起心和好。那女人卻似乎沒有想到這些，只是哄兒子睡。偏生狗蛋兒半點睡意也沒有。「爹」是不敢喊了，見麻包上放著燒餅，用手指定了，說：「媽，媽！我吃餅餅——」

「好狗蛋哩，別給媽鬧了！噢？」女人無可奈何地嘆了一口氣，「到德州老家，媽給你買扒鷄吃，我們不吃餅餅，啊？」狗蛋兒四腳踢騰，只是不依，鬧：「我不吃扒鷄，扒鷄不好——你說過的不好！——我吃餅餅，我要麼，我要麼！」

海蘭察見時機已到，取下三個燒餅來，陪笑道：「大姐，再給你陪個不是——別打孩子了，他不懂事嘛……你這麼惱我，我都不知道該怎麼好了。我要知道你是——反正都是可憐人，再不敢惡作劇的。眞的！」那女人不無幽怨地看了海蘭察一眼，忽然臉一紅，低頭對兒子說道：「這位叔叔給你，你就接……住吧……」

這樣就一下子化解了二人的隔閡，一路上兩人聊家常，說在外頭見聞，比長江，講黃河，偶爾海蘭察還上岸買點豬頭肉什麼的，連艄公也跟著打打牙祭。說說笑話，逗逗孩子，竟是滿船笑語。閒話中海蘭察才知道，這少婦叫丁娥兒，是德州城外桑各莊人，靠佃租本村富戶高仁貴二十畝地過活，卻是定租，不管旱澇災欠，一畝一小石，每年兩千斤租穀一兩不能缺。丁娥兒兩年前死了丈夫，中間看病吃藥欠了一屁股債，德州去年著媽媽哭，連艄公也跟著落淚。

旱得寸草不生，債主逼門，業主討租，收了地扒了房子仍是還不淸，住在瓜菴裡，村裡惡少又夜夜攪嬲，竟是終日以淚洗面。說到傷心處，丁娥兒哭得渾身顫慄，狗蛋兒也跟著媽媽哭，連艄公也跟著落淚。

「那——你去洛陽做什麼？」海蘭察拭淚問道：「有親戚在那做生意？」

丁娥兒啜泣著，說道：「我娘家表舅，是我媽拉扯大的，中了舉人，在嵩山縣當縣老爺。這上天無路入地無門的地步兒，媽說去投他打打饑荒。媽把嫁妝衣裳都當了，才湊夠盤纏，誰知到他那去還是竹籃打水一場空！」海蘭察問：「怎麼，他不認親？」「認是認了。」丁娥兒顫氣兒嘆道：「表舅說了，人家是外頭闊，裡頭窮。總共那幾兩養廉銀子，給上頭送冰炭敬，官面上應酬，還有一大家子嚼吃使用，各處親戚都來尋他，實在照應不過來，還欠著幾百兩什麼『虧空』，上頭追逼……總之是比我們還艱難！後來，見我走不了，打發了我十兩盤纏，說隨後再寄些錢來……」她冷冷一哂，又道：「媽從小就跟我說表舅怎麼怎麼好，有才學，又仁義，聽話，懂事——人哪，甭當官，本來或許還有點人味，一當官就不是人了！小時見表舅，待我眞親，這回去，叫我住在丫頭房裡，吃廚房剩飯，我一想起他那副臉就噁心。什麼臉最難看？變了心的人臉！」

她的牙緊緊咬著，臉色蒼白得沒點血色，長長的眼睫下汪著淚。這一剎那間，海蘭察忽然覺得她很美，不像「大姐」，倒似個……心中一動連忙收攝，沉默移時才問道：「你還回德州做什麼？就在他衙門裡泡上，看他怎樣？」

「我才沒那麼下作呢！」丁娥兒恨恨說道：「家裡還有個半瞎老娘，我不回去她怎麼辦？」

「你總得有個打算的吧？」

「打算？」丁娥兒道：「我早想好了，刀子剪子繩子井，要命一條，要血一盆！」

她這般剛烈果決，饒是海蘭察殺人如麻，也被震得一凜，隨即一笑，說道：「你不要這麼想，這不叫辦法，這是要命！你要死了，下回我坐船就見不著你了，豈不可惜？」

丁娥兒氣頭上被他逗得一笑，說道：「你是好人看來不假。就是透著……唉……」海蘭察笑道：「能落個好人也就成了。興許我能幫你點忙呢！」

「你？」丁娥兒黑瞑瞑的目光凝視著海蘭察，「你能幫我什麼忙？再說，我又憑什麼受你的惠？」海蘭察嬉笑道：「憑我們『同丹共濟』這緣分吶！——你總共欠他們多少錢？」丁娥兒拿他也真沒辦法，況也漸漸熟慣了，嗔笑道：「一萬兩！你出得起，我就跟了你當使喚丫頭！」

海蘭察見她巧笑流眄，掠髮挽首，三分嗔怒中倒有七分喜悅，原本無意玩笑的，卻眞的動了心，怔怔地看著丁娥兒，一時竟沒想著回話。丁娥兒給他看得心頭砰砰直跳，好半日才回過神來，問道：「這會子傻愣著，怎麼像個廟裡神胎？」海蘭察嘆息一聲，又是一笑，說道：「我是在想你方才的話，變了心的臉難看。可有時候，變了心的臉也會美得天仙一樣呢！比如你，在黃河上像個凶羅剎，到運河上，這會子瞧著像個活觀音——敢情高家哪個少爺看中了你，打你的主意，才逼債逼得這麼兇的吧？」

「你眞不正經……」丁娥兒紅著臉啐了一口，嘆道：「哪是他們少爺，是高老爺子那個糟老頭子……我反正就是一條，刀子剪子繩子井……」她又墜下淚來。海蘭察笑道：「你說得輕巧！一百二十多兩銀子呢！」

「你看看，你看看，又來了！不就欠他們錢麼？還了不就結了！」丁娥兒道：「你不是說一萬麼？」海蘭察笑問道。

「嘴臉！」丁娥兒嬌嗔道：「你不就是個屠戶麼——你有一萬？」

海蘭察呵呵大笑：「屠戶！——我就是個屠戶，要看殺什麼東西了——我做的大買賣，二百多兩銀子算得了什麼！你別這麼盯著我，不圖你報答，也不要你當什麼黃子使喚丫頭。你的遭際可憐，我也是個同命人。沒別的，我樂意幫就幫定了。」他看看艙外兩個艄公都在忙活，從懷裡衣裳夾帶中抽出一張銀票，鄭重地說道：「你看，這是一張三千兩見票即兌的銀票！不夠你使麼？」

「呀！」丁娥兒驚得身子一趔，彷彿不認識似的從頭到腳打量這個年輕漢子，面白如紙，聲音也打了顫兒：「你……你幹麼裝窮？你……你是……什麼人？」

「我真的是屠戶。」海蘭察見她嚇得這樣，倒覺好笑，收起銀票，適意地向糧包上一靠，說道：「放心！我不是刀客不是強盜，我是個殺人不眨眼的……將軍！」他頓了一下，又恢復了常態，嘻皮笑臉說道：「我的事呀……三天三夜也跟你說不清——現在我還是『無賴』，你仍是『潑婦』，還有幾天水路呢，容無賴慢慢與——『觀音』道來……」

☆

德州終於到了。這裡西通石家莊直入晉省，東至濟南省城，南北驛道、運河雙向水陸碼頭，人煙稠密，陸車水舟軸轆如流，名城大郡又是晉冀魯豫衝要通衢，自然熱鬧非凡。儘管農忙麥收，碼頭上人衆還是往來如蟻。接客的、送貨的、裝船的、套車的往來湧動，扛夫們拉著鹽包、背著糧袋和各類藥材、瓷器茶葉包、棉花布匹吆吆喝喝，加上賣扒雞賣小吃尖著嗓門兒的叫賣聲，就嘈雜得十分不堪。

海蘭察打定主意，上岸先兌出二百兩銀子幫丁娥兒還帳打發饑荒，然後到德州府衙門投案聽旨。丁娥兒心裡卻是說不出的一番滋味，又想著家裡老娘，又不知該不該接他這筆錢，更替這位落難將軍吊著一顆心。說「當使喚丫頭」當然是一句笑言，不知什麼時候，已經在認真地想了。可是……她自己也想不明白這份情緣，自己是個鄉下窮寡婦啊……七上八下的心裡不踏實，又是發怔。

兩個人各懷心事下岸出碼頭，正中午日頭偏西時分，乍從蔭涼的篷船中踏上焦燒滾腳的陸地，頭一個感覺就是覺得地下踏實，不再那麼晃盪，反而不習慣，再就是天空亮，日頭青，亮得刺眼，連吹過來的風也是熱的，汗來不及流下就蒸發了，衣裳也是乾簌簌的。丁娥兒和海蘭察站在碼頭西一家客棧邊，都似乎有點不知所措，都像有許多話要說，卻又無從說起，正沒做理會處，狗蛋兒鬧著渴，要喝水，丁娥兒心裡發煩，搡著他身子道：「我把你這鬧事寃孽喲！剛在船上叫你喝水你不肯，下船就渴了！——忍住！不許哭！」海蘭察勉強笑道：「這怨孩子麼？船近碼頭，水髒，燒開了也有一股味兒，大人都不願喝，他還是個孩子——那邊有賣桃的，還有甜瓜，我買些來，大家都吃。我也渴了呢！」丁娥兒便抱著孩子站在房蔭下頭等。

賣瓜果的和客棧離得只有兩箭遠近，海蘭察買了一草兜五月仙兒桃，又挑了幾個甜瓜，剛立身起來，便聽一陣人聲嚷嚷，喊聲罵聲哭聲喝斥聲攪成一團，還夾著極熟悉的狗蛋兒的尖嗓兒哭聲。海蘭察一驚，手搭涼棚看時，十七、八個漢子正圍著丁娥兒撕拽，丁娥兒已被拉倒在地下，擰身打滾的不肯就範，懷中兀自緊緊摟著狗蛋兒，竟是被拖著往一輛車跟前走！

海蘭察幾乎想都沒想，已明白了是高家搶人，心中一震，焰騰騰怒火勃然而發，將瓜果一扔，拔腳便趕了過去，一手揪定了拖丁娥兒那漢子，輕輕一提扔起足有人高！那人大叫一聲，仰臉摔在車轅上。兩個拽腳的放下丁娥兒便撲過來，海蘭察左手順勢一拉一帶，已將先撲上來的莊丁搡到車下一個馬爬，腳下飛踢，正中另一個襠下，那人「媽呀！」一聲尖嚎，雙手護著滿地打滾。這幾下兔起鶻落，打得極是乾淨利索，又來得猝不及防，連其餘的莊丁也都看呆了。海蘭察猶自好整以暇，一把拉起丁娥兒，說道：「你不要怕，誰敢動你一根汗毛，我叫他立旗杆！」——指著一眾人問丁娥兒：「這裡頭哪個王八蛋是頭兒？」

丁娥兒披頭散髮，滿身灰土滿臉污垢，抱著嚇傻了的狗蛋兒，張著眼看著這群莊丁，卻一個也不認識。忽然眼一亮，指著站在車轅前頭一個三十多歲的中年人，說道：「就是他——高仁貴的三少爺高萬清！欠債還錢，我說了還你，憑什麼搶人？老天爺……」她突然放聲大哭，「這還有日頭沒有，有王法沒有了？啊……嗬嗬……」

「你們他媽楞什麼？」高萬清起初也被這個突然冒出來的程咬金嚇呆了，見只有海蘭察獨自一人，立時又壯了膽，擰著疙瘩眉，兩隻鬥雞眼一瞪，指揮莊丁，「這是丁娥兒的野漢子——我們二十個人還對付不了這雜種？給我上，拿！」高萬清原是帶著莊丁到碼頭上買收麥農具的，什麼桑杈掃帚竹爬子、鐮刀木鍁扁擔馬嚼子裝了幾車，只偶然遇到了丁娥兒，就勢兒搶人的。莊丁見海蘭察凶悍，冷不防打來，原是一時楞怔住了，聽主人這一聲吩咐，「噢」地齊聲一吼，亂哄哄從車上抽扁擔、拽桑杈、掣鐮刀，預備著拾掇這三個人。海蘭察雖不把這些莊稼漢放在眼裡，但他赤手空拳，還護著丁娥兒母子二人，情勢便十分凶險。

在戰場上，海蘭察不知遭到過多少次孤身被圍的境況，最怕的是敵人行伍齊整不亂，圍定了緩緩逼近，難以有隙可乘。但這群莊丁們哪裡懂得這個？竟是各自爲戰，抄傢伙便上。一個手握扁擔的站在東側，掄起來照著海蘭察背後便劈砸下來，丁娥兒未及驚呼出來，那海蘭察似乎腦後生著眼睛，前腳踢飛了一個人手中鐮刀，左手接住扁擔順勢一送，那扁擔著了魔似的在半空無端拐了彎兒，正掃在南面一個抄桑杈向海蘭察刺來的莊丁面門上，頓時打得他滿臉血花四濺！海蘭察已將飛起的鐮刀接在手中，更是殺心陡起，見一個大漢惡狠狠舉杈衝過來，竟似要一杈將自己和丁娥兒都穿死，飛腳一踢那杈杆，頓時將杈撩起老高，跟一步將鐮橫掃過去，那鐮刃沒根釘進那人太陽穴中，頓時血流如注滾地掙命，眼見是不活了。

當時看熱鬧的人早將這裡圍得裡三層外三層，見海蘭察一人護著丁娥兒，獨對二十個人圍攻，已是打倒四五個，砍傷七八人，尙自一毫不損，都忘了熱，噢天吼地價起哄兒喝采，高萬淸臉色煞白，雙手握著轅杆，連喊：「他打死人了，他打死人了！上啊——連這個淫賤材兒，給我往死裡打！」正喊著，不防一個莊丁一杈刺空，扎在騾子屁股上，那騾子長嘶一聲，拖著車發瘋似地放蹄向前直衝，轅上倒著的，車轅子底下躺著的，已被打倒在車前的三四個莊丁被鐵輪子直輾過去，兩個輾斷了腿，還有一個被橫脖子切斷了頭，饒是高萬淸躲得快，被車輪子撞了個仰面朝天，西邊看熱鬧的閒漢們躲閃不及，壓倒了一片，蹭了腿輾了腳的哭爹叫娘亂成一團。海蘭察此時已殺紅了眼，上前一把提起高萬淸，將血淋淋的鐮刀蕩在他脖子上，大喝一聲，「德州看熱鬧的朋友不要走！聽我一言！」

那些看熱鬧的原已嚇得四散而逃，見海蘭察如此英雄氣概，都又緩緩聚攏了來，剩下不到十個莊丁見主人被拿，也都嚇得丟了傢伙僵立在地。碼頭上圍了兩三千人，看著血泊中橫七豎八摞倒在地的莊丁，都驚得渾身起慄，寂然無聲等海蘭察開口。丁娥兒早已嚇得癱坐在地下，做惡夢似地怔怔看著渾身是血的海蘭察。不知過了多久，丁娥兒才道：「海……你惹了大禍，還不快遠走高飛？」

「不妨事的。」海蘭察獰笑一聲，卻問被自己揪在手裡的高萬淸：「爲什麼搶人？」

高萬淸原已嚇軟了，聽得遠處馬蹄聲急促近來，知道是衙門派兵來了，立時又膽壯起來，說道：「你鬆開手，這麼著我不說話。你殺吧！」海蘭察嘻地一笑，鬆開了手。

高萬淸見他不敢動手，越發氣壯，指著丁娥兒道：「魏丁氏是我高家佃戶，欠債不還逃走，現在撞見，我憑什麼不能拿她？」

「欠債還帳，」海蘭察道：「賴債有官府，你竟敢光天化日之下強搶婦女！大清律主佃同法，不是主奴名分，你刁頑惡賴到了極處，我不能不管！」

「誰替她還債？」

「我！」

「你是她什麼人？」

海蘭察被問得一楞，掃了一眼丁娥兒，心一橫說道：「她是我夫人！」人群立刻一陣騷動。按清時制度，貴婦人共分五等，夫人、宜人、恭人、孺人、安人，只有二品朝廷大員正配才能稱爲「夫人」。他一身店鋪伙計打扮，此語一出，立時滿場竊竊私議，丁娥兒心裡也轟地一聲，頓時面紅過耳，抱著孩子低頭不語。狗蛋兒卻直著脖子晃媽媽，又衝海蘭察喊道：「爹……我怕……」

「聽聽，不假吧？」海蘭察對高萬清笑道，揚聲又對衆人大喊：「我就是大清金川招撫大營車騎校尉，欽封二品副將海蘭察！要微服回京面聖奏事！德州人聽著了？」

此時德州府衙、德州城門領的衙役兵丁都已趕到，四圍著護衛殺人現場，推擁著打道進來，聽海蘭察自報身分，倒不敢造次，只圍定了他，派人飛騎去請知府親來處置。那看熱鬧的越發聚得多了，擠擠挨挨人頭攢湧，足有上萬號人，他如此身分，又如此丈夫豪氣，衆人齊發一聲喊：「德州人聽見了！」

「海蘭察今日血染德州碼頭，乃是事不得已！」海蘭察一把揩去臉上血漬油汗，大聲喊道。他本就十分機警靈明，此時定住了神，思慮便十分周詳：報明身分，萬人皆知，德州府甚至直隸總督就不敢私地處置自己，說明丁娥兒是「夫人」，衙門就不敢動刑逼她的供。「逃將」兼著這白日殺人的一切罪名統都攬到了自己身上，當由乾隆御審讞罪，不至於給地方官黑吃了自己。一路聽丁娥兒訴說高仁貴家霸道，此時一不做二不休，又想著要殺高萬清出氣，因思定了，指著丁娥兒道：「剛才孩子叫我『爹爹』，諸位仁人君子都聽見了，這位正是我的夫人——是沙勇和為媒，葛致民為證，我娶的……」他目視丁娥兒，示意她記住，其實這兩位媒證都是他的好友，已在攻下寨一役中陣亡。有「媒」有「證」，狗蛋兒又喊「爹」，鐵定了他兩個就是夫妻。

丁娥兒一點也不笨，如果不是「夫妻」，海蘭察今日連殺數人，就成了路見不平殺人犯罪，定罪量刑要重得多，因大聲道：「他就是我的丈夫！初嫁由父母，再嫁由自身，媒證俱全，我們兩廂情願成親的！」兩個人當衆串供，高萬清尚自聽得稀里糊塗，一腦門心思還在那筆佃債上，因也大聲道：「她欠我家租債逃脫在外，我拉她回去索債，有什麼錯！」

「你這惡賊！」海蘭察格格一笑，說道：「你拉的是朝廷命官夫人，知道不知道？你高家倚著德州馬寡婦勢力，魚肉鄉民稱霸一方——我為國家上將，在前方出兵放馬，你竟敢欺到我的頭上，我豈能容你？」因問衆人，「他該殺不該殺？」

「該殺！」

衆人語聲未落，海蘭察手中鎌刀弧旋一閃，勾住高萬清脖子，只一勒……高萬清像一株被砍倒的樹，一聲不響便簌然倒地，脖子上的紅水泛著血沫子汩汩淌流出來，急顫幾下，伸直了腿。海蘭察丟了鐮，平靜地拍拍身上塵土，笑嘻嘻對丁娥兒道：「這口鳥氣總算出得痛快。娥兒，別他媽的膿包勢嚇得這樣——跟你說過我是屠戶麼！——咱們夫妻要一起在德州蹲幾天了！」丁娥兒見他如此從容，亂得一團麻一樣的心也定了下來，說道：「我也解氣！這才是真男人呢！——我跟你一道下地獄！」

此時德州知府尉遲近仁早已趕到，只是他也看呆了，竟不防海蘭察當著他的面又殺一人，這才驚醒過來，帶著幾個衙役走近前去，問道：「這些人都是你殺的！」

「不錯。」海蘭察平靜地說道：「是我。你是德州知府？」

尉遲近仁盯著海蘭察，似乎不知道該怎麼辦。論官位，海蘭察比他大得多，該行庭參禮，說他是「逃將」，內廷早就有信兒，兆惠頗受乾隆迴護，而且訥親也已被拿鎖進京，金川的事還是疑案。但捕拿海蘭察的海捕文書並未撤回，仍是欽犯。此刻在德州，他又犯這潑天官司，說的道理又頭頭是道……惶惑半日，拿定了主意，不卑不亢說道：「我是兩榜進士，去年分發德州知府，叫尉遲近仁。海大人，您的案子只有朝廷決裁，卑府不能受理。事已至此，請大人移步——哦，還有夫人公子也一同——暫行羈留敝衙南監。待申奏朝廷，自然公道處置的。」

「你曉事。就這樣辦吧！」海蘭察笑笑，轉臉對丁娥兒道：「喂，一家子的，咱們走！」

13

貪金吞餌詐中有詐
公堂簿對情重定情

尉遲近仁密審海蘭察，直到深夜亥時，已經弄清了案由。只是海蘭察自己沒有官印勘合，身分還不能證實。面對搜出來的十萬兩銀票，他怔了半晌，吩咐將海蘭察和丁娥兒分別拘押在後衙兩間空房子裡，便打轎直奔城北的鹽政司使衙門來尋高恆。

這個衙門佔地很大，因連同鹽庫都在一個大院，足有二里方圓，東邊和北邊是一排排庫房，西邊是個小花園。花園毗鄰又一座三進大院，是德州有名的富戶馬寡婦宅院。這個「馬寡婦」即是高恆在萊蕪縣太平鎮剿匪時結識的那個馬申氏①。天生麗質，卻嫁了個土財主，又有陽萎的病。兩個人情熱難捨，分開後高恆思念不已，出資代她的丈夫馬驥遙捐了個鹽政庫司，夫妻都調到德州來管鹽庫。他也就近修起鹽政司使衙門，連院子都是通著的。這事德州人家喻戶曉，背地裡說是「寡婦招漢子」，叫來叫去就成了「馬寡婦」，其實她丈夫活得結實，不會與女人鬼混，摟錢倒是一把好手。當下尉遲近仁在衙前下轎，他在這裡走動得極熟的人，門政是個九品武官巡檢，忙就上來打千兒請安，陪笑道：「府台大人，我們都銀台②老爺在西院和馬——庫司說話，還沒回來呢。皮邑尊也在花廳等著呢！您這早晚過來，必定有要緊事。我去稟告他老人家一聲。」

「皮忠臣也在？」尉遲近仁一邊跨腳進衙，望著一大片黑沉沉的庫房，說道：「你去稟告一聲也成。就說我們在這邊等著——庫房東北角那段牆加高了沒有？你們總丟鹽，叫我們破案，整日光顧了忙你們這頭了。」

「加高了，加高了！」那門政答著，又打個千兒，笑道：「您吩咐的話我們敢不照辦？卑職這就過去稟告——您請！我一會就過來回話。」說罷便向西，匆匆來尋高恆。

高恆卻正在和馬寡婦生氣。門政連進三進院，見馬𩧉遙住的西廂黑乎乎的熄了燈，只聽高恆和馬申氏在上房說話，掩口兒葫蘆一笑，正要上階，聽馬寡婦在哭，忙止住了步，悄悄站在天井石榴樹下等機會，也不敢走，也不敢認眞聽，仰著臉看星星。到底還是聽了個眉目，原來馬寡婦又在蘇祿陵西購了一處花園子，「夫妻」正在鬥口。

屋裡的高恆熱得渾身是汗，嫌湘妃扇子風小，撲搧著一把大芭蕉扇，只穿一件天青實地紗短褂子，說道：「你甭這個樣子，現在不是嘔氣的時候兒。本來就樹大招風，朝廷幾次下詔要清理虧空。這時辰買園子，不是他媽的掰屁股招風——自找病麼？」

「買園子是我們馬家買的——與你什麼相干？」馬申氏伏在椅背上又哭又說，「陳惜惜也買園子了，劉阿娟也買了，還有翠姐兒！你當我不知道誰出的錢麼？——她們能買，我爲啥不能？」高恆湊近了她，摟著她的肩想親一口，卻被馬申氏一把推開，只好苦笑著說道：「好姑奶奶，你低著點嗓門兒……人聽見算什麼？——外頭是誰？」

高恆突然發現了站在天井裡的門政，咳嗽一聲，沒事人似地踱出來，覷著眼看看，說道：「是小貢子呀！——什麼事？」小貢子忙將尉遲和皮忠臣來拜的事說了，又道：

「他們半夜來，奴才想著必定有要緊事，趕緊過來稟主子一聲。」高恆嘆了一口氣，說道：「你跟他們回話，我一會就過去。」說著又趦身進屋，說道：「是我的包衣奴才，不妨事的——聽見了吧？他們來，必定爲的是鹽務虧空的事。你糊塗啊！我完了，你能站得住腳？」

馬寡婦這才知道事情不小，正「哭」著，「嗤」地一笑，說道：「鹽務虧空怎麼著？你不是說，如今天下沒淸官麼？法不制衆，皇上能把虧空的官都殺了？」她站起身來，把自己拭淚的手帕兒給高恆揩著頭上的汗。「看把你嚇的——那園子我還沒給錢，說聲不要了，不就一句話？你是國舅爺，直隸總督不也來巴結麼？虧你整日海口誇得山響——我是氣不過，你也太貪色了！這屋裡，我，還有丫頭們，還不夠你弄，還要弄什麼『十二金釵』，這個起名叫『林黛玉』，那個起名叫『薛寶釵』……」她一頭說，一頭叫「熱」，就脫大衣裳。裡頭只一身水紅蟬翼紗裙，兩彎雪白的膀子裸露，穿的貼身藕荷色坎肩，粉瑩瑩的大腿，高聳的乳房上淡紅的乳豆……都朦朦朧朧一覽無遺。因俏生生掠一把黑得烏鴉翅一樣的鬢角，上來攀住高恆脖項，口中吹氣若蘭，呢聲兒道：「你不是說人有兩頭，上頭生煩惱，下頭……是解憂愁的麼？高爺……」

高恆一輩子專在女人身上用工夫的，都是相與一陣子，過了新鮮勁兒，放幾個錢就撂開手的。只這馬申氏不但體態容貌姣好，風騷善媚人意兒，還另有一般人所不及的本事。她千嬌百媚啼笑自如，擺弄得高恆慾火焰燒，卻又不許高恆沾身，認眞就惱了，卻又是嬌嗔，什麼時候來了，她都是「新」的。高恆也有一宗毛病兒，並不喜愛黃花閨女，專愛和婦人鬼混，說姑娘們忸怩作態，太矜持，不如有夫之婦練出來的「把式」，調起情來盡興。二人兩好相湊，加上馬申氏長相和棠兒近似，竟爾多年如魚得水，調弄如同新婚，此刻燈下看馬申氏，三十出頭的人了，依然眉蹙春山眼含秋水，萬種風情宛然，不由得也就上火，嬉笑道：「放放煩惱水兒也成——你不要又是在懷裡一滾就脫身逃去的吧？」便也脫衣服。

「不會。」馬申氏嫣然笑道，「有時那樣，是怕你……吃飽了不想家。」

「那你也脫光。」

「丫頭們……」

「太熱了……」

「不怕。」

「太熱了才好呢，」高恆對著她耳邊悄悄說道：「這麼著一絲不掛，渾身是汗，光溜溜地大動，全身都舒……坦……你手把捏著，當心弄錯到下頭……忘了上回，咱兩個洗澡，渾身打了香胰子那回了？嘻……」那婆娘由著他浪了一陣子，越發興濃，口索舌舐腿夾足纏，牛喘嬌吁淫喋浪呻著，忽然一個翻身在上，將他壓得緊緊的，自在上面急速縱送，顫聲說道：「好我的親爹親哥哥哩……這回可填足了我的虧空了……」

一提「虧空」二字，高恆卻敗了興，那話兒就地軟了。馬氏兀自不放，任怎的擺弄，口吮把玩總不中用，只好嘆口氣下來，埋怨道：「這是我不給你，還是你不給我？到緊要關口就兵敗如山倒，軟得麵條兒似的了——都是那幾個浪屄小蹄子，把你給掏空了……」高恆心裡想著「虧空」，又不知尉遲近仁皮忠臣有什麼要緊事，卻不便說破了。見馬氏著衣理鬢，一臉不快，也笑著著衣起身，扳著她肩頭道：「沒聽我跟你說三言二拍裡的話『特到那緊要關頭，它就軟軟軟軟……』回頭我跟你說原故，你就明白了。宋高宗正幹那事兒，一聽『金兵來了』，嚇得就此終生陽萎呢——我先去辦正經事，回頭再與你大戰三百回合！」說罷便走。馬氏笑啐一口，衝他背影說道，「一會兒再來——聽著了？」

「聽見了！」高恆答應著，匆匆去了。

尉遲近仁和皮忠臣在使司衙門說話商議，也正在犯愁。內廷有信兒，要派劉鏞來查皮忠臣販瓷器倒騰庫銀。其實這買賣是他兩個合伙做的。從山東藩庫借五萬，高恆教他們寫借七萬的條據，坐地白收兩萬銀子，如今山東布政使連連派人催逼，許他的一萬利息寧可不要了，戶部立地派人要到濟南查帳，錢度那一關無法打通，這筆錢立時就網包露餡兒，而且一牽就是一大串。這些事早已稟了高恆，卻沒討出個正經主意。兩個人都覺得海蘭察身上這十萬銀子，哪怕能挪借過來半年，一切都可應付裕如。但這筆錢教人眼紅，卻又覺得燙手，萬一兜出去，「侵吞軍餉」四字罪名就足送他們同赴西市。

但這筆錢太誘人了。無根可尋，無帳可查，落到誰手裡就是誰的，只是要封住海蘭察的口卻不是一件易事。兩個人都是宦海裡蹚慣了渾水的，都存了殺人滅口的心，卻都不說破，只說案子名目。倘若按「逃將」罪名，要繳部審理，但如按民事刑殺高萬清數人，可以就地動刑審讞，頂多一個「用刑不當」就可置海蘭察於死地。

兩個人慢條斯理，正在字斟句酌談案子，高恆已搖著扇子進來。見他二人打袖提袍的還要行禮，高恆不耐煩地說道：「免了吧！什麼要緊事半夜三更的來攪？」

「卑職是爲朝廷通緝的那個逃將海蘭察來的。」尉遲近仁陪笑道，「他今日在漕運碼頭連殺六人，還有三個重傷正在救治。地方上出了這麼大案子，又在漕運重地，不能不來稟七爺一聲。」皮忠臣躬身說道：「全城都轟動了！大清開國以來，德州出這麼大案子還是頭一回。」

高恆「嗯」了一聲，自坐了安樂椅上，端杯啜著涼茶，聽尉遲近仁從頭到尾詳述案情，一時緊蹙眉頭，一時微微搖首，一時卻又面含微笑，直到聽完也沒吱一聲。許久才嘆息一聲，說道：「像煞了鼓兒詞裡的英雄救美人。這個海蘭察我認識——面兒上瞧著嘻皮笑臉，其實是俠肝義膽，有心思有膽量的豪傑！」

他這樣讚賞，尉遲近仁和皮忠臣不禁對望一眼。皮忠臣道：「他確是聰明。當著萬人的面自報身分，我們就不能輕易刑審了……不過，他是兩重案犯，原來『逃將』是主案，現在又犯白日凶殺大案，似乎重於前案，不知該如何料理？」

「那——你們有什麼打算？」高恆似乎漫不經心，把玩著那只鏤金鈞瓷茶杯，問道：「聽起來，似乎你們想按殺人犯就地審理？」尉遲近仁生怕這位國舅爺說出「欽犯」二字，因笑道：「他的海捕文書是兵部發下來的，也不過就是捕拿而已。主罪既在德州，按例應該在德州審定，上奏朝廷處置。」

皮忠臣在旁聽得發急，這位府台太繞彎子了——因哈腰稟道，「他的案子還不止這一件，他身上還帶著十萬兩銀票，不明不白的，將來刑部知道問起來，不好回話。他是已被革掉軍職的，其實身分是匹夫百姓，在德州一下子殺了這麼多人，如果不審，省裡也說不過去。」

十萬！高恆眼皮子倏地一顫。他立刻明白了二人來意：想就地刑訊殺人滅口，黑吞了這筆錢。爲自己功名頂戴，起這樣的心，太可怕了。但這筆銀子對他也有十分誘力，他玩女人欠的風流債，是從鹽務鰲金裡挪出來的，一樣也是虧空。十萬銀子騰挪出來，至少也得孝敬他四五萬，立時就無債一身輕。高恆處身高位，朝廷內幕知道得多。乾隆整日春風滿面溫文爾雅，看似比雍正慈悲寬仁，但雍正勾決殺人極其持重，不再四籌思不提朱筆，乾隆卻從來沒有遲疑過，愈是大官愈是處置果決……還有劉統勛那張黑臉，辦起事來永遠是一副牢不可破的鐵青色，想起來更教人心悸膽寒……。

高恆端起杯，目中炯炯生光，看著微微搖曳的燈燭出神。皮忠臣和尉遲近仁二人四目直盯盯看著他，不知他是怎樣個主意。許久，高恆「噗哧」一笑，說道：「他在德州殺人，德州知府縣令不管誰管？我管鹹（閒）鹽，不管閒事。」這等於是出了主張又不做主。尉遲近仁聽的前半句意思，皮忠臣卻聽的是後一半。皮忠臣乾笑一聲，卻轉了話題：「七爺，濟南那邊派人帶信兒，說錢度已經惱了，再不開庫讓他的人查，就要上奏彈劾山東藩司鞏明哲。鞏明哲只是張口要利息，沒憑沒據的事自然一推了之。我們這邊打著七萬兩的借據，磨盤兒軋著手呢！上次您說給錢司農③寫信，不知他回信怎麼說？這也是卑職們黃夜造訪的一個緣故。」高恆聽了，自然心裡不快，默然良久，問道：「你們這筆生意，到底是什麼貨？綢緞？還是織機？總共多少本錢？——本息什麼時候能收回來？借據是我作保，保期可只有半年。還不上，連我也脫不掉干係呢！」

「所以我們和七爺是一條船，得同舟共濟。」皮忠臣撫撫在燈下閃著油光的額頭，一臉無賴相笑笑，說道：「有運往南京、蘇杭的織機，回來帶綢緞，有運往四川的藥材、布匹，到安徽銅陵買銅，帶回來造銅器……」

「銅？」高恆冷冷插了進一句，「這有干禁例，最犯聖忌的，不怕殺頭？」

尉遲近仁格格一笑，說道：「回七爺！販銅利大呀！一倒手就是三十倍的利。上回翻船我們折了本，又要還帳——直說了吧，這次運往四川的藥材也要賠，因為金川戰事已經暫停，只賣出去了些避暑祛瘟的藥，餘下的都折價一半賣了。不弄點銅，拿什麼還虧空？」高恆道：「你們眞是錢迷了心竅，連命都不要！——路上查出私銅怎麼辦？」尉遲近仁道：「帶著鹽政通政使衙門的引子，銅在鹽裡，誰敢查？——七爺，這些事好對付。要緊的是上頭！劉鏞這人和劉老中堂一個模樣，還特愛私訪。他到蕪湖已經去了兩個月，昨兒邸報說已經據劉鏞的明折，革去吳文堂頂戴，暫拘安慶府待勘。蕪湖官場有我們的朋友，還有我們派去的人，連他長得什麼模樣也沒見！您瞧這人厲害不厲害？不定現在已經上路來德州了呢！我們都和他沒交情不認識，他少年得志，正是踩著別人往上攀的時候。就算認識，誰敢登門撞他的木鐘？」

「不談生意。你們自己料理吧。」高恆見這二人愈逼愈緊，侃侃而言中氣勢卻咄咄逼人，左右思量不能翻臉，長長伸欠了一下，說道：「我還不懂得同舟共濟？看戲看迷了眼，以為我是戲裡頭的二花臉草包國舅！我說過讓你們審理海蘭察了，你們審就是了。你們的意思，是叫我出字據，還是我來親審？」

「不敢，不敢！」兩個人都偷看一眼高恆陰陽不定的臉，躬身答道。

高恆站起身來，一雙眼睛幽幽望著燭光，深不見底的瞳仁，晦暗得像土垣牆根下若隱若現半掩著的兩塊黑青石，緩緩說道：「他未必就是海蘭察。五木之下何供不可求？——你們去吧！」

「是！」

尉遲近仁和皮忠臣欣然應命辭了出去。高恆直看著他們的背影消失在黑暗中，嘴角吊起一絲陰冷的笑容，掏出懷錶看看，已經到了未牌時分。他仰著面孔長吁一口氣，衝外頭輕聲喊道：「小貢子進來！」

「爺，奴才在！」

小貢子像從地下冒出來似的，幾乎立刻就出現在高恆面前，高恆擺手示意不讓他行禮，問道：「住宏達客棧的那位客人，弄清身分了沒有？」

「弄清了！」小貢子眨巴著眼，乾脆俐落地說道：「確實就是劉鏞。戶部主事唐閣臣就在蕪湖辦差，他們是同年，常在一處會文，在蕪湖老茂乾店一眼就認定了。咱府裡英誠從蕪湖一直跟到德州，再不會出半點差錯的。」

「沒讓他看出來是跟蹤兒的吧？」

「沒有！幾站換人跟的！」

「好！」高恆笑道，「這差使辦得漂亮！」他在屋裡兜了一圈，到桌前援筆濡墨要寫信，又停住了，卻打開櫃子，取出一條臥龍帶，很小心地掂了掂，遞給小貢子。

這是一條做工極精緻的腰帶，裡外玄色寧綢包面兒裹著貢呢，都用同色細絲密密扎縫了，帶子邊緣掐金挖雲鑲著金線卍字紋。最出眼的是順帶蜿蜒曲盤的一條繡龍，卻是明黃金線精扎精繡而成——這是他在太平鎮剿滅劉三禿子匪寨，乾隆親自頒賜御賞物件。就因這條明黃金龍，即使是他這身分，也從不敢在公眾面前繫帶。尋常官員更不用說，那是見見也是難得的。

「你現在就拿這臥龍帶去見劉鏞。」高恆見小貢子滿臉驚訝，一笑說道：「就說我高恆不便過去，就在這裡專候！」

「他要是不肯來呢？」

「他不會不來，也不敢不來。」

「他要不認承自己身分呢？」

「就說他在飯店吃飯，我親眼認出來了。」高恆斂了笑容，「要是沒有要緊事，我不會這時候請他的——要真不來，不要多話，你回來就是了。」

「扎！」

小貢子去了。其時已是四更天，遠遠的聞得雞鳴之聲。正是拂曉前最黑「扣鍋底兒」時候兒，悶蒸的暑氣早就沒有了，窗上透紗而入的涼氣浸得人渾身舒坦。高恆靜待著這位奉旨查案的刑部郎官，心裡一陣緊張，一陣坦然，倏爾還襲來一陣懊喪悔恨。他並不是個貪財的人，也不好酒，心思精明辦差幹練，熟透了鹽務，雖然比不上傅恆能耐，在諸多的「國舅爺」中還是出尖兒的人才，卻只犯了一宗毛病，愛女色。在京時貪戀傅恆夫人棠兒，千方百計討好兒弄不到手，後來才知道棠兒和皇上有染，乃是禁臠，猶自不甘心。出京辦差，乃是自由身，從山海關到德州，一路拈花惹草到處留情，哪裡不要用錢？偏是馬申氏窮壤山鄉裡出來的傻鳥，不懂收斂，使了錢還要顯擺招搖，弄得自己一屁股債，外頭還落個花花公子名聲兒。欲待踢開馬寡婦，一來捨不得，二來這女人知道自己的事太多了……

正顛來倒去思量個不了，窗外廊下一陣細碎的腳步聲傳來，小貢子帶著一位青年官員進來，向高恆稟一聲，「爺，劉大人請來了！」說罷便退了出去。高恆立起身來，卻不言語，沉默著打量劉鏞。

這簡直又是一個小劉統勛，一樣的中等墩實個子，一樣的微微羅圈的腿，一樣黑裡透紅的長方臉，掃帚濃眉下一雙炯然精光四射的三角眼，只是闊口上唇還只一層茸茸的髭鬚，臉上少了些皺紋而已。穿著卻是六品服色，硨渠頂戴，八蟒五爪袍子外頭還套著鷺鷥補服，結束得毫不拖泥帶水——這一條就顯著比他老子講究一點了。高恆見他施罷禮也在打量自己，不禁一笑，顯得隨便了些，擺手說道：「崇如，不要拘束，坐，坐！」

「謝高大人！」劉鏞氣度穩沉，正襟危坐了客位，接過小廝捧上來的茶，順手便放在桌上，「不知高大人夤夜召見卑職，有何指示訓誨？」

高恆嘆了一口氣，略一苦笑，說道：「你這樣一派官氣，這麼的正氣凜然，真敎我難以啓齒啊——你父親延清是我的至交，但他不苟往來，我也敬重他這一條，所以登門拜望少一點，當年在奉天，我們是何等交情——他呢，上書彈劾張廷玉、訥親，下車斬湖廣巡撫陳群星，如今是名臣。我背了個『國舅』名聲兒，又管錢又管鹽務，歷來做這差使的哪個不是沾水缸，臭不可聞？交往也就更稀了……」

他一臉誠摯，娓娓款敍，劉鏞只是靜聽，只在提到父親名字時略一欠身，那神態有點像國子監祭酒④，在耐心聽剛剛進學的學生講《朱子大全》。高恆暗自佩服他的器宇，話鋒一轉，變得異樣沉痛，「我本來也可學傅六爺，外立軍功，內修政務，老實做個好臣子。可偏偏管了鹽政，打交道的都是不三不四的生意人。上回娘娘數落我，說在外頭招蜂引蝶，差使再努力巴結也不得個好名聲。崇如，你想，這就好比個糞缸，周圍能沒蒼蠅麼？實言相告，風流罪過我有，風流債也欠著，鹽務上有虧空，責任自然也是我領。我自己的事心裡有數。你說要查，天明就可以開庫搬帳。成麼？」

「高大人，」劉鏞聽他自承自認而且自檢自責，這麼高的官職對自己如同宿年知交，心中不禁感動，微微嘆息道，「你如此開誠布公，實出我的意外。開庫查帳，不在我的職分之內，但大人在外風評，確實有些微言。不能多說什麼，若是欠著藩庫的債，趕緊還債抽條，若是鹽務自己有虧空，趕緊整頓。男女上的事嘛……只是風言流語，還不至於有大的干礙——這兩件事其實只是一件，是個修德持重的道理。學生微末小員、後生小輩，本不該說這些話給您聽的。但大人與學生交心，學生亦不敢不懇切奉言。」說罷舉手一揖。

高恆似乎輕鬆了許多，嘆道：「天天是稱、斤、算盤、銀子錢，許久不聽道理了。我很歡喜。」劉鏞哪裡知道已經進了高恆的圈套，微笑道：「聞過則喜，善莫大焉。我也替大人歡喜。」高恆這才轉題，說題：「單爲這些話，我滿可以從容和你談——海蘭察的案子聽見了麼？」

「德州人傾城皆知，要不多久就轟動天下！」劉鏞說道，「我也去看了。」

「那是自然。尉遲近仁和皮忠臣剛從我這裡走。他們要就地審理這個案子。」

「唔——唔？」

「這裡頭的委曲情由我都不大理會。聽說這個海蘭察，身上還攜帶著十萬兩銀票。」

劉鏞頰上肌肉一顫，他立刻明白了高恆的意思，身子一探，又仰起來，問道：「高大人你怎麼回話的？」「他們說要刑審。」高恆無所謂地一笑，說道：「我說我只管鹽不管閒事。我不能干預地方政務，也不承當責任——他們走後，才想到這裡頭有文章。海蘭察是『逃將』，明明白白的事；在碼頭殺人，是萬目睽睽下作案，又是束手就擒；他是欽犯，問明正身案由，申奏上去就是了，憑什麼要動刑？動刑問什麼？這大蹊蹺了！所以只好唐突，請你出來干預一下。」劉鏞緊張地思索著，這裡頭的「蹊蹺」是一望可知的，但高恆怎麼這麼關心，又爲什麼獨獨把自己叫來？……思量著問道：「高大人，你怎麼知道卑職在德州？」

高恆莞爾一笑，說道：「傅老六告訴我的——怎麼，我不可以知道？」

「卑職不是這個意思。」劉鏞倒被問得一怔，說道：「卑職是說——您滿可以親自出面干預。海蘭察是奉旨查拿的欽犯——地方官就是總督，也無權刑審——再說直一點，皮忠臣他們從安徽私販銅材，還有他們的虧空，與大人有涉無涉？」「絕無牽扯。」高恆莊重地說道，「以我的位分，平日他們來走動殷勤，這是理所當然。他們從藩庫裡借七萬兩銀子，是我高某人作保。官場情面嘛，誰不要敷衍？海蘭察的事聲震九重，我看連他『逃將』的罪名也是立不住的。你要疑我，就不必干預。我坐山觀虎鬥，看是誰敢來奈何我？」

這番話直說得義正詞嚴，劉鏞倒覺得不安，略帶拘謹地站起身來啜茶一飲，說道：「卑職領教了。大人勞頓，關照之情不淺。卑職這就回去，待卯時升堂就過去。」高恆也笑著端茶，問道：「恐怕不能再微服了吧？你要有分寸，要知道，尉遲的官位比你高。」「這個卑職理會得。」劉鏞說完，一躬而退。高恆此刻早已錯過睏頭，一點睡意也沒有，眼見清亮的晨曦映得窗紙泛青，索性洗漱了，叫過小貢子吩咐，「到府衙去幾個人看審，一刻時分兩報給我！」便坐下來，挖空心思給乾隆寫密折，又給傅恆、劉統勛、紀昀、阿桂，還有自己府中一一寫信。因人而言，那是不必說的了。

☆

德州府縣兩堂會審海蘭察殺人一案，不到卯時就貼遍了全城，海蘭察本人還蒙在鼓裡。昨日來衙，尉遲近仁待他很客氣，不但不捆不鎖，晚間還有四碟子菜，一壺酒相待。只是「夫人」丁娥兒和他分禁了兩院，可以在院中悠遊散步，但不能出院而已。尉遲本人卻沒有再和他廝見。

鼾聲如雷黑甜一覺，天已亮透，海蘭察尚自睡得深沉，聽得房門「『豁啷』」一聲，驚得身上一顫，「唿」地坐了起來，卻見五六個衙役破門而入，都是凶神惡煞般模樣，也不待他分說，擁上來七手八腳，頃刻之間便將他捆得粽子也似，「啪」地一聲又在脖子上套了一面重枷。海蘭察情知事有大變，由衙役們撮弄著往外走，心裡緊思索：「難道奉了聖命，或接了部文？德州到北京，就是八百里加急文書，也沒有這麼快呀……」低頭看看剛才套在身上的囚衣，心裡「轟」然一聲，已知德州知府用心，想黑吞了這筆軍餉！「他肯定是想刑殺我！這該怎麼辦……」由衙役推搡磨蹭著走，思量對策。

待到大堂西後側，已聽得衙門外頭人聲鼎沸，抽鞭子趕人聲，喝斥聲，看審百姓嚷聲叫聲哭聲，嘈雜一片亂成一團。海蘭察不知這位尉遲太守從何下口吃自己，難以詳細預備對策，只咬著牙鎖眉思量。一眼見丁娥兒被兩個獄婆子從東後院那邊帶過來，再不能遲疑，因大聲喊道：「娥兒！記住兩條，他要什麼供給他什麼供；第二，我是海蘭察不要狐疑——千萬別——」話沒說完，嘴裡已被塞了一把麻胡桃。丁娥兒不是笨人，卻也知海蘭察聰明過自己十倍，咀嚼著海蘭察這兩條，只是個「不吃眼前虧」的意思，打著主義隨獄婆子坐了東側，一聲不吱。

咚，咚，咚！

三聲沉悶的堂鼓響過，便見兩行衙役從東西兩側門雁行魚貫而入，接著便聽「喂——噢——」的堂威聲，沉渾中帶著富有彈性的顫音，撼得人心中發緊。衙門外面一陣人聲騷動，隨著一聲高唱「帶人犯——上堂囉！」立時又變得一片死寂。

海蘭察從西側門被帶進去，迎面便見丁娥兒從東門進來。二人四目一對，海蘭察笑道：「夫人，嘴巴被塞了看來還是女的便宜。沒給你上繩子戴枷呀——」話未說完，守在公案旁一個衙役幾步過來，劈臉就摑了海蘭察一個耳光，喝道：「不許說話！」海蘭察這時才細看公堂上的情景。

這是一座三楹五脊青磚臥頂的審案大堂，一色的方磚漫地，因過於空曠，中間樑下支著兩根紅漆柱子，柱子上還寫著一對聯語，上聯「下民易虐」，下聯是「上蒼難欺」。兩排衙役各分八個夾道而立，手執黑紅水火棍紋絲不動，上座設在北邊月台上，屏風上繪著江牙海水圖，屏風頂上黑底白字寫著：

明鏡高懸

中間公座上尉遲近仁官服袍靴端肅而坐，旁邊設一小案，坐著一位七品縣令，就是皮忠臣了，還有幾個書吏，卻都是矮几低凳，几上文房四寶俱全，預備著錄供，海蘭察看娥兒，見她臉色蒼白，雙手緊握，小腳半露在外，腿似乎也在打顫兒，剛要出口安慰，那尉遲近仁極俐落地將手中響木「啪」地一敲，斷喝一聲：

「張望什麼？跪下！」

「跪下！照打了！」衙役們齊聲響應道。

海蘭察嘆息一聲，突地一笑，沒言聲也不跪下。皮忠臣向尉遲耳語了一句什麼，尉遲近仁才曉得被海蘭察氣得忘了規矩，吩咐道，「給他去刑——跪下！」雖然仍是聲色俱厲，卻無論如何有點奪氣了。海蘭察被鬆了綁，對丁娥兒又是一個嬉皮笑臉，提了袍角跪下。丁娥兒也就跪了。海蘭察一臉痞子相，居然還磕了個頭，說道：「尉遲老公祖，還有這位皮太爺！方才問下話來，問我張望什麼。我是在看上頭這塊匾。『明鏡』兩個字寫得太草了，看著像是『朋鑑』（朋比爲奸）兩個，『朋奸高照』，似乎不通順……」

尉遲近仁和皮忠臣計議一夜，知道這人必定極不好審，想一開頭便殺掉他的威風，然後一步步逼他就範。卻不料海蘭察根本就沒「威風」可殺，還當場放了個鬆泡兒，惹得幾個衙役和師爺都別轉了臉偷笑。尉遲近仁不禁有點氣餒，例行公事地問了海蘭察姓名年紀籍貫之類的套頭，轉又問及案情。海蘭察這才知道，昨日殺死六人，還有兩個垂斃待死的，不由嘆息一聲，說道：「唉……眞無用，才殺了六個！」

「你說什麼？大聲！」

「我說——」海蘭察挑高了嗓門，聲震屋瓦，連衙門口柵外密密麻麻的聽審人衆都聽得刺耳，「這是我殺人最少的一次，才他娘的六個！」尉遲近仁噓了一口氣，這樣的犯人眞是少見，說他咆哮公堂，卻又是自己叫他大聲的，如此桀傲頑皮，怎麼料理？頓了一下，問道：「爲什麼殺人？高萬淸與你有什麼仇隙？」

「回老公祖。方才已經供了，他搶我的妻子，還打我的兒子。我去救，他們還要傷我。不小心就殺了他們。」

「德州乃是王法重地，他搶你妻子，不能報官府處置？你竟敢白日青天之下連殺數命！」

子，掠人兒女。」

「是——不過昨天還不明白這個道理。王法重地，居然有人敢白日青天之下搶人妻

皮忠臣聽著暗自著急，這麼問法，變成了兒戲門口，尉遲近仁根本不是對手。因在旁輕咳一聲，陰沉沉說道：「你根本就不是海蘭察，」他陡地目中凶光四射，「到底是何方盜寇，拐帶民婦流竄亡命？講！」

「大人！」海蘭察問道：「那我是誰呢？」

「現在是我問你！」

「那我還是海蘭察。」

外面看熱鬧的人幾乎擠散了木柵，聽得一陣陣哄笑。尉遲近仁一邊命衙役彈壓，此時他已靈醒過來，想到下頭跪的這人身分，驀地竟沁出一頭冷汗，但事到如今，又難以罷手，因問道：「海蘭察乃是朝廷通緝的要犯，遍天下皆知。你既是海蘭察，就該隱匿逃亡，或者就近向官府投案，居然敢公然出面白日殺人？顯見是殺了人，畏懼本府刑罰無情，冒充朝廷大臣，拖延時辰待機逃亡——是不是？」

「不是！我信不過四川河南官府，所以不能投案。我無辜有功，所以不肯逃亡。」海蘭察指著丁娥兒，說道：「你問她，我說的有假沒有？就你今日所作所爲，我看德州府缺德——你問不了我的案子，申奏朝廷吧！」尉遲近仁被他頂得一楞，旋即勃然大怒：「刁頑！軍中將領有攜帶眷屬的麼？」

「我們是半路成親！」

「誰的媒證，下的什麼聘？」

「沙勇和爲媒，葛致民是證。至於下的聘嘛……」海蘭察一笑，「是個豬頭。」

這句「供」一完，堂上堂下立時嘩然大笑，幾個書吏錄供，笑得握不住筆管，伏著吭吭地咳，衙役們拄著水火棍，也都笑得前仰後合。皮忠臣眼見不是事兒，忙向尉遲近仁遞眼色。尉遲近仁會意，冷笑一聲說道：「朝廷將軍，哪有你這樣的無賴？不動大刑，諒你不招——來！」

「在！」

「夾棍侍候！」

「扎！」

「咣」地一聲，兩根簇新的柞木夾棍扔在海蘭察面前。皮忠臣見丁娥兒簌簌發抖，臉色慘白，一手指定了，說道：「給這婦人也上拶指，給我照死裡拶，照死裡夾！看他還冒充海蘭察不？」

海蘭察臨到此時，已不再嬉笑，朝上一揖，說道：「聽我一言再動刑不遲。我是不是海蘭察，六部裡有的是認識我的，北京派人或押解北京，頃刻就能驗明。至於白日殺人，也是明明白白，早已直認不諱。你們聽好了，我決不熬刑，娥兒也不要熬刑。你就說我個謀逆反叛，我也都認了——我認供，你敢動刑，乾隆爺凌遲了你們也沒準！就怕你們黑了我，我才在萬人中亮明身分，你掩不住我！」他一笑而歛，「認了供，你總得整理文案，『阿二阿三白晝殺人』申報到省，再到部，再奏萬歲爺勾決，要多少日子批下來，你們算計過沒有？到那時，我的案子早就明白了——不知什麼緣故，要置我於死地，你們自己心裡清楚。你們長的不是人頭，是豬！——對了，豬頭！——想不到眞的是豬頭給我和娥兒定聘——娥兒，你我的事一直沒定，今兒就在這，既然都跪了，就算拜天地了——成麼？」

「我心裡早拿你當我的男人了！」娥兒聽得心裡發燙，早已淚如泉湧，激動得渾身發顫：「原想跟你當個使喚丫頭就心滿意足，你這麼抬舉，我領了！」

兩個人在公堂誠摯懇言互吐情愫，當「堂」成親拜天地！連書吏衙役們也都悚然心動，外邊成千的聽衆嗡嗡嚶嚶互相傳誦。兩個主審官卻都嚇得魂不附體。尉遲近仁越想越覺得跟著皮忠臣蹚渾水不上算，立起身來說道：「今日停審。退堂！」——海蘭察和丁娥兒仍暫拘府衙！」說罷拂袖而去。

滿堂人衆立時散盡，只有皮忠臣兀自僵坐如偶。

註①　見拙著《乾隆皇帝·夕照空山》。

註②　銀台，即通政使。高恆掌管全國鹽運，有侍郎身分，故稱「都銀台」。

註③　司農，即戶部尚書，錢度是侍郎，加尚書銜，故稱。

註④　國子監，當時政府最高學府，祭酒主掌，歷來由狀元擔任。

14
遊新苑太監窺淫秘
揣帝心軍機傳法門

兩日之後內務府同時收到了高恆和劉鏞的密折。其時已值盛暑，乾隆並富察皇后及嬪、御、媵、答應、常在諸有頭臉的宮人都移居暢春園，乾隆仍居澹寧居，軍機處設在乾隆當皇阿哥見人辦事的韻松軒。留守在養心殿的是六宮副都太監高大庸。卜仁被殺，卜義理應是養心殿的總管，卻因王八恥得寵，晉升了這個位置，帶著卜禮卜智卜信等十幾個內侍過園子那邊隨駕侍候，卜義反倒是副總管太監，跟著高大庸，帶著一群沒職分的小蘇拉太監看守空殿，白天灑掃庭除，夜裡守更巡邏、聚賭吃酒什麼的。太監和天下職官，除了沒有蛋這一條，心性卻都無兩樣，既要逍遙富貴，也要媚上邀寵。王八恥不次超遷爬到第一位，卜義自然心裡不熨貼。但乾隆管制太監是千古第一嚴，動輒獲咎，或打或罰絕不憐恤，作賤起來如同豬狗。卜仁是頭號太監，當庭杖殺，滿宮肅然，是因他名頭大。其實每隔幾天，流水不斷線的都有獲罪被打死的小太監從東華門抬出去，送左家莊燒化了的。

因此不熨貼歸不熨貼，乾隆的事無巨無細，卜義不敢有半點怠忽。見內務府送過來黃匣子，立即備馬，帶了幾個小蘇拉，趕往西苑暢春園，在雙閘口萬壽無疆門前下馬。

如今的暢春園大非昔比，其實已經融入規制廣袤龐大的圓明園中，北海子、西海子、飛放泊一帶舊稱西苑，大半都是元、明朝御苑舊址。連同西山、玉泉山，星星散散各處其位。乾隆因國力強盛府庫充盈，原本打算全部拆除，齊整規劃，按萬國晁旒向天朝的宗旨，分別將列國勝境名園全數照搬進來。卻在熱河被禮部尚書尤明堂死死頂住，當面指斥主張修園子的紀昀是「佞臣」，甚至說乾隆「非堯舜之君」。乾隆度量宏容，嘉獎尤明堂敢言直諫，但修園子的事卻沒有死心。只是不再拆建，仍將各處舊園一囊無餘，連成一片，逐年依形就勢增修。原來每年撥銀一千萬兩的旨意撤回，改爲四百萬兩。

儘自如此縮減規模，亦是阿房宮、開運河亙古以來罕見的浩大工程。卜義下馬北望，恁般暑熱天氣，看不到頭的是車水馬龍、磚砂石灰沿官道來往絡繹，從長白山拉來的紅松木、雲南貢來的楠木建殿料兒，粗的徑可丈許，至細的也要二人合抱，一堆連一堆，沿海子垛得陵山似的起伏連綿過去。極望北邊，融融炎炎的烈日下，一隊隊民伕，每隊約可三五百人，打著赤膊，用滾木搬運大石料，只用小黃旗擺動著推移，一聲號子聲不聞。卜義料是爲了暢春園中皇帝宮眷安靜不敢呼喝，只一笑，將馬韁繩扔給小太監，便進萬壽無疆門。見守門的當值侍衛是巴特爾，卜義因笑道：

「巴軍門，是您老當值？」

「給萬歲爺送黃匣子的？」巴特爾面無表情，一伸手說道：「牌子！」

「巴爺，咱們常見面兒的呀！」

「牌子！」

卜義無可奈何地一笑。巴特爾是乾隆在蒙古那達慕大會上用千里眼和東珠，從科爾沁王爺手裡換來的死罪奴隸。心裡眼裡，除了乾隆任人不認。連紀昀有次忘了帶牌子，也被擋在乾清門外，硬等著派人驗了才放行。卜義過去只是聽說，今兒遭見了才曉得是眞的，只好將幾個匣子勉強挪到左懷裡，騰出右手掏出腰牌給巴特爾驗，口中笑道：「爺這份忠心，哪位侍衛也比不了！——您還要升一等侍衛呢！」巴特爾卻聽不出他是誇讚還是譏諷，說道：「皇上的，下午在韻松軒見大臣——你去！」卜義聽他漢話說得古里古怪，想笑又不敢，一躬腰算是行禮，自進了園子。

過了澹寧居，再向西，沿竹林小道逶迤約行半里，出來又穿一帶老檜林子，一片綠得發黑的百年老馬尾松樹，半掩著一片宮闕，便是韻松軒了。匣子雖說不重，園子裡也清涼，卜義還是走得一身熱汗。因見和珅搧著扇子，正指揮幾個書吏抬櫃子，忙趕上去。和珅已是瞧見了，笑道：「方才有旨意，阿桂、劉統勛、傅恆、紀昀還有岳鍾麒，到瀛台①等候聖駕——您請那邊去吧！」

瀛台，卜義去過，原是暢春園裡的一景，四面環水中間的一個島子，依著島上地勢，建起水閣涼亭，廣植喬木花卉，一座九曲漢玉長橋由岸直通島心工字形正殿，改在那裡會議，自然圖的涼爽。但卜義已走得焦躁，想想還有二里地，因陪笑對和珅道：「老和，給我派兩個人，幫幫忙，路遠沒輕重，抱這幾個匣子，腿都遛直了。」

「這就難爲我了。」和珅細細的眉毛微微剔起，下牙上牙稍稍錯著，一臉甜淨的笑容，說道：「這宮裡侍候的都是一個蘿蔔一個坑兒，你看看哪個是閒人？」卜義進園子已經窩了火，心想：巴特爾得罪不起，你和珅不過是阿桂一個跟班兒的，也這麼狗眼看人低！心裡發狠，臉上仍笑，說道：「老和沒當官，就和咱鬧官派！統共二里地，蘿蔔就走蔫了麼？幫幫忙兒吧……」和珅極聰敏的人，早瞧見他不自在，但他自己不得隨到瀛台，心裡也正不是滋味，因笑道：「我不是官，有什麼官派？你下頭沒蘿蔔，上頭蘿蔔沒壞，這園子是禁苑，下頭長著蘿蔔的不能隨意走動……」卜義沒等他說完，掉頭就走了。和珅跟後還揶揄一句：「走好您吶！」

卜義氣得頭都有點發暈，又返回澹寧居，迎頭遇見原來在養心殿侍候茶爐的小太監秦學檜。秦學檜卻與卜義相與得來，聽他攢眉苦臉訴說一路冷遇，不禁笑了，說道：「人還不就那麼回事？是你自己不會想事！皇上現在還沒起駕，你到瀛台，誰接你的匣子？來，我幫你抱匣子，主子在衍祺宮午覺，咱們養性閣那邊等著，主子起駕，你匣子直遞上去，不比在瀛台那塊死等強些，也不用叫王八恥代遞了。」

於是二人廝並而行，卻由澹寧居和東書房夾道北行，繞過窮廬，將到海子邊綠樹中又現出一帶新築的宮牆，由東向西綿延，直到隱沒在濃綠婆娑的竹樹中，牆北錯落有致都是新蓋的宮殿，一律都是門朝南，每隔十步之遙，站著一個善捕營軍校守護，都像大陵墓前石頭翁仲似的一動不動。沿路向西走了三座宮，秦學檜才小聲道：「到了，這就是衍祺宮。」

這一路警蹕肅森，兩個人都沒敢說話。進了宮，卜義才透了一口大氣兒，說道：「我的乖乖祖宗爺，這邊比紫禁城還要森嚴呢！走一路我手心裡都捏著一把汗……這宮怎麼造成這種式樣，西洋畫兒裡洋房子似的？」

「這是仿土耳其王宮造的。」秦學檜將他帶到東邊一溜平矮的太監房裡坐下，一邊沏茶，笑道：「方才我們過來的是紅毛國王宮式樣，再往東是葡萄牙。你往西看，那是羅刹國克里姆林和冬宮合樣兒，再往西是丹麥式樣……名目多了，各自都不同，各宮中間都有小門相通，串成一串兒——你從韻松軒過來，韻松軒往南八里地，和這宮對面兒，宮門朝北又一串兒，還是以澹寧居座中央，顯出萬國夷君朝天子的氣勢。宮嬪這只是暫住，真正的後宮在北邊，離這裡十里遠近呢！」卜義聽得眨眼咋舌，齜牙咧嘴說道：「我的佛爺！那得多少錢！」「朝廷嘛！」秦學檜笑道：「羊毛出在羊身上，左右我們侍候人的人，管他那閒帳做麼？」他隔窗紗張了張，說道：「不能陪您了。皇上要洗土耳其浴，我管燒火供氣。您就坐這等，要不了半個時辰，皇上洗浴出來你就遞匣子。」

卜義也順窗向外看，果見太監卜信打頭，幾個小太監捧著巾櫛、朝服朝冠，簇擁著乾隆從西邊月洞門過來，逕往正殿而入。卜義見秦學檜張忙著穿大衣裳，問道：「我能走動走動麼？想看看羅刹國的紫禁城成麼？」「西邊是那拉貴主兒住的，你串串可以。這會子都在睡午覺，她近來沒翻牌子，氣性不好，別招惹了她。」秦學檜說著匆匆去了。卜義直待院中沒人，才挑簾獨自出來。

此時正是未正時牌，驕陽西偏萬里晴空，園外熱得湯鍋一樣，園子裡卻是清涼世界。卜義沿著長滿苔蘚的卵石甬道悠閒散步逶迤向西，只見各種不知名的高大喬木濃綠蒼翠遮天蔽日，甬道兩側都用藤蘿、金銀花、葡萄架、刺玫藤再編起一層屏障，或成花洞，或為籬牆，地下別說曬日頭，連個日影光斑也難得一見。北邊海子那邊吹過來的熱風，被這濃蔭過濾了，也變得清爽宜人。滿園裡樹影搖曳、花草萋萋，只聽得簌簌的枝葉相撞聲和樹間知了此起彼伏的無間長鳴。似乎所有的人都睡沉了。卜義只在「克里姆林」宮前繞了個角兒，想著差事，已覺走得太遠，便往回走。路過東邊迴廊，一個宮女穿著撒花寬褲，赤著膀子端著一盆洗澡水潑了，一轉臉見是卜義，笑道：「是你！」

「蟈蟈兒！」卜義止住了步，叫著那宮女名字，嘻地一笑說道：「洗澡呢麼？屋裡就你一個人？」蟈蟈兒笑道：「你進來就兩個了。」卜義看看四處無人，隔坎肩兒摸了摸她聳起的乳房，說道：「這會子可沒功夫跟你玩兒，我給主子遞黃匣子呢！」

按世上一般人，都以為太監閹割之後便沒了男女之愛，其實不知就裡，他心裡照舊想著自己是個男人，只是做不來房事而已，見了標緻女人，照樣的浮想連翩、夢寐妄想。自漢至清，宮中穢亂，太監宮女愛欲飢渴，結成乾夫妻名曰「菜戶」，也是宮外不傳之祕。蟈蟈兒便是卜義的「菜戶」。許久不見，此時乍遇，男「曠」女「寡」，自然有幾分情熱，哪裡便肯放他走？蟈蟈兒當下臉一紅，啐道：「大約在養心殿那邊和惜惜她們又勾上了——以為我不知道麼？沒良心天殺狠命的——皇上在那邊和睞妮子洗『土耳其』呢，不盡了興就出來了？」

「好好！我就進來——」卜義笑著隨她進屋，一頭坐了凳子上，說道：「沒有的事，你別多心！」蟈蟈兒已是撲上來，顫聲兒小聲道：「小親親哥哥哩，想死我了……」膠股黏糖般死死摟住卜義寬闊的肩膀，解了卜義衣裳鈕子，又掀起自家坎肩，貼肉兒揉按，小手伸向他下身又攥又捏。卜義儘自也情熱，卻也無可安慰，心裡自愧，嘆道：「僵蠶兒似的，有什麼摸頭？我們這號人不算人……」自家想著淒涼，連摟著親熱的興頭也漸漸消了。蟈蟈兒便覺掃興，悄語道：

「人家王八——恥，都能弄點藥吃，也將就能……那個的，你的有時也能挺起來，怎麼不去弄點藥？」

「你和王八恥還有染？」卜義一把推開蟈蟈兒，「那你還來和我攪纏什麼？」蟈蟈兒一怔，說道：「殺千刀的！這事宮裡下人誰不知道，就你自個兒矇著！人家教給你，你反疑我？」卜義猶自不信，問道：「你怎麼知道的？真有那個藥？」

蟈蟈兒撇撇嘴，冷笑著掩了衣裳，隔窗兒向外望望，說道：「呆子！你不信？我這會子就帶你去看個西洋景兒，沒準碰巧了教你見個實證！」因對那拉氏住的東偏殿努努嘴兒，招手對發楞的卜義小聲道：「冤家，跟我來……把靴子脫了……」

卜義脫了靴子，小心翼翼跟著蟈蟈兒，卻不出房子，悄沒聲躡腳兒繞過房中一道屏風。屏風後閃出一個小門。門上方鑲著玻璃，裡邊卻是甚暗，隔玻璃什麼也看不見——小心開了門，二人無聲無息進了屋。卜義定了一會子才看清，這是南北長、東西扁一個長條房，裡邊大櫃小櫃，齊整擺著金銀器皿並各種茶具酒具，還有各色貼著黃籤的茶罐，都靠東牆放著，西邊的「牆」是一道兩折合的金絲絨大帷幕，光亮被帷幕遮了，又沒有窗戶，因此裡邊很暗。卜義宮裡住老了的，一看便知這是后妃臥室內側侍候送茶的暗房。正要揭帷幕，蟈蟈兒殺雞抹脖子擺手勢止住了他，示意他聽。卜義便學著蟈蟈兒，耳朵貼近帷幕，略一聽便大吃一驚，原來隔帷牙床上，眞有兩個人在悄聲說話，還有褥墊窸窣之聲。那拉氏的嬌聲呻吟，還有個男的喘息聲……只要是人，都能聽出是男女交媾——卻不知男的是誰。正皺眉凝神再仔細聽時，蠕動聲停了。但聽王八恥的聲氣，喘息著說道：「奴才沒用，奴才是個廢物……」

「別忙著下來！」那拉貴妃的聲氣，嬌聲哆語低聲道：「誰不知道你是太監？……能這麼著已經難爲你了……」

「那還不虧了貴主兒給的藥？嘻……」

「到底你是殘廢。唉……細得筷子似的，全當搔癢癢兒了……」

「那——奴才下來！」

「別！這麼著壓壓也好……」

……

「貴主兒……」

「唔……」

「主子爺和你……這麼著時候兒，你也這麼摟著不放？」

「……別說這話，沒上沒下的……」

「嘻……奴才這會子在上，主子在下頭呢！——用我們保定話，主子才是王八——」

「不准說這些個！」那拉氏嬌吁著，聲音壓得極低，嘁嘁喳喳耳語幾句，任卜義蟈蟈兒再細聽也聽不分明，卻聽王八恥笑道：「原來還有這個花樣兒，奴才試試！」

卜義和蟈蟈兒暗中對望一眼，兩個人都想看看什麼「花樣兒」，卻都不敢去動那帷幕。但那帷幕頃刻之間動了一下，接著像發了瘧疾般簌簌抖動。便聽那拉氏急促的喘息聲，呻吟得似乎要喊叫起來：「啊……啊——受……受用啊……啊——再快點，快點，說幾句……幾句情話……」便聽做嘴兒聲，王八恥壓著公鴨嗓兒不知在那拉氏耳邊說了幾句什麼，那拉氏似乎更興奮，打著挺兒將床墩得噗通噗通直響，「天爺！眞……舒坦透了……」

卜義再也忍不住，顫著手掀開帷幕縫兒，蟈蟈兒也湊過來看。只見那拉貴妃和王八恥都是赤條條一絲不掛，那拉氏仰身臥著，和王八恥口對口狂吻，一雙玉臂摟著王八恥脖子死死不放，王八恥側身半仰，一隻手按著她雙乳撫摸揉按，一隻手摳著她下身那處急速抖動，都情熱亢奮到了極處。卜義側著腦袋還要看，蟈蟈兒拉了他一把，兩個人仍按原路回到下房，兀自都面紅耳熱，頭暈心跳。

「看見了吧？」蟈蟈兒笑道：「這就是貴人們私地的模樣兒！啐——好噁人的麼！照樣兒就把乾隆爺的法子教了王八恥——知道人家怎麼當上正總管的了吧？」卜義驚定思驚，乍舌說道：「罪過……佛祖呀！——這要教拿住，犯剝皮罪的呀！」「好聰明人——你去拿拿試試！管情教你死無葬身之地！」蟈蟈兒哂道：「舒坦一時是一時，百不相干的——先頭那個惠主兒，也是和太監弄這個，教這位那拉主兒拿住了，也不過一個打發到辛者庫洗衣裳，一個處置到龍陽齋看守玉器。家醜不可外揚，乾隆爺比你聰明！」

卜義還在想著方才情景兒，見蟈蟈兒巧笑嬌嗔，也是一臉春色，欲待照模範做去，猛地想起黃匣子，遂笑道：「我得趕緊去『土耳其』了，往後黃匣子我包送了。這邊聽說叫『摸死渴』（莫斯科），眞眞的實副其名，下回來，我準摸死了你教你解渴！」蟈蟈兒追著他還叮嚀一句：「千萬千萬──今兒見的事爛在肚裡。」

卜義回到延禧宮，乾隆尙自洗浴未出。因見乘輿已停在「土耳其」正殿階前，卜義鬆了一口氣，總算沒有誤了時辰，便坐了秦學檜屋裡，搧著扇子張望門外等候。一時便見秦學檜滿臉熱汗顚回來，一進門便說：「熱，熱！」端茶咕咚咕咚喝一氣，笑道：「別看我管燒火，今兒還是頭一遭長見識。主子和睞娘兒在澡堂子裡那個──」正說著，乾隆由一群太監簇擁著出來。卜義見嫣紅和英英兩個嬪在宮門口跪送，才知道這是她們起居住所，擺手兒道：「回頭再說──」抱著匣子出門，趨步宮階下躬身侍候。

「卜信接了匣子。」乾隆一眼掃見了，吩咐一聲，又命嫣紅、英英，「回去吧，晚間朕過皇后那邊──」因見睞娘也低頭站在乘輿旁，笑道，「睞娘也回你主子娘娘那邊，稟一聲說朕去瀛台會議，晚間過去看她，然後來嫣紅她們這邊進膳──這王八恥怎麼弄的，到現在不見影兒？」

衆人答應著，因乾隆乘輿未動，也都不敢眞的離開。只見王八恥一溜小跑從西邊「克里姆林」過來，微微吁喘著陪笑道：「奴才那邊陪那拉主子釣魚，貴主兒叫奴才給鈎兒上掛肉餌子──不敢耽誤主子差使！」卜義聽著，忍不住呑聲一笑，忙咳嗽著掩飾過去。

乾隆掏出懷中金錶看看，指針正抵未末時牌，心滿意足地舐舐嘴唇，坐穩了，一邊拆著黃匣子，口中吩咐道：「起駕罷！」

「萬歲爺起駕了——！」王八恥唱歌兒似的高喊一句。遠處一遞一站都有人接聲直傳。

「萬歲爺起駕囉——」

「主子爺起駕嘍——」

☆

瀛台等候乾隆的幾個大臣已經來了多半個時辰，倒也不爲了虔敬。這裡西臨西山，東夾甕山、萬壽山，南邊是飛放泊，其實座落在南海子的西北，從西繞一灣月牙兒形水路，在澹寧居西北又另成一潭，瀛台就修在潭中。什麼八仙洞、十八學士亭、對弈台一類景致點綴起來，高低起伏錯落有致。因東西兩面夾山，夏日時分，無論北風南風，都從海子密林間穿掠而過，被水氣林蔭濾了，失去了那份燥熱還帶著潮涼。登觀星亭四眺，甕山、萬壽山疊翠碧蒼，西山嵐氣含黛、雲岫橫亙，南北瞻望，萬木葱蘢竹樹掩映間，廊廡銜接，亭閣參差，俱都在煙色水光之中若隱若現——如此景致，又涼爽宜人，又有恭候聖駕堂皇正大的由頭，誰願意躲在自家悶熱的四合院裡，熱得順頭流汗不停地揮扇祛暑？因此不約而同，都早早來了，聚在蓮花台亭子下觀景說話。

幾個人都是大軍機，除了傅恆、阿桂，都兼著部務，頂尖兒的風雲人物，都自有一份深沉。傅恆儒雅練達，只在欄邊隨意散步；劉統勛素有心疾，倚柱靠坐在漆柱旁的杌子上靜靜養神，岳鍾麒是新起復的兵部尚書，矜持中還略帶了點拘束。只有紀昀，似乎從不疲倦，坐在石凳上侃侃而言，對阿桂陳說他的《四庫全書》，俯仰之間，精神煥映，「經史子集四部，眞是浩若煙海啊！你方才問『子部』，共是十四類，一儒家，二兵家，三法家，四農家，五醫家，六天文算法，七術數，八藝術，九譜錄，十雜家，十一類書，十二小說，十三釋家，十四道家。一共是九百二十部，一萬七千八百零七卷。……你大約想看點兵家的書？有！」

阿桂初入機樞，剛至而立之年，既要學宰相度量，又不能過於持重造作。一邊想著乾隆駕到後如何應對，又要雍雍穆穆含笑和同行周旋，見紀昀說得口渴，起身提壺給他續了茶，微笑道：「領教了——不過您沒有猜對。我想問的是儒家的事。有一件事是非難以判定。」他這一說，除了岳鍾麒，大家都留了心。

「還有儒家判斷不了的是非？」紀昀一笑，「你說說我們聽。」

阿桂點頭，說道：「我在陝州知府任上，三門峽有個淸里村，出了個案子報上來，叫我好生爲難——那個村的族長，告本村龔家媳婦龔王氏，不守族規，和村裡幾個年輕人明裡暗地來往，勾結宿姦淫亂不堪；有時甚或一夜之間你去我來的幾個，折騰到天明——被本村族裡當場拿住了一對，送縣告官。陝縣縣令申上來，我說，這是屁大的事，也來驚動我？縣令說，『這個女的生性至淫，早就有人告過。但她又是全鄉最孝順的一個，她的老公爹、婆婆、妹子、兄弟媳婦，還有她男人，一家子到縣攔告，說要拘了這女人，就要家散人亡，請求免罪。』——至淫，又最孝——我現在不指這件案子了。請問紀公，《春秋》之義該如何置評？」

「淫乃萬惡之首，孝是百行之先……」紀昀沉吟了。深思有頃，幾次張口欲言，方撫膝嘆道：「前者是論行的，如果論心，哪個人沒有淫心？世間也就沒有完人了。後者……是論心的，富貴人家侍奉老人得好，沒有孝心不算孝，貧寒人家如果和富貴人家比這孝行不比心，寒門也就沒有孝子了。所以這一論題是情理反悖，聖人沒有論及，我一時還眞尋思不來……」傅恆在旁笑道：「那婆娘難死紀曉嵐——必定是她丈夫不中用，或家中貧寒，或者有別的難言之隱，家裡才攔告的！」阿桂道：「這我都想到了——」還要備細說，紀昀道：「不是就事而論。是這個命題，何止難倒紀某，孟子再世，他也難以論定：德可生天，罪當入地，只好教玉皇和閻王二人商量商量再說了……」

他說得大家都是一笑，阿桂卻有心習學政務，又問傅恆：「禮部前兒遞上來各省申請奏報旌表節婦烈婦那張單子，六爺看過金華那個案子沒有？」「你是說姜柳氏被惡少輪姦，罵賊不屈而死的那個？」傅恆點頭，說道：「我當然留意了的。可惜是受了辱而後死，沒法給她立牌坊。論起『烈』，滿夠分量，但卻又失了『節』，我也很難過嘆息的。批了下去，厚葬，地方表彰——朝廷不宜表彰——延清，那五個惡少是怎麼部議的？」

「四個斬立決。」劉統勛也在想他們的議題，他似乎有心事，望著水面游魚喋呷，多少有點不經意地說道：「一個斬監候：他是最後一個，而且臨時陽萎，幾個人證對證了的。」幾位大臣都不禁莞爾。紀昀轉臉對傅恆道：「洪亮吉、沈歸愚、錢香樹、朱修筠幾個《四庫全書》史集副總校，昨兒有旨罷斥不用。這都是有名的碩儒，六爺是史集總校，待會兒皇上駕到，請你替他們斡旋幾句。這麼多的文字校對，偶有幾處脫漏失誤，情有可原——我保他們是兢兢業業做事，不是玩忽失職。我也有失誤嘛！」傅恆苦笑道：「聖上震怒，連我也捲進去，罰俸半年呢——你不曉得？我就死也不得明白——你紀曉嵐怎麼就不出差錯——我核閱時把細得一撇一捺都不敢放過呢！」

紀昀轉臉看衆人都在散觀湖境，做個手勢示意傅恆跟自己來。傅恆不明白他要說什麼，說聲方便，和他一塊轉到一座假山後邊，問道：「你搗什麼鬼？」紀昀笑道：「我教六爺一個不傳之祕，包你往後只挨訓，不遭大斥。跟你約法三章，有一日我在別的事上出了差錯，六爺也得保一保我——我們是恩親嘛！」

「那是當然。不過我不明白你的意思。」

「你知道他們為什麼遭斥，你為什麼又罰俸又挨訓？」

「出了錯兒嘛！」

紀昀笑著搖頭，看傅恆驚異地望著自己，說道：「跟六爺說句透心話。您要接著這樣仔細辦差，不但不見皇上的情，有朝一日貶你的官也未可知！」「嗯？」傅恆愈加詫異，「你說說看！」

「皇上是何等樣主子？聖學淵深，精明強幹，歷世練達，都是經天緯地，一點也不亞於聖祖世宗。若論勤政，精力打熬，千古帝王沒一個及得上！」紀昀的神氣多少有點詭譎，見傅恆聽得專注，又道：「正為聖明過於高天，自然求下要嚴。他心性高傲，你一點毛病也讓他挑不出來——你不是比聖上還『高傲』？所以，太把細了反而不好。『過猶不及』，六爺——您明白麼？」

他沒有說完，傅恆已經「明白」得猶如醍醐灌頂。千古忠臣，轟轟烈烈死無下場，多得如恆河沙數，一片誠貞之情不爲白日所照，原因就在於他們讓皇帝覺得「比朕還精明」！六經四書裡卻偏不寫這一條：皇帝精明，你要稍糊塗一點；皇帝昏憒糊塗，最好你就更『糊塗』，甚或做個白癡。紀昀見他怔得發呆，暗自懊悔把話說得太直太白，正思挽回，傅恆已回過神來，竟向紀昀一揖，說道：「眞正受教了，眞眞的謝你了——這幾句話可保我一世平安！」「這是人情，人情就是天理，並不是教唆六爺爲非。」紀昀緊跟著圓場，笑道：「明哲保身——連自身都保不住，怎麼輔佐皇上爲一代令主呢？」

二人正說著，聽遠處樂聲細細鼓吹穿林漸漸近來，知道乾隆御駕將臨。對望一笑，二人都轉身出來，乾隆已在對岸九曲板橋下輿，從容徐步過來，當即隨班跪了迎候。待乾隆到了橋頭亭，傅恆率先叩頭，稱道：

「奴才傅恆等恭候聖駕，給主子請安！」

「都起來吧！」乾隆略站了一下，看了看幾個心腹股肱，含笑說道：「韻松軒雖也涼爽，沒有風，比這邊氣悶些，所以叫了你們來——隨朕進工字殿吧。」

衆人一一躬身聽命，隨乾隆身後亦步亦趨進殿。原以爲殿中必定比外邊要悶熱些的，進來才知道，這座工字形殿宇東西南北四面開通，厚重的穹宇，中間天棚藻井又加了一層，再毒的太陽也曬不透。中心須彌座設在十字衝口，無論什麼風向，都在這裡交滙，爲防穿堂風傷人，四面都敞圍著薄紗屏風，一色的黛青色金磚打磨得光可鑒影，踏上去覺得連腳心都森涼沁心。因殿宇深邃，爲增光色，所有過道壁上，字畫擺設全無，嵌滿了人來高的大玻璃鏡，色彩各有不同，對影反射，即便一個人進來，也覺得滿殿都是人影晃動。幾個人進得這裡，不但滴汗全無，隨著陣風徐徐，竟還有些寒意。因乾隆進內殿更衣，幾個人肅立在御座屛風前，有點像傻子進城，呆頭呆腦地東張西望，見乾隆從角門出來，「唿」地便跪了下去。

乾隆進殿前只穿一件米色葛紗袍，出來時已套上了石青色直地紗繡洋金金龍褂，項上戴一串伽楠香朝珠，繫著白玉鉤馬尾鈕帶，青緞涼裡皀靴踏在金磚上錚錚作響，卻沒有戴冠，由王八恥捧著隨侍在旁。他顯得很隨和，適意地走動幾步，打量著岳鍾麒道：「你還很矍鑠嘛——廉頗不老，尙能飯否？——延清近來心疾好些了罷？朕下旨太醫院派醫士兩人，還有內務府派二十名太監到你府侍候聽用，他們都去了沒有？」

二人便忙著叩頭謝恩。劉統勛感動得聲音發哽，說道：「皇上給臣的待遇是親王待遇，斷然不敢當的。太監打發回去了，醫士不敢回去，留了一個住在臣府——其實臣的病不要緊，皇上賜的藥，蘇合香酒很效驗，務請皇上不必爲臣的身體操心。」岳鍾麒卻是聲如洪鐘：「臣比廉頗小著十歲，雖不能頓餐斗米，三大碗老米飯、二斤紅燒肉是下得去的——臣覺得還能給主子出把子力，出兵放馬去廝殺！」

「若論吃肉，還是紀昀。」乾隆一笑，沒有理會傅恆和阿桂，卻對紀昀道：「你這個紀曉嵐，不檢點吶！至朋密友小酌相會，原是人情世故，你怎麼請了一大群佐雜無職微員，蠅營狗苟之徒，一大院子搭起蓆棚吃酒？還是你下請帖！都察院有御史劾你舉止不檢，有失大臣官體。朕雖留中不發，也不以你為然。」

紀昀連連頓首，說道：「聖主責得是，都察院也劾得臣是！不過……臣現在這位置，蠅營狗苟之徒來縟鬧奉迎的太多了。設這一筵，正為拒客。」

「唔？怎麼說？」

「筵宴的主食是水角子。水角子的餡兒是人腳上的老腳皮！」紀昀說道：「臣全家一百多口男女齊洗腳，齊刮腳皮還不夠用，還向阿桂借了他親兵三十多斤——吃了臣的老腳皮，這群人還願再登臣的門檻麼？」

原來如此！乾隆先是愣著聽，接著不禁哈哈大笑：「老腳皮！啊——哈哈哈……」傅恆湊趣兒笑道：「好噁心人的，虧了紀曉嵐想得出！」劉統勛也詫異：「難道吃不出臭味兒？」岳鍾麒只是顫著鬍子笑。阿桂笑道：「他說要借老腳皮合藥用。他那麼大學問，我當然信——叫親兵們泡腳，都來刮——誰曉得他合的什麼藥？洗了又洗，漂了又漂，哪裡還有什麼臭味兒？」岳鍾麒笑道：「兵部新分到我府的門官也去了的。怪道的我問他，紀大人做什麼好吃的給你們了？他說『菜也平常，只那水角子是肉餡兒，誰也吃不出滋味來，不曉得是什麼肉！』他要知道是腳繭子，不當場嘔出來才怪呢！」

衆人又笑一氣，乾隆索了萬絲生絲冠來戴上，輕咳一聲，笑聲立止。他卻不立刻上須彌座兒，從案上抽出方才拆出的兩封折子，遞給傅恆，說道：「一封高恆的，一封劉鏞的，都不長，你們傳看——眞有意思，兩個逃將，一個在獄裡殺了個獄霸，一個在德州又殺了個惡霸，還都夾著一份因緣情愛——」一邊說一邊就登了御座，卻仍是和顏悅色，神清氣朗地說道：

「今日議的幾件事，昨兒都已有旨意告知了你們，一個賦稅，一個白蓮教，一個吏治，一個金川之役。嗯，還有訥親的處置。」

幾個大臣，連正看折子的傅恆，都抬起了頭望向皇帝。

「訥親——還有張廣泗，都已經鎖拿到了豐台。」乾隆一哂，淡淡地說道。

註① 即晚清慈禧太后囚禁光緒皇帝處。

15

論國律訥親受誅戮
察隱情睞娘洗冤抑

訥親鎖拿北京，幾位軍機大臣都不知道，乾隆見大家驚異，說道：「這是午膳前得的訊兒，沒來得及知會你們。」他一下子變得神情莊重，眸子裡還帶著一絲迷惘，像要穿透這工字殿一樣望著遠方。不知是對衆人，還是吶吶自語：「文的、武的……都是吏治。賦稅不均、獄訟不平……白日不照之處即有覆盆之暗。不好好理一理……再敗壞下去不得了……」說完便沉默，只用手不住撫摸案上一柄紫玉如意，時而端茶一啜，等著幾個人傳看完奏折，仍由傅恆雙手呈送上來，才命：「賜座，坐著說差使——朕有言在先，訥親門生故吏極多，你們有的與他共事多年，一條是他到京消息不能洩露，二是秉公議他的罪。定住了他的罪，聽憑你們去盡你們的私交情誼，不然，雖是軍機樞臣，朕亦不能諒解。」

「那就請主子先定訥親的罪。定住了就不再變更。」阿桂見傅恆沉吟，幾次欲言又止，知道他有難言的苦衷，因率先說道，「如今官場，哪裡有洩露不出去的事？朝廷有了一定主張，王法定住了，人情由他做去——這是奴才一點小見識，請主子裁度。」

「雖是權宜之計，不是小見識。」乾隆欣賞地看了看這個新貴，點頭說道：「這樣免了多少麻煩，也不至於爲他再起新的波折——就照這個宗旨。傅恆，你和訥親共事最久，政見有合有不合，而且他原來位置還在你之上。這朕都知道，你不要存私意，或有顧慮，秉公參議就是了，是是非非，朕大約還判斷得清楚。」

傅恆心裡一陣感動，離座叩首說道：「聖明燭照，奴才的心難逃聖鑑！訥親在位與奴才共事一主，並無私人成見，只是性情上訥親冷峻寡言，比奴才孤僻些。私交不廣，奴才私地裡想，爲樞機臣子，這還是一大長處。此次金川之役，他先是剛愎自用不納善言，戰敗之後又畏罪諱過欺君罔上。喪師辱國已經是罪無可逭，又恐罪行敗露，企圖殺人滅口，諉過於有功將佐。他如此喪心病狂，實實是奴才始料所不及，且大傷主子知人之明。清夜捫心，令人切齒痛恨！若論他的罪，欺君在上，戰敗還在其次，欺心在上，行爲敗檢還在其次，他讓國家社稷、朝廷君上顏面掃盡，實是天不覆地不載！」傅恆說得動情，眼中已是迸出淚花，旁坐幾人也都肅然動容。滿殿中靜寂空寥，只聽殿外順廊傳進來簌簌風聲，四面圍屏都在瑟瑟抖動。憑空給殿中增加了幾分驚悸恐怖氣氛。

「但訥親也有不可埋沒的長處。」傅恆平靜了一下自己激越的情緒，皺眉說道：「修永定河北岸堤、建築閘壩，確保京師無水患之災。這件事奴才反對，他對我錯。巡查河南、江南、山東幾省營務是奉旨而行，整頓得方，也不無勞績；順帶勘察海塘河工，修葺補漏，回京查看天津、河間賑災，除貪恤民，雖是大臣本分，也全活不少饑民。在江南整頓塘務、鹽政，建議以湖中涸田貸給無田貧民耕稼，……諸如此類不能勝數，平心而論亦不可泯。這是他可恕之一；其二，訥親清廉，無私交關說，不取非分之財，所辦差使都是肥差，萬千銀兩過手，一介不取。如今貪風橫熾，劉統勛到江南查辦，府縣以下無清官，證據斑斑。取其清廉赦其重罪，可以激勉官場風氣；其三，朝廷例有『八議』①之體。訥親係遏必隆之孫，國家功勳之後，孝昭仁皇太后外孫。可以推『八議』之格從輕發落。」

這是對訥親很公允的批評，確實絲毫不帶成見。說「勞績」說「八議」乾隆也聽得認眞，但並不在意，但「清廉」這一條確使乾隆怦然動心。聽完傅恆的話，他微微仰首望著藻井，沉吟片刻，笑道：「訥親在私邸門口養著巨獒，以防有人闖說撞木鐘，人不敢以私事相干，門前絕車馬之跡。雖然有些做作，畢竟清廉二字可許。你方才講，訥親的罪欺君欺心在上，其實喪師辱國，也不是小罪。諸葛武侯可以揮淚斬馬謖，朕爲什麼不能誅訥親？」說罷低垂了頭，彷彿不勝太息，良久，抬起頭來，蒼白著臉說道：「說吧，該定什麼刑？」

「顯戮！」岳鍾麒頭一個說道：「臣帶了一輩子兵，打出這樣的仗，不殺主將，就是刑罰不公。往後再有戰事，誰肯激勵用命？」阿桂在旁一躬身，說道：「他罪在辱主辱國，愈是動貴重臣，愈應該示天下典範，不應引八議之例！清廉是大小臣工本分。整頓吏治，應從誅殺貪婪爲主。選清廉模範，也不能選訥親這樣的。這樣的誤國蠹臣，要乾脆俐落地殺掉，反而能對官場糜爛之風有一番振作——奴才就是這個見識！」

紀昀一想事情就犯煙癮，掏出煙鍋子、又忙塞進靴子裡，卻被乾隆一眼看見，說道：「今兒給你破例一次。你抽吧，好在這裡通風，熏不到別人。」紀昀躬身謝了恩，嗞吧嗞吧抽著了，噴雲吐霧說道：「單論軍法，訥親已經是斬定不赦了。他還犯了十惡之條，飾敗諱過欺君罔上爲『大不敬』，不訥善言於前，落井下石於後又恩將仇報，是爲『不道』——這樣的人留著有什麼用？別說萬歲爺，就是臣，也不敢與他打交道——你救他的命，帶他突圍，他在燈下密謀殺你！還有，恕了訥親，張廣泗怎麼辦？張廣泗有野戰功勳，也在八議之列的。」

乾隆原本想到君臣親戚同朝多年，自己在當皇孫時就由訥親伴讀，當皇阿哥時，訥親又在自己門下，辦差十分盡心盡力，眞要下刀殺他，畢竟念著這些舊情，存著一點憫恤之心。紀昀的話一矢中的，訥親是個僞君子，恩將仇報的小人，誰敢再與這樣的人共事？乾隆因將最後一絲矜全的心也打滅了，點頭惡狠狠說道：「曉嵐說的是——中山狼！不但無用，而且有害，最要緊的是對不起死在金川的將士！」

至此，訥親身蒞死絕之地已成定論。傅恆暗自惦惙，剩下的事是如何周全乾隆的體面了。思索著，再三惦量，說道：「奴才以爲……八議還是要引以爲例。奴才方才說過，訥親也有他的過人之處，不能一筆抹倒，功過不相抵，他仍是死罪難逃。一是要念及聖祖先帝栽培他的一番苦心，二是要念及皇上平日對他諄諄教誨的恩情，奴才以爲訥親原本不壞，壞在他貪功求進，欲圖更邀恩寵。存了這個私意，漸漸敗壞了天良。再者，他私地裡那些齷齪行徑，如果公布天下，實在有失朝廷體面。看光景，訥親不自裁，還在希冀後恩，思之令人越發的厭憎。他當初立過軍令狀的，現在什麼也不必和他理論，就依軍令狀，著令他自盡以謝天下——這是奴才的小見識，請皇上定奪予裁！」說罷就座中向乾隆一躬。

「傅恆說得很中大體。」乾隆立刻聽出傅恆的弦外之音，但他的「見識」不能與傅恆的「小見識」完全一樣，略一思索，說：「他是負軍事失敗的罪責，和吏治摘開兩說。他做那麼大官，追究株連起來，要引起新紛爭的。遏必隆公當年何等英雄，有這樣一個敗類孫子，想必也蒙羞含恨於地下——把他祖父的刀封了賜給他，令他自盡，張廣泗即著豐台大營軍前正法。就這樣定了！」

在座的俱是千人遴萬人選，粗籮細籮都篩過的頂尖兒人精，傅恆說得雖委婉，繞的只是一個彎子，皇帝任用訥親並無過錯，是訥親自己「變」壞了，辜負了君恩祖德。這樣既打老鼠又不傷花瓶，已是人人聽得心裡欽敬，乾隆這一處置，將訥親與文武百官平日往來撕擄清白，更見高出一籌，更是人人佩服得五體投地，當下參差不齊都在座上躬身頌聖。

訥親的罪既定，兆惠和海蘭察的案子也就明朗，劉統勛道：「兆惠和海蘭察戰功卓著，身携軍餉萬里投主，忠忱之心可對日月。臣等退下去後即著兵刑二部撤去海捕文書。只是兆惠獄中之案，海蘭察德州之案，已經天下知聞。應議處分，伏請皇上聖裁。」

「千里走單騎，這是朕的兩個關羽嘛！」乾隆議決了訥親的案子，似乎輕鬆了些，撫著案上如意，略帶自嘲地一笑，說道：「他們從前隨班接見，朕其實還認不得，著高恆禮送海蘭察進京，朕單獨接見。你們可以告訴這二位，海蘭察與丁娥兒，兆惠和那個何雲兒，由朕來賜婚，朕要成全他們一段美姻緣。」

這有點近乎鼓兒詞折子戲裡的故事兒了。阿桂倒是滿有興致，紀昀卻覺得這般處置透著欠莊重，因見傅恆微笑不語，劉統勛和岳鍾麒置若罔聞，遂嘆道：「可惜我軍是打了敗仗……兩位將軍是亡命而歸。不然，班師榮歸，天子賜婚，好生熱鬧一番，傳之天下後世，確是一段風流佳話呢！」一語提醒衆人，乾隆不禁一怔，笑道：「紀昀這是在譎諫吶！好，朕聽你的，你們去操辦這些事吧！」

「佃租太重，佃戶業主的人命官司愈來愈多了。」傅恆跟著一笑，轉入議政主題，嘆道：「奴才查看了丁娥兒和何雲兒兩案，一個是主佃不合逃亡躲債，一個是抗租不繳被送入獄。兩個將軍偶然相遇，都是同一類案子，舉天下之大，可想而知。乾隆元年主子就有旨意，『主佃相爭，以凡論處』，佃戶只是租借業主田土耕種，並沒有主奴身分。現在業主拿著佃戶當奴才的，在在皆是，高萬清光天化日之下強搶民女，即是一例。奴才以爲茲事體大，斷不可輕忽，應明詔天下，重申以凡論處的旨意，這是杜絕民變的大法。」阿桂深以爲然，接著傅恆話茬說道：「從來客大欺店，店大欺客。主佃也是一樣，都是良莠不齊善惡不等。業主強橫，就魚肉一方，佃戶強橫，抗租賴債欺侮業主的也儘有的——不是東風壓倒西風，就是西風壓倒東風——朝廷應該兩頭按，按著業主減租，也要拿著些刁頑凶蠻的租戶作法。不能偏頗。」因見傅恆目視自己，料是哪句話失了口，便款款收住，疑思良久，才恍然大悟：原來不留神間，引用了《紅樓夢》裡林黛玉的話，不禁臉一紅。

乾隆卻不理會，笑道：「阿桂見得是！把雀兒牌桌上的話都搬到這裡了——你們擬旨看。」他頓了一下，目視劉統勛，問道：「江南應革的府縣官員共是多少名？」

「一百三十四員。」劉統勛答道。

「多少留任的？」

「十二員。」

「都是金鉷手裡任缺的？」

「回聖上，大部不是。但尹繼善參奏得十分結實，有理而且有據。革掉他們，江南人民額手相慶！」

乾隆沉默了。舉省府縣官員操守清廉的不及十分之一，府縣以上的官員尚未清理，現放著兆惠身攜的黃金不翼而飛，隱隱透著省、道、司各衙門不可告人的貪瀆情形，儘自已經心中有數，乾隆還是深感不安。傅恆最熟悉乾隆脾性心思，因款款說道：「主子，江南是天下第一富省，鹽務、漕務、海關、河務、塘務，處處銀子淌河水，貪官自然多些。各省情形是不一樣的，請主子留意。」

「朕豈有不留意的？」乾隆冷笑一聲，「銀子多的多貪，銀子少的少貪，豈不令人心驚膽寒呢？劉統勛寫信告訴劉鏞，蕪湖、德州的差使辦得不壞，給他加刑部侍郎銜，不用回京謝恩，即赴江南，就從五百兩黃金著手，從總督到未入流，牽連到誰，有一個查處一個。傅恆給高恆指令，德州一案高恆的折子很好，尉遲近仁、皮忠臣已有旨鎖拿。叫他著力整頓鹽務。查漏補闕，不可怠忽——江西、河南、山西、陝西都有盜運官鹽的，江南更甚，掛著官鹽牌子販賣私鹽，鹽庫也有不少虧空，都要著落在他身上弄清白！」

鹽庫虧空不足爲奇，進出稱秤不一，運輸中途折耗，庫房潮濕漏雨，官定折耗不足補償，歷來如此。盜運官鹽便令人百思不得其解。官鹽比私鹽價高出一倍多，偷買出來再賣私鹽，世上哪有這樣的傻子？阿桂心思靈動，電光石火般閃過一個念頭「這是官賣私鹽——天！那該是多大的案子？」他囁嚅了一下，想說，見傅恆等人都沉靜不語，便噤了回去。劉統勛雙手把著椅背，坐得很直挺，看樣子也在緊張思索，許久，輕咳一聲說道：「臣請旨再去一趟江南。親自徹查兆惠軍餉這一案。還有一枝花易瑛，在浙西浙北太湖一帶傳布邪教，這個禍根不除，皇上南巡安全容易出漏子。劉鏞到底年輕不更事，臣放心不下他辦差！」

「有子如劉鏞，你延清還不知足？」乾隆笑著說了一句，隨即斂去笑容，嘆道：「尤明堂幾次上折子諫阻朕南巡。一是說萬乘之君不宜輕動，二是國事繁冗、政務叢雜之時，不宜冶遊，三是怕花錢、迎駕送往擾民擾官。他說話梗直不隱，朕從來不罪他，因爲他的心地忠正。但兩江之地是國家財賦根本之地，一條揚子江，一條運河，還有黃淮堤防，朕身爲天下之主，焉能不加關心？就是江南的人文勝景，也應該看看……」

說到這裡，他打了個頓兒，江南「人文」其實是指那裡漢人聚集，又曾是前明故都，文士墨客薈萃之地，民間草萊之中懷念漢家冠裳制度的爲數不少，南巡，可以收攬民心，化解當初清軍入關嘉定三屠、揚州十日的寃情。聖祖六次南巡，三謁明孝陵，接見勝國遺老，其實說穿了就是「羈縻」二字。但眼前五個臣子有三個都是漢人，這一層不能捅破。因此，乾隆略帶詭譎地一笑，又道：「擾民擾官的事已屢有旨意，斷然不會有的。

察勘民情疾苦，順帶觀賞江南魚米水鄉風調，朕看也到不了『荒淫冶遊』那個地步兒。劉統勛既然要先下江南為朕清理駐蹕關防，也好。你也可在南京休養幾個月。查案的事還著劉鏞多操辦些，你坐纛兒指點指點也就是了。」說罷便起身。

幾個臣子也忙起身施禮辭駕。乾隆陡地想到他們一退出去，立即就要封刀去殺訥親，心裡不知怎的猛然一疼，臉上似悲似喜站在座前，怔著沒動，也沒言語。傅恆小心翼翼問道：「主子還有旨意麼？」

「朕是想起一件事。」乾隆暗舒了一口氣，已是回過神來，勉強笑道：「江南罷黜那麼多官員，該著哪些人去補缺。上次已有旨教你們軍機處議一議，你們是什麼章程？」

傅恆原料他反悔訥親的案子，聽是這事，忙笑回道：「軍機處沒有會議。奴才和阿桂、紀昀三人商計了一下。內務府現在有一百多筆帖代候補待選，這都是些窮京官，在這裡苦熬，不如放到江南外任上，內務府的錢糧月例也稍寬裕一點。這件事還沒透出風去，請旨之後才能辦理。」乾隆冷冷一笑，說道：「太監們早就把風透出去了！如今撞木鐘都撞到老佛爺那裡去了——早點定下來，只怕那干子急著補缺的筆帖式們還少些混帳鑽刺走門路的。你們瞧著，朕還要處置幾個有頭有臉的太監——這上頭絕不手軟！」因見劉統勛張口欲言，又道：「你好像還有事要奏？」

「臣以為這樣不妥。」劉統勛濃眉緊蹙，沉吟著說道：「江南的缺都是州縣官缺，是治百姓的，應該讓當過百姓的官去補缺。那都是許多人紅著眼去爭的肥缺。又去一批不懂政務一心撈錢的筆帖式，等於是攆走一群飽狼，又來一群餓虎——」他沒有說完，乾隆已是笑了，說道：「你們議的那個不成。劉統勛這才是老成謀國，股肱之心忠良之臣，不愧眞宰相啊！傅恆不要臉紅，朕沒說你們有私意，只是慮事要從根子上慮起，公務忙了，容易就事論事。」傅恆忙道：「這是主子原宥，細思私意也是有的，筆帖式們耽在禁苑朝夕見面，他們在宗室皇親間走動得勤，官雖小，都是手面通天的人物兒，暗自也有怕開罪他們的心。」

乾隆徐步下了御座，卻不就離開。在幾個大臣的目光注視下，輕緩地橐橐踱步。他的目光變得有些陰鬱，望著長廊裡映進來的日光，點頭嘆道，「是啊！這裡講究的就是心，……能到這裡做事的哪個不是百伶百俐？訥親素日小心謹密，而方寸一壞，天奪其魄，雖欲倖免而不能！」他目光倏地一亮，又黯淡下來，沉默了一會子挪步便走，邊走邊說道：「訥親的事不要等後命了。他寫兩封血書想見朕，告訴他，見面彼此更傷心，傷心也不能廢國法，見面何益？就這樣辦……」說著，已是去遠了。

乾隆離開瀛台，過了板橋看錶，已過了申正時牌。王八恥隨他身後，見抬輿的太監們都垂手站在涼亭子外頭候命，搶前一步道：「呆著做什麼？主子要到澹寧居給老佛爺請安！」乾隆面無表情，擺手道：「朕累了，隨意走幾步過去，你們把乘輿抬過那邊等著就是了。」

「主子，您瞧這天兒，要下雨了呢！」王八恥陪笑說道，「再說，老佛爺娘娘那邊的秦媚媚過來兩回了，問主子甚時下來。去遲了，怕老佛爺惦記著。今兒必定有軍國大事，主子議了這長時辰的政——也忒勞乏的了。」乾隆說道：「就因爲坐得勞乏才想走動走動——議政長短，議的什麼政，不是你問的事。仔細著了，告訴下頭，這邊園子大，要比紫禁城管得更嚴。朕殺太盛可從來沒有心軟過！」他透了口氣，拔腳便走，卻不沿來路，只撿著林間小徑向澹寧居方向穿行。王八恥他們不敢隨行，又不敢遠離，只遙遙跟在後邊，綽著乾隆樹叢花掩中的影子，時停時走，時快時慢。

天果眞是陰了，西邊還隱隱傳來隆隆的雷聲，只是滿園的老樹薜蘿濃蔭蔽天，看不見天上的雲是怎樣的情形兒。乾隆滿腹心事，一件一件地想時，卻又都不足掛懷，理不出到底爲了什麼心情如此沉重。思量著逶迤而行，只見林子愈來愈暗，不知名的小鳥在枝椏中撲翅飛著啾啾而鳴，草間小蟲也在此呼彼應，濃綠得油黑的樹葉叢草掩得卵石小徑成了一條細線，越發顯得幽暗陰沉。走著，道旁一塊臥虎石映入乾隆視線，他觸電了似的身上一顫，立即明白了，自己下意識裡還在想著訥親。

這塊臥虎石不大，只有一人多高，色彩黑黃相間，天然的四腿屈臥，有頭有尾，耳目宛然，據說是甕山山神，康熙初年聖祖出獵西苑，它不合自動出來護駕，被聖祖誤爲猛獸射了一箭，就地化作石虎。後左腿上一塊小石疤就是當年留下的箭傷。乾隆小時候常來這裡爬上爬下地玩，就在這裡海子邊的叢石中和訥親捉迷藏，逮蟈蟈兒，有時還踩著訥親肩頭騎上虎背左右顧盼，訥親和老總管太監張萬強一邊一個，扎煞著雙臂怕他有個閃失，訥親那張緊蹙眉頭，又惶急又擔心的臉，到現在還記憶猶新。……此刻，訥親囚在豐台，盼著想見自己一面，憂急如同焦焚，自己卻送了一把刀過去！乾隆想到這裡，心像從很高處跌落下來，一直往下沉，沉……他的臉色也蒼白起來。

正沒做奈何處，乾隆忽然聽見石後有個女子聲氣，喑著嗓子極壓抑地嚶嚶啜泣，給這黯黑的林子裡平添了幾分淒迷和陰森。他放慢了腳步，手攀藤蘿繞過臥虎石頭，從虎項下向西看時，卻是睞娘偎坐在一株老烏桕樹下，背對著石虎，用手帕子捂嘴掩面在呑聲兒哭。乾隆怔了一下，似乎想躡腳兒過去嚇她一跳，又止了步，輕咳一聲道：「睞妮子，受了誰的委屈了？一個人躲在這林子裡哭？」

「是萬歲爺！」睞娘嚇得渾身一哆嗦，轉臉見是乾隆，就勢兒翻身便叩頭，吶吶說道：「沒，沒人……給奴婢委屈……是奴婢自己想不開……」

「你還敢哄朕？」乾隆一笑，虛恫嚇道，「朕都知道了！」

睞娘驚得臉色慘白，用惶恐閃爍的目光凝貯著乾隆，半晌說不出話來。乾隆原本不在意的，此時倒眞的上了心，認眞問道：「出了什麼事？你說的不對。皇后已經說過，要給你開臉，進『答應』位，有什麼『想不開』的？」睞娘淚眼模糊低垂了頭，說道：「老佛爺方才傳了我去……」

「老佛爺？傳你？」

「老佛爺問我，在魏清泰府裡，幾歲進去的，幾歲出來的。」睞娘拭淚道，「奴婢起初也不上心，就如實回了。後來老佛爺又問，聽說魏清泰有個外孫，叫黎登科，是幾歲上頭死的？得的什麼病死的？還教我說實話，不說實話就打我辛者庫去。還說……先頭有個叫錦霞的，私自勾搭皇上……說我不同錦霞，跟皇上沒有倫常輩分的分說，只要說實話，一定不打不攆，……主子啊！黎登科是跟他表姐巧姑娘相好兒，夏天吃冰湃李子得了夾色傷寒死的。死時才十四歲，死時候還叫巧姐的名兒——這魏府沒人不知道的，我那時才九歲，任事不懂的洗茶丫頭，這事跟我什麼相干？……主子，主子……你是知道的……我給你的是乾淨身子……」她說著，已是淚如泉湧，只渾身抽搐著縮在樹下，瑟瑟抖動。

暗幽的林子似乎片刻之間亮了一下，接著便是「轟隆」一聲雷響。刷刷的雨聲急驟如奔馬呼嘯漸漸近來，密不分個地打得樹葉一片聲響。只是因大樹枝葉稠密，難得有雨滴零星滴下來。王八恥等人聞得雷雨聲早已趕過來，見乾隆置若罔聞，忙又遠遠退了回去。

乾隆的臉色比周圍的景色還要陰沉，牙齒緊緊咬著，腮間肌腱都微微凸起。他爲一國至尊，先是與信陽府的王汀芷有情，汀芷嫁人在京尙偶有來往，她丈夫卻無端被人遠調了兩廣，還有嫣紅和英英，與汀芷一樣於自己有救命之恩，也在園子裡防賊似的幽居數年。如今又比出一個錦霞，不知是誰又要害面前這個睞娘了！政務叢雜國事繁冗間，有幾個紅顏知己聊慰寂寞，怎麼處處都有人作梗擋橫兒？怨皇后？皇后床上情欲有限，從不兜搭霸攬，一心要做史上名賢皇后；怨太后？他不敢這樣想，太后管自己的閒事從來循著禮法，又是自己的生身母親，再沒有半點外意的……思量著，乾隆說道：「睞娘不要哭，你乾淨，朕知道。朕親自給你做主，看是誰敢傷你！」說著，提高了嗓子喊道：「王八恥過來！」

「奴才在！」王八恥聽得叫自己，三竄兩蹦飛奔過來，打千兒道：「萬歲爺有什麼旨意，奴才即刻承辦。」

「你給朕查一查，是誰在老佛爺跟前嚼睞娘的舌頭，回頭奏朕！」

「扎！」

「傳旨內務府，哦不，傳皇后懿旨，睞娘著進儀嬪，隔過『答應』這一層，賜名號——嗯，就叫魏佳氏——她是漢軍旗，抬入滿洲正黃旗！」

「啊——扎！請旨，魏佳氏抬旗，魏清泰家抬不抬旗？」

乾隆略一思索，說道：「一起抬旗吧——他們跟著沾點光，也許少些是非。」說罷又吩咐，「送睞娘到娘娘宮裡，把朕的旨意說了。」睞娘發著怔，未及謝恩，乾隆向她一點頭，已踅身去了。

出了林子，乾隆才知道雨已經下大了，站在一株老柏樹下，由著太監們給他披上油衣，換了鹿皮油鞋，在蒼蒼茫茫的雨幕中淌著潦水緩緩直趨澹寧居。在丹墀上脫衣換靴時，殿中太監早已一擁而出，說著，「老佛爺請主子裡頭更衣，外頭風大氣涼，防著著涼了！」乾隆搖頭不語，到底穿換停當，才跨步進殿。

這裡自康熙晚年倦政，一直都是皇帝夏日議政見人的處在，裡邊的陳設布局仍舊是昔時格調。乾隆一進來，所有的太監宮女輕呼一聲「萬歲」便都跪了下去。

「都起來吧。」乾隆無所謂地一擺手，吩咐一句：「太后在這下榻，這個須彌座擺在正殿不合式，叫人把它移出去。」說著便進東暖閣，見那拉氏和鈕祜祿氏都侍奉在太后榻下，也是剛剛起身，正在蹲福兒。因見還有一位五十多歲的貴婦人也在旁邊，炕桌上還零零散散堆著紙牌，料是她們鬥紙牌正在玩兒，乾隆也不理會，只向太后打個千兒行禮，說道：「老佛爺安康！」

太后似乎有心事，臉上似笑不笑，雙手無意識地整著桌上的牌，說道：「皇帝起來吧！外頭下這大的雨，我吩咐教他們過去傳話，就別過來請安了，他們回來說已經起駕了——淋著了沒有？這裡林子太密太暗，晌晴天氣我還不敢獨個兒進去轉悠呢！你是萬金之軀，就是那個叫紀什麼的來著說的，『千金之子坐不垂堂』，凡事不能任性兒——先帝爺……得病，不就是這園子裡剋撞了什麼？雖說你福大天佑，當心些兒還是沒過逾的。」

「今兒兒子議政議得時辰長，走動走動疏散筋骨，又有那麼多人跟著，不妨的。」乾隆宮外宮內百事掛心，原本打不起精神，聽母親教訓，只好一一稱是，一邊又回話，「上回老佛爺吩咐下來，叫人把清梵寺的佛像裝裝金。這錢不能從國庫裡出，兒子已經傳旨內務府，從皇莊貢來的銀子裡出項。這事兒子請母親放心，八月燒斗香，兒子陪您過去看，準教母親歡喜！」說罷一笑。

太后也是一笑，說道：「內務府也不會屙金尿銀——方才那個趙司晨還進來哭窮，直隸、京郊，還有承德黑山、喀左都鬧災，要過個窮年呢！喀左，是我娘家地兒，我已經有話吩咐，今年年供免了。你還從他們身上打主意？」乾隆一聽便知，仍舊是那群筆帖式在下頭起哄，拱著太后壓自己放江南外任，心中已是有氣，勉強笑道：「老佛爺這麼處置最好！不過，有些事他們是哄您的。內務府那些筆帖式都是旗人，落地就有一份皇糧，又吃著六品的俸，哪裡就窮了這起子光棍呢？江南百姓那裡，大臣意見還是要派百姓裡出來的讀書人去。淮安一個水災，緊賑濟慢賑濟，連餓帶病還是死了二百多。餓急了的人吃樹皮、吃觀音土，吃楊樹杏樹葉子……就爲怕官逼民反，鬧出亂子吶！」太后原來一臉不然之色，她虔心敬佛的人，聽說餓死人，只喃喃唸誦：「阿彌陀佛！可憐見的，我老婆子懂什麼？還是依著辦事人說的做去罷……不過，有些旗人也艱難的，一個月守那二兩月例，沒有差使外項進項，夠做什麼使的？也得想法子。」

「一直在想辦法呢！」乾隆見母親通情達理，心裡鬆快了一點，陪笑道：「給他們差使，他們不會辦；當官，理不了民政；分他們地，都是官中最好的，不但不種，都賣了。只會泡茶館吹牛，養老黃狗栽石榴樹，提溜個鳥籠子轉悠。兒子也拿他們沒辦法。」

太后嘆道：「我嫁到你們愛新覺羅家快四十年了。打聖祖爺時就說這個話，你皇阿瑪脾氣躁性，提起旗人就氣得臉上不是顏色，現在又輪到你了！說句罪過的話，我瞧皇帝比著先帝、聖祖，似乎都聰明些。趁著天下富足太平，趕緊整頓。旗人，是咱們這個朝廷的根本啊！」

乾隆一邊聽一邊稱是。他其實比誰都清楚，旗人是給慣壞了的：落草便有錢糧一直到死，誰還肯出死力氣自養？但這是「敬天法祖」的根本規矩，革掉這一條，八旗也就散了，皇位也坐不住——談何容易呢？想著，乾隆說道：「兒子並不敢和先帝、聖祖比聰明。這裡頭有個氣數，不單是人力的。三藩亂時，聖祖爺起用圖海、周培公，帶京師三萬旗人，十二天掃平察哈爾叛亂，不到半年廓清甘陝。兒子想，有仗可打，還能調起我們滿洲人的英雄氣概。好比刀子，不用不磨，就是寶刀也鏽壞了。告訴母親一句話，金川雖然戰事不利，兒子又得了兩員好將軍，而且都是咱們旗下的人！」因將兆惠和海蘭察金川之戰中殺敵護軍，帶餉逃亡，獄裡途中仗義殺人的事繪形繪聲說給母親，又道：「阿桂也是一樣，打出來的國家棟樑！老佛爺瞧著，西邊用兵，準還能再出一批人材。用心檢點，慢慢整頓起來，還是指望得的。」

太后聽得一時搖頭閉目，一時皺眉蹙額，一時目瞪口呆，一時微笑頷首，對旁站的三個女人說道：「你們聽聽！這不是說古記兒？一時斬頭灑血，一時又是兒女情長——皇帝，往後有這樣故事兒，跟我多說說，比什麼都解悶兒呢！」因見乾隆目視那位貴婦人，便道：「這是魏清泰家的，是我們鈕祜祿氏門下的人，進來請安。我們三缺一抹牌兒，就湊了一手。」

「噢，魏清泰家的？」乾隆點點頭，問道：「你家老爺子還結實？」魏清泰夫人正聽得發呆，見皇帝問自己，忙跪了叩頭道：「是！我們老——魏清泰過年就八十，身子骨結實，每日清早還能打兩趟布庫。」她第一次面對皇帝回話，心裡噗噗直跳，說話打連珠炮似的，應對也不得體。天子問起居，先是得謝恩，還要代魏清泰回問聖安，這些話頭一概忘了，宮人們都低頭偷笑。乾隆卻不在意，只看了太后一眼，又對魏家的說道：「睞娘入宮侍候得好，已經有旨著進儀嬪，她改了貴姓，叫魏佳氏。你們家自然也要沾君恩，改姓魏佳氏，抬入正黃旗。回頭就有旨意，你回去可以先給魏清泰報個喜訊兒。」

睞娘越過貴人、常在、答應等品級，由宮人直擢到嬪，連太后在內，沒有一個人知道的。魏家的因早年欺侮虐待睞娘，怕她得意報復，時時放些流言蜚語進宮裡，作踐睞娘人品。連太后都聽得在了意；鈕祜祿氏因恐睞娘得意，自己失寵，妨了兒子前程，也常在皇后處似有若無地添些閒話，聽乾隆如是說，不禁也怔了，看著太后，似乎有點不知所措。只那拉氏這上頭觸過乾隆霉頭，深知這主子脾性冒犯不得，因見魏佳氏兀自直橛橛長跪著發呆，笑道：「你高興糊塗了——還不趕緊謝恩！」

「謝主子……隆恩！」

「從今後你們就是勳貴外戚了。」乾隆隔窗望著外面的濛濛雨簾，端著茶杯平靜地說道：「和別的嬪妃一樣，每月要進來請安朝見。你們有些家務事朕也略有風聞。過去的就翻過去罷，睞娘也沒有計較過。你記好兩條，一是睞娘榮，你魏家榮，睞娘辱，你魏家辱，這是自然之理；二是約束家人子侄，有差使沒差使，當官不當官，不要自己估定了『國舅』的勢招搖鑽刺，要學傅恆、高恆，給朕當好奴才，那就大家平安皆大歡喜了——懂麼？」

魏氏已聽得滿頭大汗，額頭磕得烏青一片，連連說道：「是是是！奴婢懂了，懂……了。家去一定回說主子旨意，告誡家人。奴婢再帶女眷進宮給睞——魏主兒請安謝罪！」

「這就對了。」乾隆滿意地一笑，說道：「你這就算叩拜了老佛爺和朕。再過西邊道寧齋去，給主子娘娘磕頭謝恩，也要給你們主兒叩賀，禮全了再回府報喜。」又笑謂那拉氏和鈕祜祿氏，「你們兩個也過皇后那邊湊湊趣兒。娥皇女英同事一君，是件喜事嘛！也該賀一賀的。」

三個女人各懷心思，對望一笑，齊叩下頭去，低聲下氣稱道：

「是……」

註①　八議：據《周禮》，一議親、二議故、三議賢、四議能、五議功、六議貴、七議勤、八議賓。凡入八議者，重罪可改輕罰，輕罪可以原宥。係貴族特權。

16

安宮闈乾隆慰母后
憂民變貴婦減租糧

東暖閣裡只剩了太后和皇帝娘母子二人。乾隆見宮女們要收拾炕桌上的牌，起身笑道：「這裡不用你們了，連太監都退到西配殿去！」說著，親自取過茶具案上銀瓶，給太后倒一杯涼茶雙手捧了奉上，又慢慢整齊散亂在炕桌上的紙牌，一邊笑說：「這牌都打毛了邊兒，眞不知道這些殺才們怎麼侍候老佛爺的！」

「那些事叫下人們做就是了。」太后笑道，「聽說昨晚看折子又到三更天——也太乏累的了。請安，我還不忍教你天天過來呢！」乾隆口說「是」，一笑又道：「這些事小家小戶都是兒子該做的本分。兒子偶爾侍候一下，倒得些天倫眞趣呢！文武百事安排定了，今秋我必要奉著母親南去。咱們找一座廟住，三天不見人，就自己一家子，兒子也得好生親近親近娘，略盡點子孝心。」太后被他說得興頭起來，靠著大迎枕，一手舉杯，說道：「聖祖爺六巡江南，我那時還只是個側福晉，沒福跟著先帝去。聽先帝回來學說，那西湖、斷橋、雷峰塔、靈隱寺、瘦西湖、虹橋、小秦淮……什麼秦淮月、錢塘潮……比著畫兒上畫的強十倍也不止！還說起虹橋邊兒上看日頭落，廿四橋看月亮，……他那樣板正嚴厲的人，說起來高興得放聲兒笑呢——還背詩！」

乾隆見母親喜歡起來，便承色奉話，笑道：「兒子還記得皇阿瑪背詩呢——」因便吟道：

廿四橋邊載野航，六銖縹緲浣紅妝。
生兒應取桃花硯，鸞尾湘鈎出短牆。

——還有一首：

新詞吟罷倚雲鬟，清婉爭傳仕女班。
紅葉御溝成往事，重留詩話在人間。

誦罷說道：「這是梅文鼎的詩，聖祖跟前的人，通天文會算學、律曆。先帝誇現在沒這樣兒的人才，就記住了——」猛的從「紅葉御溝」故事兒想到睞娘，便打住了口，半晌才道：「小于成龍在虹橋修了一座書院，到時候兒去看看……」

太后見他說得正高興，突然沉鬱下來，審量著他的臉色問道：「皇帝好像有心事。今兒議了這久的政，要乏了，就回去歇著吧。」

「兒子不乏，是有心事。」乾隆說道。其實，太后說著話，乾隆一直就在想，臨時晉封睞娘怕太后不快，要解說；誅殺訥親雖是國事，但訥親的父親和太后是堂姐弟，繞不過去的一個不遠不近的親戚。現在要殺，連聲招呼也不打，對景兒時候略給自己點難堪，「孝悌天子」的名聲兒也就完了。一頭思索，撿著能說清楚的事先告白，囁嚅了一下，乾隆深長嘆息一聲說道：「訥親的案子已經明白讞定。已經下旨，封遏必隆刀著他自盡。」

「啊……」半躺著的太后手一顫，連杯中的涼茶都濺了出來。她坐直了身子，緩緩放了杯子，臉色變得異常蒼白，吃力地問道：「旨意已經發下去了？」

「是……」

「是傅恆他們的主見？」

「不，是我——傅恆是奴才，他不能做主。」

「能挽回麼？」

「我已經有旨，不等後命。」

「可……你是天子，是皇帝。」太后的臉愈加蒼白得沒點血色，顫聲道：「訥親是老公爺的嫡脈，又是單傳，有著世襲罔替的一等公爵的啊……每常時分你總誇獎他辦差好，這些功勞情分該念及的還是要念——論理，這裡頭沒有我說話的地步兒。你既說給我聽，能著些兒不殺，罷職不用最好——訥親是宰相，大清開國還沒有殺過宰相呢！隆科多是謀逆，先帝爺那性子，也只是永遠圈禁。這是太祖爺時候就留下來的規矩……我說這話是爲你後世名聲，多斟酌些兒還是好，人頭不是韭菜，割了還能長出來。」

乾隆太熟悉自己的母親了，別說訥親，年年勾決人犯，她都要齋戒進香，再三再四叮囑「得饒的可饒的，一定刀下留人。」就本心而言，他也不忍殺訥親，然而訥親不殺，不但金川之戰沒法再打下去，西疆、回部、藏部都有亂子，士氣不揚，文治罷了，「武功」從此休提。乾隆臉色慘沮，聽著母親的話不時點頭，噓氣兒說道：「母子通心，兒子也都想到了這些。也正爲兒子是天子，是皇帝，恕不得訥親。欺君之罪朕都可以原宥他，六萬冤魂怨氣沖天，用什麼安慰祈禳？那死的人堆山積垛，眞同母親說的，割韭菜一樣啊！不殺了他，往後將軍出兵放馬，還會教策凌阿拉布坦的兵一片片割倒。額娘是大慈悲人，想想那些將士死在黃泥潭裡，那麼悽慘，他的罪可恕不可恕？宋太祖趙匡胤，立誓不殺大臣，大臣就在下頭害百姓，江山弄得七顛八倒……老佛爺，那是什麼名聲兒呢？」

……

「滅大宋的不是蒙古人，是文恬武嬉的文武百官。」乾隆知道母親已經被說動，繼續循著自己的思路款款陳說道：「蒙古大軍將宋代最後一個皇帝趕到瓊崖大海，宋代最後一個皇帝還在孩提之間，宰相陸秀夫在船上還在給他講《中庸》。船被困了，把自己妻兒老小的船先沉了，抱著小皇帝投海自盡……額娘，你知道指揮這一戰的蒙古主將是誰？」

太后搖了搖頭，她的眼中已經迸出淚花。

「叫張弘範。」乾隆想到末代皇帝途窮慘狀，也覺心中悽惶，哽著嗓子道，「他是大宋的一員戰將，投了元，又來打自己主子。滅了宋，還磨崖鑄字，寫了幾個字說『張弘範滅宋於此』。後人鄙薄他，在前頭仿他筆跡又添了個字，『宋張弘範滅宋於此』

——這不是文人刻薄，是的的眞眞的史實！兒子想爭一口氣，別教後世我們大淸也出張弘範那樣的賊子！」他說著，太后已是一邊流淚一邊點頭，嘆道，「我都明白了，這眞是無奈的事……他作了孽，就由他受吧……」乾隆轉而撫慰太后，說道：「老佛爺這樣想，是大慈大悲。成全國家、社稷，成全三軍將士、人民百姓，也成全兒子的一片苦心。就是訥親地下有知，也要感激慈恩……訥親無後，他的世襲罔替，可以減等襲爵。就……就由他哥哥策楞襲二等公，您看可成？」

太后喟然一嘆，雙手合十，閉目吶吶說道：「阿彌陀佛！我的兒，這些事你自己裁度辦罷……我老了，精神不濟。就是精神好，也不是女人過問的事。外頭的事，已經和聖祖爺、先帝爺手裡大不相同，就是老孝莊佛爺在世，她也料理不開。不但外頭，就是宮裡，我也撒得手。只是富察氏那個身子骨兒，七災八病的教人懸心。紫禁城還有這邊園子，還有熱河避暑山莊這幾處禁苑，比起聖祖爺時候大了十倍不止，太監宮人多了三倍不止，外言不入內，內言不外出，宮防警蹕，還有太監帶男人扮女裝進來。一個不小心，這『穢亂』二字名聲誰當的起？少不得有時我替皇后操一點心。」

「母親說的是！」乾隆一聽內言外言的話，便知道指的晽娘這類事。因陪笑道：「兒子也聽到些閒話。晽娘淸淸白白一個人，教一起子屑小刁鑽之徒形容得不成個人樣兒。這就是『外言入內』的過。高大庸其實是個穩當人，那麼大歲數了，夜裡還提著個燈籠巡視。只是局面大了，他一個人忙不過來。卜義那邊沒住什麼要緊宮嬪，晉高大庸六宮都太監，卜義過來當個副頭兒幫著料理宮務，只怕就好些兒。這些事由兒子和皇后商計一下，大的宮務請示老佛爺，小事您就別操心，只管榮養自娛。國家正在熏灼之期，您不要怕使銀子，只要您高興，要什麼兒子也要努力孝敬，準教老佛爺樂陶陶逍遙到一百歲！」

乾隆口齒伶俐，一番甜言蜜語說得太后又歡喜起來。她本是個無可無不可的撒漫人，沒有多深的心機，剛發作了睞娘，聽乾隆晉了睞娘爲妃，原是有些不快，此刻已丟了爪哇國去，因道：「睞娘可憐見的，在娘家受氣十幾年，進了宮還饒不過！你比娘心裡清爽。既這麼著，我看也很好。明兒叫了她過來給我磕頭，我還有好東西賞她呢！」乾隆念頭陡地一閃，動了靈機，乘著太后興頭說道，「宮裡的事兒子想了兩條，還沒和母親商量。一是有些宮女大了，有些侍候了多年有頭臉的，該指配的指配出去，侍候主子一場，有個好落腳處——指給那些有出息能耐的文武官員，他們也得沐浴母后的慈恩。再是后妃素有定制，不許歸寧。我想，她們也是兒生父母養，一樣的思孝思親的心。我天天過來給母親請安，還覺得盡不了孝心萬分之一，她們年年月月鎖閉深宮，不得見父兄子侄，雖然富貴，還是少了點天倫之樂。不妨由老佛爺下懿旨，兒子遵命承顏，命她們回回娘家，當日去當日歸，家人團聚歡喜，不也是件人天歡喜的慈命善舉？」

「好好！難爲我的兒想得周全！」太后喜得拊掌而笑，嘆息道：「這事聖祖爺做過。後來的嬪妃們沒這個福。打我進宮，瞧著這些娘娘妃嬪們安富尊榮，其實心裡都有一份說不明道不白的苦情。滿打滿算，打孝莊老佛爺起，活過六十歲的只有兩個，怕不是也爲有這些天倫上的傷懷事？你這才叫體天格物、念情揣理呢！就是皇后，我也可下懿旨，教她去傅恆府裡盤桓盤桓。天地良心，哪有個女人不想回娘家的呢？」

乾隆見母親高興，因就起身，笑道：「兒子還要過皇后那頭看看，聽是又犯痰喘了，又說不相干，這些御醫們莫名其妙。法蘭西貢來了些西洋參，回頭叫他們給老佛爺取幾斤來。聽說和高麗參藥性不同，先叫太監們試試，合用了母親再用。皇后不敢輕用這些補藥……」說著便辭出來，卻聽太后在殿內誦經：

南無喝囉怛那，哆囉夜耶，佉囉佉囉，俱住俱住，摩囉摩囉，虎囉吽賀，賀蘇怛拏，吽潑沫拏，娑婆訶……

乾隆略一想，便知是爲訥親誦經超度，不由黯然，在檐下丹墀邊望著朦朧蒼翠的雨色，發了一會兒呆，不言聲上了乘輿。

皇后不在風華樓北一帶新建的西式宮殿住。出了澹寧居向西約半里，矗著一座「道寧齋」宮，紅牆黃瓦飛檐斗拱，都隱在煙雨葱蘢的老樹竹叢中，沿宮一匝，全部栽的鐵樹，碧沉沉黑鴉鴉的一大片，雖不及澹寧居殿宇宏偉高大，因宮闕建在形如龜背似的土崗上，看去十分堅穩沉實。依著乾隆的意思，原想讓皇后住仿羅刹國的冬宮裡頭。皇后卻不甚情願，冬宮雖然涼爽，都是漢白玉砌成，她嫌顏色太素潔，宮裡太空曠，也看不慣周圍宮殿的式樣。道寧齋是個齋宮，雍正暴病前在園中遇見邪祟，和親王弘晝認爲是妖道賈士芳冤魂作怪，請江西龍虎山眞人婁師亘入園設壇作法鎭壓，就選的這塊風水寶地，宮中也就平安了①。因此修園子規劃時，弘晝特意請旨，在這塊龜形土崗上建「道寧宮」，而後又改名爲「齋」。皇后素來信佛佞道，因執定主意住了這裡。守宮的小蘇拉太監遙見乘輿過來，早已飛報了進去，待乾隆下輿，秦媚媚已是一溜小跑迎了出來，緊忙著給乾隆披油衣，又取一雙烏拉草木履，將乾隆濕透了的鹿皮靴換了青緞涼裡皀靴，一邊忙活，一邊笑說：「這油衣是暹羅國貢的，裡外都是綠頭鴨絨，再大的雨也淋不透呢！別瞧這暑天兒，碰上這天氣，衣裳再濕了，哨兒風吹過來，也是沁骨頭涼呢……」

乾隆微笑著聽他絮叨，問道：「你主子娘娘這會子做什麼呢？午膳進了多少？」

「主子娘娘今個好！午膳進了一平碗老米膳，一碟子火腿燉豆腐，一小碟子香菇玉蘭片兒，進得香！」秦媚媚替乾隆結束停當，走在乾隆側前，不時將濕重的花枝挑開給乾隆開路，一邊笑說：「娘娘今兒興致也好，那拉主兒和鈕主兒過來給新封的魏主兒賀喜。恰好兒傅中堂夫人也進來請安，都教雨隔住了。娘娘留下她們一起進膳，樂樂呵呵一大桌子，說笑著進膳，大家都歡喜得不得了呢！」

聽說棠兒也進來，乾隆怔了一下，腳下步子不停，卻問道：「還是陳氏下廚麼？」

「不——是」秦媚媚道：「陳主兒只陪坐說話兒。娘娘說，鄭二治的膳對她的脾胃，陳主兒不要跟鄭二下廚，因爲萬歲爺愛進她做的膳，怕她什麼——邯鄲學步，變了口味萬歲爺進不香。還說，這膳和人一樣，講究個脾胃緣分……」

乾隆止住了腳步：這位皇后，恭儉慈善，性格和平，儘自自己六宮充盈，還不時拈花惹草，只有婉辭規諫的，卻從不妒忌，從來沒要過什麼專房之寵。大德如此，連這樣的細微屑事也都如此替自己著想留意，他由不得一陣心裡發熱。秦媚媚以爲自己說錯了話，唬得忙住了口。乾隆只一笑，又移步向前，邊走邊說道：「回頭你傳旨給內務府，賞鄭二六品頂戴，你是跟皇后的人，皇后與朕是敵體②。你的品秩和卜義要拉平，也是五品頂戴——這是太監能得的極品了，好生侍候，朕不定賞你藍頂子花翎呢……」說著，見道寧齋宮滴水檐下幾個女人一溜齊整站著，料是那拉氏、鈕祜祿氏、陳氏、睞娘和棠兒在殿口迎自己，因吩咐道：「你去稟皇后，教她不要出來，外頭雨涼風大。」

「是、扎！」秦媚媚萬沒想到平白的就得了這麼大個彩頭，高興得頭脹得老大，就雨地裡打了個千兒，起身回頭就顛，不防一腳踩在青苔上，滑得一屁股坐在潦水裡，一個打挺又跳起來，直趨入殿，一溜煙兒似的，惹得廊下迎駕的幾個女人手帕子捂嘴格格兒笑。見乾隆走近，她們齊叩下頭去，鶯聲燕語參差不齊說道：「奴婢們給萬歲爺請安！」

「好好，都起來進殿說話！」乾隆略一抬手脫掉木屐便跨步進殿。皇后已從暖閣裡出來，一邊向乾隆蹲福兒行禮，又招呼幾個女人：「別在外殿立規矩了，主子爺乏透了的人，進來陪主子說說話兒解悶兒——今兒聽說瀛台議政，議得長了，晚間還要去英英那邊。陳氏也在這裡，叫她給你治膳，就在這邊用過膳再去。你夜裡還要看折子，都叫人送過那個『土耳其』宮裡了。那邊小伙房家什沒這裡齊全，就不必過去用膳了吧？」

乾隆覷著皇后氣色，果然比平日多了點紅潤，因笑道：「請你來園子，你還怕住不慣——還是這裡好些吧？今晨聽說你略犯痰喘，瞧氣色像是不相干的。」他一眼瞥見案上攤著一卷子圖畫兒，又問：「是哪裡進來的畫？必是好的，誰的手筆呢？」說著目視棠兒，棠兒臉一紅，忙低下了頭。皇后富察氏笑道：「這不是古畫，是工部送呈內務府的圓明園繪彩畫樣子。我們閒聊，她們都想開開眼，我就調過來教她們看看。」乾隆微笑點頭，見大家都站著，便先坐了炕邊椅上，說道：「皇后喜歡打坐，還坐炕上——你們隨意兒，今天不要拘禮。」因又目視棠兒，良久才道：「好像有了白頭髮了，不過，不細瞧瞧不出來。」因突然覺得忘情失口，乾隆忙又笑道：「福靈安上回進來給老佛爺請安，朕也在跟前，老佛爺很愛見他，又是侍衛，問了年紀，已經十八歲了不是？那拉氏跟前四格格已晉了多羅公主，朕看可以配他為額駙——因這事得皇后的懿旨，還沒商量，所以還沒下旨。你雖不是他的親額娘，這事做得主張的！」

棠兒見乾隆先是忘情，後又用正經事遮掩，知道乾隆心念中沒有忘掉自己，心裡一陣溫馨暖熱，又略帶著一點酸楚，下意識地掠了一下鬢髮，恭恭敬敬答道：「這是太后老佛爺對犬子的榮寵厚愛。臣妾感恩念情，舉家粉身碎骨也是報不了的，豈有不遵懿旨的理？還望主子娘娘垂恩賜婚。」說罷，揷燭般向富察氏拜了下去。

「快起來，起來吧！好商量的。」皇后忙笑道：「這是太后的慈命，我怎麼會不允？那拉妹妹，你看呢？」

那拉氏是最知道棠兒和乾隆那一段風流情事的。傅恆的兒子福靈安、福隆安都是侍衛，逢節朝見太后，隔簾子也都見過，也都是玉立頎身的英俊少年，如今傅家大貴大盛，又是皇后嫡親兄弟家。皇后皇帝說著，已是高興得心花怒放，但她歷事漸多，知道乾隆和皇后喜歡體態穩重安詳，因逼住了滿心歡喜，小心翼翼向皇后欠欠身，抿嘴兒笑道：「女兒嫁這樣的人家，當娘的還有個不心滿意足的？全憑主子、主子娘娘做主的了——」她突然靈機一動，喜笑顏開說道：「鈕貴主兒跟前我們還有一位和嘉公主呢！聽說傅家二公子福隆安也十七八歲的了，何不就配了公主，親連恩、恩結親，皇家多了兩個好女婿，朝廷上不更給主子出力賣命？」

「人都說論史評，以爲東漢亡於外戚宦官。」乾隆高興得臉上熠熠放光，站起身來在殿中徐徐踱步，說道：「其實東漢時分，接連幾個都是年幼皇帝，主不得政務，事事都委太監去做，不是外戚頂著，早就亡了——親連親，親套親，打斷胳膊連著筋——外戚得勢殺宦官，宦官得勢殺外戚，把皇帝給晾一邊去了，這就是東漢！我們大清祖制，靠的是八旗旗下人，一個籬笆三個樁，一個好漢三個幫，就是這個意思！」

一番話說，幾個女人都面面相覷，她們誰也沒讀過《後漢書》。但乾隆說的籬笆樁、好漢幫，意思都十分明白。因見乾隆看那幅畫兒，皇后笑著下炕，命睞娘：「把傅恆家的帶來的圓明園四十景標題兒取來給皇上定名兒。」

「是。」睞娘靦腆地答應一聲，至大金皮櫃前踮起腳，從櫃頂上取下一封素金黃綾裱面兒的折頁子，雙手捧給乾隆。乾隆一手接折頁，笑道：「道賀你晉位了，回頭教皇后下懿旨給禮部內務府，註名金冊，開臉拜了堂，公明正道的就是『儀嬪』了。」睞娘一紅臉，蹲了福兒仍退回皇后側畔。幾個嬪妃並棠兒見他們當衆如此纏綿旖旎，臉上帶笑，心裡卻直犯醋味。乾隆這才細看那折頁，只見上頭寫著：

正大光明、勤政親賢、九洲清宴、鏤月開雲、天然圖畫、碧桐書院、慈雲普護、上下天光、杏花春館、坦坦蕩蕩、茹古含今、長春仙館、萬方安和、武陵春色、山高水長、月地雲居、彙芳書院、鴻慈永佑、日天琳宇、澹泊寧靜、映水蘭香、水木明瑟、濂溪樂處、多稼如雲、魚躍鳶飛、北遠山村、西峰秀色、四宜書屋、方壺勝景、澡身浴德、平湖秋月、蓬島瑤台、別有洞天、涵虛朗鑑、廓然大公、坐石臨流、麴院風荷、夾鏡鳴琴、洞天深處、天地一家春。

下面密密麻麻又是亭館名目，什麼飛雲軒、自得軒、琴趣軒、君子軒、澄景堂、益思堂、橫雲堂、翠扶樓、影山樓、芥丹亭、環碧亭、玉玲瓏館、夕佳書屋、繪雨精舍……足足幾百處藻詞華毓極盡修飾，琳琅不能暇接。

乾隆笑道：「這是張照的擬筆，再不然就是紀昀。張照的文筆華貴，紀昀的沉實敏捷，朕斷定不了是誰，但出不了二人範圍。」

「你們瞧瞧皇上的眼力！」皇后對幾個女人笑道：「這是張照和紀昀合擬的呢！紀昀主筆，張照潤色——方才我還和她們講，主子準能看出誰寫出來的，那拉氏還不信！」

乾隆看了一眼那拉氏，笑道：「一代有一代的格調，一個人有一個人的情趣，詩詞曲賦和人一樣是有個性格體態風貌的，再也不得混同。不信你們從《永樂大典》裡冷僻書裡摘出各代一句詩，朕雖不知道作者是何許人，但要斷出他是哪一代的人大約錯不了。」

鈕祜祿氏便乘勢灌迷湯，笑道：「在娘家聽我們老爺子說過，有大能耐的碩儒能斷代詩詞。我們從小兒也跟著兄弟們念幾句詩的，覺得都一樣的順口兒，誰知道這裡頭恁門大的學問呢？」那拉氏也不甘居後，說道：「我爺爺也說過，聖祖爺年輕時候像我們主子這般春秋時，也還分不出詩詞斷代。我們爺可不是青出於藍而……而……而藍於青麼？」陳氏笑道：「是青出於青而藍於藍！鈕主兒記混了！」那拉氏掩口葫蘆而笑，說道：「是青出於藍而青於青——陳氏你不懂。」

幾個妃嬪爭相逢迎，燕呢鶯語亂解成語，睞娘是不懂，怔著眼傻聽，皇后那樣一個莊重端凝的人，笑的拊胸身顫，棠兒卻知她們是討好兒逗寵，勉強笑著，心裡不是滋味。乾隆被幾個寵妃逗得呵呵大笑，說道：「眞正的胡亂用典！荀子在這裡，也教你們給攪糊塗了③！」皇后笑道：「你見人看折子，不是錢糧就是獄訟，不然又是調派文武，這麼著鬆泛一下身子骨兒也是好的。」又笑一陣，才道：「張照年歲大了，紀昀用轎子抬他進園子，一路看一路擬的。內務府來人問，我說是我允許他坐轎的，要有人彈劾，皇上心裡要有個數——他們只是草擬，這些名目，還要皇上御定。也得皇上寫出來，好教石工去刻。說句實話，這園子雖好，我還是覺得工程太大了。尤明堂夫人進來見我，問了一下，一年要花差不離十兆銀子，那能賑濟多少窮人吶！」

「我的皇后，銀子不缺的是！」乾隆笑道：「朕心裡有數，這不是修阿房宮，也不是築長城，再不得有孟姜女的！粵閩滇浙四省海關，一年進項就是二十兆，拿一點修園子，不單爲娛樂，是要宣示我泱泱天朝威儀，我已給你說過多少次了，不要心疼這點銀子。尤明堂是戶部管錢糧的出身，你是萬國之君伉儷，要有母儀萬國的風度雅量，對吧？」皇后心裡感動，口中笑道：「皇上自然是高瞻遠矚，我沒的話說。這就好比人家置產業，我的意思是量力而行。天下人吃飯穿衣，還是最要緊的。」

乾隆點頭稱是，又道：「你們都該學皇后這份心田，除了國家、百姓，從來不想著自己享樂。這就是母儀天下的風範——你們看，她從不穿得花里狐哨，都是半舊衣裳，頭飾也沒一件金珠翠玉，扎的是通草絨花——朕不是說女人不興許打扮，女人愛打扮是天性，只有適有度就對了。」說著，見睞娘轉臉捂口兒，仿佛嘔穢的樣子，便問：「你臉色蒼白，身子不爽麼？」

「奴婢原沒這毛病兒，」睞娘忙回轉身子答道：「近來不知怎的，常常翻胃——不打緊的，過一陣子就好了。」乾隆笑道：「有病不要拖著，跟皇后說一聲兒，傳太醫來，吃兩劑健脾的藥就好了。」

幾個女人聽了都不禁莞爾而笑。皇后因問：「單是嘔穢麼？想不想杏子吃？」睞娘傻乎乎看著皇后，說道：「娘娘怎麼知道的？想的！我院裡架上的青葡萄都快吃完了。我想，青葡萄能治病，何必驚動娘娘，叫太醫呢？」那拉氏笑道：「別吃葡萄，那東西性兒熱。我院裡滿後院都是梅子，每天叫人過來撿著青的摘一盤子。」鈕祜祿氏道：「我那裡釀的有酸梅湯。」陳氏道：「我有鎮江醋。」棠兒掩口笑道：「山西老陳醋也使得的……」七嘴八舌具都說的酸物，嘰嘰咯咯夾著笑聲，聽得乾隆發怔，說道：「你們說的什麼呀，朕原本有點渴，現在滿是口水。」皇后笑道：

「皇上，睞——魏佳氏是有了。」

「有了，有了什麼？」

女人們越發笑得前仰後合，乾隆猛地想起，棠兒懷上福康安，也悄悄告訴自己「想酸的吃」，一下子恍然大悟，因目視皇后。富察氏會意，笑道：「已經傳出話去了，魏佳氏註名金冊，禮部明兒就送進來。打現在起，就在我這殿暖閣外給睞娘設個帳子，太監宮女暫稱她睞主兒，和我一桌進膳，我會照料她的——這是天大的喜事，我們大家歡喜高興，都在這裡陪皇上進膳！——誰有什麼好笑話兒古記兒，說給皇上取取樂子解悶兒。還有件大喜事。老佛爺、皇上如天慈恩聖德，所有嬪妃以上的皇眷，都恩准回娘家歸寧一次，大家可以捎信兒給家裡，禮部要依康熙爺年間的例擬出制度儀仗，回頭還有恩旨的。」

衆人越發歡喜雀躍，人人興奮得臉色通紅，一齊跪下向乾隆謝恩，起身仍互相對視著，雖把持著體態尊貴穩重，仍都抑不住笑。陳氏笑道：「我來逗皇上主子娘娘個樂子。我姥姥莊上有個大肚漢，沒給我家當長工時候有一回走岳丈家，可憐見的，平日連玉米麵餅子都吃不飽，在岳丈家放開了量，大個兒餃子就吃了八大碗，脹得肚子溜兒圓。」說到這裡，衆人已是笑了。皇后道：「這必又是個傻女婿古記兒。」

「是，他是個不夠數兒。」陳氏陪笑道：「——回家走到路上，一陣風吹掉了頭上草帽兒。他一彎腰，嘴裡掉出個餃子。這傻大肚兒用腳一跐，瞧了瞧，心裡挺惋惜的，自言自語說：『唉……早知道是羊肉餡兒，就該再吃兩碗！』」

眾人聽了哄堂大笑。乾隆端著一杯涼茶，笑得渾身直抖。那拉氏扶著睞娘肩頭直不起腰來，鈕祜祿氏正吃冰湃葡萄，連核兒吞了肚裡，彩雲彩卉幾個宮女見皇后笑得伏在案上咳嗽，忙笑著上炕給她捶背，那陳氏卻仍一本正經，接著說道：「……草帽兒撿不起，又捨不得丟，他人傻自有傻辦法，一路走，一路用腳踢著草帽兒回家。恰到村口，遇見他爹。老爺子見兒子這形容兒，上來『啪』的就括了個老大耳巴子，罵『沒出息的東西，吃撐脹得肚子跟西瓜似的，也不怕路上人笑！』這大肚兒漢因見嫂子坐在大樹底下歇涼兒，也是揣著個大肚子，心裡委屈，指著嫂子說：『你光知道打我，偏心眼兒！瞧她吃得什麼模樣！』」

眾人又爆發一陣哄堂大笑。乾隆笑得打跌，指著陳氏，半晌才說出話來：「好貧嘴！這人當了你家長工，還不吃你們個河乾海落？……好，好……朕好久沒有這樣笑了，皇后也沒笑得這樣兒……」遞過手中漢玉墜兒檀香木摺扇，又道：「朕賞人扇子，不輕易寫字兒，這是昨兒興起寫的，賞你了！」

「這是眞人眞事兒呢！」陳氏謝賞了，笑道：「我姥姥家收長工，頭一條就是比吃，吃不進去二斤白麵餅子甭想當她家長工。這人叫陳二，一氣兒當著老爺子吃進去四斤餅子，抹著嘴說，『將就著算飽了。我不能把東家吃怕了』——說他傻，也不全是的。」

乾隆笑道：「別又是個能吃不能幹的。『一頓能吃兩桶飯，挑了二斤半，壓得直出汗』，是麼？」陳氏道：「莊上人、管家們起初也都這麼瞧他。他身子狼亢，耩地鋤麥、插秧割稻、剁玉米淘井，這些莊院活計一樣也做不來，千斤轅車斷了軸，他一隻手就能扳起來。鬧了沒事，把轆場石碌舉到三叉樹上架起，誰瞧著也取不下來。莊頭兒說要革他，老爺子說，『已經招來了，再攆了不好。也不見得就一點用處沒有。他家沒了地，回去餓死了，也是罪過。』恰那年佃戶們抗佃，上千的人衝了我姥姥院子，長工莊丁護院的逃得一個影兒不見。那些窮佃戶們紅了眼，瘋了似的滿院亂竄，見糧就扛、見人就打、見東西就搶……姥姥嚇癱在觀音像前，老爺子唬得鑽到床底下躲起。獨這陳二有忠心，自綽一把桑杈守住堂屋，挑倒了十七八個亂民。有兩個衝上滴水檐的，還被他一手提一個，直摜到三丈開外的水池子裡頭……事過之後，老爺子撥了三十畝地、一處宅院，壓窩炊具齊全，都給了他家，又賞了個丫頭配給陳二，他們一家子又過起來了呢！」

她起初說著，人們還笑，聽到後來竟肅然起敬，都在不言聲沉思。乾隆也悚然動容，良久，嘆道：「這是個將軍材料兒，埋沒了莊稼院裡。你老爺心裡不糊塗，眼裡有水。要聽小話攆了出去，沒準兒帶佃戶抗租衝大院他就是個首腦！你是福建人是吧？那裡地土兼併得太厲害，大業主多。稍不留心就鬧主佃相爭，弄不好就出大亂子，而且靠近台灣，臨著海，做了案子上船一躲，又成了海盜。寫信給你家老爺子，別提朕這些話，只說這事料理得好。朝廷有明發的勸減佃租的詔諭，看似向著佃戶，其實還是爲業主好。佃租減些子，抗租的事就少了，不得個長遠平安富貴？朝廷年年免去受災地方賦捐，大處說也是一樣的道理——當然，刁佃抗佃率衆鬧事，爲首的有一個殺一個，也是不能慈悲的！前頭說的是道理，後頭說的是規矩，不可偏廢。」

他長篇大論，侃侃而述，說得語重心長，衆人聽得無不低頭賓服。皇后笑問棠兒：

「咱們家幾處莊子，上回說要減成四成租，辦了沒有？傅恆忙，這些事你要多操點心。」棠兒忙道：「前年就減了，娘娘放心，再不得出事兒的。咱們天家親貴，傅恆受主子這樣恩遇，我也不肯當守財奴的。」陳氏忙道：「我今晚就寫信交給內務府，隨驛站公文順帶回去。我娘家也得減租！」鈕祜祿氏道：「我娘家也有幾處大莊園，也要減些租貢。錢財是身外之物，聚斂多了就成了負擔了！」「就是的！」那拉氏生恐好話給別人講盡了，也忙笑道：「我家的去年也減了。我跟兄弟們說了俗語兒：我兒比我強，要錢做什麼？我兒不如我，有錢又如何？——他們就減了！」

「我兒比我強，要錢做什麼？我兒不如我，有錢又如何？——這話說得好！」乾隆鼓掌大笑，「比孔夫子說的『富貴於我如浮雲』還要實在耐味兒——傅膳！今晚好高興！」

註①　見拙著《雍正皇帝·恨水東逝》。

註②　敵體：平等身分。

註③　「青出於藍而青於藍」見《荀子·勸學篇》。

17

理家事棠兒獎小奴
議政務傅恆敦友朋

棠兒乘轎車從圓明園回到老齊化門內自己府邸，天色已經斷黑。夏日晝長，下轎借著倒廈前燈光看錶，已指到亥正時分。裡院裡侍候的黃世清家的、程富貴家的、老賴家的，幾個有頭臉的婆子，聽門上報信主母回府，一擁而出簇擁著棠兒進來。一路兩行家人長隨站在燈下垂手侍立，給她們讓路。棠兒一頭走，一頭答應她們請安奉迎，因問：「怎麼不見馮家的？」王小七媳婦兒是內院管事兒的，見問擔水老馮媳婦兒，忙陪笑道：「馮家的二小子——就是原來看花園子的那個小廝，選了廣東高要縣令。下晚進花廳子給老爺請安，老爺說，『既是後日動程，明兒中午帶兒子進來』，要和夫人一道兒接見。所以告了假……」

「這也是人情天理。」棠兒頭也不回，邊走邊說，「這大喜事，他們自己家也該慶賀一下的……你老爺已經回來了？」「回來了！」小七子家的恭恭敬敬回道，「老爺今兒下來得早，是我們當家的侍候，任誰不見，足足兒在書房睡了多半個時辰呢！後來張老相國來了。送走張老相國，又來了一幫子，有紀老爺、岳軍門，還有幾個兵部的司堂官兒，我男人也不認得……他們前腳出去，訥親夫人後腳來，說要見您，我請她明個再來，哭著去了。老爺一邊吃晚飯一邊見幾個外官，一撥一撥的都去了。這會子老爺在西書房和刑部幾個人說話，勒三爺、敦二爺、敦三爺在西書房趕圍棋兒候著說話呢！」棠兒一門心思的高興，想和丈夫說說見乾隆見太后皇后，說說賜筵情形。聽見傅恆忙得這樣，按捺著興頭打消了立即叫丈夫的念頭，看看已到二門口，秋英等大丫頭提燈迎出來，棠兒遂站住了腳，笑道：「告訴你們個喜訊兒，小七家的跟你男人說說，要有個預備——我們家主子娘娘要歸寧！這是傳家天大的事，要好好合計一下迎駕的事！」「歸寧？」小七子家的這詞兒聽不懂，笑著發怔道：「奴婢不懂的，請太太點撥。」棠兒笑道：「就是姑奶奶回門子——懂了麼？這事還沒回老爺，你們心裡有數兒，西花園子要翻了重建，修出正殿來，合著皇家體制……該調的銀子趕緊從莊上撥過來，放出去的趕緊收回來，免得臨時不湊手兒……」

衆人起先聽得發怔，至此都是喜得笑逐顏開。老賴家的頭一個合掌唸佛：「阿彌陀佛！天公祖奶奶觀世音菩薩！這事只聽我祖公公說過，康熙爺年間有過。我婆婆還有福在街上瞧過熱鬧，單是周貴妃娘家，就花了三十萬兩銀子！比著賽社會還排場體面十倍呢！想不到我也能有福開開這個眼！」程富貴家的也道：「我們主子娘娘不同別個娘娘，那是整副鑾駕！」黃世清家的也鄭重其事，說：「那是當然！誰也僭越不了我們主子娘娘姑奶奶！」

「就是這個話。但老爺今晚才知道，且不要張揚。」棠兒被她們鼓動得心裡興奮，直想笑個痛快，想到自家身分，越發用力抑住，鎮定得一如常日，因道：「叫你們男人到書房那邊侍候。老爺辦事下來就說我在上房等著他——明日卯時在東議事廳，二層管家以上和你們幾個都等著我去說話——康兒呢？睡了呢麼？」

小七子家的聽一句躬身答應一聲，忙笑道：「三爺今下午因下雨沒練成功夫，晚飯後叫了我的小子王吉保過去。敢情這會子還在後院裡——」沒等她說完，棠兒便道：「泥里巴水的，這會子還練什麼把式——把他們叫我房裡來！」說罷隨著秋英進來。偏著臉看天色時，早不知什麼時候已經半晴得一天蓮花雲，只半輪月亮若隱若現的，滿院燈燭照著，根本顯不出月色。

秋英陪著棠兒進正間，請棠兒坐了竹藤春凳兒，早有小丫頭端了洗腳水。她親自擰了一把蘸了法蘭西香水兒的毛巾遞給棠兒，腳不點地忙著下幔帳，口中道：「太太準是在宮裡陪筵的了，如今臉上還帶著春色呢——這是冰湃的酸梅湯，您先喝點祛祛暑氣……這東西收斂，太太別用得多了——鸚哥兒，廊底下再燒一把熏香，防著外頭蚊子進來！」棠兒喝了兩口酸梅湯，半歪在春凳上，由著兩個小丫頭跪在地下給自己撩著熱水洗腳捏腿，對正在炕上擺冰盆子的秋英笑道：「秋英，你是屬豬的，今年十九歲了吧？我記得和我同月同日生的。」

「我是哪牌名兒上的人？」秋英騰身下炕，趕開兩個小丫頭，親自給棠兒按腳，一頭教說：「膝蓋兒底下這幾處穴，按起來酸酸的，能解乏倒血兒——懂了麼，也別使勁兒太大按疼了——太太記性真好，和太太同月同日生，我年年都沾您的福氣呢！」棠兒被她侍奉得舒坦，溫語說道：「十九歲，再不尋婆家有人要笑話我了。你說，看中了咱府裡哪個小廝？我給你主張……」秋英騰地紅了臉，輕手撫按著棠兒的背，忸怩地淺笑道：「哪個我也看不中！嫁男人有什麼好？我就和太太對緣分兒……太太是個觀音，我給您捧一輩子瓶兒。我誰也不嫁！」

棠兒嘆道：「在我房裡侍奉的丫頭換了幾茬兒了。如今我們家不比先前，跟我的人我更不肯教他吃虧。明璫兒配了紀大人，那是她撞上了的福，難得和她比較。你是家生子兒奴才，我思量著，一是府裡能幹小廝放出去做官的，二是老爺在外頭遇著有合適的，有出息的官兒，就給你出籍配出去，就是這跟前小丫頭子們，也都要好生安排終身大事……」

正說著，外頭吧嘰吧嘰一陣腳步由遠及近，彷彿濕鞋踩在水上般聲音。棠兒張眼一望，竟是小吉保背著福康安上階進了堂屋。她一個驚乍「唿」地坐直身子，臉上已是變色，急問道：「是摔著了麼？碰了哪裡？放下來，不能走路兒麼？」小吉保緩緩蹲身放下福康安，棠兒審視時，福康安卻半點也不像有傷的模樣，擠著眼兒扮鬼臉兒笑，說道：「是吉保兒執意要背我，我也想嚇額娘一跳！」棠兒這才放下心來，燈下看兩個少年，都滾得泥猴子一般，連辮子上都沾滿了黃泥巴，濕得往下淋水——忙趿了鞋，到兒子跟前，心疼地撫摸著額前一塊青，數落道：「練布庫刀槍是你阿瑪的指令，娘也不反對。也得分個時候兒，黑更半夜的就在泥裡頭滾！看，這裡碰著了不是？既是沒受傷，不該叫吉保兒背你，他比你還小兩歲呢——教外人聽見，咱們家不體恤奴才！」

「是我要背爺的，後院子那塊黃泥地賊滑，怕摔著了爺！」吉保兒更是狼狽，額上一左一右鼓著兩個大包，滿臉都是汚泥，說話卻是精神頭兒十足：「太太別責怪我們三爺，三爺唸書、練功夫比大爺二爺強得多呢！我爺爺背過我們老太爺，我爹背過我們老爺，出兵放馬立功勞，將來我們爺當軍門，我也得跟著！這會子背背爺算什麼？」

棠兒聽得心裡越發歡喜，笑嘻嘻拍拍吉保兒頭頂道：「好小子，眞長大了，曉得給主子賣命出力了！秋英明兒傳話給帳房，吉保的月例加到二兩——帶他們到西廂屋，好好洗個澡，碰著的地方兒抹點紫金活絡丹——去吧！」

☆

這邊棠兒料理家務，心裡籌劃富察皇后省親歸寧的大事。傅恆在西花廳忙著和刑部的人接談，又怕勒敏、敦家兄弟受冷落，不時叫人送瓜果冰塊到書房，又惦記著棠兒從大內回來，皇后處還有什麼事。幾頭操心，也虧了他平日打熬得好身體，歷練得好章法：辦什麼事想什麼事，因此仍聽得十分耐心。

被接見的沒有刑部大員，只有刑部緝捕司堂官陳索文、秋審司堂官陳索劍，還有「天下第一名捕」黃天霸，如今是賞著三品頂戴的緝盜觀察使，坐在傅恆挨身。另外還有兩個，是頭一次受傅恆接見，一個是黃天霸的大弟子，十三太保之首賈富春，一個是從一枝花教中反叛投誠的燕入雲。傅恆雖然官高權重，卻半點也不拿腔作勢，隨和謙恭中帶著雍容穩沉，說起話來卻毫不模稜，自帶的天璜貴胄風度，也許正爲如此，五個人坐在他跟前近半個時辰，個個熱得汗流浹背，滿盤的冰塊，沒人敢動一動。

「老兄們回的事，兄弟有的已經知道。」傅恆已聽完大家回報一枝花案子的細末事節，見他們拘束，親自端起盤子，請衆人含了冰塊取涼，緩緩搖著扇子說道：「聽這麼備細一談，大抵輪廓也就清楚了。不過……有的地方聽到的有弦外之音，有的地方聽起來銜接不上啊……」

幾個人都瞪大了眼睛。他們確有難言之隱：一枝花黨徒在浙江、江寧重建網絡，藉治病施藥傳布「八卦教」，兩江屬下官員眷屬也多有信奉資助的，有些府道官員也在家裡請教徒設壇祛鬼捉狐禳災祈福。這些中不溜兒的官員倒也沒有隱慝。但有些事涉及到錢度，高恆也有幾船銅賣給了揚州一家銅商，更有駭人聽聞的，大內太監裡也有信教的，不知是誰，將皇后的生辰八字玉牒金冊都抄了出去！事涉皇家內苑家務，隱隱顯顯曖昧不清，幾個人一商量，都覺得查得太細凶險莫測，因都隱去了，彌縫起來匯報，原以爲天衣無縫的，不想還是被傅恆聽了出來。

「我不想細問。」傅恆一笑站起身來，只說了一句便不再言聲，一手撫著搭在懷裡的辮子，一手輕輕搧著風，踱至大玻璃窗前，似乎在沉思，又似乎在凝望著外邊的暗夜。外面其實一切都看不清楚。屋裡的燈光太亮，而天上的月亮隱在雲裡，隔著玻璃，景物都朦朧成了一片，樓榭亭台間模糊不清的樹影搖曳間，偶爾能見一兩點燈影恍惚閃爍，聽得遠處青蛙咯咕叫聲傳來，更顯得花廳裡岑寂凝靜。在衆人目光注視下，傅恆頭也不回，款款說道：「天霸這次去江南，不要和地方官交往，劉統勛是坐纛兒的，劉鏞——你只聽劉鏞的。嗯……我知道，劉鏞的職分沒有你們高，但他是欽差，有這一條，都要聽他調度，這是一。第二，這次是專查易瑛一案的。與本案有直接關聯的，要一查到底，不要橫生枝蔓，求全貪大。寧可張網慢些，務必拿到易瑛本人——幾次她都脫逃了，就爲事機不密。這類案子要中央直接來破，地方官太雜，靠不住。三，八卦教、紅陽教、混元教、台灣的黃教都是白蓮教，易瑛名目上是教主，其實不能完全節制。案子破了，原來派進去我們的細作眼線不能暴露，要留在那裡繼續臥底兒，有官有祿有薪俸，不由吏部遴選考功，歸你們刑部——但他們不能專折辦差，只辦刑部的差……這些人留在他們那裡有好處，可以在各教中策反，朝廷也得耳目聰明。」

傅恆說著轉過身來，大約因思慮過深，他的眼睛在燈下幽暗得發綠，額上也蹙起一層層皺紋。他彷彿不勝倦憊，卻仍在思索，話語聲音不高，顯得有些喑啞，卻是異常清晰：「劉統勛父子是國家股肱良臣，手裡的差使不止一枝花一案。天霸，使出你渾身解數來，既要生擒一枝花，還要護得劉鏞他們安全。這和尋常案子不同，其實是個不明擺陣勢的戰場，一點也不次於金川之役——漂亮辦好差使，我保你們有野戰爵位功勳，一個伯爵是穩穩當當的！還有你們兩位，論功行賞——明白麼？」

「卑職們明白！」

黃天霸、燕入雲和賈富春被他的目光懾得發噤，又被這番立功賞爵的激勵拱得渾身血脈賁張。他們誰也沒想到緝拿這些教衆，朝廷竟肯出這麼大的封賞，躁動得一身錚勁，齊站起身來高聲應命。黃天霸幾次與易瑛覿面交鋒都遭挫受辱，一者心裡憤恨愧懣，二者也深知易瑛黨羽遍天下，耳目靈動勢大難制，他是個深沉幹練人，雖然激動，卻也慮到此事並非易與之事，因道：「傅相方才說的，標下仔細思量，一則是天恩浩蕩，二則也真不容易。天霸一介江湖草莽之士，能受相爺如此知遇，只能說一句話，不是我提著易瑛人頭來見傅相，就是劉大人提著我的頭來見您。只有一條，不與地方官聯絡，就動用不了綠營兵，易瑛的黨衆有的一村一寨都是的，愚民百姓護著，又不能激起民變，憑我帶去這些門生朋友，恐怕難以辦好這差使。」

「我已經說過了，聽劉鏞的，有事請劉大人裁度。」傅恆用欣賞的目光盯著黃天霸，點頭笑道：「他有權調度當地駐軍綠營的。不過最好不要興師動衆，能把她擠兌到城裡捕拿是上策。皇上不要你提她的頭來，要生擒；我也不要劉鏞提你的頭，我要你漂亮辦差，凱旋而歸！」他的目光游移不定掃視著衆人，長嘆一聲道：「一枝花一個潦倒婆娘，起事桐柏，盤據江西，擾亂山東直隸山西，又潛伏兩江，與朝廷爲敵二十餘年。太平盛世中，這事太不可思議。皇上想見見這個人，我傅恆也想見識見識。這案子我親自過問。兩位陳老兄——所見（索劍）所聞（索文）可都向我直報喔！」

陳索文陳索劍並衆人都是一笑，氣氛似乎輕鬆了一些。陳索文因道：「中堂，前奉軍機處諭，一枝花一案只向刑部匯報節略，不詳明申報。我們的頂頭上司，不好開罪的，請中堂給我們多羅尙書打個招呼，免得誤會。」

「我已經打過招呼了，他不會再問你們。劉統勛也是刑部尙書麼！」傅恆笑了笑，端起茶杯，又道：「有些細事你們商量去，放膽辦差。拿一枝花，要錢給錢要物給物——有你們料理不得的，再來回我——天不早了，我還有人要見，不虛留大家了。」說罷啜茶一飲，衆人便紛紛辭行。

傅恆格外破格，直送出滴水檐下，衆人再揖而別，也不返回花廳，逕往東邊一箭之地的書房踱來。小七子見是縫兒，一邊遞涼毛巾給他擦汗，一路跟著走，將棠兒的話一長一短說了，傅恆邊聽邊心不在焉地「唔」著，只聽到說姐姐要省親歸寧，腳步略頓了一下，說道：「書房裡幾個是朋友，再忙再累也要見見——叫你婆娘進去回太太，是我約人家來的，少談一會子就進去。她睏了只管歇著就是。噢，還有，訥親已經伏法。明日你從帳上支一千六百兩銀子送他府上作賻儀，盡一盡朋友情義……」一頭說著，書房已到，傅恆一擺手便拾級上階。因聽得裡頭仍在熱鬧，似乎敦誠要悔子兒，敦敏不肯，傅恆一笑推門而入，說道：「好熱鬧！我在那邊苦巴巴議論，你們敲棋吃冰塊兒，佔著我的書房作樂子！」

「六爺來了！」勒敏坐在棋枰旁邊，兀自仔細審量那棋局，見傅恆滿面笑容進來，忙起身揖迎，指著敦敏道：「您瞧瞧這兄弟倆的形容兒，還是太相爺的骨血，金枝玉葉兒！一個先悔了，這會子敦誠要悔，敦敏又不肯。您再不來，兄弟倆要爲這個小東道兒扭打起來呢！」傅恆進來時不留意，此時二人從棋桌下鑽站起來才看清楚，敦敏沒穿大衣裳，灰府綢短袷兒，也沒束腰帶，辮子盤在脖子上滿沾的都是灰塵絮兒，手中緊攥著一枚棋子兒，兀自說，「世法平等，只許你悔，不許我悔麼？」再看敦誠，索性連小衣也沒穿，打著赤膊赤著腳，滿頭油汗，嬉皮笑臉地亂局，說道：「融四歲能讓梨，何況你是哥子，何況你三十多歲，何況是在宰相府！」

兩個人兀自要傅恆「以宰天下之衡器宰這局棋」，傅恆笑道：「沒想到我這琴劍書房遭了一大棋劫！你們嗅嗅這股子汗臭腳味兒，虧勒敏也能耐得——外頭的誰在？進來點上香，把紗屜子放下來，把亮窗打開，擰兩把熱毛巾給幾位老爺揩臉，再送點冰塊兒來！」一邊說，笑著坐了看他們各人穿衣洗涮。

「六爺，老早叫了我們過來，必定有要緊的事。」一時收拾停當落座，敦誠含了一塊冰，含糊不清地笑說，「來了又不先接見，必定不是急事。——說笑歸說笑，現在你是宰相，我們都是下司屬員，有什麼差使，請指令，我們不敢怠慢。」他人雖詼諧，話說得卻是鄭重其事，一臉的誠摯之容，三個人都坐定了靜等傅恆發話。

傅恆剛在花廳議事議得頭昏腦脹，一心經濟事務一臉公事相，還要支輔相門面，乍到幾個知己朋友間，又是這般渾然無鑿的天趣，但覺一腔濁氣洗得乾乾淨淨，身心都清爽了，有點捨不得離開這個氣氛。遂脫掉官服，赤腳趿了鞋，取了一塊西瓜，邊吃邊笑，口中嗚嚕不清說道：「我喜歡這麼隨便，敏二爺誠三爺這樣兒的好。勒敏太正經，莊友恭和鄂善假正經，錢度見風使舵，都透著個『假』。朋友來我家和外頭不一樣，差使要說，規矩要小——勒敏把大衣裳給我脫了，吃瓜——哪有那麼多窮講究！」勒敏笑著脫衣，說道：「我雖是狀元出身，帶了幾年兵，也沾了不少匪氣，書卷氣太酸，和老行伍們吊書袋子，得有點丘八風度才成！」說著抓起瓜來唏唏溜溜就是一塊進了肚裡，滿口淋淋漓漓的瓜汁順下巴往下滴嗒，又道：「他們兩個是黃帶子宗室，我揣著個手本履歷在書房候見，敢不恭肅敬謹麼？」

「你遞手本，六爺敢撕了它！」敦敏將毛巾遞給勒敏，回座笑道：「不過還是要分場合的。比如叫你去頂金輝當四川巡撫，下頭官兒見你，不老老實實遞手本成不成？」勒敏笑道：「他們不遞不成！李衛興的規矩，上台階兒得一溜小跑遞手本，說這樣顯得殷勤，又顯著是辦差匆忙趕來的——如今滿天下都這樣兒了！」

笑聲中傅恆已恢復了從容平靜，用手絹仔細地揩著手，說道：「敦二爺三爺也不是外人，上喻已經發到軍機處。約你來也爲告訴你，你要出任湖廣巡撫，先署理，待後實封。」

「好啊！」敦敏敦誠一躍而起，打揖作賀，「這麼好的事，悶葫蘆兒瞞著我們！——你得請客！」「客當然是要請的。」傅恆笑著請二敦坐了，用盤子遞冰湃李子給三個人吃，說道：「明日皇上在韻松軒接見，聆聽聖訓之後，我和阿桂先請你們，然後你再還席。」不等敦家兄弟說話，傅恆接著又道：「皇上叫我先和你談談。明兒我進去了，你再引見。」

勒敏文狀元出身，又在金川歷練數年軍務，早已變得練達深沉、城府頗深，他很快就從驚喜中鎭定下來，只是一時還理不出思路，便撿著須得說的熟套路先敷衍著，因沉吟片刻，嘆道：「六爺這話太出意外，我連一點也沒想到。我家是滿洲舊人，世受國恩，先父因逋欠國債，負罪而終。我自己其實是畸零獲罪之身，又蒙聖主遴選殿元，不次擢拔。入金川料理差事，滿以爲可以略建微勞，聊報聖恩於萬一，不料金川主將辱國，連帶我勒敏罪上加罪，清夜捫心，沒有尺寸之功，正畏懼恐惶無可奈何，突然又加此隆重之恩……我不知道如何向主子回話，更不知道如何感激聖上如天之德，唯有這一身，拚死報效就是！」不知是眞的心中感激，還是這些話感動了自己，說到後來，勒敏的眼圈裡已含了淚水。敦敏敦誠儘自玩世不恭，見他們進了公事奏對格局，也就收了嬉笑之容，端坐品茶不語。

「你這些是心裡話，說得好。」傅恆不動聲色，只略略點點頭，說道：「金輝已經出缺，金鉷因爲有案子沒有料理淸楚。不然，就要金鉷去湖廣的。皇上的意思，要岳鍾麒兼四川總督，提調湖廣，調尹繼善暫任甘陝總督，待平定金川再作調度。盧焯原也去得，但他要去江匯任河督，李侍堯也是人選，但他那裡開銅，也暫不能離開。因爲湖廣爲九省通衢，又爲四川門戶，連帶著有軍務，所以莊友恭、鄂善也不合適。我就薦了你，阿桂也同意，這就定下了。」

「謝六爺舉薦——」

「這裡頭沒有私情，我不拿私情和國事混攪，你不要謝我。」傅恆打斷了勒敏的感激話頭，「你謝皇恩是對的，我傅老六沒權力教你任這個職。但你旣是我薦，有幾句話是肺腑之言，少不得叮囑你幾句。」

「請六爺示下。」

傅恆用手虛讓敦敏兄弟隨便吃瓜果，一笑即斂，說道：「你是勒勤襄的兒子，他生前在湖廣當巡撫近二十年，壞事壞在湖廣，又死在湖廣。那裡的人不免與你勒家有許多恩怨糾葛。現在你回湖廣任巡撫，差不多是子承父業。我想聽聽你怎麼想這件事。」

「這件事沒來及想過。」勒敏蹙眉說道：「事情過去多少年了，還有什麼恩怨？我記不得什麼人的恩，也無怨可報。」「抄家好比筵席散，殘羹杯盤聽群奴。」傅恆一笑，說道，「我幼年就隨過主子去抄過赫德的家，見過。趁熱打鐵的，趁火打劫的，牆倒衆人推的，乘機套交情預留後步的，眞心同情的，暗地贊助的，什麼樣人沒有？——你沒來及想，正好，我說你就別想了，我來替你想。頭一條就是不能報仇，第二條，你要報恩，不能用差事官缺來報，可以用情，用錢去報；實在有德又能又有恩的，告訴我，稟明聖上，皇上替你報。不然，你連一年巡撫都當不滿，就得下來。友朋之道規之以義，我不同你客氣，你攪亂了湖廣，我薦的你，還由我來彈劾你——勒三爺，我們如此約法三章，如何？」

敦家兄弟素日放浪形骸，都是傅恆身任散秩大臣時的朋友，從來以舊交知友看待傅恆，沒有怎樣因傅恆做了天字第一號大臣拘了形跡。只是以爲他練達聰敏，倜儻儒雅，又佔了是正牌子國舅，所以時運相濟飛黃騰達。他們都是雍正年間被抄沒的人家，聽傅恆這話，有德有量入情入理，勘透世情，竟比自己親歷親目之事還要來得眞切入骨，由不得打心裡欽敬佩服，想說幾句，又恐攪了他二人談話，只端坐靜聽，心下嘆息不已。

「六爺這話是聖賢至理。」勒敏望著幽幽燈火，彷彿在咀嚼一枚千斤橄欖，愈咀嚼愈覺意味深長，徐徐說道：「讀唐史也讀過李泌對肅宗這番話，身歷其境，曉得了六爺一片忠忱社稷愛於友朋的成全之心。我不賭咒發誓，只告訴六爺一句：瞧我的，我必不負您這番心意！」傅恆笑道：「丈夫一諾，我信得及！有些軍務上的事，今晚沒空談了，你回去後再想想明日奏對的事——敦老二敦老三，發什麼楞，吃瓜呀，吃葡萄呀——再放就溫了！」

敦誠拿起葡萄就吃，敦敏卻只是發呆，傅恆又說時，敦敏說道：「上回聽你和紀昀說話，隱隱約約覺得有點什麼想法兒，卻又說不明白，方才又聽你和錢度講各地年捐賦稅，我一直還在想，這會子想透亮了。打比方說明珠、索額圖、高士奇，就好比咱們大清的王熙鳳，張衡臣和你呢？有點像賈探春呢！」

「好，比出《紅樓夢》了！」傅恆鼓掌大笑，「將敝人比作賈探春，卻之不恭，受之有愧啊——這大個大觀園，我料理不得如探春那麼得心應手。大清要眞有個男賈探春，我傅恆立刻舉薦讓賢！」敦誠道：「看了《紅樓夢》，恨自己是個男身，看看書裡的就曉得了，除了政公，有幾個好男人？賈赦是色中厲鬼，賈珍是色中靈鬼，賈璉是色中餓鬼，寶玉是色中精細鬼，賈環色中偷生鬼……」說著已是自笑，「賈蓉是個色中刁鑽鬼，薛蟠呢……是個色中冒失鬼！」敦敏笑問道：「還有個賈瑞呢？」「這鬼沒法形容。」敦誠張著口怔了一會，一拍大腿笑道：「有了！此人可謂色中饞癆鬼。」三人一齊大笑。

勒敏也喜愛讀《紅樓夢》的，但卻沒有敦氏兄弟那般如癡如狂，因在旁笑道：「都入了魔障了，作者是給閒人破悶的，就都當了眞！一說仕途經濟，玉兄就掩耳而逃。我想過，要沒有懂仕途經濟的撐著局面，有那個大觀園極樂世界給石兄去享受？雪芹借寶玉罵我們都是國賊祿鬼，我們吃了孟婆湯①，還佩服得他五體投地！」「《紅樓夢》高明之處也就在這裡，不知不覺入其境界沉迷於中。其實它就是一面『風月寶鑑』，正照是色，反照是空。閱歷淺的，不讀爲妙。」傅恆彷彿自失地一笑，「金鉷給我來信。他南京有一女子，酷嗜紅樓，日日塡詩作詞，要學紅樓十二金釵，漸漸羸弱消瘦，懨懨欲病，家人以爲她中了邪祟，悄悄兒一把火燒掉了書。誰知這女子尋不見書，急得茶飯不思，眞個得了痰迷之症，口口聲聲要去太虛幻景，蓬髮亂鬢啼哭，『爲什麼燒了我的寶哥哥？』醫卜祈禳諸法用盡，都如水潑沙灘一般，不到一個月也就香魂縹緲了。金鉷信中嘆息，可見紅樓夢禍殃流毒，誤人子弟，要兄弟代奏請旨查禁呢！」

「金鉷那是放屁！」敦誠說道，「他在南京也和袁枚這夥子人廝混，其實只是博個風雅名聲，連附庸都說不上。這件事可見紅樓夢一書魅力所在，那女子只是不會讀書而已，情實可敬可憐。金鉷是我家包衣奴才，我寫信敲他這冬烘腦袋瓜子，再敢胡說八道，仔細來北京我治他！」

勒敏笑道：「你竟是曹雪芹一尊護法神！六爺說說而已，哪裡爲這小事就入奏了？話雖如此，此女畢竟爲《紅樓》所誤，也眞忒冤的了。」「你這話更其荒謬，你根本不懂情爲何物！」敦敏正色說道，「她這叫死得其所，懂麼？世上有看戲看瘋了的，吃飯脹死的，下河洗澡淹死的，可以請旨禁止演戲、禁止賣糧、禁止大河東流？哦——皇上御駕從熱河回來，東直門瞻仰聖顏的人擠死三個，難道責任由皇上來負？」「不敢，不敢！」勒敏笑著連連說道：「三爺這張利口我惹之不起！此女活著輕於鴻毛，死得重於泰山。成麼？——別忘了，我也是雪芹好朋友呢！」

敦敏見傅恆笑著打呵欠，因道：「今兒來打《紅樓夢》官司呢麼？上回勒敏右釵左黛，老三右黛左釵，爭了一夜！茶館裡有爲爭襲人晴雯好友砸茶壺扭打到街上的。喂，跟你們說，我給你們帶來一首詩，外國人寫的《詠紅樓夢》——可不是個稀罕巴物兒？」傅恆叫這對兄弟來，原意有疑高恆大肆侵吞鹽稅，想透過山海關稅政上摸摸底細，誰知說起《紅樓夢》來沒完沒了。他倦極了的人，原已有些犯睏，聽說外國人有詠《紅樓夢》的詩，呵欠打了半截便止住了，笑道：「憋著寶呢，這會子才肯拿出來！快讓我們瞧瞧！」敦敏因從袖子裡抽出一張紙來，衆人就燈光看去，上面寫著：

Ye wise men, highly deeply learned,
Who think it and know,
How, when and where do all things pass?
Why do they kiss and love? ye men of lofty wisdom, say,
What happened to me then,
search out and tell me where, now, when,
And why it happed thus.

饒是傅恆漢學儒臣，勒敏是狀元，連敦誠在內，都甚有學術，見了這等文字，俱都一齊傻眼。敦誠先道：「這曲里拐彎兒的，滿紙蛐蟮爬，活像道士畫的驅鬼符，又似天書，洋鬼子眞能折騰人！——這詩怎麼唸，又是個什麼意思呢？」傅恆卻道：「我見過這種玩藝兒，像是英吉利國的文字兒。你從哪弄來的，是哪位洋詩人寫的？必定還有譯

文——還要憋寶麼?快取出來我們瞧瞧!」敦敏笑嘻嘻的,從另隻袖子裡又抽出一張紙在桌上攤開,衆人覷眼兒看時,上寫:

嗟爾哲人,靡所不知,靡所不學,既深且躋。粲粲生物,罔不匹儔,各蓄厥胥,而相厥攸。匪汝哲人,孰知其故?自何時始,來自何處?淵淵其知,相彼百昌,奚而熙熙?願言哲人,詔余其故,自何而始,來自何處?

「這才是詩嘛!」敦誠拿起來細看看,恍然大悟,笑道:「這定是永忠貝勒府抄來的,前兒他請我,說有個傳教的洋和尚求見,說得一口漢話,要一道兒請吃飯,我因要和何嘯林一道去訪雪芹遺孀,托辭推了,不想被你取了巧兒。那洋和尚叫什麼名字?」敦敏拍著腦門兒想了半日,一笑說道:「一大串兒十幾個字的姓名,誰記得呢?只記得好像有個什麼『布來』似的,漢話倒說得好,略彆扭點——他不講四聲——聽得滿清爽的。」

傅恆知道,要是由著他們說《紅樓》,今晚就甭想睡覺了,正思量如何岔開話題,勒敏笑道,「劇談《紅樓》,我也頗有心得的。金川的差使我已經卸了,明兒見過皇上,到部交割了差使文書,請你二位到我寒舍,從十二金釵咱們從頭掰起,掰話個通宵!沒瞅六爺乏成什麼樣兒了,趕緊聽聽有什麼差使是正經!」二人這才一笑而罷,目視傅恆。

「倒也沒有說得全然離譜兒。」傅恆輕搖摺扇,似笑不笑地說道:「前日福彭王爺打西邊營中回來，皇上賜他共進午膳，我也叨陪。平郡王說起曹家虧空，比例今日虧空。因就談起曹家，福彭說曹寅的乃孫曹霑是當今家喻戶曉的大才子。皇上問我，我說就是寫《紅樓夢》的曹雪芹。皇上想了想，笑了，說隨聖祖第六次南巡住曹家，見過這個人的，《紅樓夢》聽得耳朵都木了，畢竟沒空兒看，倒得找一套來翻閱一下。」這一說，三個人都不禁肅然。勒敏道：「雪芹命苦，潦倒終生，懷才終不得遇。待到身後，盛名才達天聽！」

敦敏還在思索，敦誠笑道：「六爺是怎麼回話的？你府裡就有抄本，進上去不就得了？」敦敏道：「我不這樣看。有些事，教上頭知道還不如不知道，知道得清楚了還不如模模糊糊知道個影兒……」他還想說，咂咂嘴唇不吭氣了。

「我說我有半部抄本，民間流傳的最多也只八十回，沒有全本，不好進呈御覽。」傅恆臉上不帶絲毫笑容，卻也沒有什麼不安，乾巴巴說道：「後來老莊親王岔開話題說起戲來。這事皇上也就撂開了手。你們都是紅迷，《紅樓夢》也不是禁書。回去查看一下你們的抄本，有沒有違礙語，有沒有犯了聖祖、世宗爺和當今的諱的，要有，趕緊彌縫，弄乾淨，以備著萬一聖上索書。再就是去尋訪一下芳卿，把剩下的稿子借來，一是抄，二是也要檢視一下有沒有該避諱的。曉嵐那邊我自然也要關照，敦老二的話，你們都要細思量。」

三個人聽了一時默然。許久，勒敏才說道：「我和二爺三爺一道兒去。」

「並沒有什麼事，你們不要心障。」傅恆笑著起身，三人也忙起身。傅恆執著敦誠的手，誠摯地說道：「王公貴戚誰家沒有抄本？只我們朋友，小心沒過逾的。皇上其實十分留意文字，有些書有些戲下頭報上來禁出禁演，還沒有一份折子被駁了的——敦老二敦老三過兩三天我再約你們，談鹽稅上的事。不是要查什麼，這上頭我懂的太少，有些事想請教一下。」

三人看案上座鐘，子母針已經合攏向上，已是子正時分，連忙辭行，傅恆也不送，只由小廝執燈導引出去，拐過月洞門，才聽那鐘噹噹地一聲接一聲沉重的敲擊。

註①　據傳人死，魂赴黃泉，途中有一孟婆施湯爲鬼解渴，使其忘卻前生。

18

追往事故交訪遺書
感炎涼邂逅車笠逢

三天過後便是立秋，正秋作伏，本是秋老虎作威之時，偏頭夜下了一場透雨，還吹了一陣子西風，清晨起來，晌晴的天氣，竟透出涼意來。敦敏敦誠頭天約好了勒敏，一道會同何嘯林去張家灣訪雪芹家的。他們兄弟分院住，一大早各自牽了一頭騾子從大門出來，正好覿面相逢，幾乎同時看了看錶，不禁會心哈哈一笑。上了騎逕奔戶部大街西邊勒敏的狀元賜第而來。恰到勒敏門首，一眼瞧見錢度正在下馬，還帶著一群官員，坐轎騎馬的各不一等，看見這兩個黃帶子阿哥過來，忙都站住了，有幾個還是他家旗奴，忙不迭過來，有的扶他們哥兒下騎，有的侍候著拴騾子，請安噓寒問暖說天氣的鬧成一片。敦誠由著哥子和這些人應酬，上前笑道：「錢鬼子聽說勒三爺升官，一大早就來巴結了？」

「敦三爺老鴰落到豬身上，盡瞅著人家黑了！」錢度和他們熟稔極了的，只略一拱手作禮，嘻笑道：「肖露選了漢陽首府，進京引見，勒敏回頭就是他的頂頭上司，想請過去嗯……那個那個——」他作了個舉杯吃酒的架子，又道：「他面子不夠，只好請吏部黃侍郎出面做東，他掏腰包兒，老黃跟勒三爺交情不深，又挽了我，我和肖露也算患難之交，不好掃他的興，昨晚來過，勒敏說這幾日應酬太多，怕去不了。所以我搶先一步。二位爺，我可是比你們先到的！」敦誠笑著捶了錢度胸前一把，說道：「什麼雞巴黃鼠狼（侍郎）狗獾子？今兒我要——請客——老丁，是黃英杰是吧——」他突然轉臉問一個六品頂戴的官員。

那老丁似也是敦家旗下奴，忙跪了打千兒請安說道：「回爺的話，是黃英杰！」敦誠笑道：「你給他傳話，就說我和二爺要出城轉轉，借他的轎車，叫他親自趕車過來送送爺！」老丁喏喏連聲答應著，敦敏已經過來，笑道：「就說勒三爺今兒有事，教他改個日子再請，我們就不攪他的興了——明白了？」「明白了，明白了！」老丁忙道：「這是爺的恩典，賞他的臉嘛！」錢度見他二人趕客，大熱天他也想郊外走走，因笑謂衆人：「二位靖國將軍攪了老黃的席，咱們也散了吧，改日再吃他的。」衆人紛紛回轎上馬間，勒敏早已迎了出來，讓手兒請二敦和錢度進府，說道：「他們進去稟說有兩位黃帶子爺在門口攆我的客，我猜就是你們，果不其然！我也不想去吃這酒，正思量推脫的，就沒出來接你們。望乞恕罪罷了。」

「好啊，叫我代人受過！」敦誠笑著進院，卻不肯進屋，站在葡萄架下，說道：「你一個閨女許兩家——幸虧黃鼠狼是我們包衣，換了別人，你準爽約，不定拖著我們一道兒去陪酒呢！」目光搜尋著，摘了一串紫嘟嚕兒的大葡萄，一邊塡一顆咬著吃，口中叫「不進屋了，你趕緊收拾準備走路是正經——再待一會子不定又有人來請了。」

勒敏只好也不進屋，只吩咐管家，「給我備馬。告訴太太我出門拜客，天黑才能回來。紀中堂的公子進學，又和喬銀台家的定親，晚上請客，敎太太過去賀一賀，陪紀夫人吃酒，替我告個罪兒——給我多帶點錢，銀票也成。要是回來早了，興許也趕過去的！」那管家連聲答應著，又問：「一千兩的銀票成不成？」見勒敏不耐煩，忙就去了。敦誠便問：「嘯林公不能一同去了麼？」

「他老了，近八十的人了。」敦敏皺眉說道：「那天走半道兒，頭就暈了。七十不留宿，八十不留飯，我怕出事兒，緊忙回來了，今兒不要叫他了。雪芹一故，脂硯齋畸笏叟一干人老病死走風流雲散，再不是當年情景兒了。」說罷長透一口氣。敦誠怔了一會兒，說道：「人還不就那回事！好比莊稼剔苗兒，剔了一茬又一茬，也有老天爺犯糊塗，瞅著哪個不順眼，順手剔掉的，熟了割掉，那叫終天年，水旱瘟蝗殍屍遍野，那叫劫數。就如我們去看雪芹家，也就盡盡心罷了，還能救活他不成？」說著已報馬匹備好。四人一同出來各自上騎策鞭出城逕奔張家灣。

因有方才那幾句對話，幾個人心裡感觸，都有些沉悶。出了城過通州，人煙頓見稀少，一湛兒青的天，廣袤無垠的天穹下，一漫碧青的青紗帳，因夜裡下了雨，咯咕拔節兒響，夾道楊柳老槐濃蔭遮避，在風中枝幹搖曳，簌簌瑟瑟抖動的葉片碰撞和著蟬鳴響成一片，官道北邊極目遠處，燕山餘脈綿延起伏，都被蔚藍色的嵐氣縹緲蒙遮。雖已至秋節，仍在盛暑之中，從人衆叢雜的城裡乍出，望著這略帶了秋氣的原野，幾個人心胸都爲之一快，一陣哨風掃樹而來，撲胸涼爽，敦誠第一個打破沉默，快活地呼嘯一聲，「好風——他媽的，城裡的風都是臭的，汗臭腳臭人肉臭味都有！」

「這話不錯！」勒敏的興致也很高，深深吸了一口氣，許久才透出來，「你們瞧著我勒敏，到晚年絕不學張衡臣那樣戀棧，我必尋個山清水秀的地方兒，帶老婆兒女男耕女織！」敦誠一手執韁，一手扶著疾走的騾子，隨著一縱一送，口中笑道：「說說容易罷了。『滿城風雨近重陽』只寫了一句，催課胥吏來了，詩就沒興了──我在德州遇見馬二侉子，跟我誇說吃過人肉，問了問，原來是曉嵐公的老腳皮包餡兒角子！他還滿得意，說：『有幾個人能吃到宰相肉呢！』上回遇到台灣知府徐友德，補服肩頭上頭繡了個龍爪子，我說你怎麼這麼個別？他說：『我陛辭時候皇上拍了拍我肩頭，說「台灣要緊，好生做去，勿負朕望」──這是皇上拍過的地方，當然要繡上龍爪』！人哪，到什麼景就有什麼樣兒，這會子想的桃花源，晚間吃酒，滿眼滿心都是酒菜，見了皇上激動，思量忠君，回任上見了銀子，皇上也忘了，百姓也忘了，桃花源也忘了──」

他沒說完，錢度已經先笑，接口兒道：「祖宗也忘了，爹娘也忘了，天理良心都忘了！」說得四個人一齊揚鞭大笑。這麼一路說笑，不知不覺間已走了一個半時辰，敦誠在騾上忽然揚鞭一指，笑道：「看見這彎河上那座小橋沒有？對岸那個土崗子下頭的村子，就是張家灣了。」

四個人幾乎同時勒住了坐騎。望著融融日光下蒼翠籠罩著的這個鎮子，驀然間都是心裡一沉，一路歡快突然消失殆盡。勒敏還是頭一次來。敦敏敦誠每回京卻都必來的，就在河彎對岸兩箭之遙，村旁婆娑老樹掩映著三間茅屋裡，他們曾多少次一道兒擁爐煮酒脫帽論文？又多少次一道兒，一個背上馱了大毛，一個項上騎了小毛，和雪芹沿河堤踏雪尋勝，詠詩作詞？這一彎碧水仍舊一滑而東，敦誠曾背著小毛跨石磴兒，裝作「不小心」，叔侄倆一同失足落水，叔侄倆在水中打水仗嬉戲，雪芹也抱著大毛跳進來，四個人打得水花四濺，敦敏和芳卿站在岸上含笑觀戲的情景，宛如昨日才發生的事。如今，河水依然清淺如昔，岸邊依舊楊柳千絲萬縷隨風搖蕩，水中卵石依舊苔綠茵蘊柔若碧煙，卻是故人已逝，空舍燕杳……敦誠眼中突然湧滿了淚水，卻聽錢度哽著嗓音對勒敏道：「你看，過去這座石橋，一漫上坡兒，幾株老槐樹掩著的那個柴門院子，就是雪芹家。院前那株大柳樹，底下幾根條石，夏天我們常在那底下歇涼兒喝酒的……」

「我們過去看看吧……」勒敏也不勝感慨，卻不似三人那樣悲悽，牽馬踏著小石橋走在前頭，嘆道：「我還記得二爺寄給我《贈芹圃》的詩——碧水青心曲徑遐，薜蘿門巷足煙霞。尋詩人去留僧舍，賣畫錢來付酒家。燕市哭歌悲遇合，秦淮風月憶繁華。新愁舊恨知多少，一醉酕醄白眼斜……」吟著，他也喑啞了。

三個人過了小橋，勒敏這才看清楚，雪芹家柴院並不在鎮裡，是孤零零座落在河岸上的一個低崗上，只是林木茂密，遠看去和村莊連接在一起而已。此時天已將午，一色濃綠的芳草漫堤遠去，那條蜿蜒小道兒上去都稀稀落落長了草，卻都株株挺拔，似乎沒有人踩過。眼望著緊閉的柴門，低矮的短牆上爬滿了薜蘿牽牛，靜得只聽草中鳴蛩細細的吟鳴，他們愈來愈覺得是一座空舍，一種不祥的預感頓時襲上心頭。

……彷彿怕踏陷了那條土路，四個人放了韁繩，由著騾馬去啃草飲水，小心翼翼到門前。敦誠上前，定了定神才輕輕敲門，小聲叫：

「雪芹嫂子，芳卿——我是敦老三，……來看您來了……」

……

沒有人應聲。

敦誠隔門縫兒覷了覷，一把推去，那破舊不堪的柴門「吱呀」一聲呻吟，連軸兒斷了歪在一邊。四個人進了院便一目了然，這裡果然早已人去院空。勒敏仔細打量，三間茅屋頂上苫草朽黑，幾處塌陷，檐下門窗塵封蛛網……苕苗兒黃蒿東一株西一叢長得齊胸高，連西山牆根草棚子底下垛的劈柴也都朽了，長滿了苔蘚，爬著纖細黃弱的何首烏藤……只有東窗下一叢毋忘我花開得極旺，在艷驕的日光下花葉鮮明得刺人眼目。

錢度見那門沒鎖，輕手推開了，一隻獾子衝門而出，把四個人都嚇了一跳。進門看時，更是淒涼：儘自窗櫺紙破，陽光斑駁透入，屋裡還是陰氣難當。大約久漏潮濕，地下白茸茸一層毛，印著不知名的小獸爪跡。原來糊得整潔光亮的壁紙，烟熏蟲蛀得變了黯青色。炕上破席上還扔著一卷爛氈，還有剪過的碎紙片，雜亂狼藉地散落在炕上炕下。那捆竹篾兒是曹雪芹糊風箏用的，貼炕靠在牆角，也已經朽得變色。只靠北牆那幅和合二仙畫兒，還是敦誠親手貼的，也已經褪色，變得慘淡幽暗，畫上一男一女兩個童子仍在啓唇向人微笑，彷彿在說：「這裡的事我們看見過。」

「我站在這屋裡心裡發森。」錢度說道：「咱們到村裡問問吧。」三人滿心悽惶，點頭正要退出，敦誠眼尖，一眼瞧見南壁門西幾行墨跡，說道：「這裡有壁題詩——是……宜泉先生來過！」

敦敏、勒敏順他手指看去，果然見是一首壁題詩，上寫：

傷芹溪居士：

謝草池邊曉露香，懷人不見淚成行。
北風圖冷魂難返，白雪歌殘夢正長。
琴裹壞囊聲漠漠，劍橫破匣影鋩鋩。
多情再問藏修地，翠疊空山晚照涼！

——春柳居士甲申正月谷旦慘筆

果然是張宜泉一手極剛健的瘦金體字跡。

四個人在這殘院敗屋裡相對無言，都有滿心的話，卻又無從談起。過了不知多久，勒敏才道：「咱們到鎮子裡先吃點飯，再打聽芳卿下落——我估著芳卿是……」他想說「改適了人家」，這話畢竟不忍出口，遂道，「或投了親戚，或回了南京——咱們問問明白再說罷。」敦敏木然點頭，敦誠卻不甘心，鑽進東灶屋又翻看一氣，失望地拍著手上灰塵出來，說道：「走吧。」

張家灣本是個村莊，因京師至熱河驛道就從莊北經過，惠濟河運河相通，南來向承德、奉天運的貨都打此地水旱接轉，因此漸漸成了集鎮。卻也因向北轉運的貨物不多，雖是集鎮，倒也不甚興旺。只鎮北一條街，從南望去卻仍是村莊模樣。三個人滿懷抑鬱悲愴，穿巷來到鎮北，只見碼頭旁矗著一座驛站，倒是修得富麗堂皇，東西橫亙一條街不過半里長短，因不逢集，又是盛暑正午，街上的人甚是稀落。幾家生藥舖、茶葉瓷器店都門可羅雀，還有什麼槓房、紙紮店、棺材舖子都上板兒打烊，只有幾處大樹底下賣瓜果的，用手抖著破芭蕉扇子，有氣無力地拖著長聲叫賣：

「哎……開封府新到的無籽兒西瓜……不沙不甜不要錢……」

「甜瓜囉——新鮮崩脆兒的一咬一口蜜……通州老麵頭兒瓜，老頭沒牙吃了長壽限吶……」

「李子，李子！才摘下來的掛霜李子，仨子兒一斤……」

四個人問了幾家鄰舍，都說沒聽見過曹雪芹這個人，問「曹霑」便都更加懵然。恐防都是外地人，又尋問了一戶本地人，才曉得這裡原住過幾戶姓曹的，去年都遷走了，只曹家祖墳還留有家人看墳，再就什麼也不知道了。因天已近午正時牌，又住了風，熱得蒸籠似的，四個人都是又渴又餓，便商議吃過飯再打聽。敦敏因指著驛站道：「這街上飯館兒，蒼蠅嗡嗡撲臉的，我嫌髒——我們驛站吃飯去！」錢度道：「罷了罷，哪裡不能將就一頓呢？雪芹令尊還不是為騷擾驛站，教人砸了一黑磚。稍檢點些，不定就起復了——雪芹也不至於落個……」

「嘻！」敦誠哂道：「那是曹頫公①正在晦氣頭上！上頭想整你，你頭朝北睡覺也敢彈劾你抗上欺君②——如今世道，整日到驛站用官中銀子請客巴結過往官員的地方官都有的是——我們吃飯給錢，怕他個鳥！」說著，牽著騾子便走。敦敏勒敏知他因訪不著芳卿心裡焦躁，只好跟著。

驛站就在街西頭，不到一百步遠近。乍從焦熱滾燙的日頭地裡進了寬敞爽亮的倒厦門洞裡，穿堂風涼沁沁的，十分宜人。他們都穿的便衣，質料考究卻又塵垢汗汚。幾個在門洞裡正吃飯的驛卒都看不出來頭，張著眼發楞。敦誠卻有辦法，從袖子裡抽出黃帶子，一頭束腰，舒緩地跺跺腳，對驛卒道：「叫你們驛丞來！」又笑謂勒、敦二人：「看看，還是這裡乾淨舒展吧？吃過飯就這裡睡個午覺，還幹正經差使去。」那驛卒見裡頭有黃帶子阿哥，早飛也似跑進去報說去了。一時便聽腳步聲雜沓迎來，一個聲音說著：「是哪位爺來了？大熱天兒，還不快請進——」話沒說完，驛丞已經從廊下轉出身來，一眼瞧見敦家兄弟，眼睛一亮，叫道：「哎喲！是我們主子來了——奴才晉財兒給二位爺請安了！」說著，一個千兒打了下去，又磕了頭，這才站起身來。

「這不是四舅奶奶家看花園的那個狗才晉財兒麼？」敦敏笑道：「你也會做官？怎麼選到這裡了？」晉財兒笑道：「肖露不過是個騾馬乾店馬廐裡的跑堂伙計，還當了漢陽知府呢！天底下的營生兒，數當官最容易了！我這個芝蔴官兒，還不是託了姑奶奶的福！——」敦誠一口打斷了他的話，說道：「別他娘的嘮叨起來沒完——這是戶部錢侍郎，這是新任湖廣巡撫勒三爺——快給我們弄飯，有綠豆湯——就他們喝的那，先端一鍋我們喝！」

晉財兒連聲答應，又向勒敏磕頭，起身吩咐，「給爺們飲牲口——上房太熱，上房東邊過道兒拾掇出來，又涼爽又乾淨。告訴伙房，叫他們整治菜！——你看看你看看，四位爺的衣裳都汗濕透了!這驛裡設的有更衣亭，合身不合身的先換下來。這麼熱的天兒，洗了一會兒就乾!」一邊說，前頭引導四人往裡走。張羅著在更衣亭換了乾淨衣服，又導向上房東。果然是個寬可丈餘的過庭大門，朱漆銅釘上狴犴鋪首啣環俱全，一色的臨清磚鋪地，卻洞開著，南北風都可穿庭而過，幾個人至此，已渾不知外邊炎熱蒸人溽惱煩心的天氣。

「我走過的驛站不計其數了。」勒敏見已設了座椅桌子，一頭坐了，端著綠豆湯打量四周，說道：「這樣規制的驛站，眞還是頭一遭見著，這像是廟?——又像是……宮裡的規制呢!」晉財兒笑道：「中丞爺看得不差!這是內務府管的驛站，不歸部裡管。因先帝、今上每次從承德回來，進北京城都要辰時，不能錯了，預備著御駕要來得早了，就在這裡暫歇駐蹕。尋常官員是不能在這裡住的，這上房更是禁地。爺們看，西廂房裡現住的是黑龍江將軍濟度，叫了唱兒的在吃酒，他原想住上房，我一說他也不敢了……」一邊說著，菜已經端上來。敦誠笑道：「你這殺才，是說給我們聽呢!放心——連酒也不吃，菜也不要再上，我們不在這住，吃你一碗涼水過麵，我們少歇一會兒還有正經事要辦呢!」

那晉財兒高低不依，還是篩了一大壺酒，自在旁邊侍候，請他們四人坐席說笑吃喝。西廂間絲竹弦歌，倒也別有一番情趣。敦誠正欲向晉財兒打問芳卿下落，敦敏卻止住了，說道：「你們聽——這詩歌有風韻!」衆人側耳細聽，西廂間弦管皆住，只聞箏聲叮咚，似寒泉滴水般清淒，一個女聲似歌似吟緩緩詠唱：

東風作絮黏春衣，太息蕭條景物非。
扶荔宮中花事盡，卻羽殿裡昔人稀。
相逢南雁皆愁侶，好語西烏莫夜飛。
往日風流雲煙散，梁園回首素心違。

「嗯，好！」敦敏端杯吃了一口酒，說道：「想不到這個僻壤偏鎮裡歌女，也能爲此雅音！」

「不好不好！」西廂一個粗喉嚨大嗓子男人高聲笑道：「相逢難嚥這臭驢（南雁皆愁侶）——這是他娘的什麼辭兒嘛！」

敦敏四人一怔，都不禁莞爾一笑。卻聽那濟度將軍又道：「老子是個儒將，最喜歡讀《紅樓夢》了！嗯，這個這個——奉天將軍跟老子說，他聽過一套《紅樓夢》曲兒，你會不會？——好！你唱，老子加賞你五兩銀子。媽拉個巴子，明知道他是吹牛屄——牛師爺，她唱你記，回奉天跟他打擂台，看是誰眞懂《紅樓夢》！」

他沒說完，敦誠一口酒沒嚥，「噗」地全噴了出來。錢度嗆得吭吭地咳，勒敏、敦敏也笑得打跌。晉財兒忙就過來給敦誠捶背。衆人靜聽時，那女子已在道白：

孟春歲轉艷陽天，甘雨和風大有年。
銀幡彩盛迎壬日，火樹星橋慶上元。

名園草木迴春色，賞燈人月慶雙元。

冷清清梅花只作林家配，不向那金谷繁華結塵緣……

「這是《鼓頭》了。」勒敏嘆道：「作詞人不俗，只是還欠推敲。翰林院難聞此調。」敦誠冷笑道：「你太瞧得起翰林院了。京師十大可笑，頭一笑就是翰林院文章！」錢度道：「別說話，吃酒靜聽！」衆人便不言聲，聽那女子婉轉唱道：

林黛玉薄命紅顏，她本是絳珠仙草臨凡。靈河岸上，多虧了神瑛使者照看，每日家甘露灌溉，才成了警幻宮中女仙。受神瑛深恩來報，此心耿耿難忘那前世緣……

「嗯，配上這箏聲切切嘈嘈，眞令人魂飛情越！」敦敏說道。「——眞好！」西廂裡濟度的聲氣也道：「眞好……和我讀的《紅樓夢》一樣！老牛，媽拉巴子的，一字不拉給我記著……」少傾便聽他鼾聲如雷。一長一短時斷時續的呼嚕聲中，笙歌仍在繼續：

林黛玉自幼不幸早喪椿萱，無奈何母舅家中來把身安。外祖母愛如明珠掌上懸，與寶玉耳鬢廝磨一處玩。迎探惜春女嬌蓮，還有那寶釵寶琴二嬋娟……，一同居住大觀園，國色天姿相聚一團，起了個海棠詩社輪流相轉。吟詩作賦，賞花消遣，人間佳景樂事全……

那賣唱歌女果眞手段不凡，時而道白，描摩《紅樓夢》中人物聲口，一時賈母，一時王夫人，林黛玉之嬌弱伶俐，薛寶釵之沉渾穩重，賈寶玉癡情溫存，王熙鳳之精幹潑辣……個個聲形畢現；鼙鼓一擊絲弦再起，頓時又清音繚繞，時而綿綿悠悠似詠似嘆，時而娓娓絮絮如訴如敍，雖是尋常俚語道情詞兒，被她唱得字字句句勾魄銷魂。正經叫堂會的濟度睡得黑夢沉酣，旁聽的勒敏等四人卻聽得心醉神馳，不知身在何處。一時弦止歌歇，四個人才憬悟過來，忙忙扒了幾口飯，便聽西廂裡收拾杯盤聲，牛師爺索茶要水聲，歌女謝賞聲……，接著便有四個女子抱著樂器卻步退出來，細步悄沒聲出了驛站。晉財兒因見他幾個已酒足飯飽，正要安排房子請歇，一眼瞧見洗衣婦挽著籃子從西廂北角門出來，便叫住了，說道：「方家的，衣裳乾了麼？是這幾位爺的，送到這兒來——你上個月還有八錢銀子沒領，待會到帳房一併支給你。」

「是。」那婦人頭也不抬，低眉順眼站在階下，輕聲答應道：「謝爺的照應——衣裳已經乾了。幾位爺要不急著穿，我到南門房裡熨平展了再送過來，成不？」

「成！你去吧——待會熨好就留他們那，你回去吃過飯早點過來，西屋裡濟大人還有一大堆衣裳，早點洗出來，免得臨時穿換不及。」

敦敏望著那婦人踽踽而行的背影若有所思，正要問晉財兒什麼，敦誠在旁脫口而出，喊道：「芳卿嫂子！」

勒敏、錢度大吃一驚，只見那婦人身上一顫，緩緩回轉身子，向三人瞟了一眼，卻不抬頭，默默蹲了個福兒，說道：「對不住爺，我聽轉了音兒——還以爲是叫我的呢……」敦誠、勒敏這才認眞打量她。只見她穿著已經泛白的靛靑大衫，黑市布褲腳上沾了不少泥漿沙粒，臉色黑裡透黃，挽著髻兒的頭髮幾乎已經全白，鬢邊額頭滿是細細密密的皺紋，只嘴角那個淺淺的酒窩，微蹙的眉宇，右腮邊那枚殷紅的痣，宛然仍是舊時風韻，在這三個人面前，永遠無法掩飾她就是曹雪芹夫人——芳卿。

「芳卿嫂子……」敦誠丟了手中扇子，顫著步兒下階到天井裡，盯著她的臉龐，淚水已經模糊了雙眼，極力抑著心裡的百般滋味，說道：「連敦老二、敦老三、勒三爺都不認麼？張玉兒家那對雙生子兒，別人分不清，我一叫一個準，你不是還誇我是『賊眼』麼？」

勒敏聽見「張玉兒」三字，頭嗡地一聲轟鳴，一個踉蹌才站穩了，見敦誠下階，定了定神也跟過來，仔細審量著如癡如呆的「方家的」，顫聲說道：「眞的是……芳卿嫂子啊……你怎麼會到這地……這地方兒來了呢？……」

芳卿好像夢遊人，挽著籃子，用昏瞇無神的眼睛看看這個，又看看那個。突然，像被針刺了一下，她挽著的籃子落翻在地，雙手掩面「嗚」地一聲號啕大哭，渾身抽搐得像秋風裡的樹葉一樣瑟瑟顫抖，眼淚順指縫直湧而出。

這一來驚動了驛館所有的人，各房中住的官員都隔窗向外張望，驛卒們也都探頭探腦竊竊私議，不知兩個黃帶子「爺」和湖廣巡撫，與這個日日來驛館漸衣縫窮的女人是何親何故，又是甚的淵源，乍然相逢如此悲悽。勒敏陪了一陣子淚，最先淸醒過來，知道敦家兄弟是性情中人，一時難以回過神來，因含淚笑道：「芳卿嫂子，我們都是專程來訪你的。好不容易邂逅相逢，也是天意——大家該歡喜才是。都甭哭了——晉財，給我們尋個說話處——就吃飯那過庭兒就成。芳卿還沒吃飯，有現成點心弄點來！」

「啊！有，有！現成現成！」晉財兒看得昏頭脹腦，被他們哭得莫名其妙，傻子似地站在一邊，聽勒敏吩咐，忙笑道：「過庭裡吃飯圖個亮颯，不是說話地兒——東西廂夕照日頭忒熱的了，就這正房東耳房裡頭，南北窗戶打開裡頭說話方便，又涼快，已經收拾乾淨了，就請爺們和——芳卿嫂夫人裡頭坐……」說著便親自導引他們返身上階。因見芳卿仍是哭得淚人兒似的，自己也無從安慰，叫驛卒端水來給她洗臉，遂抽身出來，因伙房師傅已經歇手，又喚他起來吩咐：「方家的幾個闊親戚來認親了，還沒吃飯，有什麼好菜弄兩碟子，肉絲炒麵就成——還有張玉兒一份兒，都不要怠慢……」

窮張羅了一陣子，晉財兒返回西耳房，見芳卿已是住了哭，正在訴說，這裡沒他坐的分，便站在門口靜聽侍候。

「……他就那樣一聲不言語去了。」芳卿坐在東窗下最通風涼爽處，她已完全平靜下來，只是說話間偶爾還帶抽搐悲音，娓娓向雪芹生前幾個好友訴說：「當時正是年三十，天下著大雪，漫天地裡爆竹焰火響成一片……家家都在過年守歲，能到誰家報喪？又能請誰來幫著料理他的喪事？我懷著三個月的身子，要不然真的就一繩子吊了，一了百了，半點也不會猶豫的！給他易簀，點長明燈，擺供燒香，也不知哪來那麼多的氣力精神……那一夜我就靠牆坐在他身邊，他是個真死人，我是個活死人……」

說到這裡，已是滿座唏噓。芳卿也拭淚，卻是不再悲號：「……我手裡還有點銀子

——那是錢爺何老爺子年前送來的。原想斷七再好生發送他。不想曹家三叔初六就登門，帶著幾個本家兄弟堵門要帳。我說，好歹也等人入殮了，劃給我們那幾畝地頂出去還你們帳不成？三叔說，『你根本就不是曹家的人，不過是霑兒的使喚丫頭罷了，曹霑的事跟你不相干！』立地攆我出門！我當時眞急了，也放了潑，顧不得臉面廉恥，說，『我懷著曹爺的骨血呢！要生下哥兒來，咱們怎麼說？』我還說，『我不是沒根沒梢沒緣由來曹家的，是傅相爺做的主！』他們說……他們說，『你那麼硬的靠山，你尋傅六爺！有他一句話，還算我們曹家人，曹霑病得七死八活，還會跟你有兒子？就有……也是……也是野種！』不管三七二十一，進屋裡強盜似的，但凡能用的都搬走了……」

芳卿說得傷了情，又復淚眼汪汪，捂著口哽咽許久，接著說道：「那時眞是上天無路入地無門，又怕傷了胎氣，不敢拚死一鬧，我心一橫跺腳就走，想進城去尋六爺給我做主……大雪天兒，又刮老大的風，我又肚餓……沒走出十里地就乏得一步也邁不動了。恰是張家三嫂子娘家去回門回來，路過碰見了，拉了我就上車，拖了我回來。

「車上她跟我講：『你知道他們是怎麼一回事？就爲雪芹那本子書！內廷傳話說，奉了什麼王爺的命，要《紅樓夢》原稿進呈——曹家嚇得要遷居，你有銀子他們還肯放過？要眞的驚動了皇上，你尋六爺有什麼用？大正月裡沒過十五還是年，你一身重孝登六爺的門，合適不合適？——回去吧，且住我家，我反正無所謂，我們那口子也是忠厚人。先平安過去，產了哥兒，風聲平靜，跟他們打官司，再去見六爺不遲……』

「我心裡悲苦，又氣又怕，想想三嫂的話有理，當時也只有這一條路可走，就跟了她家去住。誰知一病就是兩個月……也眞難爲了張三哥，他們自己也過得艱難，還拖著三個孩子，我病、坐月子都是他們侍候過來。好在他家老爺子就是族長，爲人良善剛直，沒人來生是非，曹家也遷走了，我才能在這張家灣落住腳，爲怕人來問書，就改了名叫方家的……張家這恩德，雪芹這骨血才保住了。眞不知道該怎麼報答才好……」

錢度、敦敏兄弟聽得悽惶不勝，勒敏卻在惦記「玉兒」這個名字，見芳卿雪涕，乘空兒問道：「芳卿，你說的張三嫂，是不是原來住京西雪芹那個鄰居玉兒？」芳卿怔了一下，說道：「難道你還不知道？你在他家住了三年呢！唉……老天爺不長眼啊……」

世事人情就是如此，有時說一車話，全都是廢話，有時一句話就是一部書，千言萬語也說道不盡。勒敏的臉色頃刻間變得煞白。科場失意天地色變，窮愁潦倒走投無路，也是這樣的盛暑熱天，他重病昏絕在道……張玉兒的父親營救，玉兒與他數年的耳鬢廝磨……歷歷往事一一清晰閃過，又好似一團霧，一片空白，什麼也憶不清楚。光怪陸離如此離合緣分，又在這裡相遇……他木然吶吶說了句：「上蒼啊……你可眞會安排……」也不管顧衆人，茫然出屋，似乎有點張惶地四顧了一下，回頭問晉財兒：「玉——張三嫂在哪裡——帶我去！」

註① 曹頫爲雪芹之父。

註② 皇帝面南稱帝——這裡指無端挑剔生事。

19 遇舊情勒敏傷隱懷 撫遺孀莽將擲千金

晉財兒帶著勒敏沿上房西階下來，從角門出到驛站後院，被風猛地一撲，立時清醒過來：我這是幹什麼？認親？非親！認友？非友：一個是建牙開府坐鎮湖廣的封疆大吏，一個是窮鄉僻壤館亭驛站的澣衣貧婦，想顯擺自己身分？不是。一個是有夫之婦，一個是有婦之夫。尋舊情？不是……勒敏立住了腳，他讀《四書》不知讀了多少遍，還是頭一回領略到聖人說的「必也正名乎」！名不正眞的是言不順、事不成、禮樂不興，眞的教人「無所措手足」！晉財兒哪裡知道這位顯貴此刻心情，見他站住了，料是自矜身分，因笑道：「這裡樹大風涼，中丞爺就這歇著，我去喚她。」

「不用了，我們是——恩親。」勒敏終於想出了一個「名」，神態頓時自如，笑道：「不能擺官場規矩的。我自去見她——溪邊擰衣服的不就是玉兒麼？——你去吧！」說著，穿過一帶小白楊林子，見那婦人正將洗乾淨的衣裳往籃子裡擺，已是認定了，叫道「玉兒」，便快步向前。

玉兒略艱難地直起了腰，與勒敏四目相對，只略一頓，立時就認出了勒敏。她盯了勒敏一眼，似乎帶著似悲似喜的悵惘，但很快就恢復了常態，雙手扶膝一蹲身微笑道：

「是勒三爺嘛！我說今早起來眼皮子蹦蹦直跳，昨下晚燒飯劈柴直爆呢！——你還是老樣子，只是鬍子長了，走街上扔綳兒碰上了，你認不出我，我一眼就能認出你來！」勒敏原有些緊揪的心一下子放鬆下來，打量著玉兒，笑道：「你也是老樣子，算起來你比芳卿還大著三歲呢！看上去倒似比她小著五六歲——一根白頭髮也沒有！」玉兒抿了一下鬢角，笑道：「我沒她那麼多心事，也沒她讀的書多……不過，白頭髮也有了的，你站得遠——」她突然覺得失口，臉一紅，雙手手指對搓著不言語了。

勒敏也覺不好意思，心裡嘆息一聲：如今還能像當年那樣，摘下野菊花兒親手插到她鬢邊麼？但玉兒一見面的明爽清朗已經沖淡了他原來的抑鬱、揪心的思念，已沒了痛楚之心，因一笑說道：「都老了。記得我給你說過《快嘴李翠蓮》，你笑得什麼似的。你脾性一點也沒改。北京我多少朋友你都認的，我也常來常往，你日子過得這樣艱難，該去見見我的。」

「見你好唱《馬前潑水》麼？」玉兒笑啐一口：「莊友恭中狀元，喜歡瘋了，還記得我怎麼罵他的麼？『狀元是什麼東西？』——你也是狀元，我怕見瘋子！」兩人想起昔年那一幕，都不禁失笑，玉兒因問：「你怎麼到這裡來啦？是官場裡遭了瘟，成了倒霉蛋，還是宣麻拜相封侯拜爵，什麼『浮生又得半日閒』的，跑野地裡逛逛寫詩用的？」

勒敏因簡截將自己近況說了，又道：「敦二爺三爺幾次說起你，天下重名兒的多，也沒有認真查問，今兒總算見著了。想不到你和芳卿在一處——走，你還沒吃飯吧？前頭已經準備下了，他們等著呢！咱們前頭說話去。」見玉兒還要料理那籃子衣裳，勒敏笑道：「走吧——這些事他們驛站人做去。」玉兒也笑道：「看來你這個狀元還成，神智沒昏迷了。好，我也狐假虎威一回。」

二人錯前錯後廝跟而行，閒話中勒敏才知道玉兒丈夫前年也已傳瘟過世，家裡有十幾畝地，三個兒子頭胎是雙生，還有雪芹的一個兒子叫三毛，加上芳卿，兩家人一起過活。玉兒說得輕鬆，勒敏不算帳也知道她過得難。思量著，已到角門前，幾乎同時，兩個人都住了腳步。他們的心不知怎的都沉鬱下來。

「玉兒，」良久，勒敏仰首望著雲天樹冠，徐徐說道：「有句話，不知當講不當講？」

「你這人！想講就當講，不想講就不當講！怎麼這麼囉唣？」

……

「玉兒。」

「唔。」

「我想大家相與一場，都是緣分。替你算計，你過的不鬆快，我心裡不安，要幫你一把。」

「嗯？嗯……怎麼個幫法？」

勒敏一笑，說道：「你別這麼看著我，看賊的似的。你們張家嫡祖就是前明江陵老相國。名宦士族，身後自然清高，這一條我勒敏比世人誰都清楚。」他打了個頓，從靴頁子裡抽出那張當千兩的龍頭銀票，接口又道：「但你玉兒也不要太小看了我勒敏。我也是敗了家的滿洲勳貴，折過筋斗的人。這一千兩銀子你啥也甭說，接著。一則爲了孩子，二則也爲雪芹遺孤遺孀。置點地，覓個長工，也省得你們這樣給人縫窮洗衣裳。我到湖廣當巡撫，不定還要出兵放馬，一個閃失死在外頭——」「青天白日頭紅口白牙的混說一氣！」玉兒一口打斷了他的話。「你這錢要就我自個說，有什麼不敢接的？就再多些，大約你也還不了我們張家的恩！你不過是給幾個錢，安你自己的心罷了。一則我有耕有織，使不著這個；二則接這錢，我倒覺得你成了韓信，我是個漂母——再幫你成一回名？」

「好啊，好啊！」忽然有人從身後拍手笑著出來，「我們在前頭等著，這裡後花園冒出個韓信漂母私地贈金！」

兩個人回頭一看，卻是敦誠從東厠小解出來。勒敏笑道：「嚇我一跳！我這是——」「別說了，我都聽見了！」敦誠笑嘻嘻說道，「這是美談嘛！玉兒你就爽快接了——我跟二哥、錢度也在幫她們會計呢！我哥倆只帶了三百銀子，又向驛站借了五百，原想著你這張票子的，看來連借條子也不用打了的！」玉兒一笑，也就爽快接了。敦誠道：「前頭那個濟度將軍，混是混，出手不小氣。聽見說『曹夫人落難』，抽了三千兩銀票就去拜會，這會子芳卿還在那裡推辭呢——玉兒，給你錢你就接著，這又不是受贓賄！他們的錢來的容易，你們過活好些，我們和雪芹好一場，活人死人都安心不是？」

三個人說笑著回了驛站正院，果然老遠便聽見東耳房裡濟度粗喉嚨大嗓子正在說話：「夫人你甭跟咱見外。我雖是個武將，《三國》《水滸》《紅樓》都讀過，讀不懂我就叫師爺講，聽唱兒。上回晉見皇上，皇上聽我讀書哈哈大笑，說我是員『儒將』呢！」

勒敏和敦誠相視一笑，同著玉兒一同進屋，果然見桌上放著幾張銀票，還有幾封桑皮紙裹著的銀子。那濟度黑塔似的，坐在椅上還有人來高，搖著扇子得意洋洋地說話：「奉天將軍都羅，他有多少墨水？還笑我『附庸風雅』，我說好意思的，你是附庸市儈！」「好！這話說的眞帶勁！」勒敏鼓掌大笑，「朝野都肯像將軍這樣，盛世文治哪有個不勃興的？濟度——不認的我了？上回在韻松軒——我奏金川的事，你搶著和我說黑龍江，說比我的事急……」濟度指著勒敏「啊」了一聲，大笑道：「想起來了，想起來了！皇上問咱們滿洲老姓，竟都是一個旗的瓜爾佳氏——我說呢，他們方才說勒敏，又說勒中丞，原來是他媽——勒三弟！媽拉巴子的你好！」勒敏也笑回一句：「媽拉巴子的你好！」

於是舉座哄然而笑。錢度因見芳卿和玉兒不慣這場合，坐著沒話說，笑道：「今兒又是一番遇合。我們呢，是雪芹的故交；玉兒又是勒三爺的恩親，濟度大軍門又是雪芹的神交，接濟一點也是大家心意，我看曹家張家嫂子就笑納了吧！」敦誠見芳卿點頭，笑道：「這就對了。濟軍門你大約還不知道，就是那個都羅，上回來京，永忠貝勒請客，尹元長①、我、二哥、還有元長的幾個清客一處吃酒。都羅說錯了酒令，元長代他圓場，下來謝了元長一千兩銀子呢！」

「這傢伙慣會出我的醜，原來還有這事？」濟度呵呵大笑，端起水咕咚一口，「三爺，跟咱透個底兒！」「你可不能再去跟都羅說。」敦誠也喜這位「儒將」附庸風雅附得豪爽，一本正經逗他，說道：「那天要說帶『紅』字的詩，有的說《紅樓夢》裡的『枉入紅塵若許年』，有的說『幾度夕陽紅』，還有什麼『霜葉紅於二月花』……不防輪到都羅，他手忙腳亂，胡謅『柳絮飛來片片紅』！——誰不知道柳絮是白的？他偏說是紅的！」濟度天生的大嗓門，呵呵笑著拍手：「對！他每見我都說會寫詩，把柳絮說成紅的，就是他的本事！」

敦誠說道：「當時尹元長就坐他身邊，見都笑都羅，他臊得滿臉通紅。元長你們都知道的，最愛附庸風雅的將軍了，就出來替他圓場，說是高江村詩裡的一句，堵了衆人的口。都羅臉上體面心裡感激，下來就送了一千銀子，說是『多謝成全』——他那不過是逢場作戲，你今日此舉，才眞稱得上唯大英雄能本色，是眞名士自風流呢！」濟度最吃奉承，又逞強好勝，被他搔到癢處，高興得滿臉放光，像個小孩子似的跳起身來，端過硯，又拿過紙筆放在大桌子上，撫平了紙，笑道：「三爺，你跟咱好對脾氣——說句實話，咱肚裡沒多少下水，又不想總聽都羅吹法螺——你給咱把那詩寫出來。有憑有據的，他就不好賴帳！」敦誠拿腔作勢沉吟半晌，才道：「好，就寫給你——你可不能說是我說的！」因援筆濡墨一筆一筆寫去：

廿四橋邊廿四風，憑欄誰憶舊江東？
夕陽返照桃花塢，柳絮飛來片片紅！

衆人看了，異口同聲稱妙。勒敏眼見日仄，玉兒芳卿尚未用飯，幾次舉錶看時辰，濟度均無知覺，因笑道：「飽人不知餓人飢。我們只顧高樂了，芳卿嫂子和玉兒都還沒吃飯呢！濟度哥子，待會兒我們看過雪芹的墳，還要回京城裡頭去。你今日要上路，咱們一道兒——明天我在家設筵請你，好好兒嘮嘮如何？」濟度掏出個大金懷錶，炫燿地晃晃，一看針兒，失驚道：「過了未初了！阿桂中堂今晚約見呢——我要先走一步了。」起身團團一揖，又特意向芳卿一稽首，說道：「我京師宅子在右安門北街胡同，有常年駐京的管家。嫂夫人有什麼用著處，拿咱這個名刺去見他，準幫忙兒的！」又嘿嘿一笑，調皮地朝衆人一擠眼兒道：「咱們京城見！」此刻，衆人才看見，濟度帶的親兵戈什哈，還有兩個師爺，足有幾十個人，早已列隊齊整，站在天井院裡等候。見他出來，馬刺佩刀碰得一片聲響請安行禮。濟度也無多話，手一擺說道：「咱們趁熱走路！」

錢度等人到底送他出了驛站，望著他怒馬如龍捲地而去，這才折身回驛。敦敏安頓芳卿玉兒在東耳房吃飯，出來說道：「兩個嫂子都著實累了，她們那邊吃飯，少歇一時，帶我們到雪芹墳上看看，也好進城回去。這次湊得銀子不少，我們也得替她們籌劃籌劃不是？」

於是，四個人也不進屋，就過庭門洞裡商議，涼風颼颼的倒也愜意。算來總得四千八百餘兩，二敦、勒敏都不善財務，錢度的主意，三百兩用來翻修宅院，五百兩仍存銀號，騾馬農具糧種倉房粗計五百兩，餘下的三千五百兩全買近廓地，可得九十餘畝，前廂後桑機房磨坊什麼的，他也眞能精細打算，都一一打進帳裡。末了，錢度笑道：「兩位嫂子都是明白人，斷不至於見利忘義生分了的。但『利』旁有立刀，爲後世計，還該明白劃分。我看，所有宅屋田地都立契爲約，竟是一家一半。芳卿雖有些吃虧，但這些年倚著張家，讓一讓也是對的。這都是爲了防將來糾紛……」

「善哉，三十年內無饑饉矣！」勒敏套了一句《石頭記》裡的話合掌說道：「只是如今涸轍之鮒，尚可相濡以沫，說這些分斤掰兩的話，似乎難以啓齒。」敦敏默然。敦誠卻道：「無礙，你們難啓齒，我說——我們家子弟就是這麼樣的。不的就是發到像《紅樓夢》的賈府，仍舊是落個白茫茫大地眞乾淨！」

衆人說著，芳卿和玉兒已經吃畢了飯出來，玉兒笑道：「你們外頭說，我們屋裡聽得一字不拉——都捂著嘴笑！銀子給了我們姐兒，不敢勞動諸位枉操這份閒心。本來就沒指望這外來財，如今有了——就這座山子崗地，買下來種桑樹，請南京師傅支起三十架機，你道我們織不出綢緞麼？南來的漕船每年都要壞到這裡一百多艘，開個木作坊，專修船隻怎麼樣？如今皇家修圓明園，磚石料有多少收多少，開個磚廠石料廠的成不成？……至於怎麼分帳，那我們自己當然有章程，還能請你們這些貴人來當管帳先生？」

她們思路這麼開闊，幾個人雖笑著聽，心中亦是驚訝。敦誠笑謂錢度：「想著你蕭何三策能安劉，誰知半策使不上！」錢度道：「我想的只是耕讀自保，嫂子們想的竟是營運生發！也難怪，這裡其實是個水旱碼頭，她們又整日在驛站裡頭串，見識自然今非昔比——這幾條哪一條也比我那條好。眞的佩服！」

「別像那年肖露給傅六爺寫信，『武體偷地，配父之至』吧？」敦敏笑道，「殺豬殺尾巴，各有各殺法，蒙古人家比富，看誰的草場大，牛羊多，漢人比地多莊院大，西南地兒有個怒族，誰家門外牛頭掛得多誰就是富人。江浙如今看誰的商號大，織機多。六爺上回跟我說，英吉利國人比誰的火輪鐵船多，火輪車多，羅剎國他們都用鐵鋪路，看誰家門前鐵路長……眞教人尋思不來的千奇百怪。」勒敏卻道：「道由多途不假，萬法歸一，還得是孔孟之道，有如日月經天，放諸四海而皆準。我看錢度說得不差，耕織立家，教孩子讀書……」

「種孔孟、收秀才，收舉人進士狀元果兒。」敦誠哂道：「然後做宰相，當朝綱，然後抄家——很有趣兒麼？」勒敏被他噎得一怔，想想他是金枝玉葉，這事犯不著也不屑於抬槓，因笑道：「和你纏不清——兩位嫂子，請帶我們雪芹墳上，我們略盡盡禮兒，也就該回城去了。」

於是四個人又隨著芳卿玉兒出驛，在小店裡買了些香燭紙箔、朱砂黃表等物，又要了一瓶酒，卻仍循著來路，回到離雪芹故宅東首半里之遙。玉兒指著通濟河北岸一帶土崗下幾株老白楊樹，神情略帶憂鬱，說道：「就在這樹底下了……」

曹雪芹就埋在這裡？四個人交換了一下眼神。勒敏挪步兒先走，蹚著柔軟得像女人頭髮似的長草來到樹下，幾個人默不言聲跟在他身後，果然見半人深的菅草叢中一座孤墳隆起，墳上也長滿了草，卻與周匝的荒草不同，一色的知母草，像沒有抽薹的青蒜。恰一束斜陽射落下來，那叢知母黯青幽碧的顏色顯得格外出眼——四個人都曾在曹宅園圃裡見過專爲它闢的藥畦，料是特意植的，都沒問話。

此時斜陽草樹間百蟲唧唱，南邊通濟河水一彎向南凹去又折而向東，水滑如瑩瑩碧玉，潺潺汩汩之聲不絕於耳，合抱粗的白楊直鑽雲天，沙沙響動的葉片和著知了的長鳴響成一片。置身此間，幾個人心中一片混沌，彷彿天地草木、山川河流和自己全都融匯成了一團模糊，既不想說話，也覺得無話可說。

「雪芹兄，我們看你來了。」敦誠蹲身，在草叢中撥出一小片空地，燃著了香燭紙表。芳卿便跪下，一個一個燒那錫箔錁子，一頭燒一邊說：「……那年鄂比到我們家，在牆上題字『遠富近貧，以禮相交天下少；疏親慢友，因財失義世間多』……你當時笑說『不盡然』。還真是讓你說準了，是我不對了……何老先生雖然過世，你餘下的書稿他兒子帶去金陵，捎來信兒，有書坊正在刻全本《石頭記》，今秋就能出樣本的——二爺、三爺、勒爺、錢爺，還有那位濟度將軍仗義疏財撫孤救弱，你地下有靈，都瞧見的了……」說著，抽抽嗒嗒嗚咽難禁。玉兒在旁合十說道：「芹爺，頭一回給您哭靈，回去我在觀音佛前許下羅天大願：但教玉兒有一口氣，芳卿嫂和小侄子不能受了委屈。今兒在你墳前我再說一句，但凡有一口飯，我們兩家合著吃，不教你魂靈地下不安——張家有違了這誓的，死不入六道輪迴……」

錢度因和高其倬共過事，略通堪輿之術。眾人圍著雪芹的墳傾訴衷腸，灑酒祭奠，他卻背著手徜著步兒，兩眼骨碌碌轉著看那風水來龍去脈，又抓起一把土捏弄著看成色，品在口裡咂滋味，說道：「我看了這塊地形勢，是燕山地脈下來的龍爪地。龍爪臨流，原本極好的，只土中帶沙，沙陷馬蹄足，就顯著舉步維艱。這墳前立個石頭墓碑，也就鎮住了。這裡只豎個木樁子墓碑，幾年就不成了。」玉兒道：「雪芹爺病故，曹家人跟強盜似的竟是洗了曹爺的家。芳卿病得人事不知，是我來看他們埋人的，說旗人不立墓碑。我跟死鬼男人商量，怎麼著也得教後人知道下頭埋的是曹爺，臨時尋了塊石頭，也沒書丹，連夜自己鑿了幾個字。因曹家放出風，朝廷有人說雪芹的書裡頭有悖逆的話頭，也不敢聲張，悄悄埋在這木樁子下頭——錢爺看可使得的？」錢度聽了點頭無話。

「我們和雪芹師友一場，今日總算略有個交待。」敦敏看看日影，知道勒敏、錢度晚間還有事，舒了一口氣對兩個女人說道，「過幾日我和老三要回山海關，還繞道兒來看望二位嫂子。錢爺、勒爺也就要南去，但城裡都有家，要有什麼事，捎個信兒去，自然有關照的——今兒就此別過了。」敦誠錢度也就舉手相揖，勒敏隨衆上騎，看玉兒時，正和芳卿並膀兒扶膝蹲福兒送行，感慨地透了一口氣，夾腿放轡說道：「走罷！」

☆

從張家灣到京師內城走了足一個半時辰，待到東直門已是天色斷黑。眼望著漸漸暗去的半天晚霞，四個人同時收住了轡。他們本非同道人，今日只是偶然爲《紅樓夢》一聚，明日各人又要回到庸庸碌碌的宦海裡自沉自浮，此刻分手，雖有一份溫馨親情，卻沒有說話的題目。許久，敦誠才指著高大灰暗的箭樓說道：「西直門的晚鴉是出名的，要從這裡看東直門，絲毫不遜於西直門——你們看，翩起翩落，盤旋翱翔，多像人家喪事畢了燒過的靈幡紙灰。《紅樓夢》是『落紅陣陣』，這裡是『落黑陣陣』了。走——烏鴉群中，咱們也去叨陪人肉筵宴。」敦敏笑道：「老三謹防舌孽——我是乏了，你們要去趕紀昀的宴，替我告聲罪吧。」勒敏說道：「我須得去見阿桂中堂，約定了的呢——和光同塵、隨分自然，再累，總不及兆惠海蘭察他們殺場拚搏吧？我勸你們還到紀府打個花狐哨兒，早些兒辭回去也就罷了。」

錢度猶豫了一下。他其實也很累的，但更多的是心裡不踏實：幾個月來，乾隆單獨召見日見稀少，接見都是隨部就班，這就有點「聖眷消歇」的味道，他也很想見見幾位軍機大臣套套底蘊的。紀昀倒是常見，但他管的是禮部，又管修《四庫全書》，一提部務差事、皇上近況的話頭就拐彎變味兒。從這位打磨得滑不留手的「大軍機」處打聽點事情，眞是「難於上青天」。阿桂是故交，偏是新入軍機處，一副「公天下」面孔，習學宰相城府，根本是油鹽不浸刀槍不入的架勢，且交接之際十分忙碌，根本沒空說閒話。但他心中實有隱衷，高恆從銅陵弄出一萬斤銅，戶部出票就是他私自開據，裡邊有他三成好處——劉家父子隱匿江南行蹤詭密，觀風查案一肩挑，帶天子劍，攜王命旗牌，比尋常招搖的專差欽差要厲害十倍，萬一教他們父子嗅出什麼味道，高恆是國舅，自己就是個墊背兒的……從聖眷想到這裡，大熱天兒，錢度竟無端打了個寒噤。見敦家兄弟已催騎而行，忙追了上去——與紀昀套套近乎總沒有壞處……

勒敏來到阿桂府門首，幾個軍士正在燃燭張燈，師爺尤琳站在下馬石旁正焦急地四顧張望，見他獨騎而至，拍手笑道：「好我的勒三爺，您可來了！我們府裡戈什哈，還有尊府家人都出空了，遍北京城尋不見您人影兒——桂爺發狠，說勒老三就是土行孫，戌時也得從地裡把他犁出來！」勒敏笑道：「這是私第約見，難道還要軍法從事？」將韁繩扔掉便款步入府。

「三爺，」尤琳一邊隨著走，小聲道：「一路沒見九門提督衙門布防？萬歲爺在裡頭和桂中堂說話，已經派人召見兆惠、海蘭察去了，幸虧您趕來的及時啊！」

勒敏眼瞼無聲一跳，渾身勞乏一下子消失得乾乾淨淨。提著勁跟在尤琳身後，卻不進正房，直趨西花廳而來。一路兩邊牆角暗巷都站的侍衛親兵，都沒有留心，只思量著如何應對乾隆問話。穿過月洞門西一帶花籬，果然聽見乾隆正在說話：「尹繼善不宜調來北京，已經有旨爲外任軍機大臣，現在西安，一爲整頓甘陝軍務，二爲策應金川戰事，……」勒敏因見和珅守在門口，正要說話請通報，和珅已閃身進去，便聽乾隆說道：「叫進來吧！」

「奴才勒敏謹見聖上！」勒敏小心翼翼跨步而入，伏地叩頭道：「給主子請安！」這才抬頭，見乾隆居中坐在書案後，周匝擺著三大盆冰，阿桂身邊傅恆也在，都端肅坐在木杌子上聆聽乾隆說話。

「金川事畢，尹繼善還是要調回南京，兼兩江總督。」乾隆只抬手示意勒敏起身就座，順著自己思路說道，「尹繼善雖不在北京軍機處日常議事，你們要知道，加上廣東海關，朝廷歲入三分之二來自兩江！金銀放在別的省分也算能員，到金陵就應付不來。他學尹繼善結交士人，只是學了個皮相。你們到紀昀那裡看看，江南圖書採訪局送來多少悖逆書籍！吏治也弄得一蹋糊塗——暫且叫他維持，隨後調京再委——尹繼善不要來京。」

傅恆在座上略一躬身，陪笑道：「還是主子慮得深遠。兩江總督不是尋常卓異官員能任，確實沒有人頂替得尹繼善。奴才只是覺得軍機專任大臣人手少，事多任繁，七葫蘆八瓢，按了這頭起那頭，秋後我又要奉旨出兵金川，阿桂怕忙不過來，商定了才請旨的——既如此旨意，那就偏勞阿桂了。」

「大事朕料理，小事阿桂謹愼去辦。你在軍中，連尹繼善也可用驛傳諮詢嘛。」乾隆莞爾一笑，「你其實還有不便說的話，繼善在江南太久了，有些閒話，什麼『江南王』之類，繼善也是慄慄畏譏憂讒，屢屢寫折子申說。上次朕召見他，又說及這檔子事，朕說你一日三餐起居辦事，沒有一件瞞朕的，調你出去也爲去你這點心病。國家有制度流官不能封王，若論你心地勞績，朕眞想封你個郡王呢！好好兒做你的官，別聽小人嚼舌頭，朕以心腹寄你，又何必自疑？」

阿桂見乾隆舉杯啜茶，忙趨身捧壺給他續水，笑道：「前次奴才進京，在戶部見著尹繼善，奴才說『東海缺了白玉床，龍王請來金陵王』，你給主子進貢白玉床來了。他臉都嚇白了，說自家朋友還開這樣玩笑。他兒子慶桂在理藩院，繼善說應該跟我到口外練兵，待在理藩院給主子出不上力，養成個酒囊飯袋可怎麼好？」乾隆聽了點頭微笑，這才問勒敏：「狀元公，到處尋你不到，哪裡會文去了？或者去尋花問柳了？你再不來，阿桂眞要叫順天府去八大胡同查你去了！」

「奴才偶爾叫叫堂會，從不敢到那些地方兒的。像聖祖爺手裡的乙未科狀元莒英煥，被范時捷在會春樓裡從被窩裡赤條條掏到順天府給主子現眼丟人，幾十年都抬不起頭來。」勒敏起初進來時心裡忐忑，揑著一把汗，見君臣語對如家人同坐，溫聲隨和，早已平靜下來，忙在杌子上欠身作禮，從容笑道：「奴才授署湖廣巡撫的消息兒已經傳開，薦人的，託情的，說事的，從早到晚，家裡像個集市。今兒是肖露請客，他當漢陽知府，這筵眞的難赴——奴才就出城逃席去了。」「你是望風而逃啊！」乾隆笑道，「肖露不是那個糊塗四兒的丈夫麼？朕問過考功司，才具中平，辦差勤謹，不貪非分之財，仍是跑堂伙計本色。傅恆，是你薦的人吧？」

傅恆忙道：「是吏部薦的，奴才照允請旨引見。肖露勤能補拙，耐繁瑣不怕辛苦，又不敢貪錢，這樣的官如今已是上好的了。」阿桂笑道：「傅恆這『不敢』二字用得恰如其分。劉康一案他著實被劉統勛給嚇住了。上回悄悄兒跟我說，他分發萬縣縣令去見劉統勛，腿肚子哆嗦得直想轉筋呢！現在也歷練出來了，上回他說首縣十字令，我聽得笑不住口，如今官場眞是那個模樣呢！」乾隆因也笑，問道：「什麼十字令，寫給朕看。」「是。」阿桂笑著答應起身，躬身在案前抹紙濡筆寫道：

紅
圓融
路路通
認識古董
不怕小虧空
圍棋馬吊中平

梨園弟子殷勤奉
衣服齊整言語從容
主恩憲德滿口常稱頌
座上客常滿樽中酒不空

乾隆看第一個字已是微笑，到後來已是笑得身上發顫，喘著氣對三個大臣道：「你們都看看……眞正形容得入骨三分。有這十字令，朕知道官是怎麼當的了。」傅恆看了，臉上卻無笑容，轉遞給阿桂，嘆道：「奴才曾見過的。從未入流官到軍機部院，都編有這類口令詞兒。起初也覺可笑，細想反覺可懼。百官庸庸碌碌，上行下效地蠅營狗苟，這是宰相之過。奴才夙夜思及，推枕而起，繞室徬徨無計可施呢！」

「奴才這幾年也讀了幾部史書。」阿桂見乾隆沉吟不語，臉色已經陰沉下來，枯著眉頭微嘆一聲，說道：「漢唐以來，但凡太平盛世，都有這類事的。聖祖爺和先帝苦心經營七十餘年，爲吏治的事耗盡心血……據奴才看，說句該割舌頭的話，二十四史中吏治最好的是雍正爺這一代。還有周唐武則天，殺官任用酷吏，刈麥子一樣整批誅戮；前明朱洪武，天威嚴酷，貪官拿住了就剝皮揎草……」他看了一眼乾隆，見乾隆正凝神靜聽，並無不豫之色，略一俯仰接著說道，「吏治最糟的是宋。宋太祖陳橋兵變黃袍加身，靠的手下文官武將，因此立誓不殺大臣，就敗壞得不可收拾——我主子秉承列祖列宗創業，艱難卓絕之餘烈，又經先帝十三年刷新吏治，整頓財賦，垂拱而撫九州萬方，深仁厚澤遍及草萊野老，國力強盛即貞觀開元之治亦不能及──」

說到這裡乾隆已經霽顏而笑，擺手制止了他的話，說道：「你像是預備好了的，這是廷對格局嘛！不要說套話了，說說你的見識。」「今日盛世實在是因爲皇上從寬爲政，輕徭薄賦的結果。」阿桂一躬身，接著說道，「但凡政務有一利必有一弊。世亂辨忠奸，板蕩識英雄，治世就不易識辨了。百官之中魚龍混雜，大抵君子少，小人多。見皇上仁德，不肯輕用嚴刑峻法，有些小人放膽胡爲，明哲保身的也就和光同塵，長此以往是不得了的。奴才以爲，可以藉修《四庫全書》，徵集圖書中有敷衍故事的、書中悖逆字句不行查奏的官員，要撤裁治罪，收藏逆書隱匿不報的，要從重整治，連同肅貪獎廉，黜陟分明。一是可以倡明教化，消解民間治極思亂的戾氣，二是可以整肅朝綱，使朝野皆知主子非婦人之仁，豈不一箭而雙鵰？」傅恆接口便道：「阿桂說的是振作之法，眞眞的老成謀國之言。奴才看，各省圖書採訪局要和禮部、都察院直接咨會文書，統由軍機處隸屬調配，這樣，他們就不須看行省大員的臉色行事，互不掣肘又互相糾察，官場亦可振作風氣。」

「好！」乾隆聽得興奮，竟在椅上一躍而起，但他自幼養成的安詳貴重氣質，講究的是臨事從容不迫，一剎那間他已恢復了「靜氣」。拖著步子悠悠搖扇，說道：「朕一直在想，怎樣不失以寬爲政的宗旨，又能振作官風民氣。想不到阿桂一個帶兵出身的，能慮及此。太平無事，奢墮淫靡風氣就在所難免，他一日到晚辦不完的差使，辦不好要丟烏紗帽，『十字令』也就未必全然靈通了──看來阿桂是眞讀了不少書，眞有點心得。

傅恆意見也很中窾要，還有些細微末節，你們會同紀昀商定奏准，用廷寄分發各省施行。」還要往下分說，和珅挑簾進來稟說：「萬歲爺，海蘭察、兆惠已經到了，聽說萬歲爺也在，不敢輕進。請旨，叫不叫他們進來？」乾隆「嗯」了一聲說道：「叫進。」

一時便聽天井院裡腳步聲錚錚而近。馬刺鐵掌踩得嘰叮作響，在台級下階巴特爾的聲氣生硬的漢話說道：「兩個將軍，帶劍不能的——解開給我！」乾隆不禁一笑，隔簾說道：「巴特爾，不必要他們解劍了！」

「不行的，主子！」巴特爾卻不遵旨，仍舊攔路伸手，頭也不回頂了回去，「誰也不能帶劍見我的主人！」到底要了二人的劍才閃路放行。

兆惠、海蘭察笑著繳了武器，在門首簾外報名進來，就地跪下行三跪九叩大禮，乾隆笑著回座，見二人裡袍外褂皮靴漆褲，雖然熱得順頰淌汗，結束得密不透風，因道：「這是九月天氣穿的衣服嘛！起來吧，把大帽子摘了，送冰水給他們喝——傅恆你們知道麼？海蘭察在德州自供是『屠戶』，戰場上殺人用刀，街市上殺人用鎌，監獄裡用破碗也照殺不誤！」他說得臉上放光，仰頭哈哈大笑，「岳武穆說，文官不愛錢，武官不怕死，天下太平。這就是兩員不怕死上將——朕告訴了皇后、皇太后，她們也歡喜的不得了。怎麼樣？你們的兩位夫人都進去請安了麼？」

二人忙又跪下，兆惠說道，「她們進園子剛才出來。主子娘娘賞賜了許多首飾，老佛爺還叫了我們進去，說了許多勉慰的話，還說皇上要抬她們的旗籍……」他說著已是鼻酸，又連連頓首，「奴才和海蘭察商議，這恩眞的是沒法報，只索還去廝殺，報效了這條命罷了。」海蘭察也叩頭，泣聲道，「奴才們是吃了莎羅奔的敗仗回來的，哪承想主子這樣的恩典！說圖報的話沒用，除了賣命效力沒別的可報。」

「起來吧。」乾隆聽這二人出自肺腑的言語，心裡一沉，已沒了笑容，徐徐說道：「不要這麼英雄氣短麼！抱這個必死之心非朕之所願，朕要你們凌煙閣圖像，是一番君臣際遇事業！傅恆、阿桂商計了一套新的進兵金川計畫，說今晚要見你們。朕來這裡看望你們，也爲勉勵，你們既這樣想，朕就不多叮囑什麼了，好歹給朕爭回這個體面，就是報恩。」

「是……」

「你們商議，朕就在這裡坐聽。」

註①　尹元長，即尹繼善，元長其字。

20

破巨案劉鏞潛金陵
怒口孽天覇閙書場

黃天霸、燕入雲二人，自傅恆接見後第五天便離了北京。十三太保在京的只有十一人，先走了三天，他和燕入雲也都喬裝了茶商，卻不同路而行。燕入雲由通州走水路南下，黃天霸卻從潞河驛離京走的旱路，言明盂蘭節在石頭城西鬼臉崖下聚齊。他掐著日子計程而行，一路與父輩江湖上的舊友來往酬酢，不動聲色地打探白蓮教在直隸河南安徽江南傳道布教的情形，有的地方蜻蜓點水一沾即離，有的地方一留連便是幾天甚至十幾天。待入江南省境內，便不再滯留，雇了快騾晝夜趲行來赴集約，過江待到鬼臉崖時，天色已經向晚。

鬼臉崖是石頭城極有名的去處，西北一帶揚子江半環圍繞，貼城一帶小巷幽靜深邃，都隱在茂竹叢中，小巷西望一片白沙灘外，便是浩渺無際的揚子江，從南向東逬轉，秀麗的莫愁湖便宛然在目。黃天霸每來南京，總要到此一遊，熟得不能再熟的地方了，但此刻卻幾乎認不出來了。他散步過來，晚照夕霞中只見城外一片荒漠淒涼，所有的竹子像被人捋過似的，一片葉子也沒有，東倒西歪亂蓬蓬叢生在瓦礫中，那條小巷已變成一片斷垣殘壁，滿街都是破磚碎瓦斷樑折欞，別說人影，連一聲雞鳴犬吠也是沒有，只是長江的嘯聲仍舊那樣無休無歇，連驚濤拍岸的聲音都聽得清楚。黃天霸有點像做夢，又有點像疑心前頭有陷井的狐狸，四顧張望著往鬼臉崖下走，忽然身後有人喊道：「師傅，您來了——我們在這足等了您一天呢！」

黃天霸被這突如其來的聲音嚇得猛一轉身，才看見是自己的大弟子，十三太保之首賈富春和七太保黃富光，看樣子是去殘壁裡剛剛解手出來。因見二人還要行禮，黃天霸笑道：「咱爺們自己，又是這地方，免了吧——這地方是怎麼了，像過了水，連竹葉子都沖掉了？是火燒了？又沒有燒殘了的灰燼。我走遍天下，沒見過這種奇怪情景兒。」

「先過了一陣蝗蟲，樹葉竹葉吃光了，」賈富春笑道。「五月初十又一場龍捲風，掃平了這裡，江水又湧上來洗了這個巷子。我們來時已經是這模樣了，原來梁老六在這定的丁家客棧我們會齊的，現在改了褲子襠的老茂店，怕您來了等不見，我們哥幾個輪流在這守著等候呢！」

黃天霸這才留心，不少大樹都像擰斷了的葱一般歪倒在牆根路旁，有的竟被齊根拔起，撂在一邊，也都是光禿禿的有枝無葉，連「鬼臉石」旁的叢灌木「鬍子」也被剃得光溜溜的。不禁駭然笑道：「我也見過幾次颱風的，那是在福州、雷州，也是拔樹倒屋，天昏地暗，石走砂飛——卻沒有像這樣兒嚇人，掃平了這條街！城裡邊房屋稠密，大約好些兒？這也太慘了，要死不少人的吧？」

「說來也真是蹊蹺，這風竟沒進南京城。」七太保黃富光是黃天霸的乾兒子，其實年紀比黃天霸還大一歲，見乾爹挪步，忙在前面帶路，口中回話喋喋不休：「這裡老百姓說，當時天陰得像扣了一口鍋，龍捲風打西北長江過來，夾著大雨冰雹，像個黑煙柱子，旋著江水撲到石頭城這地塊，又分成兩股，沿城根掃了一圈，在燕子磯那裡又合成一股，往東南又旋了幾十里才消了下去……乾爹記得西門外那座魁星閣不？眼看著捲進風裡，連樓基拔起在半天雲裡，一霎兒就不見了。清虛觀一口三千多斤的大鐘，被捲起來，就在黑風煙霧裡折筋斗打滾兒落不下來，直砸到玄武湖北岸的上清觀大院裡。更有奇的，上清觀進香的一個姓韓的妮子，教風捲上天，直飄出九十里外的銅井村，又安安穩穩落了下來……」

黃天霸與他們廝跟著走，心裡想著如何與劉鏞會面，又怎麼去見劉統勛，一邊笑著聽，說道：「這都是胡說八道，魁星閣都粉碎了，還說人，就有，還不摔成一團稀泥爛肉了？」「這是眞的。」賈富春悶聲說道：「這姓韓的女子許了城東李秀才的兒子，一股風吹到銅井村，村裡人當神仙吹打著送回娘家。李秀才說死也不信這事，說必定是奸情私奔。女的委屈得尋死覓活，官司打到江寧縣。明日袁子才大令要親審這案，告示都貼出來了！」黃天霸一怔，隨即笑道：「袁子才是知府銜的縣令吧？江南第一才子，自然愛管這些風流閒事。要我是李秀才，也不敢要這姓韓的媳婦——那是妖怪嘛！」

「這場風眞眞切切，這件事沸沸揚揚。」賈富春道：「風過之後，蝗蟲也就沒有了。砸死了不到一百人，城裡就起了謠言，說這是劫數，『五月江南遍地蝗，掃民蒿草掃田莊，百姓仰天哭聲慟，驚動慈悲九宮娘，乘風駕雲上九霄，拜奏王母與玉皇，此城善男信女多，懇請雷火赦昆崗。遂以風劫換蝗劫，捨去道觀舊廟堂。積善積惡皆有報，難逃天數眞茫茫……』還有許多童謠，大抵也是白蓮教裡的切口俚詞——所以袁枚親審這案子，也有個以正壓邪的意思在裡頭。」

黃天霸聽了默不言聲，賈富春以下的十三太保，有的原是綠林剪徑的刀客、有的是市井無賴梁上君子、賭場屑小之徒，只懂得雞鳴狗盜、坑蒙拐騙、風高好放火月黑殺人夜，能說出這大的道理，肯定已見過了劉鏞，聽了劉鏞的訓誨。他心裡一陣輕鬆，微微一笑，加快了步子。

褲子襠巷在莫愁湖東北虎踞關一帶。名字難聽，地方也破爛，一色都是歷年逃荒落腳南京的饑民。一片窩棚草屋，甚至用苧稭杆兒搭起的人字形的「瓜窩子」，歪七扭八橫豎不一地「臥」在街旁。師徒三人坐騾車走了足一個時辰才到，卻不直抵宿處，老遠在巷口便下車付資步行進街。

此時已近戌中時牌，天是早已入夜黑定了，一輪黃得癆病人臉似的月亮，周匝起著風暈，將迷濛不清的月光灑落下來。黃天霸跟著他們，高一腳低一腳走在凸凹不平的街上，像進了迷魂陣一樣，一會向北，又拐東，又趔西，又轉向南，但見一街兩行到處都是地攤，江湖賣藥的、賣古董的、賣雨花石的、賣舊書舊畫舊碑帖的，什麼煙料、玉器、雕鏤蟈蟈葫蘆、唱本、盆景的……甚至還有賣狗的，雜亂喧鬧此起彼伏吆喝成一片：

「北京鴨子張的內畫煙壺！識貨的您來——有一個假的砸我攤子！」

「金回回的膏藥囉，跌打損傷腰疼腿酸膿瘡疤瘡……」

「——哎！寶刀寶刀——祖傳破家賣了！吹毛得過，殺狗不見血——」

「掛漿手爐，屁眼玉塞兒——十姨廟裡貨眞價實！」

「餛飩餛飩——老城隍廟的燒雞、水煎包子加鍋貼兒……好吃不貴囉……」

微弱的月光下，各種羊角燈、氣死風燈、紅黃綠西瓜燈閃爍不定，長江和秦淮河中火一樣流移的河燈，家家戶戶窗上階前門口擺著的盂蘭燈，有的像放焰口一樣燦爛，有的像夏夜中的流螢、墳地裡的鬼火般閃爍不定。一行三人，在光怪陸離的月色下，擠在熙熙攘攘的人群中，但見長衫的、短褐的、滿身珠光寶氣的、破衣爛衫甚至骨瘦如柴打著赤膊、滿手汚垢頭髮蓬亂的乞丐，有的地方擠擠捱捱，有的地方稀稀落落，加著雞鳴犬吠蟈蟈叫、妓女們拉客打情賣俏聲，茶樓飯館伙計接客送菜的尖嗓門兒……擾攘成一片，不一會，黃天霸已是不知東西南北了，因笑謂黃富光：「也眞虧了你們，在南京也能尋出這麼個寶地——這是鬼市嘛！」

「爹別小瞧了這地塊——去去！」黃富光推開了兩個來拉黃天霸的野雞，壓低了嗓門兒道：「五方雜處三教九流都在這裡軋碼頭呢！這裡有的是闊主兒——您瞧那座戲園子，別說秦淮河的香君樓，就是北京的祿慶堂，有這麼金裝玉裹的麼？您瞧那邊的關帝廟，挨邊的就是山陝會館，會館北邊亮成一片的是慈航庵——觀音菩薩的道場，全都一嶄兒新——這就是咱們住的老茂客棧了……」

黃天霸邊走邊聽，若有所思地左右張望著，有點心不在焉，聽見說到了，這才收回神來，看那處客棧時，一色都是平瓦房，東邊一帶矮牆敞著大車門，滿地都是淆亂的車輪輾轍騾馬蹄跡，裡邊似乎是存貨庫房和飲餵牲口的廄房，緊挨著廄房庫院，又一處大四合院，卻是南北兩進。老茂客棧正門是沿街舖板門面，三級石階一溜出去，足有六丈開闊，一律敞著，裡邊竟有小戲院子來大，房樑下支著六根柱子。柱間擺滿了安樂椅茶水桌。滿屋的茶客有的綾羅纏身，有的布衣葛袍，吸煙的、嗑瓜子吃芝麻糖的、下棋的、說笑打諢的嘈雜成一片。煙氣水霧間賣冰糖葫蘆的扛著架子，賣巧果酥餅油條麻花的扛著籃子在人群中串來串去。嗡嗡嚶嚶的人聲中還夾著個說書的，嗓門卻是甚亮：

劉延清老大人接到劉康請柬，知道筵無好筵，轉念一想——劉康毒殺賀道台並無實據，他現是德州知府，和我是一樣的品級呀！倘若不去，一來於禮不合，二則是怕劉康賊起疑，反爲不美。罷罷罷，不入虎穴焉得虎子？你德州府就是龍潭虎穴，老夫也要闖一闖了……

黃天霸一聽便知，說的是《劉延清夜斷陰曹誅劉康》一段，不禁微微一笑。跟著賈富春、黃富光在竹椅雜錯的縫隙間往裡擠，便見客棧老闆已從書案屏風後閃出來，雙手拱著道：「黃老板——承蒙抬愛本店，您發財！」一邊哈腰讓道：「伙計們早就安置好了。老板還沒進飯——這雅間裡頭備好了的酒菜……您請您請……唉，對了，就是北首第二間……」黃天霸此時才看清，原來茶座兩邊，還各設著幾間雅座，只一幔上下的米黃紗冪得嚴絲合縫，外邊燈光太亮，瞧不見裡邊的燭，不留心根本看不出來。因扳著門端詳著笑道：「走遍天下店，沒見過這式樣的，造得巧！又透亮兒又不得進蚊子，天棚上拉著吊扇，也涼快——」一眼瞧見燕入雲、朱富敏、蔡富清和廖富華幾個人在裡邊，便不再言聲，跨步進來。四個人已是起身相迎。

「我以爲你從燕子磯下船了呢！」燕入雲笑陪黃天霸入座，說道：「石頭城外都被風吹成平地了。擔心你轉碼頭，又安排老五老六去了。」

「做生意就講一個『信』字。」黃天霸知道周圍人色極雜，放聲呵呵一笑，說道，「只要不是下刀子飛箭雨，哪有個不如約的理？」尚未及款敘，聽那講書的堂木「啪！」地一拍，說道：「……這麼定睛一看，不由的倒抽一口冷氣——列位看官，你道劉康因何如此吃驚？只見來人年方一十六七，頭戴扎絨花軟冠，腳蹬玄緞軟靴，頭緊腰緊腳緊一身三緊夜行衣靠，面如冠玉目似朗星——是黃天霸其人來也！」

幾個人都嚇了一跳，楞過一陣子才想到是說書說到了緊要關口，不禁相視一笑。黃天霸隔紗幕向外瞧，只見滿室坐客或俯或仰，個個目瞪口呆盯著說書的，連門前茶桌上兩個野雞堂子的娼婦也似木雕泥塑般大瞪著眼看著講書台。裡裡外外一片岑寂，靜等著下文。再看講書的，卻是個五十多歲的瘦乾老頭子，一腳微蹬一腿稍屈，雙手按著講案，細長的頸下大喉結一動不動，雙眉緊鎖，鷹隼一樣的目光直凝前方，良久又將響木柔聲一拍，說道：

劉康賊子吃了一驚，霎時又定住了神，仰天大笑「哈哈哈……原來又是你這乳臭小兒！我問你，我與你前世有怨？」

「無怨。」

「今生有仇？」

「無仇。」

「劉延清與你是親？」

「非親。」

「是故？」

「非故。」

「前番在捨身崖前你殺我五名心腹，太平鎮又單刀奪席相救那延清老兒，今日又三鏢打碎我三杯酒，卻是爲何？」

哼哼！黃天霸冷笑一聲，說道：「只爲延清大人與我有知遇之恩！你這贓官三番五次加害於他，須要知頭頂三尺有神明，天霸乃是硬錚錚七尺男兒，豈容你用毒酒灌我恩主？」

哼哼哼……那劉康咬牙笑道：「你好不知起倒啊！我也聽得你的威名，我也見得你的手段，只可惜你錯認了我劉某人，雖然只是一任小小知府，三山五嶽綠林雄豪廣有結交，府中之士個個武藝高強，只怕你來得去不得了！」

「你就是刀叢劍樹，又其奈我何？」

「我刀快不怕你脖子粗！」

「我劍來飛雪氣如虹！」

「來人！」

劉康大喝一聲：「前後庭堵了，衙役家丁鳥銃封門——你就是土行孫，也難逃今日之劫！」

話音一落，便聽得屏後廊下雷轟般答應一聲，雲中子道長執拂而出，八大散人披髮仗劍一擁而上，將黃天霸團團圍定。十枝火鎗，強弓硬弩將大庭封得是水洩不通！

「看來黃家英雄此番難逃性命了。」那先生突然收科，一副笑嘻嘻面孔對座客聽衆說道：「列位看官在下面吃點心喝茶揮扇子好不安逸，累得我老頭子唇焦舌燥唾沫乾噝——這正是，欲知今後事，明日請再來。承謝了，承謝了……」一頭說，便端小笸籮兒捱座兒斂錢。

客棧裡緊綳綳的氣氛一下子鬆弛下來。一些個聽蹭書①的茶客紛紛起身出去，頓時便走得稀稀落落，只緊挨著雅座的一桌男女還不肯散，一胖一瘦兩個漢子各攬一個妓女，樂得嘻嘻哈哈，兀自評說「蓋世英雄黃天霸」。蔡富清見黃天霸一臉不耐煩，胡亂扒著飯不言語，料知他急著想見劉鏞，因湊到他身邊耳語道：「這兩個是本地碼頭的舵子②。等著收場子錢呢！您瞧，西牆根南邊收拾招子的，那是劉先生……」

黃天霸這才隔紗門細看，果然見是劉鏞，擺著卦攤，桌前蒙著太極八卦圖，桌上筆墨紙硯一應俱全，還有籤筒和一堆捲起的拆字用的紙卷兒。劉鏞已站起身，摘下牆上「吉應如響，晦開似月」的幌子，微笑著不緊不慢往一只米黃袋子裡裝鐵算盤、判紙和桌上的散亂物件。黃天霸這才知道劉鏞也住在這客棧裡。因問廖富華：「這位算命的靈麼？住在哪屋裡？我想去請他起一課。」

「靈，靈！昨晚南京道衙門的胡師爺、周師爺和高師爺還叫過去測了半夜的字呢！」廖富華忙笑道：「老板一點也甭急。他的卦屋就設在馬廄西邊北房第二間，和我們緊挨著。您消消停停吃飯，洗涮過了，把他叫過來。伙計們也都想見識見識他的能耐呢！」黃天霸已知他們安排妥貼，還想問什麼，卻見老板胳膊上搭著一疊濕毛巾顛著從後店出來，在紗門外對那胖子陪笑，說道：「請爺們用巾——後頭預備好了的洗澡水……這是抽頭兒火子（錢），請爺點點。」

那胖子用毛巾揩著手，擦著油光光的鼻子哼了一聲，說道：「我們少坐一時就過去——水不要太熱。」老板答應著就要進紗門，那瘦子卻叫住了，說道：「告訴那個算命的毛先兒，叫他我屋裡候著，就說我金龜子的話。老洪，還有這玉蘭、玉清兩位姑娘，想求問事情兒。」玉蘭拍手笑道：「還是我們金爺可人意兒，來時間和玉清嘀咕，想請這位毛先兒卜一卦呢！他的卦金太貴，你們正好請客！」

黃天霸隔門聽著，已知這一胖一瘦兩個傢伙想和雅間裡的人無事生非。他老經江湖的人了，心裡生氣，卻不動怒，接過老板遞來的毛巾放在桌上，說道：「我原也想請毛先兒起課的，既然有人搶在前頭，先儘著他們——走，洗澡去。」因和眾人推門出來，卻見挨著金龜子那張桌南一席，還坐著兩個人用手撮怪味豆吃酒說笑，竟是六太保梁富雲和五太保高富英。黃天霸也不理他們，放肆地在門前伸個懶腰趄身便踱向屏風，聽身後那個叫玉清的女子浪聲浪氣說道：「方才洪三哥說，不信黃天霸的鏢打得那麼神手。我們堂子裡也有會打鏢的呢！叫玉蘭妹妹給你亮手絕活兒，你就信了！」黃天霸正走到屏風拐彎處，聽見這話，便站住了瞧。

「打瓜子鏢兒？」那個叫玉蘭的年可二十歲上下，官粉胭脂抹得上妝了的小旦似的，撇著猩紅口兒，用手絹子隔座虛打一下玉清，說道：「玉清姐姐教我的，這會子倒先扯我出幌子，金哥三哥別饒她！」

「好好好！」胖子洪三哥笑得眼睛擠成一條縫，仰著身子道：「婊子打鏢，咱情願挨了！——怎麼個弄法兒，說個章程！」言猶未終，口中已多了個物件，取出來看，卻是一枚嗑淨了的瓜子仁兒，剛張口要問，見對面玉蘭唇口輕啓，分明一聲細碎的瓜子殼破裂，一粒瓜子仁已又飛進自己口中。瞟一眼身邊玉清，也在如法炮製——左手向右手送瓜子，右手瓜子像著了魔似的從手中直彈飛入口中，全憑舌頭、牙齒和練就了的吞吐氣息，將瓜子皮和子激射出去，子皮兒飄落在一邊，子兒卻不偏不倚都打在對方口中。十幾個沒有走的閒客，連正收拾桌上壺杯碗盞的伙計也都看呆住了，齊發一聲喝采「好！」

黃天霸也看呆住了，兩個男的仰坐張口不動，兩個女的皓腕翠袖翻飛，瓜子兒弧線飛入口中，子皮兒飄落在一邊，瓜子兒如連珠鏢般一枚接一枚層出不窮射出，身法好看，準頭也是極佳……他留神看著，尋思自己口中噴氣打鏢，若也能似這兩個女人這樣快捷，那該多好！一時便聽洪三狂笑，說道：「好，好！真的服你們了！你們的『鏢』打得比黃天霸好——認了！」

「這叫婊子鏢打黃天霸！」叫金龜子的瘦子也笑道：「真是絕活兒——明日到春香樓擺花酒，我哥兩個給你們捧場。」洪三笑得捧著肚子道：「……這叫黃天霸不如婊子鏢……待會兒你們問問毛先兒，將來能不能也當個女車騎校尉將軍什麼的官兒。哈哈哈……」那個叫玉清的妓女用手絹兒包指頭頂了一下洪三腦門兒，笑道：「我們才不問那些個呢——我們問的是，怎麼著從良，尋個潘安般的貌，子建般的才，鄧通般的有錢漢子，將來立貞節牌坊，叫袁子才給我們寫一篇誄文，名傳千古！」

所有的看客齊發一陣轟然大笑。黃天霸心中陡起疑雲，莫非這幾個坐地虎痞子嗅到什麼味兒，是衝自己來的？因轉臉對朱富敏道：「這幾個傢伙損辱我太甚，叫老七他們不拘誰，教訓教訓他們！」朱富敏笑道：「喏，您瞧，富英已經湊上去了，咱們走，後頭歇著看好戲。」說罷便引著黃天霸往後店走去。

出了屏風後門，黃天霸才看清爽，連東院客舍也是三進：向東逛過一道暗陬陬的窄巷，向北又走三十幾步，又向東一個小門，裡邊竟是個獨院，三間正房略高大一點，沒有西廂，東廂房只北邊三間亮著燈，南邊幾間都是黑洞洞的。十分破舊的院落卻極安靜，只西北上不知哪一家做法事超度亡靈，鼓鈸鏗鏘，傳來尼姑們細細的誦經聲：

……畢竟成佛。爾時十方一切諸來，不可說不可說。諸佛如來，及大菩薩，天龍八部，聞釋迦牟尼佛，稱揚贊嘆地藏菩薩，大威神力不可思議，嘆未曾有。時忉利天雨，無量香華，天衣珠瓔，供應釋迦牟尼佛及地藏菩薩已，一切衆會，俱復瞻禮……

賈富春見他凝神四顧，笑道：「這是褲子襠北寧家給老太太誦《地藏經》超度亡靈——這個院子是老茂客棧創業時候修的，原來堆的雜物。咱們伙計包了，一是便宜，二是圖個清淨。」黃天霸笑道：「我不是嫌棄地方兒賴，嚴謹些，我們的『貨』就平安……一進門我覺得這地方挺熟的，現在想起來了，這地方原來叫日昇店——是富威的盤子。我就在這店裡收伏他當乾兒子的。你們六兄弟當時在北京跟著老爺子，不知道這事兒。」

「這地方兒還是富威帶我們來的——都告說我們了，笑得了不得！」賈富春笑道：「你這次是綢緞茶商大老板，住上房東屋，我和富敏、富清、富華四個住西屋。劉——毛先兒住東廂儘南亮燈的那間破房子——沒法子，這是身分兒不同嘛。待會兒請毛先兒到正屋，咱們請他打卦測字兒……就怕有外路子客請他算命，那就得等一等了。」「叫富揚擋客。」黃天霸冷冷說道：「就說金龜子叫走了——咱們正屋裡說話。」

於是一行五人都進了上房，待店中伙計打來洗腳水，各人泡腳兒洗著。廖富華笑道：「這太不方便了，要在石頭城那邊，從店主到伙計都是富名的徒子徒孫，起居說話是多麼方便！」黃天霸道：「我讓富英教訓這兩個稔兒，也爲這個意思。富威在這裡是金盆洗手，並沒有跌分兒。現在要把盤子拾起來——我們辦這麼大事，連個小店都把握不在手，處處防人耳目，那還成事？富春——去瞧瞧毛先兒，別教他在金龜子那裡等了，我料著富英已經得手了。」師徒們正說著話，只見粱富雲笑嘻嘻踅進來，忙著給黃天霸磕頭時，黃天霸笑道：「咱爺們私地裡用不著這一套，你給燕爺行禮是正經。」

燕入雲自石頭城外下船便一直悶悶的，彷彿心思很重。黃天霸師徒說話，他也無從置喙，只見那兩個妓女「鏢打黃天霸」時，臉上才略帶笑容。此時早已擦了腳，見粱富雲要行禮，忙雙手扶起，說道：「入門休問榮枯事，但見容顏便得知——怎麼得手的？神打、穴打、跌打，還是藥打？」

「使的藥打，省事些兒。」粱富雲笑嘻嘻地說道：「我估著他們也就來了，我得避一避——三哥跟他玩玩我再出來。」說著已聽院門外腳步雜沓，便閃身進了東屋。

果然一時間高富英一臉肅穆進來，後頭還跟著洪三和金龜子。燕入雲原是堂堂正正的直隸武林世家，只為在保定府與一枝花同在義合樓營救為惡霸欺佔的女子雷劍，心中結下了一段化解不開的情緣，甘心拜入了白蓮教。黃天霸手下十三太保，卻是一群道地流徙江浙的地棍、稱霸一方的豪雄，乃至痞子丐兒流氓無所不有。什麼「穴打」、「神打」、「遁功」，放虎捉虎之類下九流的玩藝都能來幾手。平日閒談「藥打」，也只聽個名頭，今兒親見，燕入雲倒覺得好奇。燈下打量洪、金二人時，卻也不見有什麼異樣，只洪三臉上略帶迷惘之色，金龜子黑沉個臉，掃了滿屋人一眼，說道：「啥子名堂？擺這玄虛給老子看！」

「三哥，」高富英沒有理會金龜子的話，卻轉臉問燕入雲身邊的蔡富清：「你來看看這兩個人。他兩個在那裡玩婊子我就留心，像煞了是中了綿陰掌——」一邊說，用指頭點著金龜子的臉：「您瞧這印堂，桃紅裡帶了暗煞，還有四白穴，您瞧您瞧——這裡睛明穴，還有人中穴……」

金龜子被他搗得發怔，直眨巴眼睛，見他將自己木偶似的擺弄，洪三也眼瞪得溜兒圓，狐疑地看著他的臉，摸額頭試下巴地在自己身上找病，楞了一會兒，立著眼罵道：「格操姥姥的，哄我到這裡來，涮我的開心！哪裡來的野侄子，你他媽敢情是個瘋子！」

「叫他們走吧。」蔡富清一臉篤定翹足而坐，擺著腿對高富英道：「我看不了他們的病，再說，我手裡也沒有藥——我們巴巴地等著要吃酒高興，你帶兩個死人來攪場兒。」

「這種江湖賣藥把戲我見得多了！」金龜子冷笑一聲說道：「老子是跑遍五湖碼頭，三刀六洞扎得起，煎餅鍋子坐得起的人，敢拿我涮場子——洪三兒，甭聽他胡說八道，咱們走，明天帶算盤來。」說罷轉身便走。

洪三遲疑地轉過身，剛邁了一步，忽然驚呼一聲：「老金，他媽的邪門兒！我右腿發木，抬不起來了！」金龜子還沒邁門檻，聽他一驚一乍，下意識地頓了頓腳，也覺右腿有點涼沁沁的木麻上來，卻還能活動，心裡也犯嘀咕，嘴巴卻仍硬挺，說道：「我一點事也沒——你是教他們鎮住神了——這一套我也玩過！」

「老五你不該帶他們來。」蔡富清道：「這必定是老六，不知這兩個畜牲哪裡得罪了他，就下了綿掌——找兩個店伙計，趕緊送他們走！他們是這裡的舵把子，不明不白撂倒這裡，我們正經生意人，招惹不起！」

金龜子這下子似乎也有點慌神，蹲身按了按小腿，又捏腳面，只覺得小腿發涼，腳面已木得全無知覺，這一驚非同小可，遂轉身對衆人一揖，說道：「各位老大來到賤方一地，就是我們財神，兄弟豈敢有得罪之心？言語不謹無意冒撞之處，老大五湖四海之量，定能鑒諒——只是兄弟見識鄙淺，眞不知道世上有綿陰掌這等功夫。有罪有罪！」

「不知道，所以你就小看？」黃天霸倒也賞識這瘦金龜子硬氣，心裡暗笑，口中嘆息一聲對蔡富清道：「老三，給他們看看吧——老六也眞是的，招惹這些是非！」

蔡富清滿不情願地答應一聲，用不可置疑的口吻對金龜子和洪三說道：「把衣服脫掉，只留一條短褲，脫淨了脫淨了！——不是師父的話，老六那脾氣，我也不敢得罪。算你們尋到了眞佛！」洪、金二人腿上麻木，心頭驚慌，煌煌燈燭下各自脫得赤條條的。幾個太保一邊看著，一個肥若壯豬，胸前黑毛蓬亂，一個筋節伶仃，瘦得像個乾猴，都是肚裡不住暗笑。

「站好！不要運功！」

「是……」

「看著我，東張西望什麼？」

「是……」

蔡富清卻不近前去，端起桌上一碗茶，離那二人約許五步之遙，突然左右腳齊頓「嗬啊——」一大吼一聲，右掌虛空一個白鶴亮翅，在茶碗上空虛繞三圈，自腰功帶以上，只見一個氣包周身運來運去，臉脹得噴了豬血一般，箕張右掌向二人憑空推去，衆人不禁一陣低聲驚呼，洪三和金龜子雙乳期門穴當中，竟各自顯現出一個殷紅色的掌印！金龜子和洪三看得清爽，頓時嚇得面無人色。燕入雲也自心下駭然，指著問道：「老板，這就是綿陰掌？」

「不錯，這是綿陰掌。」黃天霸不動聲色地說道：「是山東端木世家獨門絕學，老六偷來的功夫。爲這件事我三次登端木門，送了千金重禮，承認只戲不打不傳③，才算饒他一命，你們定是口不關風，說什麼歪派話惹惱了他。不妨的，他只是懲戒你們，不會要你們命的。」

金龜子和洪三這才知道黃天霸是「老六」的師傅，雙膝一軟齊跪了下去，只情一個勁叩頭求告，「那就請大師父金面，讓六爺趕緊救治……這會子膝蓋下頭都沒有知覺了……」

「你們方才說『明天』來。」蔡富清板著臉道：「不是老五好心，你們還有『明天』？」他擺步兒踱著，像私塾老先生給學生講書，緩緩說道：「綿陰掌不傳江湖已經一百三十年了，是端木一家的獨祕。這種掌可怕之處，擊人不用挨身，五丈以內都可施用。中掌之人也無大痛苦，只四肢百骸麻木如同中風無藥可醫。最教人不堪忍受的，是到最後形同死人，唯有耳聰心明——你們想想，你其實沒有死，聽著家人商議料理你的喪事，何日出殯、幾時請和尚道士超度、什麼時辰火化——『活死人』目不能瞬，口不能張，聽著是個什麼滋味？」

他沒說完，二人已嚇得魂不附體，都是臉色慘白，通身汗流，伏身仰臉泣聲哀告：

「師父師父……各位老大……」金龜子還略掌得住，只請「佛手高抬」，洪三已是軟癱在地，渾身發抖。

「什麼他媽的城東雙煞，就這付熊樣兒？」梁富雲笑嘻嘻從裡屋掀帘出來，照屁股一人給了一腳，說道：「老子賭輸了錢，本想捉你兩個弄幾個使使，到你們死不了活不成時候收寶，偏是五哥操雞巴這份閒心——給，一人一包藥，先護住心，喝掉！」說著，將兩個小桑皮紙包兒丟了地下。燕入雲端了茶來，兩個人抖著手，齜牙咧嘴各將一包土灰色散劑各嚥了肚裡，苦著嘴兀自道謝：「謝六爺，謝謝……原來六爺賭輸了，褲子襠西局子裡去，我兄弟包場你收火頭。一晚上三二百兩是穩穩當當的……」

註①　不花錢聽說書。

註②　坐地吃碼頭的幫會頭目。

註③　只用來賺錢，不用來殺人，不再行傳授。

乾隆皇帝《日落長河》上冊結束

【帝王系列㉓】
乾隆皇帝——日落長河〈上〉
作　　者　二月河
出 版 者　巴比倫出版社
發 行 人　花逸文
社　　址　台北市八德路三段二四七號四樓之四
電　　話　(02)5702598
傳　　眞　(02)5773204
郵政劃撥　14925535／巴比倫出版社
美術設計　劉開工作室
電腦排版　正豐電腦排版有限公司
印　　刷　富昇印刷有限公司
登 記 證　局版臺業字第四七五一號
定　　價　新台幣二二〇元
香港總經銷　全力圖書有限公司
電　　話　(852)24947282
《乾隆皇帝一日落長河》繁體字版
由二月河授權本社獨家出版

ISBN　957-9238-45-6
初版一刷・一九九六年三月